Zero Bonds

Paul Erdman

Zero Bonds

Aus dem Amerikanischen
von Günter Ohnemus

 Eichborn.

Titel der Originalausgabe: ZERO COUPON

Die Deutsche Bibliothek – CIP-Einheitsaufnahme

Erdman, Paul E.:
Zero Bonds : Roman / Paul Erdman. Aus dem Amerikan. von
Günter Ohnemus. – Frankfurt am Main : Eichborn, 1994
  ISBN 3-8218-0295-2

© 1993, by Paul Erdman

© für die deutsche Ausgabe: Vito von Eichborn GmbH & Co Verlag
KG, Frankfurt am Main, April 1994.
Umschlaggestaltung: Rüdiger Morgenweck.
Lektorat: Susanne Aeckerle/Doris Engelke.
Satz: Fuldaer Verlagsanstalt GmbH, Fulda.
Druck und Bindung: Wiener Verlag, Himberg.
ISBN 3-8218-0295-2.
Verlagsverzeichnis schickt gern:
Eichborn Verlag, Kaiserstraße 66, D-60329 Frankfurt

1. KAPITEL

Es war zwölf Uhr mittags in der Strafanstalt von Pleasanton, Kalifornien. Es war heiß. William F. Saxon saß auf der Veranda vor dem Hauptgebäude und wartete darauf, abgeholt zu werden. Drei Jahre hatte er in Pleasanton verbracht – genaugenommen drei Jahre und einen Tag. Insgesamt hatte er sechs Jahre bekommen, aber der Rest war ihm wegen guter Führung erlassen worden. Außerdem hatte er 100 Millionen Dollar Geldstrafe bezahlt und noch einmal 235 Millionen springen lassen, um die unzähligen Klagen beizulegen, die gegen ihn anstanden.

Er war also pleite. Abgesehen von der kleinen Rücklage, die er in Liechtenstein deponiert hatte. Aber wenigstens war er wieder ein freier Mann. Und die letzten drei Jahre hätten weiß Gott schlimmer sein können. Ein kurzer Blick über den Rasenplatz vor der Veranda bestärkte ihn in dieser Überzeugung. Gegenüber, nur zweihundert Meter entfernt, stand der Hochsicherheitstrakt für Frauen. Er sah aus wie ein atombombensicherer Bunker, umgeben von einem viereinhalb Meter hohen Zaun, der oben mit doppelten Stacheldrahtrollen gesichert war. Tag und Nacht fuhren schwerbewaffnete Wachen in ihren Jeeps um das Gelände herum.

Wenn sie ihn in so ein Ding gesteckt hätte, wäre er jetzt tot.

Er warf einen Blick auf seine Uhr, eine Rolex. Die

Timex, die für die vergangenen drei Jahre gut genug gewesen war, hatte er vorhin einem Zellengenossen geschenkt. Am Anfang war es ihm nicht leichtgefallen, mit drei anderen Männern zusammenzuleben. Aber nach ein paar Tagen fand er, daß es auch nicht schlimmer war als damals im Internat. Sogar der Tagesablauf war so ähnlich wie in Choate. Aufstehen um halb sieben, Frühstück um sieben, Arbeitsdienst statt Unterricht, Mittagessen um Viertel nach zwölf, Arbeitsschluß um fünf, Abendessen um sechs, um acht Fernsehen, Schlafenszeit um elf. Und an den Wochenenden frei.

Doch es wurde bald langweilig, sterbenslangweilig. Er hatte sich für Arbeit im Freien entschieden, und das Gras auf diesem Rasenplatz mindestens dreihundert Mal gemäht. Dann hatte er Anfang letzten Jahres von einem seiner Anwälte erfahren, daß die Bücher aus der Bibliothek von Presidio günstig zu haben wären, weil der Militärstützpunkt wegen Haushaltskürzungen des Pentagon aufgelöst wurde. Er hatte sich drei Leute gesucht, die etwas vom Tischlern verstanden, und noch einen, dessen Hobby das Binden von Büchern war. Zusammen bauten sie die Bibliothek in Block B auf. Aber sie war nicht nur für Bücher gedacht. Bald schon bezog er die *Times*, das *Journal*, *Forbes*, *Barons*, *Fortune*, *Business Week* und sogar den *Economist* und die *Financial Times* aus London. Die Abonnements liefen alle über seine Anwälte. Es war ihm gelungen, sich in der Bibliothek einen eigenen Winkel zu schaffen, mit eigenem Schreibtisch. Und dann war er wieder an die Arbeit gegangen – an die *wirkliche* Arbeit.

Er schaute jetzt schon zum zehntenmal die Straße hinunter, die von draußen in den Gefängniskomplex führte. Frank kam zu spät.

Dann sah er den Wagen kommen. Saxon stand auf, trat vor die Veranda und winkte der Limousine zu. Frank hatte ihn nie besucht, und die meisten Besucher übersahen »sein« Gefängnis und fuhren direkt zum Parkplatz neben dem Frauentrakt auf der anderen Seite.

Der Wagen hielt vor ihm an, und Frank sprang heraus. Die beiden Männer umarmten sich kurz und ein bißchen verlegen.

Als Frank Lipper sich frei machte, sagte er: »Laß dich mal anschauen, Willy. Meine Güte, du hast noch nie besser ausgesehen. Wieviel wiegst du?«

»Fünfundsiebzig Kilo.« Und er war einsdreiundachtzig groß, braungebrannt und trug einen Anzug von Armani.

»Warum wolltest du nicht, daß ich dich hier besuche?« fragte Frank.

»War mir lieber so.«

Frank schaute sich um. »Und wo hast du, äh... gewohnt?«

Saxon deutete auf die Holzbaracken hinter sich.

»Wo sind die Zäune?«

»Es gibt keine. Keine Zäune, keine Schlösser, keine Gewehre. Aber auch keinen Swimmingpool und keinen Tennisplatz.«

»Wieso hauen die Leute dann nicht einfach ab?«

»Weil sie dir automatisch fünf Jahre mehr aufbrummen, wenn sie dich erwischen. Und nicht hier. In so einem Ding.« Und damit deutete Saxon auf den Hochsicherheitstrakt gegenüber dem Platz.

Frank schaute hinüber und schüttelte sich. »Ich glaub, mir reicht's. Laß uns hier abhauen. Die Jungs warten schon.«

»Laß mir noch fünf Minuten Zeit. Ich will mich

von der Direktorin verabschieden. Vielleicht kann der Fahrer inzwischen meine Aktentasche und den Koffer verstauen. Sie stehen auf der Veranda.«

Die Direktorin war etwa Mitte Dreißig und sah gut aus. Deshalb hielt sie sich auch stets auf Distanz zu den 285 männlichen Insassen, die ihrer Aufsicht unterstanden. Als Saxon ihr Büro betrat, stand sie auf, gab ihm aber nicht die Hand.

»Haben Sie mit der Verwaltung alles geregelt?« fragte sie.

»Ja.«

»Ich nehme an, man hat Ihnen gesagt, daß Sie jederzeit gehen können. Wissen Sie, wie Sie hier wegkommen? Wenn Sie kein Fahrzeug haben, können wir Sie zum Flugplatz fahren lassen. Das kommt in Ihrem Fall ja wohl eher in Frage als der Busbahnhof.«

»Danke. Aber ich werde abgeholt. Ich wollte nur nochmal reinschauen, um Ihnen zu sagen, wie sehr ich die zivile Art geschätzt habe, in der ich hier behandelt worden bin.«

»Bitteschön, nichts zu danken.« Sie schaute auf die Uhr. »Ich bin in der Cafeteria zum Mittagessen verabredet. Auf Wiedersehen, Mr. Saxon. Ach ja, und vielen Dank auch, daß Sie die Bibliothek aufgebaut haben. Vielleicht nennen wir sie eines Tages nach Ihnen.«

Er wußte, daß das Gespräch damit beendet war, und ging. Sie hatte sich immer Mühe gegeben, »nett« zu ihm zu sein, aber ihm war klar, daß sie ihn in Wirklichkeit für Abschaum hielt. Die Anspielung auf den Busbahnhof erinnerte ihn unwillkürlich an den Ausdruck abgrundtiefer Verachtung auf dem Gesicht des Richters, als er ihm die sechs Jahre aufbrummte – nachdem er ihn an all die Vorteile erinnerte, die er im Leben gehabt und dann verspielt hatte. Und er erinnerte sich an das süffisante Lächeln des Gerichtsdieners, der ihm gleich darauf Handschellen anlegte. Und dann fielen ihm die Fußfesseln ein, die er tragen mußte, als sie ihn nach Pleasanton »transportierten«.

Fünf Minuten später fuhr die Limousine auf der Interstate 580 in Richtung Bay Bridge.

»Und, wie fühlst du dich jetzt?« fragte Frank.

»Als wär das alles nicht wirklich«, antwortete Saxon.

»Alle sagen, du bist gelinkt worden – falls dich das tröstet.«

»Nein, tut es nicht.«

»Bist du da drin viel mit Michael Milken zusammen gewesen?«

»Nein, nicht sonderlich. Er hat sich ziemlich für sich gehalten. Außerdem ist er ja schon seit längerem aus Pleasanton weg. Wenn man, so wie der, eine halbe Milliarde Dollar übrigbehält, kann man sich eben Anwälte wie Dershowitz leisten, die einen schnell wieder rauskriegen.«

»Milken läuft rum und erzählt allen, er sei bloß eine Art verkannter Sozialwissenschaftler gewesen.«

»Waren wir das denn nicht alle?«

Sie fuhren an einem Hinweisschild auf Mills College oben in den Bergen vorbei, als Frank das Schweigen erneut brach.

»Ich hatte bisher keine Gelegenheit dazu, Willy. Deswegen will ich es jetzt nachholen. Ich möchte dir danken.«

»Wofür denn?«

»Daß du meinen Namen nicht ins Spiel gebracht hast.«

»Ach so. Du meinst den Deal mit den geparkten Aktien? Ich hab die Aktien bei Ivan Boesky geparkt. Punkt. Fertig.«

»Ja, aber es war meine Idee.«

»Wenn ich mich richtig erinnere, war das Dan Prescotts Idee.«

»Ja, vielleicht. Aber ich hab Boesky als erster angerufen. Ach ja, Dan ist auch beim Essen dabei. Und Bobby Armacost. Nur wir vier, so wie du am Telefon vorgeschlagen hattest.«

»Wie geht es denen denn?«

»Mies. Wie heutzutage allen im Geldgeschäft. Kein Vergleich mit den 80er Jahren, Willy. Die Reichen werden heute bestimmt nicht mehr reicher. Die Scheißdemokraten haben es ernst gemeint, als sie sagte, sie wollten die Reichen schröpfen. Alle denken heute dasselbe: Warum soll man was riskieren und in die Zukunft investieren, wenn der ganze Profit doch nur durch neue Steuern abgeräumt wird? Du findest das sicher nicht komisch, aber wo du schon ein paar Jahre aussetzen mußtest, hast du dir genau die richtigen ausgesucht.«

Sie näherten sich jetzt der Bay Bridge, und zehn Minuten später rollte der Wagen in den Teil San Franciscos, der unter dem Namen North Beach bekannt ist, einmal das Ziel von Tausenden italienischer Einwanderer war und immer noch Dutzende von italienischen Restaurants beherbergt.

»Ed Moose hat noch ein Restaurant aufgemacht, während du weg warst«, sagte Frank Lipper. »Die Leute, die in seinem alten Laden verkehrt haben, sind alle mitgegangen. Wir haben uns gedacht, du würdest da gern hin wollen. Zur Erinnerung an die alten Zeiten.«

2. KAPITEL

Der »alte« Laden war das Washington Square, Treffpunkt der Finanzcracks von San Francisco. Jahrelang war das Restaurant das zweite Zuhause für die Investmentbanker, die aus ihren vornehmen Büros in der Montgomery Street herüberkamen, für die Anwälte großer Unternehmen mit ihren Bürosuiten im Embacadero Center und für ganz normale Börsenmakler, die Karriere machen wollten. Die Börsianer traten meist als letzte ein, weil sie an ihren Tischen in der Börse bleiben mußten, bis um ein Uhr die New Yorker Börse schloß. Aber in dem Augenblick, in dem in Wall Street der Gong ertönte, waren sie auch schon zur Tür hinaus und auf dem Weg zum ersten Drink des Tages bei Moose.

Es war kurz nach ein Uhr, als William Saxon das Restaurant betrat. An der Bar standen die Leute in Dreierreihen. Zuerst drehten sich nur ein paar Köpfe nach ihm um. Aber während die Nachricht flüsternd weitergegeben wurde, machte das dumpfe Dröhnen der Unterhaltung einer unheimlichen, gedämpften Stille Platz.

Dann rief eine laute Stimme: »Du bist aufs Kreuz gelegt worden, Saxon! Willkommen in der Räuberhöhle!« Spontaner Beifall brandete auf, dann wandten sich die Jungs sofort wieder der Sache zu, die sie am besten beherrschten: dem Trinken.

Nun baute sich Ed Moose, der Besitzer, vor ihnen auf, um den Ehrengast zu begrüßen.

»Willy«, sagte er, als er Saxon seine riesige irische Pranke hinhielt. »Heute geht alles auf Rechnung des Hauses. Aber zuerst gibt's einen Schluck zur Feier des Tages. Ich darf doch annehmen, daß es immer noch dasselbe ist?«

Willy Saxon nickte.

»Dasselbe« war ein eiskalter Sapphire Gin Martini mit zwei Oliven. In ein paar Sekunden war er fertig, und Moose servierte ihn, als sei er ein Geschenk der Götter. Saxon trank vorsichtig ein kleines Schlückchen und dann einen richtig großen Schluck. Dieses Ritual hatte wieder die Aufmerksamkeit der Gäste an der Bar auf sich gezogen. Und nun ertönte aus ihrer Mitte eine weibliche Stimme, die der einhelligen Meinung der versammelten Stammgäste Ausdruck gab.

»Jetzt brauchst du bloß noch was Gutes zum Vögeln, Willy!«

Weil die Männer sie dazu drängten, kam die Frau, der die Stimme gehörte – eine Angestellte von Dean Witter, die an der Warenterminbörse arbeitete und liebevoll Barrakuda-Betty genannt wurde – mit einem Satz auf William Saxon zu und drückte ihm einen festen Kuß auf den Mund, während sie ihre üppigen Schenkel und Brüste gegen seinen Armani-Anzug preßte.

Wieder wurde Beifall geklatscht. Moose, der spürte, daß es höchste Zeit war, den Raum zu verlassen, rettete Saxon aus den Fängen seiner Bewunderin und führte ihn in den Speiseraum neben der Bar. Frank Lipper kam hinter ihnen her.

»Deine beiden Freunde warten schon«, erklärte Moose. »Ich habe euch einen Platz am Familientisch reserviert.«

Beide Männer erhoben sich, als Saxon auf sie zukam. Sie gaben ihm nacheinander die Hand und umarmten ihn, wobei sie Begrüßungsworte murmelten.

»Der Champagner ist schon unterwegs, meine Herren«, verkündete der irische Besitzer des italienischen Restaurants. »Amüsieren Sie sich gut.«

»Setzen wir uns doch«, sagte Saxon. »Ich glaube, ich hab jetzt genug von dem Theater.«

»Sie mögen dich eben alle, Willy«, sagte Dan Prescott, während er sich Saxon gegenüber an den Tisch setzte. »Im Unterschied zu Milken, Boesky und Levine hast du in den sauren Apfel gebissen und den Mund gehalten. Das imponiert ihnen. Und mir auch.«

»Danke für die Blumen«, erwiderte Saxon. »Und danke, daß du gekommen bist. Ich kann mir vorstellen, daß deine Partner nicht vor Freude an die Decke springen, wenn sie davon hören.«

Die Partner, von denen er sprach, waren Direktoren der Investmentbank Prescott & Quackenbush, die zusammen mit Hambrecht & Quist und Montgomery Securities als einer der Branchenführer in San Francisco galt.

»Das gilt auch für dich«, sagte Saxon zu Bobby Armacost, dem anderen der beiden Männer, die ihn am Tisch erwartet hatten.

»Als Anwalt kann ich nur die Meinung meiner Kollegen aus der Investmentszene wiedergeben«, antwortete Armacost. »Was vorbei ist, ist vorbei. Du hast wieder eine reine Weste. Das ist die amerikanische Art, die Dinge zu sehen.«

Zum ersten Mal, seit sie das Restaurant betreten hatten, machte Frank Lipper den Mund auf. »Das klingt zwar toll, Bobby, aber ich bin mir nicht sicher, ob die Börsenaufsicht das auch so sieht.«

Dan Prescott mischte sich ein. »Ach, Frank, warum

zum Teufel nochmal mußt du denn gleich wieder einen Dämpfer...«

Saxon fiel ihm ins Wort: »Laß ihn in Ruhe, Dan. Ich bin lebenslänglich vom Wertpapierhandel ausgeschlossen.«

»Halt, halt«, sagte Bobby Armacost, der Anwalt. »Du bist lebenslänglich davon ausgeschlossen, in den Vereinigten Staaten als Makler und Wertpapierhändler tätig zu sein. Aber du kannst genau wie ich investieren, beraten und als Berater intervenieren – da gibt es noch viele Möglichkeiten.«

»Du glaubst also, daß Goldmann Sachs mich bitten werden, in den Vorstand einzutreten?« fragte Saxon. »Oder meinetwegen auch Prescott & Quackenbush?«

Daraufhin enstand eine Gesprächspause, bis Dan Prescott wieder das Wort ergriff. »Ich glaub nicht, daß du bei Prescott & Quackenbush im Vorstand sitzen willst, Willy. Wir haben einen Prozeß am Hals, der uns auffrißt. Wenn wir uns auf einen Vergleich einlassen – und Bobby, der ja auch darin verwickelt ist, kann dir bestätigen, daß wir keine andere Wahl haben –, dann ist unser Kapital vollständig aufgebraucht.«

»Wo liegt denn das Problem?«

»Wir haben vor zwei Jahren ein biotechnisches Unternehmen in eine Aktiengesellschaft umgewandelt. Die Investoren behaupten, daß wir im Bericht zum Stand der Forschung und Entwicklung der Firma falsche Angaben gemacht haben. Daß da zum Beispiel behauptet worden ist, man stehe möglicherweise kurz vor der Entdeckung eines Mittels gegen Aids, wo ihre Produkte doch noch nicht mal gegen Kopfschmerzen helfen. Wir haben uns vom Gründer der Firma hinters Licht führen lassen, und jetzt müssen wir den Preis dafür bezahlen.«

»Was ist mit dem Firmengründer?«

»Der hat sich erschossen.«

»Und welche Kanzlei hat die Sache in die Hand genommen?« Das war wieder der alte Willy Saxon, der da sprach.

Statt einer Antwort zeigte Dan Prescott mit dem Daumen auf den Mann, der neben ihm saß.

»Ja, genau«, sagte Bobby Armacost. »Ich. Wir hängen uns da voll rein. Und noch ein bißchen mehr.«

Willy Saxon gab sich keine Mühe, seine Skepsis zu verbergen. Armacost sah das und sagte: »Ja, gut, Willy. Es kommt nämlich noch was dazu: Betrug. Die Firma hat Einkünfte aus weltweiten Lizenzverträgen verbucht – aus Japan, England, der Schweiz, aus allen möglichen Ländern. Und weißt du, was damit war? Alles Schwindel. Sie haben damit bloß ihre Bilanzen frisiert.«

»Und wieso behauptet man, ihr hättet davon gewußt?«

»Dan und ich saßen im Aufsichtsrat.«

»Ich hab ja gehört, daß hier draußen die Hölle los sein soll«, sagte Willy Saxon. »Aber wenn ich gewußt hätte, daß es so schlimm ist, wäre ich lieber noch ein bißchen in Pleasanton geblieben.«

Diese Bemerkung brachte die Stimmung wieder ins Gleichgewicht. Und der Champagner, der gleich darauf serviert wurde, trug ein übriges bei. Als kurz darauf die Spezialität des Hauses, *Fettucine Alfredo*, mit einer Flasche eisgekühltem Pinot Grigio auf den Tisch kam, schwelgten sie in Erinnerungen an die guten alten 80er Jahre, bevor alles auseinanderfiel.

»Weißt du noch, Willy, wie wir für eine halbe Milliarde Junk Bonds verscherbelt haben, die diese pleite gegangene Kaufhauskette in Texas ausgegeben hatte?«

■

fragte Frank Lipper. Frank war bei Saxon & Co. Willy Saxons rechte Hand gewesen, bevor die Firma zusammenbrach. Seither arbeitete er als Wertpapierhändler in Dan Prescotts Bank.

»Das hat bloß geklappt, weil Dan uns geholfen hat, die Hälfte davon an diese S & L in Denver zu verschieben.«

»War das der Laden, bei dem der Sohn von Bush im Aufsichtsrat saß?«

»Nein. Das war Silverado Savings. Eigentlich ein guter Name. Wir haben das damals mit der Mile High S&L gemacht.«

»Und die ist inzwischen hochgegangen. Höher als 'ne Meile, würde ich sagen«, fügte Bobby hinzu.

»Ist jemand ins Gefängnis gekommen?« fragte Willy.

»Nein. Sie haben dir die Schuld gegeben.«

»Keiner denkt mehr an die Sachen, die hingehauen haben«, beschwerte sich Prescott. »Nehmt doch nur mal Safeway. Da läuft es jetzt besser als je zuvor.«

»Aber das war Milkens Aktion«, sagte Willy. »Und das hat ihm der Präsident von Safeway übrigens nicht vergessen. Peter McGowen hat Milken jede Woche in Pleasanton besucht. Aber das ist Schnee von vorgestern.«

Dann wechselte er das Thema. »Wieviel Kapital brauchst du, um Prescott & Quackenbush wieder auf die Beine zu bringen, Dan?«

»Zuerst muß das mit dem Vergleich hinhauen. Sonst können wir das Geld gleich zum Fenster rauswerfen.«

»Und wann soll der Vergleich geschlossen werden?«

»Frag Bobby.«

»In einem Monat ungefähr«, meinte der.

»Okay. Und wieviel braucht ihr dann?« hakte Willy nach.

»Zehn Millionen. Fünfzehn wären besser«, meinte Prescott. »Aber das kannst du vergessen. Nicht mal Houdini könnte sich da rauswinden. Doch selbst wenn wir so viel auftreiben könnten, müßten wir den Laden an den neuen Kapitalgeber abtreten. Und danach wären wir alle pleite.«

»Ist mit irgendwelchen anderen Folgen zu rechnen?« wandte sich Willy an den Anwalt.

»Du meinst, ob irgendwas an uns hängenbleibt? Das glaub ich eigentlich nicht. Jeder in der Branche weiß doch, daß wir übers Ohr gehauen worden sind«, antwortete Bobby Armacost.

»Gut, dann zur nächsten Frage«, sagte Willy. »Gibt es irgendwelche Gesetze oder Vorschriften, die verbieten, daß ausländisches Geld in eine Investmentbank wie Prescott & Quackenbush einfließt und die Kapitalmehrheit bildet?«

»Nicht daß ich wüßte. Bei einer Handelsbank sieht die gesetzliche Regelung so aus, daß bei Auslandsbeteiligungen über fünf Prozent die Zustimmung des Zentralbankrats nötig ist. Aber für Investmentbanken gibt es solche Bestimmungen nicht«, antwortete Armacost.

»Auch nicht, wenn das Geld aus Liechtenstein kommt?« fragte Willy.

»Pecunia non olet.« Der Anwalt zuckte die Schultern. »Geld stinkt nicht. Aber es kann nicht schaden, wenn das Geld aus einem Stall mit gutem Namen kommt.«

»Genügt der Name einer Gesellschaft, deren Vorstandsvorsitzender der Sohn des Fürsten von Liechtenstein ist?«

»Das will ich wohl meinen.«

»Gut. Jetzt zur nächsten Frage«, sagte Willy Saxon.

»Habt ihr schon mal von jemandem gehört, der Sid – das steht wohl für Sidney – Ravitch heißt?«

»Natürlich«, antwortete der Investmentbanker. »Er macht Rating, bewertet Rentenpapiere. Hat früher für Moody gearbeitet. Ist da vor ungefähr zwei Jahren weggegangen und hat sich in eine kleinere Firma eingekauft, die sich mit Renten-Rating beschäftigt. Genauer gesagt, er leitet die Firma.«

»Ja, richtig«, sagte Frank Lipper, der Wertpapierverkäufer. »Es ist die Western Credit Rating Agency. Sie haben ihre Hauptniederlassung hier in San Francisco, im Russ Building.«

»Und wie ist sein Ruf?« fragte Willy.

»Ich hab nie etwas Negatives gehört«, antwortete Armacost. »Wieso fragst du?«

»Ein Freund von ihm war – oder besser gesagt: ist – in Pleasanton.«

»Weswegen denn?«

»Wertpapierbetrug. Er hat Optionen auf Goldbarren verkauft, die in einem Lagerhaus in Vancouver untergebracht waren. Wenn man ihm 5.000 Dollar schickte, hatte man Anspruch auf 100 Unzen Gold. Wenn der Goldpreis um 100 Dollar die Unze stieg und man seine Option ausübte, konnte man seinen Einsatz verdoppeln. Und das Phantastische dabei war, daß die Option nie auslief.«

»Was soll daran verboten sein?« fragte der Anwalt.

»Nichts. Nur war in dem Lagerhaus kein Gold. Es gab noch nicht mal ein Lagerhaus. Das einzige Gold bei der gesamten Aktion war der Barren für den Prägedruck auf dem Prospekt. Ein phantastischer Prospekt. Der Typ war so stolz darauf, daß er sich einen mit nach Pleasanton genommen hatte und ihn dauernd herumzeigte.«

»Und wie haben sie ihn erwischt?«

»Als der Goldkurs irgendwann stieg, wollten viele seiner Investoren ihr Optionsrecht ausüben, was dazu führte, daß sich mein Pleasantoner Kumpel aus dem Staub machte. Er ist nach Kanada abgehauen, wo er ursprünglich herkam. Die kanadische Polizei hat ihn in Toronto geschnappt und wieder zurückgeschickt.«

»Und was hat Sid Ravitch damit zu tun?«

»Der Typ im Gefängnis hat gesagt, daß Ravitch den Prospekt verfaßt hat«, antwortete Willy. »Dadurch ist er ja wohl zum stillen Teilhaber geworden. Zu einem sehr stillen Teilhaber.«

Die Männer am Tisch stießen leise Pfiffe aus.

»Ich will jetzt nicht in Einzelheiten gehen«, setzte Willy hinzu. »Aber das Ganze hat mich auf eine Idee gebracht.«

Keiner ging weiter auf das Thema ein.

Als der Nachtisch und der Kaffee kamen, beugte Willy Saxon sich über den Tisch und sagte mit gedämpfter Stimme etwas zu Dan Prescott.

»Sag mal, wer ist die Frau in dem roten Kleid da am Nebentisch? Seit einer halben Stunde schaut sie dauernd zu uns rüber.«

»Ist mir auch schon aufgefallen«, antwortete Prescott. »Erstaunlich, daß du sie nicht kennst. Aber du hast ja nie viel übrig gehabt für die Kreise, in denen sie verkehrt. Sie spielt eine wichtige Rolle in der High Society von San Francisco. Und ist natürlich stinkreich. Ihr Mann ist letztes Jahr an Altersschwäche gestorben und hat ihr seine Firma plus angeblich fünfzig Millionen in Bargeld und Wertpapieren hinterlassen. Und nicht zu vergessen die Villa in Pacific Heights, die Ranch in Mendocino und das Strandhaus in Maui.«

»Wieso schaut sie dauernd zu uns rüber?«

»Sie sammelt interessante Leute. Und nach dem stürmischen Empfang von vorhin hat ihr sicher jemand gesagt, wer du bist.«

»Wie heißt sie denn?«

»Denise van Bercham. Ihr Mann stammte aus der holländischen Aristokratie. Die machten in Schokolade und Kaffee – Holländisch-Ostindische Kompanie undsoweiter. Der Zweig der Familie, dem er angehörte, hat sich um die Jahrhundertwende in San Francisco niedergelassen. Und damit galt er – und jetzt sie – als alter Geldadel.«

»Und wo stammt sie her?«

»Bei ihr sind die Dinge nicht so klar«, antwortete der Banker. »Denise behauptet, sie sei mit der rumänischen Königsfamilie verwandt. Daher auch ihr mitteleuropäischer Akzent. Ganz unwahrscheinlich ist diese Verwandtschaft nicht – bevor sie vor zehn Jahren hierherkam, wurde sie oft in Gesellschaft des Fürsten Rainier von Monaco gesehen.«

»Wie alt ist sie? Sie sieht nicht viel älter aus als...«

Dan Prescott fiel ihm ins Wort. »Paß auf. Die Leute an ihrem Tisch stehen jetzt alle auf, und sie kommt her.«

Prescott erhob sich, um die Dame in Rot mit den obligatorischen, nur angedeuteten Küßchen auf beide Wangen zu begrüßen.

»Mein lieber Dan«, sagte sie. »Es ist ja eine Ewigkeit her.«

Dann schaute sie Willy Saxon an und sagte, als er aufstand: »Ich glaube, wir haben uns noch nicht kennengelernt.«

»Willy Saxon«, sagte er und nahm die Hand, die sie ihm hinhielt. Sie hielt seine Hand einen Augenblick länger fest als bei einer Begrüßung üblich.

»Mein verstorbener Mann hat öfter von Ihnen gesprochen. Ich glaube, Sie sind im Geldgeschäft.«

»*War* im Geldgeschäft«, verbesserte Willy.

Das gefiel Denise.

»Ich gebe morgen ein Essen im Stars. Um ein Uhr. Wir wollten ursprünglich zu sechst essen. Jetzt wären wir sieben, wenn Sie uns Gesellschaft leisten wollen.«

»Ja, gern. Was ist denn der Anlaß des Essens, wenn ich fragen darf?«

»Nichts Besonderes. Und kommen Sie bitte pünktlich. Darauf muß ich bestehen.«

»Ich kann Ihnen versichern, Mrs. van Bercham, daß ich immer rechtzeitig komme.«

Sie lächelte über die zweideutige Bemerkung, gab Willy Saxon noch einmal die Hand, wandte sich um und ging, ohne die anderen am Tisch auch nur der geringsten Aufmerksamkeit zu würdigen.

»Wer zum Teufel war das?« fragte Frank Lipper, als Willy und Dan Prescott sich wieder gesetzt hatten.

»Das ist die wahrscheinlich mächtigste Frau in San Francisco«, antwortete Prescott. »Sie kann in dieser Stadt Leute aufbauen und sie kann sie vernichten. Ich bin mir nicht so sicher, ob es klug war, die Einladung anzunehmen, Willy.«

»Nein, das finde ich nicht«, sagte Armacost. »Wenn Denise van Bercham ihre Hand über dich hält, wirst du überall in der Stadt anerkannt, und nicht nur hier. Das wäre in unser aller Interesse.« Während er das sagte, warf er Dan Prescott einen warnenden Blick zu.

»Du hast recht, Bobby«, gab Prescott nach.

»Laßt uns nochmal kurz aufs Geschäftliche zurückkommen«, sagte Willy Saxon. »Es wäre schön, wenn ihr mich über die Vergleichsverhandlungen von Prescott & Quackenbush auf dem laufenden halten würdet. Ihr habt gesagt, das Ganze wäre innerhalb eines Monats unter Dach und Fach. Das wär mir gerade recht. Ich hab noch was zu erledigen, für das ich auch mindestens einen Monat brauche.«

Dann schaute er auf die Uhr.

»Ich muß jetzt in mein Hotel und Bescheid sagen, daß ich da bin, bevor sie das Zimmer anderweitig vergeben.«

»In welchem Hotel bist du denn?« fragte Dan Prescott.

»Im Huntington. Frank hat das für mich erledigt.«

»Wenn du los willst – der Wagen wartet draußen«, sagte Frank Lipper. »Ich komme mit, weil ich sehen will, ob alles in Ordnung ist, Willy.«

»Gut. Gehen wir.«

Die vier Männer erhoben sich vom Tisch.

»Ich glaube, Bobby und ich bleiben noch auf einen Kaffee«, meinte Dan Prescott.

»Macht das«, sagte Willy. »Wir bleiben in Verbindung. Ich kann euch gar nicht sagen, wieviel es mir bedeutet, Freunde wie euch zu haben. Und was die Zukunft betrifft, da hab ich ein gutes Gefühl. In letzter Zeit hatten wir alle viel Pech, aber von jetzt ab wird sich das ändern.«

Und damit ging Saxon zur Tür. Frank Lipper trottete wie üblich im Abstand von ein oder zwei Schritt hinter ihm her.

»Was für ein Mann«, sagte Bobby Armacost, als er und Dan Prescott sich wieder setzten. »Sag mal, welchen Status hatte er in den 80er Jahren eigentlich in eurer Branche?«

»Er war ganz oben. Nicht so hoch wie Milken – keiner war so hoch –, aber verdammt viel höher als Boyd Jeffries oder dieser Levine. Sogar höher als Boesky. Es gab eine Zeit, da mußte man von einem wirklich schlechten Jahr sprechen, wenn Willy weniger als hundert Millionen machte.«

»Dann muß ja noch genug übriggeblieben sein.«

»Anscheinend. Aber jetzt hab ich eine Frage an dich, und es wäre schön, wenn du sie mir offen beantworten würdest«, sagte Prescott. »Wie siehst du das als Anwalt – was für ein Kaliber von Gauner war er wirklich?«

»Im Vergleich zu wem?«

»Sagen wir mal, Boesky bekommt eine 10. Und Milken eine 8.«

»Und was ist mit Robert Maxwell in England?«

»Wahrscheinlich eine 11.«

»Na gut«, sagte Armacost. »Dann würde ich Willy Saxon eine 3 geben. Er hat nie einen Pfennig für sich geklaut, *wirklich* geklaut. Er ist ins Spiel eingestiegen und dabei richtig in Fahrt gekommen. Er wollte einfach alle anderen in der Branche übertreffen, auch wenn er dafür Aktien parken oder Bilanzen ein wenig frisieren mußte.«

»Dann war das ja praktisch nicht viel anders...«

»Als das, was wir gemacht haben? Oder wenigstens als das, wobei wir mitgespielt haben? Richtig.«

»Noch was, Bobby. Wieso hast du Willy nicht gesagt, was du mir erzählt hast, bevor er gekommen ist?«

»Weil es nur ein ganz vages Gerücht ist.«

»Trotzdem. Wenn sie wirklich Strafanzeige gegen uns erstatten wollen...«

»Sie versuchen es vielleicht. Aber glaub mir, bei einem so komplizierten Fall dauert es Monate, sogar Jahre, bevor sie eine Anklage erheben können, die auch stichhält. Es hat also keinen Sinn, unseren Willy wegen so einer vagen Geschichte zu beunruhigen. Stimmt's?«

»Ja, wahrscheinlich.«

■

3. KAPITEL

Am nächsten Tag Punkt ein Uhr hielt William Saxons Taxi vor dem Haupteingang des Stars-Restaurants. Der jungen Dame, die ihn am Empfang nach seiner Reservierung fragte, sagte er, daß Denise van Bercham ihn erwarte.

Diese Bemerkung löste einen unhörbaren Alarm aus, der umgehend Jeremiah Tower auf den Plan rief, den Gründer und *chef extraordinaire* der größten und besten Brasserie westlich von Paris.

»Sie müssen William Saxon sein«, sagte Tower. »Folgen Sie mir bitte.«

Sie gingen durch den vollbesetzten Hauptraum des Restaurants zu einer leicht erhöhten Terrasse am anderen Ende. Die Terrasse war offensichtlich für Jeremiahs besondere Gäste reserviert, ein sicherer Zufluchtsort, an dem sie einigermaßen unter sich waren und sich in angemessener Entfernung von dem Mittelschichtpublikum befanden, das drei Stufen unter ihnen saß. Tower steuerte auf einen Ecktisch zu, an dem schon Denise van Bercham und fünf andere Frauen saßen. Denise van Bercham saß am Kopf des Tisches und konnte von da aus das ganze Restaurant überblicken. Als sie Willy Saxon auf sich zukommen sah, deutete sie auf einen leeren Stuhl zu ihrer Rechten. Nachdem er sich gesetzt hatte, bot sie ihm die Wange und zog sofort das Gespräch an sich.

»Das ist mein neuer Freund William Saxon«, verkündetete sie. »Er ist sehr gewitzt, wenn es um Geld geht.«

Die anwesenden Damen zuckten leicht zusammen. Sie waren alle mit Männern verheiratet, die älter waren als sie selbst – in den meisten Fällen sehr viel älter –, und sie wußten, daß eines Tages, und hoffentlich schon bald, eine schwere Last auf ihren zarten Schultern liegen würde: die Last nämlich, ihr Millionenerbe vernünftig zu verwalten. Deshalb war ihnen jeder Ratschlag in Gelddingen, vor allem jeder kostenlose Ratschlag, immer willkommen.

»Er ist gerade aus dem Gefängnis entlassen worden«, fuhr Denise van Bercham fort. »Gestern.«

Die Reaktion der anwesenden Damen war jetzt stärker als nur ein leichtes Zusammenzucken.

»Aber wie mein lieber Mann mir sagte, bevor...«, Denise legte eine pietätvolle Kunstpause ein, »... er uns verließ: ›Mr. Saxon hat genausowenig ein Verbrechen begangen wie ich‹.«

Willy Saxon quittierte diesen Beweis seiner Unschuld mit einem zustimmenden Nicken und wurde durch die Ankunft des Kellners davor bewahrt, sich zu dem Thema noch weiter äußern zu müssen.

»Wünschen Sie etwas zu trinken?«

»Ja, bitte einen Sapphire Bombay Gin Martini mit zwei Oliven«, sagte er und erntete mit dieser Bestellung Blicke, die voller Bewunderung für seinen männlichen Geschmack waren.

Denise van Bercham stellte ihm ihre anderen Gäste vor und rasselte dabei ihre Namen schnell herunter. Die Frau, die Willy direkt gegenüber saß, beugte sich vor und fragte: »Würden Sie uns vielleicht sagen, in welchem Gefängnis Sie waren?«

»In der Justizvollzugsanstalt in Pleasanton«, antwortete Saxon und spürte sofort, wie sich am Tisch Enttäuschung breitmachte. Sie hatten gehofft, er wäre in einem *richtigen* Gefängnis gewesen, in San Quentin zum Beispiel. Deshalb fügte er hinzu: »Michael Milken war auch in Pleasanton.«

Das war schon besser.

»Haben Sie ihn kennengelernt?« fragte eine der Frauen.

»Ich kannte ihn schon vorher. Wir haben beide auf demselben Gebiet gearbeitet. Junk Bonds.«

»Wie interessant«, sagte die Frau, die – falls Willy ihren Namen richtig behalten hatte – Sally hieß. »Mein Mann ist der Ansicht, Milken hätte nie ins Gefängnis kommen dürfen. Er hat Unternehmen finanziert, die nirgendwo sonst Geld auftreiben konnten, und das ist einer der Gründe, warum es in den 80er Jahren allen so gutging. Was halten Sie von dieser These?«

»Sallys Mann war im Ölgeschäft«, warf Denise ein.

»Ich glaube, das hat einiges für sich«, antwortete Saxon.

Jetzt ergriff die Frau, die rechts neben Willy saß, das Wort. »Mein Mann sagt, sie haben Milken ins Gefängnis gesteckt, weil das Wall-Street-Establishment es nicht haben konnte, daß ihnen ein Jude ins Gehege kam und jedes Jahr eine halbe Milliarde Dollar machte.«

»Lois' Mann ist in der Textilbranche«, erklärte Denise.

Dann mischte sich eine Frau, die am Ende des Tisches saß, in das Gespräch. Sie war eine großgewachsene Frau von klassischer Schönheit. »Das ist doch alles Quatsch. Milken hat bekommen, was er verdiente, und er hätte noch viel mehr verdient.«

Sie war die Tochter eines Bischofs der Episkopalkirche und hatte den Vorstandsvorsitzenden einer der größten Bergbaugesellschaften der Vereinigten Staaten geheiratet... der auch schon tot war. Kleider, die nicht von Karl Lagerfeld, Bill Blass oder Gianfranco Ferre entworfen worden waren, trug sie nicht und hielt es für unter ihrer Würde, in einem anderen Wagen als einem Rolls oder einem Ferrari zu fahren. Aber sie war überzeugte Demokratin und ließ das auch bei jeder Gelegenheit raushängen.

»Am Anfang«, fuhr sie fort, »hat Milken wohl schon Gutes bewirkt. Aber als ihm die soliden Firmen ausgingen, in die es sich zu investieren lohnte, fing er an, Junk Bonds für Unternehmen auf den Markt zu werfen, deren Schicksal schon längst besiegelt war. Deswegen haben die renommierten Bankhäuser auch die Finger davon gelassen. Dann hat er mit seinen Kumpanen von den Savings and Loans, wie zum Beispiel diesem Keating, die Junk Bonds verschleudert. Alle Beteiligten haben riesige, als Provisionen getarnte Schmiergelder eingesteckt. Und das würden sie auch heute noch tun, wenn die Regierung keinen Riegel vorgeschoben hätte. Und jetzt müssen wir Steuerzahler mit einer halben Billion die S&Ls wieder flottkriegen. Und Milken suhlt sich irgendwo im Luxus, nachdem er ein paar Jahre lang in diesem Country Club in Pleasanton ›gebüßt‹ hat.«

Auf diesen Ausbruch folgte betretenes Schweigen, das aber gleich darauf von Denise van Bercham unterbrochen wurde, die verkündete, zum Essen gebe es *Salade Niçoise* und *Sole Meunière*. Sie gab die Bestellung bei einem Ober auf, der gerade neben ihr stand und Wein einschenkte, und als ihr Glas voll war, nahm sie es und trank es zur Hälfte aus.

Dann beugte sie sich zu Willy Saxon und sagte leise: »Machen Sie sich bloß nichts draus! Die hat seit fünf Jahren mit keinem Mann mehr geschlafen und benutzt ihr Gequatsche als Ersatzbefriedigung.«

Um ihr Mitgefühl noch zu unterstreichen, griff Denise nach Willys Arm und drückte ihn freundlich.

»Hoffentlich stört es Sie nicht, Mr. Saxon, aber ich würde Sie gern noch was über Pleasanton fragen.« Das war jetzt wieder Sally. »Sind Besuche von Ehegatten erlaubt?«

»Ja, die sind erlaubt«, antwortete Willy. »Obwohl sich das in meinem Fall erübrigt hat.«

Oh, oh. War er...?

»Wissen Sie«, fuhr Willy fort. »Meine Frau hat sich von mir scheiden lassen, kurz bevor ich nach Pleasanton gekommen bin.«

Das war schon besser.

»Wie oft sind solche Besuche erlaubt?« fragte Sally.

Denise mischte sich ein, bevor Willy antworten konnte. »Ich glaube, wir haben über dieses Thema jetzt genug gehört, Sally.« Sie schaute sich Zustimmung heischend um. »Ich muß euch ein paar wichtige Neuigkeiten über die Oper mitteilen. Wie ihr alle wißt, habe ich Jacobs Sitz im Vorstand übernommen. Wir haben vor, die Saison mit *La Traviata* zu eröffnen, aber wir waren uns bisher nicht sicher, wer die männliche Hauptrolle übernehmen soll. Ich kann euch jetzt mitteilen, daß es Gordon Getty und mir gelungen ist, Pavarotti dafür zu gewinnen.«

Dieses Thema beschäftigte den Tisch, während sie den Salat und den Fisch aßen. Willy Saxon konnte dabei in aller Ruhe zuhören und seine Beobachtungen machen. Seine besondere Aufmerksamkeit widmete er Denise van Bercham.

∎

Sie war wahrscheinlich Ende Vierzig, also vier oder fünf Jahre älter als er. Ihr makelloses Gesicht – besonders ihre vollkommene Nase – verdankte sie zweifellos den Bemühungen eines Schönheitschirurgen. Die Art, wie sich ihre Bluse über ihren Brüsten spannte, ließ es zweifelhaft erscheinen, ob es auf diesem Gebiet auch irgendwelcher Nachhilfe bedurft hatte. Ihre Taille war schmal, aber im Unterschied zu mindestens zwei der anderen Damen am Tisch, gab es bei Denise keinerlei Anzeichen von Magersucht. Sie hatte volles, dunkles, wallendes Haar, und nach dem, was er am Tag zuvor im Washington Square gesehen hatte, mußte sie sich ihrer Beine ebenfalls nicht schämen. Willy fand, daß Denise van Bercham eine tolle Frau war, so weiblich und so anziehend, wie eine Frau nur sein kann – bis auf einen Punkt: ihre Augen. Sie waren stahlblau, und nichts entging ihnen. Willy war sicher, daß sich Denise der eingehenden Musterung ihres Körpers vollkommen bewußt war. Er hatte den Verdacht, daß ihr das sogar Spaß machte.

Als der Kaffee gebracht wurde, hatte sich das Thema Pavarotti endlich erschöpft, und sie hatten sich auch geeinigt, wer jeweils die diversen Essenseinladungen für ihn ausrichten würde. Für alle diese Einladungen war Denises Zustimmung wichtig, weil nur sie dafür garantieren konnte, daß »mein guter Freund Luciano« auch zur richtigen Zeit am richtigen Ort wäre. Sie machte hinlänglich klar, daß sie Pavarottis Aufenthalt organisieren würde. Sowohl ihre G-4 als auch Gordons 727 stünden ihm zur Verfügung. Das brachte die Rede auf Gordons Frau Ann, die natürlich dazwischenfunken wollte. Aber Denise hatte das schon vorausgesehen. Sie werde dafür sorgen, sagte sie den anwesenden Damen, daß Luciano in ihrer Maschine einfliegen und in Gordons Maschine abfliegen werde.

Schließlich wandte sie ihre Aufmerksamkeit wieder Willy Saxon zu. »Ich fürchte, wir langweilen Sie, William. Bevor wir aufbrechen, würden wir, glaube ich, alle gern Ihre Meinung über den Kapitalmarkt hören, oder?«

Die Damen schlossen sich dieser Bitte an.

»Darf ich etwas fragen?« Das war die Bischofstochter.

Obwohl sie wegen ihrer Tirade zum Thema Milken in Ungnade gefallen war, bekam sie doch ein aufmunterndes Nicken von Denise.

»Mein Makler hat gesagt, daß es wahrscheinlich Anfang nächsten Jahres zu einer neuen konjunkturellen Abkühlung kommen wird und daß dann die Unternehmensgewinne drastisch sinken werden. Wenn die Leute sehen, was passiert, ziehen sie ihr Geld vom Markt zurück, und das sind Milliarden. Er sagt, wer klug ist, zieht sich jetzt zurück. Sehen Sie das auch so?«

»Ich finde, daß sowohl die Diagnose als auch die Schlußfolgerung richtig sind«, antwortete Willy. »Obwohl ich nicht unbedingt gleich morgen früh alle meine Aktien verkaufen würde. Lassen Sie Ihren Makler doch etwas für sein Geld tun. Sagen Sie ihm, er soll Ihnen einen Anlageplan machen.«

»Aber«, sagte Sally, »wenn man aus dem Aktiengeschäft aussteigt, wo legt man denn dann sein Geld an?«

»In einem Geldmarktfonds«, sagte eine der beiden magersüchtigen Frauen, die bis jetzt kaum den Mund aufgemacht hatte, was vielleicht mit ihrem geschwächten Körperzustand zusammenhing.

»Das ist eine sichere Anlage.«

»Und das bei weniger als vier Prozent?« sagte die Tochter des Bischofs. »Sie machen Witze!«

Denise mischte sich ein. »Laß doch William reden.«

»Also, Sie haben irgendwie alle recht«, sagte Saxon. »Ja, wir steuern wieder auf eine Rezession zu. Und ja – wenn Sie klug sind, ziehen Sie sich vom Aktiengeschäft zurück, bevor es alle tun. Und wenn Sie auf Nummer sicher gehen wollen, dann ist ein Geldmarktfonds eine der sichersten Anlagen. Aber wie schon gesagt wurde, da bekommt man nur vier Prozent. Etwas mehr als die Inflationsrate. Also verdient man da praktisch nichts.«

»Wie sieht es mit festverzinslichen Papieren aus?« fragte Denise.

»Das kommt der Sache schon näher. Festverzinsliche Papiere, besonders langfristige festverzinsliche, sind etwas, das Sie sich mal durch den Kopf gehen lassen sollten. Aber keine Industrieobligationen. Wenn die Rezession einsetzt – vor allem, wenn es eine starke Rezession ist –, kommen viele Unternehmen in Schwierigkeiten. Und wenn das passiert, kommen auch ihre Papiere – und ich rede nicht nur von Junk Bonds – in Schwierigkeiten.«

»Die Devise heißt also T-Bonds«, sagte die Bischofstochter.

»Das ist teilweise richtig. Man möchte sicherheitshalber in Papieren anlegen, die von der Regierung gedeckt sind, aber die Erträge bei T-Bonds sind nicht besonders aufregend. Außerdem muß der Zinsertrag versteuert werden.«

Niemand am Tisch zahlte gern Steuern, und Willy Saxon hatte jetzt ihre ungeteilte Aufmerksamkeit.

»Steuerfreie Kommunalobligationen. Das ist das, was Sie suchen. Sie sind von der Regierung gedeckt und sind damit sicher. Der Ertrag ist relativ hoch ... viel höher als alles, was ein Geldmarktfonds bringt. Und wenn man die richtigen kauft, dann zahlt man weder Bundes- noch Landessteuern. Wenn Sie noch einen weiteren Beweis brauchen, dann sehen Sie sich doch mal an, wo Ross Perot die meisten seiner Milliarden angelegt hat, oder auch Ihr Freund Gordon Getty, Denise. Steuerfreie Kommunalobligationen. Erkundigen Sie sich danach.«

Da er sich nun sein Essen verdient hatte, schaute Willy Saxon auf die Uhr. Denise spürte, was er sagen wollte, und kam ihm zuvor.

»Meine Damen, es ist Zeit, die Tafel aufzuheben. Aber ich glaube, bevor wir das tun, sollten wir Mr. Saxon danken, daß er uns an seinem Wissen hat teilhaben lassen. Wir müssen das bald einmal wiederholen, oder?«

Alle murmelten zustimmend, während sie sich vom Tisch erhoben.

»Sind Sie mit dem Wagen da?« fragte Denise Willy Saxon.

»Nein, ich bin mit dem Taxi gekommen.«

»Dann brauchen Sie ja jemanden, der Sie mitnimmt.«

Das wäre schön. Ich wohne im Huntington. Müssen Sie dafür einen Umweg fahren?«

»Natürlich nicht.«

Denises Chauffeur wartete schon mit dem Bentley, als sie aus dem Restaurant kamen.

»Wie lange haben Sie vor, im Huntington zu bleiben?« fragte Denise, als sie am Ende der Straße abbogen und in Richtung Nob Hill fuhren.

»Bis ich eine Wohnung finde.«

»Vielleicht kann ich dabei helfen.«

■

»Ja, ich könnte wirklich Hilfe gebrauchen.«

»Also, wir – oder genauer: *ich* habe ein sehr hübsches Wohnhaus direkt gegenüber dem Park beim Huntington. Der Aufzug hält direkt in der Wohnung, und es ist auch Platz für Hausangestellte. Mein Mann war immer sehr pingelig, was die Mieter betraf. Sie können also sicher sein, daß in dem Haus die richtigen Leute wohnen.«

»Aber ist denn etwas frei?«

»Wenn nicht, dann könnte man das arrangieren«, erwiderte sie.

»Da drüben ist es, auf der anderen Seite des Parks«, sagte Denise, als sie vor dem Huntington Hotel anhielten.

Sie beugte sich über Willy, um ihm das Haus zu zeigen. Während sie die Lage des Gebäudes pries – sie verglich es mit den Häusern an der Park Avenue und am Central Park in New York und mit den Wohnhäusern am Jardin du Luxembourg in Paris –, preßte sie die ganze Zeit ihre Brüste an ihn. Er mußte daran denken, was Denise über die Bischofstochter gesagt hatte: daß sie schon seit fünf Jahren mit keinem Mann geschlafen habe.

Was das betraf, so hatte er seit drei Jahren mit keiner Frau geschlafen. Und obwohl Denise vielleicht fünf Jahre älter war als er, hatte er doch schon immer mal sehen wollen, ob die Dinge stimmten, die von älteren Frauen behauptet wurden.

»Haben Sie vielleicht Lust, in der Big Four Bar mit mir was zu trinken?« fragte er.

»Ich trinke nie in Bars, mein Lieber«, sagte sie. »Ich rufe Sie wegen der Wohnung noch an.«

∎

4. KAPITEL

Am selben Nachmittag um vier Uhr betrat Willy Saxon, pünktlich wie immer, die Zentrale der Western Credit Rating Agency, die im 17. Stockwerk des Russ Buildings in der Montgomery Street lag.

In Übereinstimmung mit den Geschäften, die die Firma tätigte, waren ihre Büros alles andere als luxuriös. Sie waren auf eine Art ausgestattet, die dem Besucher bei seinem Eintritt ein Gefühl klinischer Effizienz und einer vollkommenen, wenn auch unaufdringlichen Professionalität vermittelten. Sogar die Empfangssekretärin trug ein graues Kostüm, das eher nach Brooks Brothers denn einer Boutique aussah.

»Mein Name ist William Saxon. Ich habe für vier Uhr einen Termin bei Ihrem Mr. Ravitch.«

»Ja. Er erwartet Sie.« Sie stand von ihrem Schreibtisch auf und führte ihn in ein geräumiges Büro, das am Ende des Flurs lag und von dem aus man einen großartigen Blick auf die Bucht von San Francisco hatte.

Willy Saxon hatte sich darauf eingestellt, daß der Mann, den er jetzt kennenlernen würde, ihm absolut unsympathisch wäre. Aber als Ravitch, ein großgewachsener Mann, auf ihn zukam, ihm die Hand gab und sie dreimal fest schüttelte – und das alles mit einem breiten Grinsen im Gesicht –, wußte Willy, daß es nicht leicht sein würde, diesen Mann unsympathisch zu finden. Dieses Gefühl verstärkte sich noch durch das, was Sidney Ravitch sagte.

■

»Lenny Newsom hat mir alles über Sie erzählt, Mr. Saxon. Er sagt, Sie seien zweifellos der Beste von allen da drüben in Pleasanton gewesen. Es ist mir deshalb ein großes Vergnügen, Sie endlich einmal persönlich kennenzulernen. Nehmen Sie doch bitte Platz.«

Sie setzten sich beide an den Couchtisch, auf dem eine Kaffeekanne und zwei Tassen für sie bereitstanden. Willy stellte seinen schmalen Aktenkoffer neben dem Sessel auf den Boden.

»Für mich keinen Zucker und keine Sahne«, sagte Willy, als Ravitch den Kaffee einschenkte.

»Ich habe erst gestern mit Lenny gesprochen«, sagte Ravitch. »Er hat mich angerufen, weil er mir sagen wollte, daß Sie ihm Ihren Macintosh Computer dagelassen haben. Er ist wie ein großes Kind. Für ihn war das so, als hätte er zu Weihnachten ein neues Spielzeug bekommen. Also«, fuhr Ravitch fort, »was führt Sie her, Mr. Saxon?«

»Eine rein geschäftliche Angelegenheit. Wie Sie sicher wissen, ist Finanzierung mein Geschäft – da komme ich her. Im Augenblick wird es – wegen der Dinge, die passiert sind – einige Zeit dauern, bis ich wieder direkt mitmischen kann. Deswegen suche ich nach Wegen, wie ich indirekt am Ball bleiben kann.«

»Und die wären?«

»Zum Beispiel investieren und nicht direkt agieren.«

»Und Sie haben gedacht, unsere Firma könnte Ihnen vielleicht behilflich sein, ein Anlageobjekt für Sie zu finden?«

»Nein. Ich habe gedacht, Sie wären vielleicht daran interessiert, mich als Investor in Ihre Firma aufzunehmen, als Teilhaber, Mr. Ravitch«, antwortete Willy Saxon.

»Sidney, bitte. Oder besser noch Sid«, sagte Ravitch.

»Wieso denken Sie denn, daß wir einen neuen Kapitalgeber brauchen?«

»Ich habe in Pleasanton meine Hausaufgaben gemacht. Ich habe die Bibliothek miteingerichtet und Zugang zu allen Geldmarktdaten bekommen, die ich brauchte, und wenn ich dazu das Dow-Jones-Info-System anzapfen mußte – und zwar mit Hilfe eines Modems und dem Macintosh, den Ihr Freund Lenny gerade geerbt hat.«

»Und was haben Ihre Nachforschungen über uns ergeben?«

»Erstens einmal, daß Sie einem sehr erlesenen Club angehören. Daß das Rating-Geschäft hier bei uns, und eigentlich in der ganzen Welt, auf nur eine Handvoll Firmen begrenzt ist. Jeder kennt Moody's und Standard & Poors. Aber einige der kleineren Unternehmen, wie Fitch Investor Services oder Ihre Firma, sind eigentlich nur den Profis im Anlagegeschäft bekannt.«

»Was haben Sie noch herausgefunden?«

»Daß die Rating-Agenturen enormen Einfluß ausüben. In den letzten Wochen stand in einem Artikel in der *Financial Times*, daß Ihre Branche eine der mächtigsten Gruppen auf den internationalen Geldmärkten ist.«

»Aber das müssen Sie doch schon bemerkt haben, als Sie noch im Geldgeschäft waren«, sagte Ravitch.

»Ja, da haben Sie recht. Ich hätte es merken sollen. Aber vergessen Sie nicht: Meine Spezialität waren Junk Bonds. Das Rating war uns absolut gleichgültig. Junk Bonds sind eben nichts als Müll. Unsere Sachen waren Lichtjahre von einer AAA-Einstufung entfernt. Wir haben nicht einmal Ratings auf die Festverzinslichen bekommen, mit denen wir auf den Markt gegangen sind. Die Leute haben diese Papiere aus anderen Gründen gekauft.«

»Ja, das leuchtet ein. Haben Sie sonst noch etwas herausgefunden?«

»Ja. Anscheinend kann man in Ihrer Branche vollkommen ohne jede Kontrolle schalten und walten. Wenn ich es richtig sehe, gibt der Umstand, daß die Börsenaufsicht Sie anerkennt, Ihren Ratings eine solche Macht, daß Sie über Wohl und Wehe einer Emission entscheiden können. Und Sie werden nie überprüft – keine Revisionen, nichts.«

»Ja, das stimmt. Wir haben einen sehr guten Ruf. Vielleicht keinen hundertprozentig einwandfreien Ruf, aber es ist nie etwas vorgekommen, das hinreichenden Anlaß zu Eingriffen der Behörden gegeben hätte«, sagte Ravitch. »Aber Sie haben immer noch nicht meine Frage beantwortet. Wieso glauben Sie, daß *wir* einen Kapitalgeber brauchen, der von außen kommt?«

»Vielleicht deswegen.«

Saxon griff nach seinem Aktenkoffer, öffnete ihn und holte einen Prospekt heraus, der durch die Goldprägung auf dem Umschlag sofort ins Auge fiel.

Ravitch wurde rot, als er den Prospekt erkannte.

»Hat Lenny Ihnen den gegeben?« wollte er wissen.

»Nein. Ich habe ihn mir ausgeliehen. Lenny war so stolz darauf, daß er ihn immer in der obersten Schublade seines Schreibtischs aufbewahrte. Sein Zimmer lag meinem Zimmer gegenüber auf der anderen Seite des Korridors.«

»Sie haben das Ding also gestohlen.«

»Wie ich schon sagte, Sid – ich habe ihn mir ausgeliehen.«

»Gut, lassen wir das mal beiseite. Was genau wollen Sie eigentlich von mir?«

»Auch das habe ich Ihnen schon gesagt. Ich will Anteile an Ihrer Firma kaufen.«

»Aber ich...«

Saxon unterbrach ihn. »Bitte hören Sie mich zu Ende an, Sid. Ich habe also meine Hausaufgaben gemacht. Und damit meine ich nicht die Dinge, die Lenny mir erzählt hat. Ihre Stärke lag immer darin, ein großer Fisch in einem kleinen Teich zu sein. Sie halten sich an Kalifornien, Oregon und Washington und überlassen den Rest des Landes und der Welt den Großen der Branche. Stimmt's?«

»Sie haben es erfaßt. Wir kennen wie niemand sonst jeden Ort und jede Gemeinde, ob groß, klein oder winzig, in unserem Gebiet.«

»Aber jetzt haben Sie ein Problem«, erklärte Saxon. »Die Branchenführer – Ihre alte Firma Moody's und auch Standard & Poors – machen sich allmählich in Ihrem Hinterhof breit. Und da Standard & Poors zu McGraw Hill gehört und Moody's zu Den & Bradstreet, haben sie große Taschen, große finanzielle Ressourcen. Sie können in Ihr Gebiet eindringen, auch wenn sie dabei erst einmal Verluste machen. Und Sie haben keine großen Taschen, Sid. Wenn meine Informationen zutreffen, dann bekommen Sie allmählich Liquiditätsprobleme. Ich bin in der Lage, dieses Problem zu lösen. Und vielleicht fallen mir ein oder zwei Sachen ein, die unserer Firma in der Zukunft sehr viel mehr Geld einbringen können, als das bisher der Fall war.«

»Aha, es ist also schon ›unsere‹ Firma?« fragte Ravitch.

»Sid, mir ist es ernst damit. Wenn Sie nicht interessiert sind, dann gehe ich. Auf der Stelle. Sie können Lennys Prospekt behalten. Und wir vergessen beide, daß dieses Gespräch je stattgefunden hat. Okay?«

Sidney Ravitch stand vom Couchtisch auf und ging ans Fenster.

»Wieviel möchten Sie denn investieren?« Er starrte aus dem Fenster, als er das sagte.

»Zehn Millionen.«

»Alles in bar?«

»Alles in bar.«

»Alles in bar und sofort?«

»Alles in bar und innerhalb dreißig Tagen.«

»Und welchen Anteil der Firma erwarten Sie für Ihre zehn Millionen?«

»Neunundvierzig Prozent. Und eine Option auf den Rest.«

Sidney Ravitch wandte sich jetzt vom Fenster ab und schaute Willy Saxon an.

»Sie haben das wirklich gründlich durchdacht, was?«

»Ja, von A bis Z.«

»Gut.« Sid Ravitch setzte sich jetzt wieder Willy gegenüber an den Couchtisch. »Wo kommt das Geld her?«

»Aus dem Ausland.«

»Unter welchem Namen?«

»Nicht unter meinem.«

»Das ist gut. Aber unter welchem Namen dann?«

»Das hängt davon ab, wo es herkommt. Und ist das wirklich wichtig, solange mein Name nicht ins Spiel kommt.«

»Doch, es ist wichtig, und ich sagte Ihnen auch, warum. Sie haben recht – wir unterliegen nicht der Börsenaufsicht. Aber das könnte sich ändern. John Dingell, ein Kongreßabgeordneter aus Michigan, drängt gerade auf eine Änderung. Er ist Vorsitzender des Wirtschaftsausschusses und ein mieser, mißtrauischer Schweinehund. Den möchte ich nicht auf dem Hals haben.«

»Gut. Was ist, wenn ich eine Bank auf den Bahamas benutze?«

»Willy«, sagte Sid. »Sie werden es vielleicht nicht für möglich halten, aber trotz Ihrer Bibliothek und Ihrem Modem in Pleasanton sind Sie noch nicht wieder ganz auf dem Boden der Wirklichkeit in unserer Branche.«

»Was wollen Sie damit sagen?« fragte Willy.

»Die Bahamas sind ein Sieb. Sehen Sie doch, was mit Denis Levine passiert ist. Er hat gedacht, es sei vollkommen sicher, die Tochtergesellschaft einer Schweizer Bank in Nassau, die Bank Leu, als Tarnung für die Insidergeschäfte zu benutzen, auf die er sich verlegt hat, während er an der Wall Street arbeitete. Er glaubte, er sei durch das Bankgeheimnis in beiden Ländern geschützt. Und dann fand er heraus, daß dem nicht so war. Als der Zentralbankrat ihm schließlich auf die Schliche kam, setzten sie die Regierung der Bahamas und die Bank unter Druck, und beide gaben nach. Sie rückten nicht nur einen Pfennig raus, den Levine verdient hatte – und wenn ich mich richtig erinnere, waren es etwa elf Millionen Dollar –, sondern sie kamen auch mit den Unterlagen rüber, die Levine dann siebzehn Monate Lewinston einbrachten. Er hätte eigentlich viel mehr bekommen, aber er ließ sich auf einen Deal mit den Behörden ein und verpfiff alle, mit denen er je zu tun gehabt hatte.«

Sidney Ravitch war offensichtlich ein eifriger Beobachter solcher Vorgänge.

»Wenn Sie noch immer nicht überzeugt sind«, fuhr er fort, »dann gehen Sie doch nochmal nach Pleasanton und unterhalten sich mit unserem gemeinsamen Freund Lenny. Die Royal Bank of Canada hat eine Tochtergesellschaft in Nassau, und mit deren Zweigstelle auf den Cayman-Inseln hatte Lenny zu tun, als ihn das gleiche Schicksal traf wie Levine. Sie haben ihm sein ganzes Geld genommen und ihn für drei Jahre ins Gefängnis gesteckt.«

Aber, dachte Willy, *dein* Geld haben sie nicht gekriegt, oder? Du mußt deinen Anteil an den »Profiten« aus dem Coup mit den Goldoptionen irgendwo untergebracht und dich dann damit ins Rating-Geschäft eingekauft haben.

»Gut, wie wär's denn mit einer britischen Firma, die auf den Kanalinseln sitzt?« fragte Willy.

»Das ist schon besser. Und wer ist Unternehmenssprecher?«

»Der Syndikus der Gesellschaft ist Seniorpartner in einer der renommiertesten Londoner Anwaltskanzleien. Wie ich höre, berät die Kanzlei Prinz Charles. Ich glaube, es wäre annehmbar.«

Ravitch hörte das gern. »Sie sind ein gerissener Hund, Willy. Ich bin überrascht, daß Sie erwischt worden sind.«

»Mich hat das auch überrascht, Sid. Wir haben immer Witze gemacht und gesagt, es könne jedem von uns passieren, aber...«

»Ja. Aber dann ereilt einen das Schicksal doch.«

Dieser Mann wurde Willy allmählich wirklich sympathisch. Ravitch wußte, daß *er* von der Sache mit Lenny und dem Goldschwindel wußte. Aber statt irgendwelchen Mist zu erzählen, gab Ravitch ganz einfach zu, daß er mit knapper Not dem Schicksal entgangen war, daß sowohl Lenny als auch Willy nach Pleasanton gebracht hatte.

Und da war noch etwas. Er hatte versucht dahinterzukommen, warum Ravitch bei Moody's so plötzlich ausgeschieden und in diese viel kleinere Agentur eingetreten war. Aber niemand war mit der Sprache rausgerückt.

»Gut«, sagte Ravitch. »Ich glaube, wir haben alles, was man für ein gemeinsames Geschäft braucht, Willy. Unterhalten wir uns jetzt mal über das Timing.«

5. KAPITEL

Als Willy ins Hotel zurückkam, war es schon fast sieben Uhr abends. Er stand ein paar Augenblicke in der Lobby und überlegte, was er jetzt tun wollte. Er beschloß, erstmal in der Hotelbar etwas trinken zu gehen. Die Bar war nach den vier kapitalistischen Ausbeutern und Betrügern benannt, die es am Ende des 19. Jahrhunderts in San Francisco zu Geld gebracht hatten.

Der Barmann im Big Four war ein ehemaliger Polizist. Er hieß Bob und war ein Sportfreak, der je nach Saison auf alles wettete, was es gab, egal, ob es die New York Giants waren oder die Oakland A's, die Golden State Warriors, die San Francisco 49er oder die Sharks. An diesem Abend beschäftigte er sich mit seiner anderen Spezialität: dem Trivialwissen. Es ging um irgendwelche Hauptstädte von Ländern, Staaten, Provinzen und Kantonen und was auch immer. Die Stammgäste stellten ihm Fragen.

»Prince Edward Island«, sagte einer der Gäste, als Willy sich gerade auf den einzigen leeren Hocker am Ende der Bar setzte.

»Charlottetown«, kam es wie aus der Pistole geschossen.

»Vermont.«
»Montpelier.«
»Liechtenstein.«
Pause.

»Vaduz«, sagte Willy.
Alle an der Bar schauten ihn an.
»Stimmt«, sagte Bob. »Jetzt dürfen Sie was fragen. Wie heißen Sie denn?«
»Willy.«
»Okay. Dann mal los, Willy.«
»Obervolta.«
Alle an der Bar schwiegen.
»Wir geben auf«, sagte Bob.
»Ouagadougou.«
»Buchstabieren Sie das mal«, forderte Bob ihn auf.
Willy buchstabierte es, und Bob griff in einen Schrank unter der Kasse, zog einen abgegriffenen Atlas heraus und begann, darin herumzublättern.
»Sie haben recht«, sagte der Barmann schließlich.
»Gib dem Mann einen Drink«, sagte einer der Männer am anderen Ende des Tresens.
»Ach ja, Willy, Sie sind nicht zufällig Willy Saxon?«
»Doch, der bin ich.«
»Das darf ja nicht wahr sein«, sagte der Mann. »Ich bin Gerry McGrath. Ich habe bei Dean Witter gearbeitet, als Sie Ihr Ding abgezogen haben. Sie waren eine Zeitlang aus dem Verkehr gezogen, stimmt's?«
»Drei Jahre und einen Tag«, antwortete Willy.
»Gib dem Mann zwei Drinks, Bob.«
Es war elf Uhr, bevor es Willy gelang, von seinem neuen Fanclub loszukommen. Er wußte, was er als nächstes tun würde. Aber in Vaduz war es jetzt vier Uhr morgens. Außerdem hatte er ein bißchen zuviel getrunken. Und er wollte nicht, daß der Anruf nach Liechtenstein zu seinem Hotelzimmer zurückverfolgt werden konnte. Deshalb nahm er den Hörer ab, wählte den Zimmerservice und bestellte sich ein Schinkensandwich und eine Flasche Beck's Bier. Zehn Minuten

später war das Bestellte da. Als er sein Sandwich gegessen hatte, stellte Willy den Wecker auf 23 Uhr 45 und legte sich zu einem kleinen Nickerchen hin.

Es war kurz vor Mitternacht, als Willy aus der Lobby des Huntington Hotels kam und die California Street entlangging. Nebel war aufgekommen, und die Temperatur war unter zehn Grad gesunken. Keine ideale Zeit für einen längeren Nachtspaziergang. Auf dem Nob Hill gab es noch vier andere große Hotels: das Mark Hopkins, das Stanford Court, das Ritz Carlton und das Fairmont. Willy wollte in das Hotel, das am nächsten gelegen war und in dem nachts in der Lobby noch möglichst viel los war. Als er zum Fairmont kam, stand sein Entschluß schon fest: Vor dem Hotel hielten vier Reisebusse, die Hunderte von lauten Kongreßteilnehmern ausspuckten.

In dem Gang, der vom Hauptgebäude zum Fairmont Tower führte, fand er die Telefonzelle, nach der er gesucht hatte. Er holte einen Zettel aus der Geldbörse und schaute auf das Papier, während er wählte: 01-41-75-433-4981.

»Auslandsvermittlung. Was kann ich für Sie tun?« fragte die Telefonistin von der internationalen Vermittlung in New York.

»Ich möchte ein R-Gespräch nach Vaduz in Liechtenstein anmelden. Für Dr. Werner Guggi. Das buchstabiert man G-U-G-G-I.«

»Wie ist bitte Ihr Name?«

»William Randolph Hearst.« Das war der erste Name, der ihm eingefallen war, als Guggi vor Jahren vorgeschlagen hatte, er solle einen falschen Namen verwenden, wenn er ihn aus den Vereinigten Staaten anrufe.

Dann war in der Leitung nichts zu hören, während

die Telefonistin in New York die Verbindung herzustellen versuchte. Zehn Sekunden lang, fünfzehn, zwanzig. Und wenn Guggi tot war? Fünfundzwanzig, dreißig. Endlich tat sich etwas in der Leitung.

»Willy! Hier ist Werner Guggi. Ja, so eine Überraschung!«

»Hoffentlich keine unangenehme.«

»Nein, nein, nein! Nur unerwartet. Wo bist du denn?«

»Nicht mehr da, wo ich war. Ich will rüberkommen und dich sehen, Werner.«

»Aber natürlich. Wann denn?«

Willy entschloß sich genau in diesem Augenblick. »Donnerstag.«

»Das ist sehr kurzfristig, muß ich schon sagen«, antwortete der Liechtensteiner Anwalt. »Laß mich mal auf meinen Terminkalender schauen.«

Sechzig Millionen Dollar hab ich ihm anvertraut, und er muß erstmal in seinem verdammten Terminkalender nachschauen!

Ein paar Sekunden später: »Der Donnerstag ist leider voll, Willy.«

»Dann treffen wir uns eben am Abend«, sagte Willy und versuchte, seinen Zorn zurückzuhalten.

»Das sollte sich einrichten lassen, ja. Wir essen zusammen. Sagen wir um sieben. Im Gasthof zum Sternen in Vaduz. An den erinnerst du dich bestimmt noch.«

»Natürlich. Könntest du da ein Zimmer für mich bestellen?«

»Natürlich. Sonst noch etwas?«

»Fürs erste nicht. Ich glaube, du wirst mir ein paar Zahlen zeigen wollen.«

»Aber natürlich. Zumindest die Zahlen, die dich betreffen.«

»Dann bis Donnerstag abend um sieben im Gasthof.«

»Auf Wiedersehen.«

Direkt am Gang lag eine Bar, in der Dixieland gespielt wurde, und Willy ging sofort hinein. Bis auf den Barmann war keiner da.

»Sapphire Bombay Gin Martini mit zwei Oliven.«

Zum ersten Mal, seit er aus Pleasanton weg war, spürte er eine leichte Übelkeit in der Magengegend. Was hatte Guggi mit dieser letzten Bemerkung gemeint? Mit den Zahlen, »die dich betreffen«. Was waren denn dann die Zahlen, die ihn nicht betrafen?

Er hatte sich ja Dr. Werner Guggi aus Liechtenstein nicht aus den Gelben Seiten herausgesucht. Guggi war ihm von Dr. Rudolph Schweizer empfohlen worden, dem Vorstandsvorsitzenden der Schweizer Unionsbank, der größten Schweizer Bank, die – schließlich kannte er sich jetzt in Ratings aus – eine von weltweit nur fünf Banken war, die von Moody's und Standard & Poors ein AAA-Rating erhalten hatten.

Im Laufe der Jahre hatte Willy Saxon eine gute Arbeitsbeziehung mit diesem Schweizer Gnom aufgebaut und gleichermaßen einen ansehnlichen Kontostand bei seiner Bank. Das Geld auf dem Konto kam aus Emissionsprovisionen ausländischer Junk Bonds, einem Gebiet, auf dem er ein echter Pionier war.

Die Chance dazu hatte sich 1985 ergeben, als die Schweizer Behörden es möglich machten, daß auch ausländische Geldinstitute in der Schweiz Emissionskonsortien gründeten. Davor hatten die drei großen Schweizer Handelsbanken ein Monopol auf die Ausgabe von Pfandbriefen, die auf Schweizer Franken lauteten, und es war ihre erklärte Geschäftspolitik, dafür zu sorgen, daß nur die besten und sichersten Papiere in der Schweiz auf den Markt kamen.

Als Willy Saxon in Zürich auftauchte, gehörten dieses Monopol, diese Geschäftspolitik und diese Qualität der Papiere bald der Vergangenheit an.

Willy hatte sofort eine »Finanzgesellschaft« gegründet, ein Bankunternehmen, das nach Schweizer Gesetz bis auf das Geschäft mit Privatkunden alles tun konnte, was auch eine Handelsbank tat. Dann war er zu Rudolph Schweizer gegangen. Sein Angebot: Du bringst das Grundkapital auf, und ich sorge dafür, daß meine Ware auch Abnehmer findet, bringe mein Know-how über Junk Bonds ein und die Gesellschaften, die die Bonds ausgeben wollen. Den Gewinn teilen wir halbe-halbe. Wenn du stiller Teilhaber bleiben willst, um deinen makellosen Ruf zu schützen, soll mir das recht sein.

Die SUB hatte sich sofort auf das Geschäft mit ihm eingelassen und es vorgezogen, stiller Teilhaber zu bleiben. Willy Saxon hatte sich seinerseits entschlossen, als Nutznießer des neuen Joint Venture so unsichtbar wie möglich zu bleiben, und das hatte ihn nach Liechtenstein und zu dem guten Dr. Werner Guggi geführt.

Ihr erstes Treffen hatte Anfang Februar 1985 stattgefunden... im Restaurant des Gasthofes zum Sternen in Vaduz.

»Es ist mir ein großes Vergnügen, Sie kennenzulernen«, waren die ersten Worte des Liechtensteiner Anwalts gewesen. »Sie müssen wissen, daß Sie mit der besten Empfehlung kommen, die es überhaupt gibt.«

»Herr Dr. Schweizer hat mich gebeten, Sie von ihm zu grüßen«, hatte Willy entgegnet.

»Trinken Sie Wein?« hatte Guggi gefragt.

»Ja.«

»Möchten Sie mal einen hiesigen probieren?«

Der Hiesige war ein ganz annehmbarer Johannesberg Riesling.

»Ja, also ... ich nehme an, Sie sind mit unserer Situation hier vertraut«, hatte Guggi begonnen.

»Nein, eigentlich nicht besonders. Ich habe in den späten 60er Jahren zwei Semester an der Universität Zürich studiert – meine Mutter war Schweizerin, ich hatte also keine Schwierigkeiten mit der Zulassung –, aber ich bin noch nie in Liechtenstein gewesen. Offen gesagt, es erschien mir nicht wichtig.«

»Da haben Sie recht. Es ist auch nicht wichtig. Liechtenstein war jahrhundertelang bloß ein unbedeutendes, von der Landwirtschaft existierendes, rückständiges Fürstentum am Rande des österreichisch-ungarischen Reiches. Es stand nie gut um das Land hier, aber es kam noch viel schlimmer, als der Erste Weltkrieg zu Ende ging. Das Reich zerbrach, und wir waren auf einmal ein Volk ohne Land.

Das alles änderte sich fundamental am 1. Januar 1924, als Liechtenstein ein umfassendes Assoziationsabkommen mit der Schweiz schloß. Die Schweizer Grenzen und Zölle wurden unsere Grenzen und Zölle. Der Schweizer Franken wurde unser gesetzliches Zahlungsmittel. Und die beiden Liechtensteiner Banken wurden vollkommen ins Schweizer Bankensystem integriert, einschließlich des strikten Bankgeheimnisses und aller anderen Dinge.«

»Also, was haben Sie hier zu bieten, das man nicht auch in Zürich bekommen kann?« hatte Willy gefragt.

»Noch einen weiteren Schutz«, hatte Guggi geantwortet, und hinzugefügt: »Schutz vor neugierigen Blicken.«

Dann hatte Guggi erklärt, wie das alles funktionierte.

Der Schlüssel lag in einer Unternehmensform, die als »Anstalt« bezeichnet wurde. Locker ins Englische übersetzt, würde man vielleicht *foundation* sagen, aber eine Liechtensteiner Anstalt hatte mit einer amerikanischen *foundation* etwa soviel gemeinsam wie Madonna mit der Muttergottes, wie Guggi in einem seltenen Anflug von Humor erklärte. Eine Anstalt war eine Unternehmensform, bei der die wahren Eigentumsverhältnisse nicht offengelegt werden mußten und auch nicht ihre finanziellen Transaktionen. Noch nicht einmal den Behörden des Fürstentums. Gleichgültig, wieviel eine Anstalt einnahm, die Steuern waren auf einen Einheitsbetrag festgesetzt: 5.000 Franken im Jahr, etwas über 3.000 Dollar.

Es habe schon seinen Grund, hatte Guggi hinzugefügt, weshalb einige der mächtigsten und angesehensten Männer der Welt – wie Robert Maxwell, der britische Pressezar und Finanzier – Liechtenstein als das Zentrum ihrer »vertraulichen« Transaktionen benutzen.

Sicherlich mußte auch den Männern Honorar bezahlt werden, die als Strohmänner das Unternehmen leiteten. Sie waren nicht billig. Und auch die Anwälte waren nicht billig, die diese »Stiftungen« – fast immer mit einer Blankovollmacht – verwalteten. Daß jemandem so umfassende Macht eingeräumt wurde, störte einige Leute, besonders Angelsachsen, wie Guggi einräumte. Aber diese Konstruktion war das Herzstück des Systems, eines Systems, das letztlich auf Vertrauen basierte.

Willy hatte den folgenden Vormittag in Guggis Büro verbracht. Er bekam seine »Anstalt«. Mitglie-

fert wurde gleichzeitig ein Aufsichtsrat, dem der zweite Sohn des Fürsten von Liechtenstein vorsaß. Willy unterschrieb die Vollmacht, durch die Dr. Werner Guggi zu seinem Alter ego wurde, das die Anstalt leitete. Er unterzeichnete die Papiere, durch die sowohl seine Schweizer »Finanzgesellschaft« als auch sein Konto bei der Schweizer Unionsbank auf die Anstalt überschrieben wurden. Und er unterschrieb auch ein Stück Papier, das Dr. Werner Guggi ermächtigte, zur Deckung der Dienstleistungen, der Spesen und der Bezüge für den Aufsichtsrat jährlich ein Honorar von einer Million Schweizer Franken einzubehalten.

Dafür verpflichtete Werner Guggi sich, Willys Interessen so gewissenhaft wahrzunehmen, als seien es seine eigenen. Und bis jetzt hatte er das auch getan. Weder die amerikanischen Gerichte noch die Steuerfahndung hatten eine Ahnung von dem Vermögen, das er in Vaduz angesammelt hatte, einem Vermögen, das er von seinen Geschäften mit ausländischen Emissionen abgezweigt hatte.

Aber Abwesenheit läßt die Liebe nicht unbedingt wachsen und Anwälte in entfernten Ländern nicht unbedingt gewissenhafter werden.

Willy bezahlte seinen Drink und war um halb eins wieder im Huntington. Er machte einige Anrufe, buchte für acht Uhr morgens einen Flug mit United Airlines nach New York, für sieben Uhr abends dann bei der Swissair einen Flug nach Zürich und bestellte einen Leihwagen, mit dem er vom Flughafen Kloten aus das letzte Stück seiner Reise nach Vaduz zurücklegen konnte.

6. KAPITEL

Es regnete, als er am Donnerstag vormittag in Kloten landete. Bei Hertz wartete schon ein Mercedes auf ihn. Willy war seit Jahren nicht mehr in der Schweiz gewesen, und er ließ sich deshalb von der Frau hinter dem Tresen auf einer der Karten von Hertz die einfachste Route nach Vaduz zeigen. Einige Minuten später fuhr er auf der N 1 in Richtung Osten und kam um die Mittagszeit in Vaduz an.

Unterwegs regnete es die ganze Zeit, und es regnete immer noch, als er vor dem Gasthof zum Sternen vorfuhr. Der Gasthof war im Chaletstil gehalten und sah aus wie ein Bild auf einem Fotokalender der Schweiz – so wie die kleine Stadt Vaduz selbst auch. Willy wollte herausfinden, ob sein Deutsch, ein Überbleibsel seiner zwei Semester in Zürich, noch einigermaßen in Schuß war.

»Grüß Gott«, sagte er auf deutsch zu dem Mann an der Rezeption. »Herr Dr. Guggi hat für mich ein Zimmer reserviert. Ich bin Willy Saxon.«

»Willkommen in Vaduz, Mr. Saxon.« Der Mann antwortete auf englisch. »Ja, wir haben die Reservierung bekommen, und Ihr Zimmer ist schon fertig. Haben Sie Gepäck?«

»Nur das, was ich hier habe«, erklärte Willy, nun ebenfalls auf englisch. Und mein Deutsch ist auch nicht viel umfangreicher, dachte er.

Sein Zimmer war so rustikal eingerichtet, daß es aus

einem Heidi-Film hätte stammen können. Auf dem alten Eichentisch vor dem Fenster stand eine Flasche Wein – ein Johannesberg Riesling –, an der ein Zettel hing.

»Hoffentlich ruft Dir das hier angenehme Erinnerungen an Liechtenstein zurück«, stand auf dem Zettel, der unterschrieben war mit »Dein alter Freund Werner«.

Vor dem Fenster hing der obligatorische Blumenkasten mit Geranien, hinter dem die Sonne schließlich doch noch herauskam, und Willy beobachtete, wie sich die Berge langsam im Dunst abzeichneten. Der Knoten, den er in den letzten 24 Stunden im Magen gespürt hatte, und die Zweifel, die diesen Knoten verursacht hatten, begannen sich allmählich aufzulösen. Nicht jeder auf der Welt war ein Gauner, obwohl es ihm in den letzten Jahren beinahe so vorgekommen war.

Willy sagte sich, daß gegen ein Nickerchen nichts einzuwenden wäre, und die Bergluft und die ruhige Umgebung trugen ihren Teil dazu bei, daß Willy Saxon innerhalb von ein paar Minuten fest schlief. Als er fünf Stunden später aufwachte, freute er sich zum ersten Mal seit fünf Jahren wieder auf etwas.

Willys neue Zuversicht wurde nicht enttäuscht.

Dr. Guggi erschien Punkt sieben Uhr im Restaurant des Gasthofs. Willy erwartete ihn schon. Guggi hatte ihn kaum begrüßt, als er auch schon in seinen Aktenkoffer griff und einen Umschlag herauszog, den er Willy gab.

Als sie sich setzten, öffnete Willy den Umschlag.

Er enthielt nur einen einzigen Bogen Papier, ohne Briefkopf, und auf dem Bogen stand nur eine einzige Zahl: $ 74.768.411,76.

»Das ist im Augenblick dein Kontostand«, sagte Dr. Guggi.

Rasch überschlug Willy alles im Kopf. Zehn Millionen für die Investmentbank. Zehn Millionen für die Rating-Agentur. Da blieb immer noch mehr als genug, wenn man irgendwo mit ein bißchen Geld nachhelfen mußte. Und außerdem noch eine stattliche Summe, mit der er sich persönlich absichern konnte.

Willy Saxon war wieder im Geschäft.

»Ich nehme an, unser gemeinsamer Freund Dr. Rudolph Schweizer ist nach wie vor Chef der Schweizer Unionsbank«, sagte Willy.

»Natürlich.«

»Und ich nehme weiter an, er ist immer noch unser gemeinsamer Freund.«

»Er spricht stets mit großem Respekt von dir, Willy. Du mußt wissen, daß niemand von uns hier verstehen konnte, warum die amerikanischen Behörden dir das angetan haben. Es war absurd.«

»Ja, vielleicht. Also, ich habe vor, mich in eine Investment Bank in San Francisco einzukaufen. Den amerikanischen Behörden, auf die du eben hingewiesen hast, wird das vielleicht nicht gefallen. Ich habe mir deshalb gedacht, daß ich in der Schweiz, im Kanton Zug, eine Holding gründe, die sozusagen in meinem Auftrag handelt.«

»Da sehe ich überhaupt keine Probleme«, meinte Guggi.

»Du verstehst mich hoffentlich, Werner, aber ich glaube, es ist am besten, wenn dein Name auch nicht ins Spiel kommt«, sagte Willy. »Daß wir unsere kleine Absprache für uns behalten haben, hat sich bis jetzt sehr bewährt, und ich sehe keinen Grund, das zu ändern.«

■

»Da bin ich ganz deiner Meinung.«

»Gut. Ich habe mir folgendes überlegt: Es geht hier um zehn Millionen Dollar. Ich möchte, daß das Geld über die SUB in Zürich nach Zug transferiert wird. Es wäre ideal, wenn im Verwaltungsrat in Zug ein paar leitende Angestellte der SUB säßen und ein paar ›Freunde‹ von Dr. Schweizer. Wir brauchen natürlich auch noch einen ortsansässigen Anwalt als unseren Strohmann, für Angelegenheiten, bei denen das Eigentum an der Holding eine Rolle spielt. Also, was haben wir Dr. Schweizer und seinen Freunden zu bieten? Erst einmal müssen wir für den Aufsichtsrat ein Anfangshonorar hinblättern. Ich denke dabei so an etwa eine Million Dollar. Dann müssen wir, wenigstens soweit es Dr. Schweizer betrifft, einen Anteil am Erfolgsergebnis anbieten, so wie das letzte Mal bei den Junk Bonds, aber wohl nichts, das irgendwie an die fünfzig Prozent heranreicht. Was hältst du denn für angemessen?«

Bis Mitternacht hatten sie alle Details ausgearbeitet.

7. KAPITEL

Um die Mittagszeit des nächsten Tages war Willy rechtzeitig für die Ein-Uhr-Maschine nach London wieder am Flughafen Zürich. Seine Stimmung war bestens und hob sich noch mehr bei dem Gedanken, daß er sich, mit einem angemessenen Taschengeld ausgerüstet, auf dem Weg in eine seiner Lieblingsstädte befand. Er hatte mit Dr. Guggi verabredet, daß ihm vor seiner Abfahrt 10.000 Pfund und 50.000 Dollar in bar ins Hotel geschickt wurden. Und er hatte vorab im Claridges angerufen und darum gebeten, von ihrem Rolls am Flughafen abgeholt zu werden.

Der Manager des Claridges empfing ihn persönlich in der Halle, murmelte, wie schön es wäre, daß er wieder da sei, und fragte, ob er irgend etwas für ihn tun könne.

»Ja, ich möchte essen gehen«, antwortete Willy. »Und ich kann mich nicht zwischen Christopher's und Harry's Bar entscheiden.«

»Ich würde für Christopher's plädieren«, antwortete Mr. Bentley. »Es gehört zu den Lieblingsrestaurants der Königinmutter und auch Prinzessin Margarets, aber das Essen ist trotzdem das beste in der Stadt. Und danach?«

»Ich glaube, zu Annabel's. Es sei denn, es gibt etwas Neues. Ich bin ja schon drei Jahre nicht mehr hier gewesen.«

»Da gibt es nach wie vor nur eines. Das Tramp. Da gehen die schönsten Mädchen Londons hin.«

»Ich bin nicht sicher, ob die Mädchen nötig sind, aber es kann nie schaden, wenn man was hat, worauf man zurückgreifen kann. Sagen wir also Abendessen um acht und Tramp um elf? Für zwei. Alles, was ich brauche, ist ein fahrbarer Untersatz.«

»Der Wagen steht um halb acht vor dem Hotel.«

Als Willy auf seinem Zimmer war, holte er als erstes das kleine schwarze Buch aus seinem Aktenkoffer. Unter »N« fand er die Telefonnummer von Nuffield, Weatherspoon und Latham, der illustren Anwaltskanzlei, deren Dienste er in Anspruch genommen hatte, als er Junk Bonds in Europa einführte. Sie standen in der City in dem Ruf, unerträglich, aber flexibel zu sein. Mr. Nuffields Sekretärin teilte ihm mit, ihr Chef sei beschäftigt, mache aber – obwohl es ein Samstag sei – eine Ausnahme und erwarte ihn am nächsten Vormittag um elf.

Als er aufgelegt hatte, nahm Willy sich wieder sein schwarzes Buch vor und blätterte ein paar Buchstaben des Alphabets durch, bis er zu »Doreen« kam. Er wählte die Nummer und stellte fest, daß sie nicht mehr existierte. Dann blätterte er weiter zu »Liz« – groß, dunkel und mit vollen Brüsten, wenn er sich richtig erinnerte. Niemand nahm ab. Genauso bei »Marty« und »Patricia«. Schließlich blieb noch »Shirley«. Die meldete sich, sagte aber, sie sei heute abend schon besetzt. Aber morgen vielleicht? Er sagte, er würde sich wieder melden.

Und was jetzt? Die Bar im Claridges war nichts Tolles, aber sie war wenigstens nicht weit weg. Als er auf dem Weg in die Bar aus dem Aufzug trat, sah er jemanden vor sich, der ihm bekannt vorkam – ebenfalls groß, dunkelhaarig und mit sehr vollen Brüsten. Es war die Bischofstochter, die das Personal dabei beaufsichtigte, wie es ihr Gepäck hereinbrachte. Sie überprüfte, ob alles vollzählig war. In der Lobby standen schon mindestens zehn Gepäckstücke.

Sollte er oder sollte er nicht? Er beschloß, es zu riskieren.

»Erinnern Sie sich noch an mich?« fragte er.

Die Frage wurde mit einem abweisenden Blick quittiert.

»Das Stars in San Francisco«, fuhr er fort. »Bei dem Mittagessen, das Denise van Bercham gab.«

Der Ausdruck auf ihrem Gesicht wich einer leicht feindseligen Verblüffung. »Natürlich. Sie sind der clevere Finanzmensch. Wie seltsam, daß wir uns so bald schon wieder begegnen. Und auch noch hier.«

»Ja. Ich wollte wollte einfach nur guten Tag sagen«, antwortete Willy und sagte sich, daß es ein Fehler gewesen war, sie überhaupt anzusprechen.

Aber als er sich zum Gehen wandte, sagte sie noch etwas. »Wohnen Sie auch hier? Sie heißen William, stimmt's?«

»Willy. Willy Saxon. Ja, ich wohne auch hier.«

»Ich bin gerade erst angekommen, wie Sie sehen. Daddy nimmt hier an einer Bischofskonferenz teil, und ich entschloß mich spontan, ihn zu begleiten. Die nächsten drei Tage ist er in Lambeth, und ich werde die Zeit nutzen, einkaufen zu gehen, ins Theater, das Übliche eben. Und Sie?«

»Ich bin wahrscheinlich nur über Nacht hier. Dann geht's gleich wieder zurück nach San Francisco.«

»Das ist ja schade. Sonst hätten wir vielleicht zusammen ein neues Restaurant entdecken und Denise zum Wahnsinn treiben können, weil sie es nicht als erste entdeckt hat.«

»Wenn Sie Lust haben, dann können wir sie mit einer altbewährten Institution zum Wahnsinn treiben, mit Christopher's. Ich habe für acht Uhr einen Tisch reservieren lassen.«

»Sie meinen, heute abend?« Sie zögerte etwas. Aber nicht sehr lange. »Dann komme ich ja kaum zum Auspacken. Aber das kann ja auch das Zimmermädchen erledigen, oder?«

»Ich glaube schon. Dann sagen wir also, wir treffen uns kurz vor acht hier unten in der Lobby?«

Einige Minuten später saß Willy bei einem Pimm's, das ihm für diese Umgebung angemessen schien, und fragte sich, was ihn dazu bewegt hatte, die gut fünfzig Jahre alte Tochter eines anglikanischen Bischofs an dem ersten Abend, den er seit drei Jahren wieder in London verbrachte, zum Essen einzuladen. Und noch dazu war sie sehr groß. Die Engländer haben für solche Frauen eine nicht eben schmeichelhafte Redensart: Wenn man ihnen vorgestellt wird, weiß man nie, ob man ihnen die Hand geben oder einen Sattel überwerfen soll.

Aber ein paar Stunden später änderte er seine Meinung total. Was da um fünf vor acht aus dem Aufzug trat, war ja nun wirklich eine Frau von statuenhaften Proportionen. Doch das grüne Abendkleid ließ keinen Zweifel daran, daß ihre dreiundsechzig Kilo ideal verteilt waren. Ihre Beine schienen endlos lang; das Kleid von Givenchy war über ihrem Busen bis zum Äußersten gespannt, und ihr Schmuck — alles Smaragde — betonte ihren »englischen« Teint auf das vorteilhafteste.

»Wow!« sagte er, als er ihr — jawohl — die Hand gab.

»Vielen Dank«, sagte sie. »Wartet die Kutsche schon?«

Die Kutsche war ein Daimler und der Fahrer ein Snob.

■

»Zu Christopher's, bitte«, sagte Willy.

»Wohin?«

»Wellington Street«, blaffte Willy. »Und geben Sie ein bißchen Gas.«

Das gefiel der Bischofstochter.

»Willy«, sagte sie, als der Daimler sich langsam in Bewegung setzte. »Ich möchte eine ehrliche Antwort auf die Frage, die ich Ihnen jetzt gleich stellen werde.«

»Ja, einverstanden«, sagte er.

»Wissen Sie noch, wie ich heiße?«

»Mit einem Wort: nein«, antwortete Willy. »Aber Ihr Gesicht habe ich nicht vergessen, nicht wahr?«

»Sie sind ein ganz Gerissener. Also gut, raten Sie mal.«

»Den Vornamen oder den Familiennamen?«

»Den Vornamen.«

»Penelope.«

»Raten Sie nochmal.«

»Prudence.«

Sie lachte. »Falsch geraten, aber eine gute Idee. Also gut, ich heiße Sara. Sara Jones.«

Willy beugte sich auf dem Rücksitz des Daimlers vor und gab ihr wieder die Hand. »Sehr angenehm, Sara. Wirklich sehr angenehm.«

Im Restaurant führte sie Christopher, Christopher Gilmore persönlich, zu ihrem Tisch und sprach dabei die ganze Zeit im Plauderton mit Willy.

»Sie kennen sich ja hier gut aus«, sagte Sara, als sie saßen. »Wie kommt das denn?«

»Die Geschichte würde Sie zu Tode langweilen«, antwortete Willy.

»Versuchen Sie's doch mal.«

»Also gut. Hier ist ein kurzer Abriß der Lebensgeschichte von Willy Saxon. Studium an der Georgetown Akademie für den Auswärtigen Dienst. Danach Universität Zürich, für zwei Semester. Warum Zürich? Weil meine Mutter aus Zürich stammt. Dann L.S.E., London School of Economics, wo ich meinen Magister gemacht habe. Zurück in die Staaten, zur First Boston. Da hat man mir das Emissionsgeschäft beigebracht, zuerst in New York, dann London, schließlich San Francisco, wo ich ausgestiegen bin und meine eigene kleine Handelsbank gegründet habe...«

»Einen Augenblick. Wie alt waren Sie da?«

»Vierunddreißig.«

»Und weshalb San Francisco?«

»Weil es in der Nähe des Silicon Valley liegt. Ich habe Investorengruppen zusammengebracht, die das Startkapital für Neugründungen auf dem Hi-Tech-Sektor aufbrachten, und die Firmen mit weiteren Geldspritzen gepäppelt, und das alles in der Hoffnung, daß ich sie eines Tages in Aktiengesellschaften umwandeln und dabei einen Haufen Geld machen könnte. Die ersten drei Deals, die ich organisiert habe, waren gleich erfolgreich. Dann war ich zufällig bei einem Essen, das Jerry Kohlberg und George Roberts gaben. Das war in der Villa Taverna.«

»Was sind das denn für Leute?«

»KKR. Das zweite K steht für Henry Kravis. Wahrscheinlich haben Sie schon mal von seiner Frau gehört, Carolyn Roehm. Wenn ich richtig informiert bin, ist sie für New York, was Denise van Bercham für San Francisco ist. Jedenfalls haben Kohlberg, Kravis und Roberts – George Roberts kommt aus San Francisco, deswegen fand das Essen da statt – den Leverage Buyout erfunden, die fremdfinanzierte Firmenübernahme durch das Management. Das klingt viel komplizierter, als es ist. Im Grunde haben sie nichts anderes getan, als das Management unterbewerteter Unternehmen zu überreden, die Sache selbst in die Hand zu nehmen und ihre Kleinaktionäre auszuzahlen. KKR sorgte durch Ausgabe von Junk Bonds für die Finanzierung und bekam dafür ein großes Stück vom Kuchen. Dann reorganisierten sie die Firmen und boten die Aktien wieder an der Börse an, und zwar zum Drei- oder Vierfachen des Preises, den sie ursprünglich bezahlt hatten. KKR machte dabei Milliarden, buchstäblich Milliarden.«

»Und Sie haben das nachgemacht?«

»Genau. Aber ich bin noch einen Schritt weitergegangen. Ich habe Büros in London und Zürich aufgemacht und die Finanzierung per Junk Bonds in Europa eingeführt.«

»Der clevere Willy.«

»Ein bißchen zu clever, wie sich herausstellte. Zehn Jahre später bin ich im Gefängnis gelandet.«

»Wieso das denn?«

»Ich habe mich mit Leuten wie Ivan Boesky und Michael Milken eingelassen. Wir haben uns alle gegenseitig irgendwie geholfen. Und die Art, wie wir uns geholfen haben, war manchmal nicht ganz legal.«

»Hatten Sie keine Angst, man könnte Sie erwischen?«

»Daran habe ich nie gedacht. Sie kennen ja den alten Witz von dem Betrunkenen. Nach drei Drinks glaubt er, er ist allwissend; noch ein Drink, und er ist allmächtig; noch einer, und er ist unbesiegbar; ein kleiner Schlaftrunk, und er ist unsichtbar. Nur daß es in meinem Fall – und das gilt für die ganze Gang der 80er Jahre, von Boesky über Milken zu Boyd Jeffries – nicht der Alkohol war. Es war die Macht, die einem Geld in unserer heutigen Gesellschaft gibt. Hat man genug Geld, traut sich niemand an einen heran. Und am Ende haben wir bekommen, was wir verdient hatten.«

»Wenigstens geben Sie es zu, Willy«, sagte Sara.

»Ich hab es auch vor Gericht zugegeben. Ich habe ein Geständnis abgelegt und für alle Geschädigten vollen Schadensersatz geleistet. Aber ich habe es kategorisch abgelehnt, irgend jemanden zu verpfeifen. Deshalb haben sie mir die Höchststrafe aufgebrummt.«

»Und die anderen? Haben die ihre Freunde verraten?« fragte Sara.

»Jeder von ihnen, jeder hat es getan. Die Gerichte haben sogar einen Euphemismus für diese Judasse gefunden. Sie nannten sie ›Cooperators‹. Boesky war der größte Gauner von allen, aber er war auch der größte Cooperator. Deshalb saß er bloß zwei Jahre und elf Tage. Milken wurde Cooperator und saß 24 Monate statt zehn Jahre. Marty Siegel, Boeskys wichtigste Informationsquelle für Insidergeschäfte, bekam sein Bestechungsgeld in Koffern geliefert. Nachdem man ihn erwischt hatte, wurde er zum Ober-Cooperator, hat restlos ausgepackt und bekam zwei Monate. Zwei Monate!«

»Und Sie?«

»Ich habe meine Strafe abgesessen. Drei Jahre und einen Tag, weil ich meine Freunde nicht verpfeifen wollte. Ich mag keine Verräter. Und noch mehr zuwider ist mir ein System, das Leute dafür belohnt, jemanden zu verpfeifen. Meine Haltung zu der Angelegenheit ist inzwischen nur noch: Ich scheiß auf alle!«

»Da bin ich ganz Ihrer Meinung«, sagte Sara. »Und jetzt sollten wir vielleicht das Thema wechseln.«

Das taten sie auch, und nach dem Essen gingen sie ins Tramp und tanzten bis zwei Uhr morgens. Als sie ins Hotel zurückkamen, waren sich Willy Saxon und Sara Jones einig, sich schon seit Jahren nicht mehr so gut amüsiert zu haben. Willy machte nicht die leiseste Anspielung darauf, daß sie vielleicht auch den Rest der Nacht zusammen verbringen könnten. Und wieso nicht? Weil sie ein »anständiges« Mädchen war und weil man nach seiner absolut veralteten Prep-School-Moral nicht versuchte, mit anständigen Mädchen gleich am ersten Tag zu schlafen. Das war so, als würde man einen Klassenkameraden verpetzen. So etwas machte man einfach nicht.

8. KAPITEL

Moral war nie die starke Seite der Anwälte Nuffield, Weatherspoon und Latham gewesen. Aber das hatten sie auch nie behauptet. Sie sahen ihre Aufgabe im Leben darin, genug Geld zu verdienen, um sich eine Wohnung im West End leisten zu können, ein Haus auf dem Land, einen Jaguar und – wie es sich für jemanden gehörte, der sich dem Gipfel seiner Anwaltskarriere näherte – eine Freundin in Paris. Vorausgesetzt wurde dabei, daß sich all dieses in einer Arbeitszeit erarbeiten ließ, die nicht vor zehn Uhr vormittags begann und nicht nach drei Uhr nachmittags endete, und dazwischen lag natürlich auch noch eine großzügig bemessene Mittagspause.

Das alles war nur mit zufriedenen Klienten möglich. Und dazu bedurfte es manchmal, wenn es um juristische Feinheiten ging, eines Blinzelns oder eines Nickens. Die Kanzlei Nuffield, Weatherspoon und Latham half ihren Klienten sicherlich nicht dabei, Gesetze zu *brechen*, aber eine kleine Rechts*beugung*, eine etwas freiere Auslegung eines Gesetzes, war schon in Ordnung.

Als Willy pünktlich um elf Uhr in der Kanzlei erschien, war nur eine Bürohilfe anwesend. Der Anwalt war noch nicht eingetroffen. Als er schließlich zwanzig Minuten später kam, bot er keinen erfreulichen Anblick.

»Entschuldigung, mein Lieber«, sagte Lionel Latham mit seiner sonoren Stimme, »aber ich bin es nicht gewohnt, am Samstag in die Kanzlei zu kommen. Hab verschlafen. Es ist spät geworden letzte Nacht. Hab einen kleinen Kater. Aber das läßt sich mit Kaffee wieder hinkriegen. Gehen wir doch in mein Büro.«

Als der Kaffee kam, trank Latham seine Tasse mit einem einzigen Schluck aus. »Das ist schon besser«, sagte er und musterte dann Willy mit prüfendem Blick.

»Sie sehen gut aus. Sie sind eigentlich viel besser in Form als ich, das kann man wohl sagen. Kein Alkohol im Gefängnis, was?«

»Nein. Drei Jahre ohne Alkohol.«

Der Anwalt schüttelte sich. »Ich habe in den Zeitungen davon gelesen, aber die Presse hier hat die Sache nicht besonders groß rausgebracht. Aber mal zwischen uns Pastorentöchtern – weswegen hat man Sie eigentlich drangekriegt?«

»Wertpapiermanipulation war ein Anklagepunkt. Das hing mit den Aktien eines der Unternehmen zusammen, die in eine von uns eingeleitete Übernahme verwickelt waren. Die Methode ist einfach und sie ist oft kopiert worden, möchte ich hinzufügen. Ein Freund von uns kaufte Aktien des Unternehmens A und trieb damit den Preis hoch, so daß das Unternehmen B mehr bezahlen mußte, als es den Rest der Aktien kaufte. Je mehr sie bezahlten, desto mehr verdienten wir. Das Problem entstand erst durch mündliche Absprachen zwischen dem ›Freund‹ und uns, in denen wir festgelegt hatten, daß wir die Aktien des Unternehmens A zum Selbstkostenpreis zurückkaufen würden, gleichgültig ob die Fusion zustande kam oder nicht. Und das ist in Amerika verboten.«

»Hier auch. Damit haben sie doch die Guinness-Leute gekriegt. Die hatten ähnliche Vereinbarungen mit Schweizer Banken. Und wurden trotzdem erwischt. Sie mußten allerdings nicht lange ins Gefängnis. Ernest Saunders, der Vorstandsvorsitzende von Guinness, ist ganz schnell rausgekommen, weil er vorgebracht hat, er leide an Alzheimer. Ich fand das ziemlich phantasievoll. Durch welchen Trick sind Sie denn rausgekommen?«

»Durch keinen. Ich habe die ganze Strafe abgesessen.«

»Na ja, das ist Schnee von gestern. Was kann ich denn heute für Sie tun?«

»Ich kaufe mich in den Staaten in ein Unternehmen ein, aber ich möchte meine Spuren ein bißchen verwischen.«

»Haben Sie an irgendwas Bestimmtes gedacht?«

»Ich möchte ein britisches Unternehmen als Aushängeschild, mit ein paar guten Namen im Aufsichtsrat und mit einwandfreien Bankreferenzen.«

»Kein Problem. Und wer fungiert als Eigentümer?«

»Ich habe an eine Gesellschaft auf den Kanalinseln gedacht.«

»Prima. Und deren Eigentümer?«

»Vielleicht ein liberianisches Unternehmen?«

»Hervorragend. Über was für ein Kapitalvolumen reden wir?«

»Zehn Millionen Dollar.«

»Und wo kommt das Geld her?«

»Luxemburg.« Und davor aus Liechtenstein, aber das ging Latham nichts an.

»Das Unternehmen, in das sie sich einkaufen wollen, worum geht es da?«

»Bewertung von Rentenpapieren. Wie bei Moody's oder Ihrer IBCA.«

»Ah, ja. Und wie sieht es mit den Behörden aus? Mit der amerikanischen Börsenaufsicht?«

»Da ist nichts zu befürchten. Die Börsenaufsicht überprüft die Firma nicht. Niemand überprüft sie.«

»Seltsam. Und erstaunlich, daß nicht schon früher jemand darauf gekommen ist.«

»Jetzt müssen wir noch ein paar Strohmänner für den Verwaltungsrat des britischen Unternehmens finden. Ach ja, haben Sie eine Idee, wie man das Unternehmen nennen könnte?«

»Veritas Ltd.«

Das gefiel Willy. »Wie passend! Wir bieten die Wahrheit, aber mit gewisser Beschränkung.«

»Für den Vorsitz fällt mir ohne weiteres Nachdenken sofort jemand ein. Sir Aubrey Whitehead. Ehemaliger Adjutant bei Lord Mountbatten. Dann Hochkommissar in Kanada. Lebt jetzt von seiner Pension in Surrey auf einem Anwesen, das er nicht unterhalten kann, aber aus lauter Stolz nicht aufgeben will. Er ist auch Mitglied bei Whites, was nie schaden kann. Natürlich versteht er absolut nichts vom Geldgeschäft.«

»Der ist genau richtig«, sagte Willy. »Ich nehme an, Sie sind dazu bereit, als Gesellschaftssekretär zu fungieren.«

»Es ist mir eine Ehre«, antwortete der Anwalt. »Wie schnell wollen Sie das Ganze angehen?«

»Sofort. Sie leiten hier, auf den Kanalinseln und in Liberia alles in die Wege, so daß wir sofort im Geschäft sind, wenn ich auf den Knopf drücke.«

»Ich will ja nicht neugierig sein, aber steigen wir wieder in das Junk Bonds-Geschäft ein?«

»Kaum. In Amerika haben sich die Dinge geändert«, antwortete Willy. »Clinton hat versprochen, die Reichen zu schröpfen, und er hat Wort gehalten. Und jetzt kämpfen die Reichen mit Händen und Füßen darum, das zu behalten, was sie noch haben.«

»Und Sie wollen ihnen dabei helfen. Aber wie?«

»Indem ich sie in das letzte noch verbleibende Steuerparadies führe. Und das heißt Pfandbriefe.«

»Sie meinen sowas wie unsere Staatspapiere?«

»Nein. Steuerfreie Festverzinsliche. Kommunalobligationen. Papiere, die vom Ruf und der Kreditwürdigkeit einiger der wohlhabendsten Städte der Vereinigten Staaten gedeckt werden. Sogar ohne die Steuervorteile könnten sich viele europäische Anleger dafür interessieren. Sehen Sie sich doch mal auf diesem Kontinent hier um. Deutschland ist ein einziges Durcheinander. Italien auch. Schweden fällt auseinander. Und – verzeihen Sie bitte, Lionel – Ihr Land ist auf dem besten Weg, zum Argentinien Europas zu werden. Im Vergleich dazu steht Amerika wunderbar da.«

»Ich muß Ihnen leider recht geben«, antwortete Latham. »Gibt es irgend etwas oder irgend jemanden, vor dem ich mich vorsehen sollte?«

Willy überlegte kurz. »Mir fällt nur eine einzige Person ein. Ein Mann namens Sid Ravitch. Dem gehört die Rating-Agentur, an der ich mich beteiligen will. Sollte er je hier aufkreuzen, sagen Sie mir sofort Bescheid.«

»Ja, gut«, antwortete Latham und schaute auf die Uhr. »Du meine Güte! Es ist ja schon fast Mittag. Ich muß zum Mittagessen in meinem Club sein. Vielleicht gehen wir vorher noch zusammen auf einen kleinen Schluck an die Bar. Ich könnte einen Muntermacher gebrauchen.«

9. KAPITEL

Willy nahm die British Air-Maschine, die am frühen Abend direkt nach San Francisco flog, und kam kurz nach Mitternacht im Huntington an. In seinem Fach an der Rezeption lag ein ganzes Bündel von Nachrichten für ihn. Drei davon stammten von Denise van Bercham. Sie trugen alle den Vermerk »eilig«. Er stellte den Wecker auf neun und rief sie am nächsten Morgen gleich nach dem Zähneputzen an. Die Vorwahlnummer, die sie ihm angegeben hatte, war 707, was bedeutete, daß sie sich irgendwo im Weingebiet aufhielt.

»Wo waren Sie denn?« fragte sie im selben Moment, in dem er sich am Telefon meldete.

»In London«, antwortete er, weil er wußte, daß sie das früher oder später ohnehin von der Bischofstochter erfahren würde.

»Nur für zwei Tage?«

»Ja.«

»Das ist für London ungefähr die richtige Zeit. Wo haben Sie gewohnt?«

»Im Claridges.«

»Hmm. Wenn Sie sowas nochmal machen, geben Sie mir doch vorher Bescheid.«

»Wieso?«

»Weil ich dann vielleicht mitkomme«, sagte sie. »Aber jetzt zum Grund meines Anrufs. Ich bin auf meiner Ranch und veranstalte heute nachmittag eine kleine Party. Ein paar der Leute, die kommen, werden

Sie interessieren. Joe Hudson, zum Beispiel. Er hat die Verwaltung von San Francisco unter sich. Das heißt, er regiert die Stadt. Und dann noch Marshall Lane aus New York. Er verwaltet alle diese Investmentfonds. Er sagt, er kennt Sie. Und...«

»Ja, das reicht. Ich komme. Wo ist denn die Ranch? Im Napa County?«

»Nein. Weiter nördlich. Im Mendocino County. Man fährt etwas länger als zwei Stunden. Ich lasse gleich eine Wegbeschreibung ins Huntington schicken. Es ist keine große Sache, ziehen Sie sich ganz leger an. Und bringen Sie eine Badehose mit. Und eine Freundin, wenn Sie wollen.«

»Ist das Vorschrift?«

»Die Badehose oder die Freundin?«

»Beides.«

»Soweit es mich betrifft, können Sie auch beides zu Hause lassen.«

»Dann komme ich allein.«

»Versuchen Sie, etwa um drei Uhr hier zu sein.«

»Ja, gut.«

Als nächstes rief er Dan Prescott an. Dan hatte dreimal angerufen und beim letzten Mal seine Telefonnummer in Atherton hinterlassen, mit dem Hinweis, daß er das ganze Wochenende zu Hause sei.

»Ich habe schon ein paarmal versucht, dich zu erreichen«, sagte der Investmentbanker.

»Ich mußte mich um ein paar Sachen außerhalb kümmern«, antwortete Willy. »Aber jetzt bin ich wieder in der Stadt und am Ball. Und ich wollte dich was fragen.«

»Ja, gut. Aber zuerst muß ich dir etwas sagen. Unsere Lage hat sich verändert. Die Anwälte haben beim Vergleichsverfahren den harten Kurs eingeschlagen. Jetzt heißt es, Vogel friß oder stirb.«

∎

»Ist es schlimm?«
»Sie haben den Einsatz nochmal um fünf Millionen erhöht. Und die haben wir nicht.«
»Und was passiert jetzt?«
»Sie versuchen, bei der gerichtlichen Entscheidung das Dreifache des Vergleichsangebotes rauszuholen.«
»Wie wollen sie das Geld denn bekommen? Ich dachte, das Firmenkapital geht auf jeden Fall flöten.«
»Tut es auch. Sie haben gesagt, sie wollen sich an uns persönlich halten.«
»Was sagt Bobby dazu?«
»Sein persönliches Vermögen hängt ja da auch mit drin.«
»Und?«
»Er sagt, die Chancen stehen zwei zu eins, daß das Urteil gegen uns ausfällt.«
»Das ist ja schlimm.«
»Es kommt vielleicht noch schlimmer.«
»Wieso denn?«
»Wenn es zum Prozeß kommt, wird ein Haufen schmutziger Wäsche gewaschen werden. Bobby sagt, daß das Aufmerksamkeit am falschen Platz erregen könnte.«
»Wo denn, zum Beispiel?«
»Bei der Staatsanwaltschaft.«
»Aber nicht, wenn es jetzt zu einem Vergleich kommt.«
»Dann nicht.«
»Ich will sehen, was ich tun kann. Aber jetzt will ich meine Frage loswerden. Wie groß seid ihr ins Geschäft mit Kommunalobligationen eingestiegen?«
»Ziemlich groß. Wir sind dieses Jahr bestimmt an mindestens 20 Emissionen beteiligt gewesen. Das ent-

spricht ungefähr unserem Durchschnitt in den letzten fünf Jahren.«

»Handelt ihr damit?«

»Ja. Wir haben eine kleine Abteilung. Ungefähr ein Dutzend Leute. Aber mit einem großen Umsatzvolumen. Und wir bieten Kaufanreize bei den Emissionen, die wir ausgeben.«

»Wie oft kommt das vor?«

»Von den zwanzig, die wir dieses Jahr hatten, fünf oder sechs.«

»Für welche Gemeinden?«

»Im Januar war es Fresno. Kommunalobligationen. Hundert Millionen. Für Salinas haben wir im März etwas gemacht. Irgendein Wohnungsprojekt für Einkommensschwache. Fünfzig Millionen. Im April gab es eine Emission zur Finanzierung eines Flughafenausbaus oben in Salem, Oregon. Da waren es...«

Willy unterbrach ihn. »Schon gut, ich habe das System kapiert. Wo bringt ihr die Papiere denn unter?«

»Wir haben eine feste Gruppe von institutionellen Anlegern. Rentenfonds. Banken. Pensionskassen. Diese Sachen eben.«

»Habt ihr schon mal was für die Stadt San Francisco gemacht?«

»Nein, auf diesem Level hatten wir noch nie Erfolg. Wieso fragst du?«

»Es ist was passiert, das mich auf eine Idee gebracht hat. Aber bevor ich mich endgültig auf ein Engagement festlege, muß ich wissen, wo Prescott & Quackenbush steht. Auf Heller und Pfennig. Ich brauche alle Zahlen. Und du kennst mich gut genug, Dan, um zu wissen, daß ich im Verlauf eines Geschäfts keine unliebsamen Überraschungen mehr erleben mag. Ich will gesicherte Zahlen über alle nur denkbaren Verbindlichkeiten. Und dazu noch die Bilanzen und die Gewinn- und Verlustrechnungen aus den letzten fünf Jahren. Und ich will eine vollständige, aktualisierte Aufstellung von deinem und Bobbys Privatvermögen. Wieviel ihr habt und wo ihr es habt. Und ich möchte auch hier nicht, daß irgend etwas vergessen oder ausgelassen wird.«

»Aber wann soll das fertig sein? Die Zeit läuft uns davon, Willy.«

»Wie wär's mit Montag abend?«

»Du kriegst die Unterlagen. Wo sollen wir sie hinbringen?«

»Hierher ins Huntington.«

»Bobby und ich bringen sie dir. Mein Gott, Willy, wie soll ich dir danken?«

»Du brauchst mir nicht zu danken. Das ist alles rein geschäftlich, Dan. Eine reine Geschäftsangelegenheit.«

10. KAPITEL

Inzwischen war es etwa halb zehn geworden. Als er den Vorhang aufzog, um nach dem Wetter zu sehen, lag der Huntington Park noch immer im Nebel. Die Chinesen machten ihre Tai-Chi-Übungen. Die Hausmädchen aus Nicaragua führten die Pudel ihrer Arbeitgeberinnen aus. Ein kleiner schwarzer Junge mit einer Mütze der New York Giants machte Fangübungen mit seinem stolzen Vater. Zwei Penner schliefen fest auf nebeneinander stehenden Bänken. Auf einer anderen Bank saß ein Mann in Sakko und Krawatte und las die Sonntagszeitung. Nach dem dicken Packen Zeitungspapier zu urteilen, der neben ihm lag, konnte es sich dabei nur um die *New York Times* handeln.

Trotz der New Yorker Zeitung war das alles ein Anblick, den man nur in *einer* Stadt erleben konnte: in San Francisco. Und Willy Saxon genoß das alles. Er war wie ein Mann, der es immer noch nicht ganz fassen kann, eine tödliche Krankheit mit knapper Not überlebt zu haben.

Er beschloß, den Rest des Vormittags im Bett zu verbringen, nahm den Telefonhörer ab und bestellte Frühstück und die *New York Times*. Als er das Huntington verließ, war es halb eins, und er entschied sich, zu Fuß durch die Taylor Street bis zur Post Street zu gehen, wo er bei Hertz ein Kabrio hatte reservieren lassen. Dann fuhr er in Richtung Golden Gate Bridge. Der Nebel hatte sich aufgelöst, und Willy drückte auf den Knopf, mit dem man das Dach öffnen konnte. Nachdem er die Brücke überquert und durch den Waldo-Tunnel gefahren war, drehte er das Radio an, suchte den Sender KABL, stellte den Temporegler der Automatik auf 65 Meilen und fuhr den US Highway 101 entlang.

Willy Saxon war wieder unter den Lebenden. Endgültig wieder unter den Lebenden.

Um halb drei fuhr er in Cloverdale an den Straßenrand und schaute sich Denises Karte an. Er sah, daß er gleich nördlich von Cloverdale nach links auf den Highway 128 abbiegen und dann in Richtung Küste fahren mußte. Auf halbem Weg lag ein winziger Ort, Andersonville, an dessen Westrand eine Exxon Tankstelle war. Hier mußte er links abbiegen und dann einfach bis ans Ende der Straße fahren.

Die Straße war als Privatstraße gekennzeichnet. Nach einer Meile kam man in einen Redwoodwald. Zuerst ging es an einer Reihe von Lichtungen vorbei, aber dann wurde der Wald immer dichter und die Redwoodbäume immer höher und immer älter. Die Sommerhitze, die auf seiner Fahrt nach Norden stetig zugenommen hatte, und bis Cloverdale auf 37 Grad gestiegen war, nahm jetzt wieder ab. Als er das Tor mit der auf einem Holzbogen eingebrannten Aufschrift »Van Bercham Ranch« erreichte, lag die Temperatur wieder bei 23 Grad. Ein Rancharbeiter stand am Tor. Er fragte Willy nach seinem Namen und winkte ihn dann weiter. Nach hundert Metern sah er, daß er am Ziel war. Vor ihm lag ein riesiges Haus, das – völlig unpassend für die Gegend hier – im Stil eines französischen Herrenhauses des 18. Jahrhunderts gebaut war. Vor dem Haus stand, noch deplazierter wirkend, ein Kammerdiener in der Aufmachung eines englischen Butlers.

»Sie müssen Mr. Saxon sein«, sagte er.

»Ja.«

»Wenn Sie bitte die Schlüssel im Wagen lassen. Er wird dann weggefahren. Haben Sie vor, über Nacht zu bleiben, Sir?«

»Nein, das habe ich eigentlich nicht vor.«

»Aber Sie möchten vielleicht Ihre Badekleidung anlegen.«

»Vielleicht.«

Willy stieg aus und holte eine kleine Sporttasche vom Rücksitz. Der Diener nahm sie ihm sofort ab.

»Wenn Sie mir bitte folgen wollen, dann zeige ich Ihnen Ihr Cottage. Die Gäste sind alle am Swimmingpool, der gleich dahinter liegt.« Das deutete darauf hin, daß er als letzter eingetroffen war, obwohl es kaum eine Viertelstunde nach dem vereinbarten Zeitpunkt war.

Das Cottage sah ähnlich aus wie die Cottages des Beverly Hills Hotels oder die Häuschen auf dem Gelände hinter dem Santa Barbara Biltmore. Nur war das Cottage hier sehr viel luxuriöser eingerichtet. Und es nahm sich zwischen den fünfhundert Jahre alten Redwoodbäumen winzig aus.

»Dagegen tausche ich Pleasanton jederzeit ein«, sagte er, als der Diener gegangen war. Aber kaum hatte er diesen Satz ausgesprochen, ging ihm auf, daß er sich damit nur Mut machen wollte. Drei Jahre lang hatte er gewußt, was – und noch wichtiger wen – er erwarten konnte, wenn er zum Essen ging: immer dieselben Leute und oft dasselbe Essen. Und nur sehr wenig Unterhaltung. Aber heute war das anders.

Das Wohnzimmer seines Cottages war mit einer gut bestückten Bar ausgerüstet. Alle Arten von Gläsern und ein Kristallgefäß mit Eiswürfeln waren vorhanden. Ob er erstmal einen kleinen Schluck trinken sollte? Nein. Nein, lieber einfach so in den sauren Apfel beißen. Er beschloß, seine »Badekleidung« noch in der Tasche zu lassen, bis er sich ein bißchen zurechtgefunden hatte. Ein rascher Rückzug könnte angeraten sein, falls die Leute am Pool auf die Anwesenheit eines erst kürzlich entlassenen Exsträflings feindselig reagierten.

Der Pool lag in einer Lichtung des Redwoodwaldes, und die türkisfarbenen Fliesen, die vielleicht ein paar tausend Quadratmeter bedeckten, leuchteten wie ein riesiges Juwel in der jetzt wieder heiß herunterbrennenden Sonne. Auf der anderen Seite des Pools befand sich ein riesiger Unterstand – eine Holzkonstruktion aus Redwoodholz. Unter der Bedachung waren überall Clubsessel verteilt. Auf den Sesseln oder zwischen den Sesseln lagen, saßen oder standen vielleicht zwanzig Leute, manche in Badehose oder Bikini, manche in Jeans, und eine der Frauen trug ein Kleidungsstück, das wie ein indischer Sari aussah. Das war Denise. Als sie auf ihn zukam, um ihn zu begrüßen, sah er, daß ihre Bekleidung strengen Hindu-Maßstäben nicht ganz genügte. Denise trat aus dem schattigen Bereich des Unterstandes in die Nachmittagssonne, und das durchsichtige Material ließ der Phantasie nur noch wenig Spielraum.

»Oh, mein Lieber«, rief sie, als sie seine ausgestreckte Hand ergriff und sie an ihren Busen drückte, bevor sie noch näher an ihn herantrat, um ihn zu küssen. Nun ließ das hauchzarte Material ihrer Kleidung seiner Phantasie überhaupt keinen Spielraum mehr.

»Ich freue mich, Sie wiederzusehen, Denise«, war das einzige, was er unter den gegebenen Umständen herausbrachte.

»Ich möchte Sie ein paar meiner Freunde vorstellen«, sagte sie dann und hielt seine Hand fest, als sie ihn zum Unterstand hinüberführte.

»Das ist George Champion«, sagte sie, als sie auf einen Mann zutraten, der allein am Rand einer Gruppe stand.

»Willy«, sagte der Mann und streckte die Hand aus. »Was für eine angenehme Überraschung!«

»Ich hab nicht gewußt, daß ihr euch kennt«, sagte Denise.

»Willy hat mich in die Geheimnisse des Apple Computers eingeweiht, als ich sieben war«, antwortete Champion.

»Hast du ihn noch?« fragte Willy.

»Ja, ich habe ihn noch. Ich glaube, 86 hab ich ihn zum letzten Mal angeschaut.«

»Bist du immer noch im Grundstücksgeschäft?« fragte Willy.

»Ja, klar. Ich hab grade ein Projekt kurz vor Alamo in der East Bay abgeschlossen. Das ist gleich neben Blackhawk. Kennst du die Gegend?«

»Nur zu gut. Ich hab da mal gewohnt«, sagte Willy. »In Pleasanton.«

»Ich weiß«, antwortete Champion. »Es gibt keinen besseren Ort, wenn man sich ein bißchen Zeit zum Nachdenken nehmen will. Bist du auf irgendwelche neuen Ideen gekommen, die mich interessieren könnten?«

»Ich bin grade an ein paar Sachen dran.«

»Ruf mich an, wenn du zu einem Ergebnis gekommen bist.«

»Ja, mach ich«, antwortete Willy. Vielleicht ging das alles leichter, als er es sich vorgestellt hatte.

»Und das hier ist Ralph Goodman«, sagte Denise,

als sie sich einem Mann zuwandten, der zu dick für eine Badehose war. »Kennt ihr euch vielleicht auch schon?«

»Ja«, antwortete der Mann. Diesmal wurde Willy keine Hand entgegengestreckt. »Entschuldige mich bitte, Denise. Ich glaube, meine Frau hat mir gerade gewinkt, daß sie einen neuen Drink möchte.« Er drehte sich um und watschelte davon.

»Was hat er denn?« fragte Denise.

»Wie Sie sicher wissen, leitet er die Aufsichtsbehörde der kalifornischen Staatsbanken. Er ist von Jerry Brown berufen worden, als Brown Gouverneur war. Davor war er Steuerberater.«

»Zahlen und immer wieder Zahlen«, sagte Denise. »Aber davon abgesehen, was hat er denn gegen Sie?«

»Er glaubt, ich hätte einige seiner Banken beschissen. Er hat übrigens gegen mich ausgesagt.«

»Haben Sie denn die Banken beschissen?«

»Vielleicht eine oder zwei.«

Dieser kurze Zwischenfall hatte möglicherweise einen Mann auf sie aufmerksam gemacht, der bis hin zu seinen schwarzen Socken und Schuhen zu elegant angezogen war und jetzt auf sie zukam.

»Erinnern Sie sich noch an mich, Willy? Marshall Lane.« Und die Hand, die jetzt nach Willys Hand griff, drückte fest zu und schüttelte sie heftig, betont heftig. »Kommen Sie«, fuhr er fort. »Ich organisiere einen Drink. Denise muß sich ja sicher noch um andere Dinge kümmern.«

Denise verstand den Fingerzeig.

Im hinteren Teil des Unterstandes war eine Bar eingerichtet, und hinter dem Tresen stand ein zweiter Diener, der das Spezialgetränk des Nachmittags anbot: eine Bloody Mary aus frischen Tomaten, mit Jalapenoschoten und so kalt serviert, daß sie kurz vor dem Gefrierpunkt war.

»Was hatte das denn da eben zu bedeuten?« fragte Lane.

»Sie meinen die Szene mit Ralph Goodman? Kennen Sie ihn?«

»Leider ja.«

»Er behauptet, ich hätte ein paar Staatsbanken miese Anleihen angedreht. Sie wollten festverzinsliche, die 16 Prozent bringen, und ich habe ihnen welche verkauft.«

»Man muß es nehmen, wie es kommt. Erinnern Sie sich noch an die Junk Bonds, die Sie uns angedreht haben?«

»Eigentlich nicht mehr«, antwortete Willy, dem das Ganze jetzt wie ein großer Fehler vorkam.

»Wenn Sie sich nicht mehr erinnern – ich schon. Safeway, American Standard, Owens Illinois, um nur drei zu nennen. Ich habe mir die Liste nochmal durchgesehen, als Denise mir sagte, daß Sie kämen. Es waren insgesamt nur zwei Nieten dabei. Ich habe sie in unseren Fonds mit hochrentierlichen Papieren gegeben und gottseidank auch in den schlechteren Zeiten nicht abgestoßen. Letztes Jahr haben sie uns eine Rendite von 18,6 Prozent gebracht. Und über 20 Prozent im Jahr davor. Und davor nochmal 15 Prozent. Sie haben wirklich eine gute Nase, Willy.«

»Das findet Ralph Goodman nicht«, sagte Willy.

»Ralph Goodman ist ein Arsch«, antwortete Lane. Dann kam eine Frage, dieselbe Frage, die Willy schon vor ein paar Minuten gestellt worden war. »Sind Sie auf irgendwelche neue Ideen gekommen, die uns interessieren könnten?«

»Vielleicht. Die Dinge laufen heute anders als früher.«

»Wem sagen Sie das! Wir haben fünfundfünfzig Milliarden auf dem Markt, und das kommt so in der Größenordnung von einer halben Milliarde im Monat herein. Wir wissen nicht, was wir mit dem meisten davon anstellen sollen.«

»Wie viele Fonds haben Sie denn jetzt?«

»Fünfzehn. Meistens Stammaktien. Dieser Fonds mit den hochrentierlichen Papieren war eine Ausnahme. Aber wir wollen uns in Zukunft viel stärker in festverzinslichen Wertpapieren engagieren. Keine Junk Bonds. Die Leute gehen wieder mehr auf Sicherheit. Und wir auch. Deswegen zögern wir damit, uns noch stärker auf Stammaktien zu verlegen. Die riechen allmählich ein bißchen nach Risiko. Außerdem wachsen die Betriebskosten dafür ganz verdammt. Man muß den Angestellten heutzutage ein Heidengeld bezahlen, Willy, oder sie ziehen Leine und machen sich selbständig.«

»Dann hab ich vielleicht eine Idee für Sie, geringes Risiko und noch viel billiger als ein simpler Aktienindex-Fonds«, sagte Willy. Jemand, der hinter ihm stand, berührte ihn am Ellbogen.

Denise war wieder zurückgekommen.

»Ihr könnt euch später über Geschäftsdinge unterhalten«, sagte sie. »Jetzt möchte ich Sie mit ein paar Damen bekannt machen, Willy.«

Die Damen – alles verheiratete Frauen, wie sich herausstellte – saßen an einem niedrigen Tisch, auf dem sie ihre Gläser abgestellt hatten, die meisten noch halb mit Champagner gefüllt. Als Denise Willy vorstellte, musterten sie ihn alle mit demselben neugierigen Blick, mit dem ihn eine Woche zuvor die Frauen betrachtet hatten, die Denise im Stars Restaurant zum Essen geladen hatte. Es schien sich herumgesprochen zu haben, daß ein sexuell ausgehungerter Exsträfling die Stadt unsicher machte.

Willy spürte die Versuchung, die versammelten Damen mit einem anzüglichen Grinsen zu beglücken, entschied sich dann aber aus Rücksicht auf Denise, sich anständig zu benehmen. Er gab allen höflich die Hand und entschuldigte sich dann mit dem Hinweis, sein Glas sei leer.

Drei Bloody Marys später fühlte sich Willy unendlich wohl. Er hatte sich zu einer Gruppe von Männern gesellt, die sich an den Geschichten ergötzten, die ein englischer Schauspieler zum besten gab. Denise spielte anscheinend in all diesen Geschichten eine Rolle. Um fünf Uhr war er immer noch am Erzählen.

Dann zogen wie auf ein Signal die Frauen ihre Männer aus der Gesellschaft ab, und Paar um Paar verschwanden die Gäste.

Glücklicherweise tauchte Denise zu seiner Rettung auf.

»Was ist denn los?« fragte er.

»Zeit für ein kleines Nickerchen«, antwortete sie. »Wir essen nämlich nie vor acht Uhr.«

»Dann muß ich das Abendessen leider ausfallen lassen«, sagte Willy.

»Aber wieso denn?«

»Es wird mir sonst zu spät, Denise. Ich muß morgen in der Stadt ein paar wichtige Dinge erledigen.«

»Na und? Ich sorge dafür, daß morgen früh jemand an Ihre Tür klopft, damit Sie um zehn wieder in San Francisco sein können.«

Willys Entschluß geriet ins Wanken. »Außerdem«, sagte er, »habe ich kein Sakko dabei.«

»Ich bin sicher, wir haben hier eins, das Ihnen paßt. Legen Sie sich jetzt ein bißchen hin, Willy. Ich lasse

Ihnen um halb acht einen Sakko bringen. Um acht Uhr wird gegessen. Oben im Hauptgebäude. Und seien Sie pünktlich.«

Der Tisch war für vierundzwanzig Personen gedeckt. Alle dreiundzwanzig Gäste erschienen pünktlich um acht. Ihre Kleidung entsprach vollkommen den Anforderungen der nordkalifornischen Kleiderordnung für solche Anlässe. Die Frauen trugen lange Kleider und eine Menge Schmuck. Die Männer trugen saloppe Hosen, Sakkos und leichte Slipper. Bis auf Marshall Lane hatte niemand eine Krawatte umgebunden. Aber Lane stammte aus New York und wußte es nicht besser. Daß er der einzige Mann mit Krawatte war, brachte ihn anscheinend nicht aus der Fassung.

Sobald alle Platz genommen hatten, trugen sechs Hausmädchen – alle in Schwarzweiß und alle Mexikanerinnen – sofort den ersten Gang auf, geräucherte Forelle. Die beiden Diener schenkten einen 1990er Batard Montrachet ein. Denise erklärte Willy, der auf dem Ehrenplatz zu ihrer Rechten saß, daß sie mit einer Ausnahme nie kalifornische Weine auf den Tisch bringe; und das seien die Weine der Kellerei Jordan, die nur etwa eine halbe Stunde entfernt im Alexander Valley liege. Sie tue das nicht so sehr, weil sie diese Weine besonders schätze, sondern weil Sally Jordan eine ihrer besten Freundinnen sei. Sally gehörte an diesem Abend allerdings nicht zu den Gästen.

Rechts neben Denise saß der schwarze Pastor der San Francisco Glide Memorial Church. Die Kirche war wegen ihrer mitreißenden Musik berühmt und wegen der ausgefallenen Predigten, die der Pastor jeden Sonntagmorgen vor einer dichtgedrängten Versammlung von Frauen und Männern jeglicher Rassen hielt.

»Sie fragen sich wahrscheinlich, wieso ich hier bin«, sagte er zu Willy, nachdem Denise sie einander vorgestellt hatte.

»Ja, da haben Sie recht.«

»Das ist ganz einfach. Ich komme wegen des Essens, wegen der Getränke und wegen der wunderbaren Gesellschaft, so wie alle anderen auch. Aber mein eigentliches Motiv ist Geld. Das Geld von Denise. Und hoffentlich auch, bevor der Abend vorbei ist, etwas von Ihrem Geld.«

»Sie reden von Spenden?«

»Richtig. Spenden von den Reichen.«

»Und wieviel treiben Sie auf diese Art ein?«

»In einem guten Jahr können es über zwei Millionen werden.«

»Und wie wird das Geld verwendet?«

»Für die Lebensmittel, die die Armen an Thanksgiving und Weihnachten bekommen. Für Kinderbekleidung im Winter. Für vorübergehende Unterkunft, die wir Obdachlosen bieten.«

»Vorübergehende Unterkunft?«

»Ja.«

»Dann bleiben sie ja immer noch obdachlos.«

»Was anderes können wir uns nicht leisten. Versuchen Sie doch mal, jemanden zu finden, der billige Dauerunterkünfte baut. Glauben Sie mir, es gibt keine Möglichkeit, das heute noch zu finanzieren. Die Stadt hat alles im Rahmen ihrer Möglichkeiten getan; der Staat steckt in einer permanenten Haushaltskrise und hat kein Geld mehr. Und alle möglichen Leute raufen sich um die Bundeszuschüsse, die möglicherweise lockergemacht werden können.«

»Wie sieht es denn auf dem privaten Sektor aus?«

»Damit wären wir wieder bei Spenden«, sagte der Pfarrer.

»Nicht unbedingt. Wenn es richtig eingefädelt wird und wenn die Stadt mitspielt, könnte man vielleicht eine langfristige Finanzierung hinkriegen.«

Jetzt mischte sich der Mann in das Gespräch ein, der Willy schräg gegenüber am Tisch saß. Er stellte sich als George Abbott vor, San Franciscos oberster Behördenchef – es war, wie Willy jetzt merkte, der Mann, von dem Denise am Telefon gesprochen hatte.

»Was meinen Sie mit richtig eingefädelt?« fragte er.

»Wenn man es im Huckepacksystem macht.«

»Was heißt denn das?«

»Eine Stadt wie San Francisco gibt regelmäßig Obligationen aus, die jeder haben will. AA-Papiere. Richtig?«

»Richtig.«

»Also könnten Sie doch Ihr Gewicht auf dem Anlegermarkt nutzen, um dem Reverend zu helfen.«

»Wie soll das gehen?«

»Wenn Sie eine neue Emission starten, sagen Sie den Anlegern, bei 1 000 Ihrer AA-Obligationen müßten sie gleichzeitig 100 von den unbewerteten Festverzinslichen des Reverend kaufen, mit denen er seine Wohnungsprojekte finanziert.«

Willy war diese Idee vor einiger Zeit gekommen, als Michael Milken sich in einem Interview, das er dem Herausgeber des *Forbes Magazine* in der Cafeteria von Pleasanton gab, als »Sozialarbeiter« bezeichnet hatte. Er habe beabsichtigt, die Dritte Welt durch Junk Bonds zu retten und damit die Mutter Theresa der Hochfinanz zu werden, sagte er. Aber dann hätte diese antisemitische Richterin in New York ihn zu zehn

Jahren verurteilt und damit seinen Plan zunichte gemacht.

Willy Saxon überließ Milken die Dritte Welt. Er wollte dem leuchtenden Beispiel Bill Clintons folgen und sich *zuerst* um die Probleme zu Hause in Amerika kümmern!

Und zwar durch das Huckepacksystem.

»Macht das schon jemand?« fragte Abbott jetzt mit offenkundigem Interesse.

»Nein, noch niemand«, antwortete Willy wahrheitsgemäß. »Aber ich kenne eine Investmentbank, die es vielleicht versuchen würde.«

»Wieso sind Sie so sicher, daß Kapitalanleger ein solches Paket überhaupt akzeptieren würden?«

»Einmal abgesehen davon, daß sie Ihre AA-Obligationen bekommen, die ja knapp sind, würde es ihrem Leben einen gewissen Glanz geben. Die Wohltätigkeitsobligationen wären ein todsicheres Geschäft. Wie Pensionskassen. Sogar einige von Mr. Ralph Goodmans kalifornischen Staatsbanken würden wahrscheinlich welche erwerben. Allerdings unter Erwartung einer Gegenleistung, wie zum Beispiel geringere Mindestreservenbestimmungen für diese ›sozialorientierten‹ Papiere.«

»Das gefällt mir«, sagte der Pfarrer.

»Mir auch«, stimmte der oberste Beamte San Franciscos zu.

»Dann setzt euch doch alle nächste Woche mal zum Essen zusammen und beredet die Sache«, meinte ihre Gastgeberin. »Ich arrangiere das. Unter der Voraussetzung, daß wir das Thema wechseln. Und zwar sofort.«

»Aber zuvor noch eine letzte Frage«, sagte Willy. »Wo ist denn eigentlich Ralph Goodman geblieben?«

»Ich habe ihn nach Hause geschickt«, antwortete Denise.

»Wie haben Sie das denn hingekriegt?«

»Mein Lieber, ich kriege alles hin, wenn ich es mir in den Kopf setze.«

Als nächstes kam Fasan mit Spätzle auf den Tisch, begleitet von einem 67er Lafite. Dann der Käse und schließlich das Soufflé. Und natürlich der Chateau d'Yquem.

Als der letzte Wein eingeschenkt war, erhob sich Denise und brachte den einzigen Toast des Abends aus.

»Auf die Erinnerung an meine einzige Liebe, Jacob, der Ihre Gesellschaft heute abend ebenso genossen hätte wie ich.«

Sie brachte sogar eine Träne zustande, als sie sich wieder in ihren Stuhl sinken ließ. Die Anwesenden schwiegen respektvoll.

Es war Mitternacht, als die Gesellschaft sich schließlich auflöste. Die meisten der Gäste übernachteten im Haupthaus. Willy wurde, nachdem die Gastgeberin ihm einen flüchtigen Kuß auf die Wange gehaucht hatte, mit einer Taschenlampe bewaffnet losgeschickt, damit er den Weg zum Cottage nicht verfehlte.

Dort fiel er fast sofort in tiefen Schlaf. Der Jetlag und ein Abend mit gutem Essen und gutem Wein verlangten ihren Tribut. Das letzte, was ihm durch den Kopf ging, war die Hoffnung, daß am Morgen jemand an die Tür klopfen würde, wie Denise es versprochen hatte. Sonst würde er bis zum Mittag schlafen.

Vier Stunden später wurde seine Vermutung widerlegt. Niemand hatte an die Tür geklopft. Aber es war jemand im Wohnzimmer. Die Instinkte, die er im Gefängnis schnell entwickelt hatte, sorgten dafür, daß er sofort hellwach war. Wenn jemand durchdrehte, dann geschah das nachts. Es gab Leute, denen das Gefängnis sehr zusetzte.

Dann begriff er, wo er war.

Und als der Jemand, der in seinem Wohnzimmer gewesen war, jetzt in sein Schlafzimmer kam, wußte er auch, wer es war. Sie hatte den ganzen Abend neben ihm gesessen, und jetzt verriet ihr Parfüm sie.

Ohne ein Wort zu sagen, kam Denise zu ihm herüber und glitt zu ihm ins Bett. Er drehte sich auf die Seite und legte die Hände auf ihre Brüste. Diesmal trug sie keinen Sari. Und jetzt berührte sie ihn. Innerhalb von ein paar Sekunden und ohne sich auf irgendwelche erotische Präliminarien einzulassen, fielen sie übereinander her. Erst als sie völlig erschöpft waren, brach Denise das Schweigen.

»Darling, das war der beste Fick, den ich seit zwölf Jahren gehabt habe.«

Wie sollte man darauf reagieren? Besonders, wenn das letzte, was sie bei Tisch gesagt hatte, eine tränenfeuchte Erinnerung an ihre einzige Liebe war, an Jacob, der – wenn er sich recht erinnerte – erst vor fünf Jahren gestorben war.

»Denise«, flüsterte er. »Du bleibst hier, oder?«

»Natürlich. Aber zuerst schlafen wir noch ein bißchen. Dann habe ich eine kleine Überraschung für dich. Wenn du fertig bist.«

Diese rätselhafte Bemerkung machte es Willy schwer, wieder einzuschlafen. Er lag einfach da und horchte auf den Atem der Frau neben ihm. Sie schlief bald ganz fest. Schließlich schlief auch er ein.

Mit dem ersten Morgenlicht wachte er wieder auf.

Denise, deren Mund an seinem Ohr war, half dabei ein bißchen nach.

»Fertig?« fragte sie.

Sie beugte sich zur Wand neben dem Bett hinüber und drückte auf einen Knopf, der aussah wie ein Lichtschalter. Kaum lag sie wieder neben ihm, als es losging. Zuerst öffneten sich die Glasschiebetüren am Fuß des Bettes. Dann setzte sich das Bett in Bewegung, glitt auf Schienen durch die offenen Türen und auf eine Fläche unter den Redwoodbäumen. Hinter den riesigen Bäumen leuchtete jetzt die Sonne, die sich gerade erst ein Stückchen über den Horizont erhoben hatte.

»Fertig«, antwortete Willy.

Als es vorbei war, fragte er: »Und wie würdest du den jetzt einstufen, Denise?«

»Wie die Redwoods. Überwältigend.«

»Was ich fragen wollte«, sagte Willy. »Wer hat sich das hier ausgedacht?«

»Ich«, antwortete Denise. »Aber ich habe es erst einmal ausprobiert. Ohne Erfolg, muß ich gleich dazu sagen. Es stellte sich nämlich raus, daß der gute Junge schwul war.«

11. KAPITEL

Willy war am frühen Nachmittag wieder in San Francisco. Um sechs Uhr betraten Bobby Armacost und Dan Prescott, beide mit prall gefüllten Aktentaschen, das Wohnzimmer seiner Suite im Huntington.

»Hier herein«, sagte Willy und zeigte nach rechts auf die Tür zum Eßzimmer.

»Zuerst was zu trinken?« fragte er, als der Investmentbanker und sein Anwalt einen Schwung gebundener Dokumente auf dem Eßzimmertisch ausgebreitet hatten.

»Nein, danke. Laß uns gleich zur Sache kommen, Willy«, antwortete Prescott.

In den nächsten drei Stunden studierten sie konzentriert die Dokumente, und ihr Schweigen wurde nur hin und wieder durch Willys Fragen gebrochen.

»Ich glaube, ich habe genug gesehen«, sagte er schließlich. »Es ist nicht gerade ein rosiges Bild, das wir da vor uns haben, was?«

»Nein. Eigentlich nicht«, antwortete Prescott.

»Es stört mich nicht so sehr, daß der Vergleich euer ganzes Kapital auffrißt. Das kann ich ersetzen. Was mich am meisten stört, ist die Ertragsentwicklung. Ihr verliert dauernd Geld. in diesem Jahr bis jetzt eine Viertelmillion Dollar im Monat. Und es verschlechtert sich zunehmend. Woher kommt das?«

»Das liegt an zwei Faktoren«, antwortete Prescott. »An unserem Ruf und an unseren Ergebnissen.«

■

»Erklär mir das bitte«, sagte Willy.

»Es hängt mit dem Prozeß zusammen. Seit das *Journal* im Januar diesen Artikel über die Firma gebracht hat, weiß jeder davon. Das schreckt Kunden ab.«

»Aber das kann nicht die ganze Antwort sein. Schaut euch doch an, was vor ein paar Jahren mit den Salomon Brothers passiert ist. Sie sind beim Manipulieren von Rentenpapierauktionen der Regierung erwischt worden – ungefähr die größte Sünde, die man in der Finanzwelt begehen kann –, und trotzdem haben sie ein Jahr später schon wieder Rekordgewinne erzielt. Wie war das möglich?«

»Ganz einfach«, antwortete Prescott. »Sie haben auch weiterhin für ihre Klienten Geld gemacht. Und wir nicht.«

»Ja, das ist offensichtlich. Weil ihr immer noch dieselben alten Sachen macht, Dan. Seit die Fusionsgeschäfte und Unternehmensaufkäufe nicht mehr laufen, macht ihr eigentlich nichts anderes mehr als irgendein kleines durchschnittliches Maklerunternehmen auch. Sogar die großen Maklerfirmen machen heutzutage kein Geld mehr. Sears hat das schnell kapiert, nachdem sie Dean Witter gekauft haben. Oder Prudential, als sie unklugerweise Bache gekauft haben. Und zwar deswegen, weil immer mehr Leute merken, daß sie bei Charlie Schwab dasselbe zum halben Preis kriegen. Also, warum sollte ich Prescott & Quackenbush kaufen?«

Alle wußten die Antwort auf diese Frage. Sie waren angeschlagen. Deshalb brauchten sie einander. Aber keiner wagte es, das laut auszusprechen.

»Nochmal zurück zu Salomon Brothers«, sagte Willy. »Womit haben die so viel Geld gemacht?«

»Mit Arbitrage. Sie haben an den verschiedenen

Börsen Arbitrage mit Anleihen und ihren Derivaten gemacht, wie zum Beispiel Optionen, Futures und Optionen auf Futures. Das ist eine andere Welt, Willy. Das können nur Raketenwissenschaftler verstehen. Und Salomon Brothers hat das beste Team solcher Jungs zur Verfügung. Sie sind in der Branche auch als Derivate-Freaks bekannt. Sie und ihre Computer produzieren Gewinne, so wie Mrs. Fields Plätzchen auf den Markt wirft.«

»Warum macht denn das niemand nach?«

»Weil es nur *einen* Donald Lakewood gibt, und der ist bei den Salomon Brothers. Nebenbei bemerkt – *Dr.* Donald Lakewood. Er hat sein eigenes System erfunden, arbeitet mit Differentialrechnung. Mit Hilfe anderer Raketenwissenschaftler entwickelt er die Software und gibt sie in einen riesigen IBM-Mainframe ein, in seinem Fall vielleicht sogar ein Cray. Dann geben sie je nach Tagesverlauf die Kurse ein, und der Computer spuckt Anweisungen aus, was gekauft oder verkauft werden soll, und dadurch – wenn man sofort und überall gleichzeitig reagiert – kann man auch kleinste Kursdifferenzen auf verschiedenen Märkten ausnutzen. Sie verdienen hier ein bißchen was und da ein bißchen was. Sehr kleine Brötchen sind das, die da gebacken werden, aber es ist immer eine sichere Angelegenheit. Die Transaktionen werden mit so ungeheuren Summen abgewickelt, daß Lakewood und seine Freaks am Ende eines Tages in schöner Regelmäßigkeit wieder eine Million Dollar Gewinn einstreichen können.«

»Wieviel verdient dieser Lakewood denn?«

»Zehn, zwölf Millionen im Jahr.«

»Und das ist alles legal?« fragte Willy.

»Soweit ich weiß, ja«, sagte Bobby. »Außer du weißt etwas, das ich nicht weiß.«

»Ich weiß nur, daß es in Pleasanton jemanden gab – Fred sowieso. Ich habe seinen Nachnamen vergessen. Das war ein ganz Stiller. Er hat am M.I.T. seinen Doktor in Mathematik gemacht. Er kam immer in die Bibliothek und hat wirklich ganz abseitige Sachen bestellt, die wir ihm dann von der Unibibliothek in Berkeley besorgt haben, falls das Zeug nicht schon an jemanden am Lawrence Livermore Laboratory ausgeliehen war. Aber egal – es hieß, daß Fred einer von diesen Raketenwissenschaftlern an der Wall Street sei. Und wo ist er gelandet?«

»Das muß Fred Fitch gewesen sein«, sagte Bobby.

»Fred Fitch. Ja, so hieß er. Kennst du ihn?« fragte Willy.

»Nein. Aber ich weiß alles über ihn«, antwortete Bobby. »Er hat als Schützling von Donald Lakewood angefangen. Manche Leute sagen, daß sie eigentlich Partner waren. Daß Fitchs Anteil an der ›Erfindung‹ des Systems der Salomon Brothers genauso groß war wie der Anteil Lakewoods. Aber das spielt ja keine Rolle, weil sie Fitch wegen einer Sache geschnappt haben, die damit überhaupt nichts zu tun hatte. Er hat Zwanzigdollarscheine gefälscht und dafür einen der neuesten Kopierer verwendet, der bei den Salomon Brothers stand. Ist das nicht unglaublich?«

»Na ja, warum auch nicht? Aber mach mal langsam«, sagte Willy. »Ich will die ganze Geschichte hören. Doch lassen wir uns was zu essen kommen. Was wollt ihr denn haben?«

Sie wollten alle Steaks. Nach dem Essen – und dem Rest von Fred Fitchs Geschichte – machten sie sich an konkrete Verhandlungen. Um Mitternacht hatte Bobby die wichtigsten Elemente einer Reihe von Vereinbarungen und Verträgen zusammengestellt. Im ersten Vertrag wurde festgelegt, auf welche Weise Willys Holding in Zug 15 Millionen Dollar in Prescott & Quackenbush investieren und dafür einen Anteil von 75 Prozent am Kapital der Investmentbank erwerben würde. Zusätzlich würde die Holding Dan Prescott fünf Millionen Dollar leihen, die als Ganzes in die Firma reinvestiert werden sollten, wodurch Willy einen Anteil von 25 Prozent erhielt und das Kapital der Investmentbank wieder auf ansehnliche 20 Millionen Dollar angehoben wurde. Sowohl Prescott als auch Bobby Armacost – der Anwalt seines Vertrauens – brauchten jeder weitere zwei Millionen Dollar, um ihre persönlichen Verpflichtungen an dem Vergleich zu decken, durch den die Bank erst wieder wirklich geschäftsfähig wurde. Willy erklärte sich einverstanden, ihnen das Geld zu leihen. Aber sowohl Prescott als auch Armacost müßten sich verpflichten, mit ihrem gesamten persönlichen Vermögen für die Darlehen zu haften.

»Wie lange dauert es, bis du diese Verträge endgültig aufgesetzt hast?« wandte sich Willy an Armacost.

»Am Freitag sind sie fertig. Sagen wir mal sicherheitshalber Freitag nachmittag.«

»Und was ist mit dem Vergleichsverfahren? Das muß abgeschlossen sein, bevor ich überhaupt irgend etwas finanziere.«

Ich sag denen gleich morgen Bescheid, daß die Sache jetzt in Ordnung geht. Wir können sicher am Freitag vormittag unterschreiben. Kannst du bis dahin die vier Millionen Dollar hier haben?«

»Ich kümmere mich darum«, sagte Willy.

»Und was wollt ihr der Presse erzählen?« fragte er dann.

»Ich bereite eine Erklärung vor, aus der hervorgeht, daß wir unser altes Problem in gütlichem Einvernehmen bereinigt haben und daß ein großes Schweizer Geldinstitut einen bedeutenden Anteil an Prescott & Quackenbush erwirbt«, antwortete Bobby.

»Wunderbar«, sagte Willy. »Noch eine letzte Frage, bevor wir zum Schluß kommen.«

»Ja, frag nur«, antwortete der Anwalt mit einem nervösen Unterton in der Stimme.

»Wo kann ich Fred Fitch finden?«

»Ich setze gleich morgen einen Detektiv auf ihn an«, antwortete Bobby. »Aber diese Dinge dauern meistens ein bißchen.«

»Dann vergiß es«, sagte Willy.

12. KAPITEL

Willy hatte sich überlegt, daß er die Hilfe von Sidney Ravitch in Anspruch nehmen könnte, um Fitch zu finden, auch wenn er das wirklich nicht gern tat. Aber er mußte ohnehin zu Ravitch und nahm sich vor, das Gespräch so beiläufig wie möglich auf Fitch zu bringen.

Er traf Ravitch am nächsten Tag in den Büroräumen der Western Credit Rating Agency.

»Ich halte Sie nur ein paar Minuten auf«, begann Willy das Gespräch. »Ich war drüben in London, da ist alles vorbereitet. Und hier bei uns stelle ich mir das Ganze so vor: Mein Anwalt – er heißt Bobby Armacost – hat auf der Grundlage der Dinge, die wir letzten Dienstag besprochen haben, einen Vertragsentwurf ausgearbeitet. Er sagt, er brauche für die endgültige Fassung nochmal zwei Wochen.«

Bis dahin war die Übernahme von Prescott & Quackenbush perfekt. Wenn nicht, würde er sich einfach aus der Verbindung mit Ravitch zurückziehen.

»Sie wollen dann sicher, daß Ihre Anwälte den Vertrag zusammen mit Armacost durchgehen. Wir könnten das Geschäft gleich danach besiegeln. Immer vorausgesetzt, Sid, Sie haben Ihre Meinung seit unserer letzten Unterhaltung nicht geändert.«

»Nein. Ganz im Gegenteil. Auf welche Art wollen Sie die zehn Millionen bezahlen?«

»Per telegraphischer Überweisung. Die kommt von

Barclay's in London. Wohin soll ich das Geld überweisen?«

»Ich ziehe einen Scheck vor. Einen Barscheck. Der mir hier persönlich übergeben wird.«

»Ja, dann machen wir es so«, sagte Willy. »Es gibt noch zwei andere Dinge. Zuerst der Firmenname. Western Credit Rating Agency. Der Name muß weg. Wie wär's denn, wenn man ihn in Western Financial Services ändert? Auf diese Art können wir uns auf alle möglichen Gebiete verlegen. Was halten Sie davon?«

»Finde ich gut«, antwortete Ravitch.

»Und dann geht es noch um diese Büros hier. Mir sagt die Lage sehr zu, aber die Ausstattung ist wirklich beschissen, wenn ich das so sagen darf. Ich würde die Büros gern von einem Innenarchitekten ein bißchen aufmöbeln lassen.«

»Dagegen habe ich ganz und gar nichts, Willy. Solange es nicht zuviel kostet. Vergessen Sie nicht, wir sind jetzt Fifty-fifty-Partner. Ich muß also die Hälfte davon zahlen.«

»Nur keine Bange. Ich lasse einen Kostenvoranschlag machen, den Sie sich dann anschauen können.«

»Gibt es sonst noch etwas?« fragte Ravitch.

»Eigentlich nicht«, sagte Willy und erhob sich. »Aber weil wir gerade dabei sind – ich wollte Sie um einen kleinen Gefallen bitten, Sid.«

»Schießen Sie los.«

»Telefonieren Sie immer noch jede Woche mit Lenny drüben in Pleasanton?«

»Ja, klar. Jeden Dienstag. Also«, Ravitch schaute auf die Uhr, »normalerweise genau jetzt um diese Zeit. Wieso fragen Sie?«

»Also, in Pleasanton gibt es jemanden, den Lenny und ich beide kennen. Jim Slade. Er arbeitet im Büro der Direktorin. Tippt auf der Maschine, kümmert sich um die Akten, macht lauter so Bürosachen. Ich möchte, daß er was für mich nachschaut.«

»Ja, klar. Ich sag Lenny Bescheid. Was wollen Sie denn rausfinden?«

»Ich will wissen, wo sich ein ehemaliger Mitgefangener aufhält. Er heißt Fred Fitch. Er ist vor ein paar Monaten entlassen worden. In seiner Akte in Pleasanton muß eine Nachsendeadresse stehen.«

»Wer ist dieser Fred Fitch?«

»Niemand Besonderes. Er hat mir mal einen Gefallen getan. Und ich möchte mich dafür revanchieren. Das ist alles.«

»Wo kann ich Sie erreichen, wenn Lenny etwas rausfindet?«

»Ich wohne immer noch im Huntington Hotel«, antwortete Willy.

Willy Saxon war kaum aus der Tür, als Ravitch den Telefonhörer aufnahm und 510-833-7510 wählte, die Nummer der Justizvollzugsanstalt in Pleasanton. Eine Minute später war Lenny am Apparat.

»Hey«, sagte er. »Du rufst pünktlich wie immer an.«

»Wie geht's dir denn?« fragte Ravitch.

»Je näher der Tag rückt, desto schlimmer kommt es mir vor.«

»Wieviel hast du noch?«

»Noch elf Tage. Dann kann ich wieder mit dir arbeiten, Sid.« Er unterbrach sich. Dann sagte er: »Mit uns läuft doch noch was, oder?«

»Natürlich, Lenny. Ein Freund ist für mich ein Freund fürs Leben. Aber jetzt hör zu, ich brauch deine Hilfe. Kennst du jemanden, der Jim Slade heißt?«

»Na klar. Er arbeitet im Büro der Direktorin.«

»Ja, das ist er. Glaubst du, daß er dir einen Gefallen tut?«

»Das kommt drauf an. Worum geht's denn?«

»Er müßte die Nachsendeadresse eines Typs raussuchen, der vor ein paar Monaten entlassen worden ist.«

»Kein Problem. Und um wen geht es?«

»Fred Fitch. Kennst du den?«

»Eigentlich nicht. Er war ein schräger Vogel. Ein Einzelgänger. Hat die ganze Zeit nur gelesen.«

»Wofür hat er gesessen?«

»Falschgeld.«

Sidney Ravitch konnte einen Augenblick lang nichts sagen. Wollte sich Willy Saxon auf Falschgeld verlegen? Nein. Das paßte nicht. Dahinter mußte etwas anderes stecken.

»Lenny«, sagte er jetzt. »Die haben doch bei euch eine ziemlich ausführliche Akte über jeden, der einsitzt?«

»Ich glaub schon.«

»Glaubst du, daß der Typ sich die Akte von diesem Fred Fitch mal kurz schnappen und sie kopieren könnte, wenn er sie sowieso schon in die Hand nehmen muß?«

»Das ist vielleicht ein bißchen viel verlangt. Ich hab gesagt, ich *kenne* ihn, Sid. Ich bin nicht sein Boß oder sowas.«

»Aber vielleicht kann man *ihm* einen Gefallen tun? Fällt dir da irgendwas ein?«

»Zigarren. Er raucht unheimlich gern Zigarren.«

»Ich schicke sofort mit Federal Express zwei Schachteln Partagas nach Pleasanton rüber, Lenny. Eine für ihn und eine für dich.«

13. KAPITEL

Mitte des folgenden Nachmittags meldete Ravitch sich schon mit dem Ergebnis seiner Nachforschung am Telefon. Fred Fitch war immer noch in der Bay Area und wohnte in Livermore, das gleich im Osten von Pleasanton lag. Lenny hatte sogar seine Telefonnummer rausgekriegt.

Als Ravitch aufgelegt hatte, wählte Willy diese Nummer. Der Hörer wurde gleich nach dem ersten Klingeln abgenommen.

»Hallo.« Das kam sehr zögernd.

»Sind Sie das, Fred?« fragte Willy.

»Wer ist denn am Apparat?« Die Stimme klang mißtrauisch.

»Willy Saxon. Erinnern Sie sich noch an mich? Aus der Bibliothek?«

»Bibliothek?«

»Aus der Bibliothek in Pleasanton, Fred. Ich war der Bibliothekar. Willy Saxon.«

»Ach, ja. Natürlich. Ich war jetzt irgendwie ganz überfahren. Wie sind Sie überhaupt an meine Nummer gekommen?«

»Das ist eine lange Geschichte. Hören Sie, ich möchte mich gern mit Ihnen treffen.«

»Wieso denn?«

»Ich habe eine Idee für einen Job, der ideal für Sie wäre, Fred.«

»Was für einen Job?«

»Das erkläre ich Ihnen, wenn wir uns treffen.«

»Ich will Ihre Zeit nicht vergeuden, Willy. In die alte Branche kann ich nicht mehr zurück. Die Börsenaufsicht hat mich lebenslänglich ausgeschlossen.«

»Das ist mir vollkommen klar, Fred. Und es ist kein Problem.«

»Und außerdem habe ich schon einen Job. Ich kann ihn von zu Hause aus machen. Ich schreibe Programme für eine kleine Softwarefirma hier drüben. Die machen Computerspiele.«

»Das freut mich für Sie, Fred. Aber glauben Sie mir, der Job, von dem ich rede, ist besser. Viel besser. Und er bringt eine Menge Geld. Eine gewaltige Menge.«

Wenn er Geld gefälscht hat, muß ihm die Vorstellung von einer Menge Geld ganz schön zusetzen, dachte Willy. Wie sich herausstellte, hatte er recht mit dieser Vermutung.

»Und wann wollen wir uns treffen?« fragte Fred.

»Gleich. Wie wär's mit heute abend? Hätten Sie Zeit, mit mir essen zu gehen?«

»Ich glaube schon. Von wo rufen Sie an?«

»Aus San Francisco.«

»Ich fahre nicht gern abends da rüber.«

»Ich schicke einen Wagen. Der bringt Sie dann auch wieder zurück. Ich wohne im Huntington Hotel. Wir können hier essen.«

Als Fred Fitch an diesem Abend um halb acht ankam, erwartete Willy ihn schon in der Lobby. Der schlaksige junge Mann wirkte im Hotel fürchterlich deplaziert. Und mit seinen langen, widerspenstigen Haaren, seinem schlecht sitzenden Tweedsakko, seiner schon etwas ausgefransten Jeans und den schmutzigen braunen Schuhen *war* er deplaziert.

Wofür immer der seine Blüten ausgegeben hat, dachte Willy, für Klamotten bestimmt nicht.

»Lassen Sie uns erstmal was trinken«, sagte Willy und ging voraus in die Big Four Bar, die rechts von der Lobby lag.

Als Fred ein Perrier ohne Eis bestellte, wußte Willy, daß sein Vorschlag mit dem Drink ein Fehler gewesen war, und als Bob, der Barmann, fragte: »Und für Sie dasselbe, Mr. Saxon?«, hielt Willy es für klüger, darauf gar nicht erst einzugehen. Die Belohnung kam prompt in Form eines eiskalten Sapphire Gin Martini.

»Wetten Sie auf Baseballergebnisse, Mr. Saxon?« fragte Bob.

»Nein. Ich wette überhaupt nicht. Wieso?«

»Wir haben einen großen Pool und schließen Wetten darauf ab, welche beiden Mannschaften die Finalspiele bestreiten werden. Ich hatte gedacht, Sie möchten vielleicht mitmachen.«

»Die A's und die Dodgers.« Das kam von Fred.

»Wie bitte, Sir?« fragte Bob.

»Die A's und die Dodgers«, wiederholte Fred. Dann schaute er Willy an. »Ich habe gerade ein Programm dafür entwickelt und gestern die Zahlen durch den Computer laufen lassen. Eine Art Hobby von mir.«

»Notieren Sie mich für die A's und die Dodgers«, sagte Willy zu Bob. »Und versuchen Sie doch bitte, ob Sie im Restaurant einen Ecktisch für mich ergattern können.«

»Wieviel wollen Sie denn setzen?«

»Hundert.«

»Gut. Für wann möchten Sie den Tisch haben?«

»Gleich jetzt«, sagte Willy.

Als sie mit dem Essen fertig waren, wußte Willy, daß er den Richtigen gefunden hatte.

»Also, Fred, angenommen, wir steigen in diese Sache ein«, sagte Willy. »Wie hoch wären dann Ihre Anlaufkosten?«

»Fangen wir mal bei der Hardware an«, sagte Fred. »Ich würde empfehlen, ein System mit Sun Workstations aufzubauen, die wir hintereinanderschalten.«

»Ich dachte, ihr Burschen würdet große IBM-Mainframes benutzen«, sagte Willy. »Oder sogar Crays.«

»Nein, jetzt nicht mehr. Die sind nicht flexibel genug. Sie brauchen eine offene Plattform, die speziell auf Ihre Zwecke zugeschnitten ist.«

»Und Sie wissen, wie man sowas macht?«

»Natürlich.«

»Was würde das kosten?«

»Ein wirklich gutes System kriegen wir schon unter einer Million zusammen.«

»Nächste Frage: Wie hoch müßte das Betriebskapital sein?«

»Ziemlich hoch. Auf ein Institut, das von den Rating-Agenturen schlechter als AA eingestuft wird, lassen sich die Klienten einfach nicht mehr ein.«

»Sagen wir mal, das Institut, um das es geht, hat ein Kapital von 20 Millionen Dollar. Würde das reichen?«

»Heutzutage nicht mehr. Am besten wäre es, eine neue separate Tochtergesellschaft zu gründen und die mit noch einmal 20 Millionen Dollar auszustatten. Dann hängt alles davon ab, wie die Rating-Agentur entscheidet, wenn sie das Gesamte bewertet.«

Aber er, Willy, würde ja bald in einer Rating-Agentur das Sagen haben. Das war also kein großes Problem.

»Und wie viele Angestellte?«

»Zwei oder drei Profis. Ich weiß sogar, wo ich die finde. Burschen, die tatsächlich Raketenwissenschaftler waren und von den Lawrence Livermore Laboratories entlassen worden sind. Drei davon wohnen in derselben Wohnanlage wie ich. Dann noch ein paar für sonstige Arbeiten. Vielleicht ein halbes Dutzend Leute insgesamt.«

Noch eine Million.

»Fred«, sagte Willy. »Ich glaube, wir sind im Geschäft.«

»Wann kann ich mit der Arbeit anfangen?« fragte Fred.

»Bald. Hoffentlich schon sehr bald.«

Das hing davon ab, wie schnell er Räume finden würde, in denen Fred und seine Freaks arbeiten konnten. Abgelegene Räume.

Denise wußte da bestimmt etwas. Er könnte sie ja gleich anrufen. Es war erst zehn Uhr, und er wußte, daß sie nie vor Mitternacht ins Bett ging.

Von seinem Zimmer aus wählte er ihre Nummer in San Francisco, weil er annahm, daß auch sie am Nachmittag von der Ranch zurückgekehrt war. Beim zweiten Klingeln hob sie ab.

»Hier ist Willy. Störe ich dich?« begann er das Gespräch.

»Ach, Quatsch. Hoffentlich ist alles in Ordnung«, sagte sie mit einer Stimme, die noch rauher klang als sonst.

»Ja. Mit mir ist alles in Ordnung. Aber du klingst, als würdest du eine Erkältung kriegen«, meinte Willy.

»Vielleicht. Wenn ich mich erkältet habe, dann nur, weil ich im Freien geschlafen habe.«

»Deswegen rufe ich an«, sagte Willy. »Aber nicht,

was du denkst. Ich will ein Haus auf dem Land kaufen. Sowas wie deins, zum Beispiel.«

»Das ist nicht zu verkaufen, mein Lieber. Wofür brauchst du es denn?«

»Hauptsächlich, um Ruhe zu haben. Aber es wäre ideal, wenn auf dem Grundstück auch ein paar Cottages für Gäste stünden, so wie bei dir.«

»Ich dachte, du suchst eine Wohnung.«

»Das außerdem. Ich würde nur gern die Hälfte der Zeit in der Stadt und die andere Hälfte auf dem Land leben.«

»Gut«, sagte Denise. »Wegen der Wohnung habe ich nämlich schon was unternommen. Ich glaube, ich bekomme den sechsten Stock ziemlich bald frei.«

»Prima.«

»Und ich glaube, ich habe auch schon eine Idee wegen einem Haus auf dem Land. Es liegt eine Stunde nördlich von San Francisco. Am Russian River, kurz vor Healdsburg. Auf dem Weg zu meinem Haus bist du da in der Nähe vorbeigefahren.«

»Wie groß ist das Grundstück?«

»Etwa zweihundert Hektar. Das Haupthaus ist ein schönes altes viktorianisches Gebäude. Aber auf dem Grundstück stehen auch noch vier oder fünf Cottages. Es gehört einem Architekten, der es von seinem Vater geerbt hat, auch ein Architekt. Ich glaube, die mußten ihre Bauwut immer mal wieder an neuen Cottages austoben.«

»Wieviel wird er wohl verlangen?«

»Ich schätze mal, ungefähr fünf Millionen.«

»Wann kann ich es mir ansehen?«

»Meine Güte, Willy, du bist aber ein stürmischer Zeitgenosse.«

»Eigentlich nicht. Aber die meisten Menschen haben hin und wieder tolle Ideen und machen dann nichts daraus. Wenn ich eine tolle Idee habe, hänge ich mich voll rein. Mit Leib und Seele, sofort.«

»Was hat denn ein Haus auf dem Land mit deiner tollen Idee zu tun?« fragte sie.

»Das werde ich dir schon noch erzählen. Versuch jetzt erstmal, diesen Architekten zu erreichen«, sagte Willy. »Und ruf mich dann zurück.«

Er hatte die Idee schon seit ein paar Jahren im Hinterkopf. Sie war ihm durch den Aufenthalt in Pleasanton gekommen, einfach durch die Tatsache, daß es so etwas wie diese Justizvollzugsanstalt überhaupt gab. Pleasanton war einer der Orte, von denen man mit Recht sagt, sowas gebe es »nur in Amerika«.

Denn nur in Amerika hatte der Staat spezielle Einrichtungen für Wirtschaftsverbrecher geschaffen. In jedem anderen Land wurden sie einfach mit Mördern und Vergewaltigern zusammengesperrt. Und es gab ja nicht nur Pleasanton. Es gab in Lompoc, in Südkalifornien, eine Anstalt, die genauso aussah; und dann noch eine in Lewisburg, Pennsylvania. In diesen Anstalten waren Männer untergebracht, die zusammengenommen mehr finanziellen Unternehmungsgeist gezeigt, mehr innovative Ideen gehabt und in kurzer Zeit mehr Geld verdient hatten als jede andere Gruppe auf der Welt. Sie bildeten ein erstaunliches Reservoir an einzigartig begabten Männern.

Aber auf dem Höhepunkt ihrer Karriere waren sie alle aus dem Verkehr gezogen worden und lebten jetzt stumpf in diesen seltsamen Country Clubs vor sich hin, wo ihr ganzes Talent und ihre ganze Energie vergeudet wurden. Dennis Levine wischte in Lewisburg Fußböden. Boesky arbeitete auf der Farm in Lompoc. Milken mähte in Pleasanton den Rasen.

Doch die Talent- und Energievergeudung nahm damit noch kein Ende. Wenn die Leute schließlich entlassen wurden, verschwanden die meisten ganz einfach von der Bildfläche. Willy erinnerte sich, daß er darüber einen Artikel im *Forbes* gelesen hatte. Er wußte sogar noch den Titel des Artikels: »Nach dem Knast«. Nur wenige hatten im Wirtschaftsleben einigermaßen wieder Fuß gefaßt, denn sie blieben weiterhin Ausgestoßene, Parias in der Geschäfts- und Finanzwelt.

Aber genau wie Fred Fitch besaßen sie immer noch ihre intellektuelle Potenz. Sie brauchten lediglich jemanden, der ihnen zeigte, wie man die Vorurteile der Gesellschaft umging und wie man aus den Talenten, die Gott einem gegeben hat, etwas machte und den Lohn bekam, der einem zustand.

Und Willy wußte, wie man das machte. Er würde einfach dafür sorgen, daß sie unsichtbar wurden. Und mit Fred Fitch würde er anfangen.

Doch zunächst mußte er an dieses Landhaus kommen.

14. KAPITEL

Denise holte ihn am nächsten Vormittag um elf Uhr ab. Sie fuhr ein rotes Porsche-Kabrio.

»Du weißt wahrscheinlich gar nicht, was für Opfer ich für dich bringe, mein lieber Junge«, sagte sie, als er in den Wagen stieg. »Meistens bin ich um diese Zeit noch im Bett. Aber Jack – das ist der Architekt – hat darauf bestanden, daß wir nicht nach zwölf Uhr kommen. Er muß um eins wieder weg.«

»Schaffen wir es denn bis Mittag?« fragte Willy, als er den Sicherheitsgurt anlegte.

»Das ist kein Problem«, antwortete Denise, schoß vom Straßenrand weg, machte eine Wendung um 180 Grad und gab dabei die ganze Zeit Gas. Es fehlten keine zwei Meter, und sie wäre mit einem entgegenkommenden Cable Car zusammengestoßen. Der Fahrer des Cable Cars bimmelte wie verrückt.

Punkt zwölf Uhr kamen sie am Haupthaus an. Willy spürte sofort, daß dieses Haus genau das hatte, was er wollte, und sogar noch mehr. Der Name »River Ranch« paßte genau.

Der Architekt, dem das Anwesen gehörte, erwartete sie auf der Veranda. Zuerst ignorierte er Willy.

»Denise«, sagte er, als er von der Veranda heruntertrat und auf sie zukam. »Wie ich dir schon am Telefon sagte, habe ich leider nur eine Stunde für dich. Was willst du denn zuerst sehen?«

»Ich glaube, das Haupthaus«, antwortete Denise und schaute Willy an.

»Heben wir uns das Haupthaus bis zum Schluß auf«, meinte Willy. »Ich würde gern zuerst die anderen Gebäude auf dem Grundstück sehen.«

»Dann sind Sie also der Kaufinteressent?« fragte der Architekt und wandte sich jetzt zum ersten Mal an Willy.

»Nicht persönlich. Der Interessent ist eine Firma, die mir gehört. Ich heiße übrigens Willy Saxon.«

»Wozu braucht eine Firma denn ein solches Anwesen?« fragte Jack.

»Als ruhigen Ort auf dem Land«, antwortete Willy. »Für Konferenzen. Um Kunden zu bewirten. Ich nehme an, das Haus ist dafür ausgestattet. Wir sind nicht an großen Gebäudekomplexen interessiert.«

»In diesem Fall«, sagte der Architekt, »haben Sie vielleicht genau das Richtige gefunden. Mein Vater hatte dieselbe Idee. Er fand, das Anwesen wäre ein wunderbarer Ort, um Künstler, Handwerker und Architekten zusammenzubringen. Sie kamen immer für ein Wochenende, ein paar Wochen oder sogar einen Monat hierher und tauschten einfach Ideen aus.«

»Du meinst, wie in Esalon?« fragte Denise.

»Nein, Denise«, sagte Jack. »Bei *uns* hier haben die Leute ihre Kleider anbehalten.«

»Wie oft im Jahr veranstalten Sie solche Treffen?« fragte Willy.

»Überhaupt nicht mehr. Mein Vater ist vor drei Jahren gestorben. Er war derjenige, der Spaß an solchen Sachen hatte. Ich nicht. Deshalb will ich das Anwesen ja auch verkaufen. Aber nur an die richtigen Leute«, setzte er hinzu und schaute Willy mit strengem Blick an.

»Also, Jack«, sagte Denise. »Einen Besseren als Willy kannst du gar nicht finden. Er ist ein Freund der Familie, schon seit ewigen Zeiten.«

Das war Willy neu.

Auf dem Grundstück gab es insgesamt sechs dieser sogenannten Cottages. Sie standen jeweils etwa hundert Meter voneinander entfernt am Russian River, dessen felsiges Ufer ungefähr achtzehn oder zwanzig Meter steil zum Fluß abfiel. Willy blieb irgendwann stehen, um etwas genauer in die Tiefe zu schauen.

»Junge, Junge«, sagte er. »Das sind vielleicht Fische. Bestimmt einen Meter lang.« Mindestens ein Dutzend silbriger Fische schwammen in der Hitze der Mittagssonne an einer ruhigen Stelle des Flusses in trägen Kreisen dicht unter der Wasseroberfläche um riesige Felsen herum.

»Was sind das für Fische?« fragte Willy.

»Stahlköpfe. Seeforellen. Sie wandern zum Meer und kommen dann zum Laichen wieder hierher und bleiben für einen Teil des Sommers. Im Frühjahr kann man da unten auch Lachse sehen«, sagte der Architekt.

»Können wir mal einen Blick in eins dieser Cottages werfen?« fragte Denise.

»Ja, natürlich.«

Die Fassade des Häuschens täuschte. Es sah aus wie ein Chalet in den Alpen. Aber das Innere war durch und durch kalifornisch, von der hypermodernen Küche bis zu dem großen Fernsehapparat im Wohnzimmer.

»Hat man hier einen guten Empfang?« fragte Willy, als er den Fernseher sah.

»Von den Sendern in San Francisco? Ganz schlecht. Aber das macht nichts. Jedes Haus hat eine eigene Satellitenschüssel. Und da oben am Himmel gibt es mindestens dreißig Satelliten, von denen jeder vierundzwanzig Sender überträgt. Wenn Sie gern fernsehen, haben Sie hier auf der River Ranch keinen Mangel an Unterhaltung. Ich zeige Ihnen das mal.«

Er nahm die Fernbedienung, schaltete den Satellitenempfänger und dann den Fernseher ein.

»Was wollen Sie sehen?«

»CNN.«

»Das ist Galaxy 5, Sender 13.«

Er drückte einen Knopf auf der Fernbedienung, der Bildschirm wurde grün, und eine Schrifteinblendung teilte dem Betrachter mit, daß der Satellit sich in Richtung Osten bewege. Fünf Sekunden später erschien Bernard Shaw aus Atlanta auf dem Schirm.

»CNBC«, sagte Willy jetzt.

Ein Knopfdruck, und schon war der Sender da; die Aktienkurse wanderten wie ein Telexstreifen über den unteren Rand des Bildschirms.

»Kriegen Sie mit diesem Ding auch Reuters herein?«

»Was ist das denn?« fragte der Architekt.

»Die liefern ganz spezielle Daten vom Geldmarkt. Da gibt es einen Service für Devisenhändler. Und einen für Warentermingeschäfte. Solche Sachen.«

»Jetzt weiß ich, was Sie meinen. Sind Sie im Geldgeschäft?« fragte Jack.

»Nein, nicht *im* Geldgeschäft. Aber sehr interessiert daran«, antwortete Willy.

»Soviel ich weiß, kann man dieses Zeug über Satellit empfangen. Aber Sie brauchen einen speziellen Dekoder, den man mieten kann, um die Signale zu entschlüsseln. Ich habe gehört, das ist sehr teuer.«

»Wie klappt es mit dem Telefonieren hier oben?« fragte Willy.

»Erstklassig«, antwortete der Architekt. »Wir haben jetzt 16 Leitungen, sowohl für Telefon als auch für Fax. Wenn Sie mehr brauchen, kan Pac Bell das innerhalb von 24 Stunden regeln. Es sieht hier zwar mächtig rustikal aus, aber das ist es nicht.«

»Hat jedes Cottage ein eigenes Faxgerät?«

»Ja. Wollen Sie eins sehen?«

»Nein. Ich habe bloß gefragt.«

»Wollen Sie sich die anderen Gebäude auch anschauen?«

»Ja. Wofür sind die gedacht?«

»Für Versammlungen und Konferenzen.«

»Dann sehen wir uns das doch mal an.«

Das Konferenzzentrum war ideal. Es ließ sich leicht in einen offenen Börsenraum verwandeln. Der Speisesaal lag in einem etwa fünfzig Meter entfernten Haus auf einer Lichtung hoch über dem Russian River, direkt am Rand des Steilufers. Vor dem Haus befand sich ein Picknickplatz. Beide Gebäude waren ebenfalls im Chalet-Stil gehalten.

»Das könnte genausogut in Zermatt oder Grindelwald sein«, sagte Willy.

»Ja, da haben Sie recht. Mein Vater hat dafür übrigens extra drei Zimmerleute aus der Schweiz herübergeholt. Die haben auch das Cottage gebaut, das Sie sich eben angeschaut haben. Mein Vater war vernarrt in alles, was schweizerisch war.«

»Meine Mutter war Schweizerin«, sagte Willy. »Ich habe ein Jahr an der Universität Zürich studiert.«

»Dann mögen Sie bestimmt die Schweizer Küche.«

»Ja, natürlich.«

»Also, wir haben seit zwanzig Jahren eine Schweizer Köchin in der Familie. Aus Appenzell. Eigentlich ist sie unsere Wirtschafterin *und* Köchin. Sie wohnt in einem kleinen Cottage hinter dem Haupthaus. Ich hätte das schon eher zur Sprache bringen sollen. Wir möchten nicht, daß der neue Eigentümer sie entläßt.«

Denise mischte sich ein. »Entlassen? Mein lieber Jack, wenn wir dein Anwesen kaufen, dann *bestehen* wir darauf, daß sie bleibt. Wie heißt sie denn?«

»Vreni.«

»Vreni?«

»Das ist Schweizerdeutsch für Verena«, antwortete Jack. Er schaute auf die Uhr. »Ich muß in zehn Minuten los. Gehen wir doch zum Haupthaus zurück.«

Als sie im Wohnzimmer des riesigen, viktorianischen Gebäudes standen, fand Willy, daß er jetzt genug gesehen hatte.

»Ich bin am Kauf des Anwesens interessiert, Jack.«

»Sind Sie sicher, daß Sie es sich leisten können?«

»Ziemlich sicher. Wieviel wollen Sie denn haben?« fragte Willy.

»Fünf Millionen.«

»Und bei Barzahlung innerhalb von dreißig Tagen?«

»Viereinhalb Millionen.«

»Einverstanden. Dann sind wir im Geschäft.«

»Einen Augenblick noch. Mit wem bin ich im Geschäft?«

»Sie bekommen bis Montag ein Fax von einem meiner Unternehmen. Das Fax wird ein formelles Kaufangebot und Bankreferenzen enthalten.«

»Dein Freund hält sich nicht lange mit Bagatellen auf, was?« sagte Jack zu Denise.

Dann wandte er sich Saxon wieder zu. »Besiegeln wir unser Geschäft mit Handschlag, Willy.« Es war das erste Mal, daß der Architekt sich dazu herabließ, Willys Namen auszusprechen. »Aber jetzt muß ich weg.«

»Was ist denn so eilig?« fragte Denise.

»Golf. Heute ist Donnerstag.«

»Ich dachte, nur Ärzte spielen donnerstags Golf«, sagte Denise.

»Ärzte spielen mittwochs, Denise«, antwortete Jack und fügte hinzu: »Du spielst offensichtlich nicht Golf.«

»Aber ich«, sagte Willy. »Wo spielen Sie denn?«

»Im Fountaingrove Country Club. Das ist ungefähr zwanzig Minuten von hier. Wollen Sie sich den Club mal ansehen? Wenn Sie schon das Anwesen hier kaufen, können Sie auch in den Club eintreten. Es ist der einzige anständige Club hier oben. Wenigstens der einzige Club mit anständigen Mitgliedern. Aber keine Sorge. Wenn ich Sie als Mitglied vorschlage, sind Sie automatisch drin, Willy.«

Ein paar Minuten später saßen sie in ihren Autos. Denise fuhr in ihrem Porsche hinter Jacks Mercedes her.

»›Keine Sorge, Willy, wenn ich Sie vorschlage, sind Sie automatisch drin‹«, äffte Denise die letzte Bemerkung des Architekten nach. »Mein Gott, ist das ein Snob. Warum hast du ihm nicht gesagt, daß er sich seinen blöden Country Club sonstwohin stecken kann?«

»Weil es mich auf eine Idee gebracht hat. Weißt du noch, daß du vorgeschlagen hast, der schwarze Reverend, der Typ, der die Stadt regiert und ich sollten uns zum Essen treffen?«

»Natürlich weiß ich das noch. Ich kann das jederzeit arrangieren.«

»Ich glaube, daß sich das, was mir da durch den Kopf geht, besser bei einer Runde Golf besprechen läßt«, sagte Willy. »Beim Golf hab ich schon eine Menge Geschäfte gemacht. Aber in den letzten drei Jahren ist meine Mitgliedschaft überall abgelaufen. Und ich hab das komische Gefühl, daß jemand gegen mich stimmen wird, wenn ich wieder in den Olympic Club eintreten möchte.«

■

»Du verpaßt keine Chance, was?« Sie streckte die Hand aus und klopfte ihm aufs Knie. »Das gefällt mir.«

Der Fountaingrove Country Club gefiel ihm sehr gut. Erstaunlicherweise gefiel er sogar Denise. Auf ihren Vorschlag hin blieben sie zum Lunch, den sie draußen auf der Terrasse einnahmen, von der aus man einen Blick auf das üppige Sonoma Valley hatte. Während des Essens füllte er einen Antrag auf Mitgliedschaft aus und fügte einen Scheck über 50.000 Dollar bei, der auf die Barclay's Bank in London gezogen war. Er gab Jack als seinen einzigen Bürgen an. Der Clubpräsident versicherte ihm, sein Antrag würde äußerst zügig behandelt werden.

Auf der Fahrt nach San Francisco sprach Willy sehr wenig. Dieser 50.000 Dollar-Scheck hatte ihm wieder einmal gezeigt, wie schnell das Geld wegging. Er brauchte 20 Millionen Dollar, um die Investmentbank zu kaufen. Dann noch einmal jeweils zwei Millionen, um Prescott und Armacost aus der Klemme zu helfen. Dann zehn Millionen für seine 49 Prozent an der Rating-Agentur. Und jetzt hatte er gerade viereinhalb Millionen für den Kauf der River Ranch zugesagt. Und damit Fred Fitch loslegen konnte, mußte er eine Million in Geräte stecken, und dann brauchte er noch einmal 20 Millionen Umlaufkapital. Dazu kamen noch Personalkosten.

Gesamtsumme: sechzig Millionen Dollar.

Vor einer Woche hatte sein heimliches Vermögen in Liechtenstein $ 74.768.411,67 betragen.

Davon gingen mindestens noch zwei Millionen für Anlaufkosten in der Schweiz ab – Anwaltskosten und Honorare –, und dann nochmal eine halbe Million, um seine Aktien im Ausland, in London, auf den

Kanalinseln und in Nigeria, in Gang zu bringen. Er mußte damit rechnen, daß Prescott & Quackenbush noch eine Zeitlang monatlich eine Summe von 200.000 Dollar verlor, bevor sich der Trend umkehren ließ – das machte schätzungsweise noch einmal eine Million. Und die Renovierungskosten für diese miesen Büros der Rating-Agentur und jetzt auch noch für die River Ranch, besonders für das Haupthaus – das war vielleicht nochmal eine Viertelmillion.

Damit belief sich sein finanzielles Engagement auf 64 Millionen. Übertrieb er das Ganze vielleicht?

Er hatte sein Budget weit überzogen, und zwar aus dem einfachen Grund, daß er eine so großangelegte Nebenaktion wie die mit Fred Fitch nicht mit einberechnet hatte. Wenn die Sache mit Fitch wirklich klappte, mußte er da noch mehr Kapital hineinstecken. Nicht sofort, aber doch ziemlich bald. Und es gab keinen Weg, wie er auf legale Weise an Kapital kommen konnte. Er mußte also seinen ursprünglichen Plan weiter verfolgen.

Das bedeutete, daß das Geschäft mit Kommunalobligationen allmählich in den Mittelpunkt seiner Aktivitäten rücken mußte. Dafür brauchte er die richtigen Papiere, wie zum Beispiel AAA-Obligationen der Stadt San Francisco. Dann mußten die Papiere zum richtigen Preis an die richtigen Leute gebracht werden, an Marshall Lane und seinen Rentenfonds zum Beispiel. Dabei war vielleicht da und dort ein kleiner Gefallen nötig. Aber alles ganz legal. Das Ganze lief nach dem Motto: Einfluß auf den Markt gewinnen, besonders auf den Markt der institutionellen Anleger.

Und *dann* mußte man weiteres Kapital beschaffen. Aber zuerst war mal die Geldmaschine in Gang zu setzen.

»Weißt du was?« sagte er.

»Was denn?« fragte Denise. »Ich dachte, du schläfst.«

»Nein, ich habe bloß nachgedacht. Ich glaube, ich hab jetzt mehr Spaß als je in meinem Leben. Ich hab das, was man Glück im Unglück nennt.«

»Und zählst du mich zu deinem Glück oder Unglück?«

»Zu meinem Glück, Denise.«

Sie näherten sich dem Huntington Hotel. Es war kurz nach vier.

»Weißt du was?« fragte Denise.

»Was denn?«

»Ich bin ganz scharf.«

»Wie wär's denn mit einer schnellen Nummer? Und dann ein kleines Nickerchen?« fragte Willy.

»Gebongt!«

Es wurden zwei schnelle Nummern und kein Nickerchen.

Als sie sich anzog, fragte Denise: »Und was jetzt?«

»Ich muß hier ausziehen«, antwortete Willy. »Das hier paßt nicht zu deinem Stil. Entschuldige bitte.«

»Du brauchst dich doch nicht zu entschuldigen. Es war schließlich meine Idee«, antwortete sie. »Aber ich gebe dir recht. Du mußt hier raus.«

»Du hast gesagt, daß diese Wohnung bald frei wird.«

»Ja. Sie ist möbliert, aber sie muß noch ein bißchen hergerichtet werden. Und das viktorianische Haus auf der Ranch auch.«

»Ja, was die Ranch betrifft, hast du recht. Kennst du jemanden, der mir dabei helfen kann?«

»Na klar. Die Bischofstochter. Sie ist eine der besten Innenarchitektinnen in San Francisco. Deswegen war sie ja auch in London. Sie ist wenigstens zweimal im

Jahr da drüben und kauft ein. Möbel, Bilder, Porzellan. Sie ist toll. Und sie mag dich wirklich gern.«
»Wo kann ich sie erreichen?«
»Sie ruft dich an.«
»Sag ihr, daß ich mich zuerst auf die River Ranch konzentrieren möchte.«
»Und die Wohnung?«
»Ich ziehe einfach so ein, ohne Renovierung. Und je eher, desto besser, Denise.«

15. KAPITEL

Schon am späten Vormittag des nächsten Tages war Denise am Telefon.

»Du kannst am Samstag in die Wohnung ziehen«, sagte sie. »Der jetzige Mieter packt gerade seine Sachen ein.«

»Wie hast du das denn geschafft?«

»Ach, mit 'ner schnellen Nummer läßt sich so manches erreichen.«

Willy brachte vor Verblüffung keinen Ton raus.

»Ich hab bloß Spaß gemacht«, sagte Denise. »Hab ich dich wenigstens ein bißchen aus der Fassung gebracht?«

»Na klar.« Widerwillig mußte er sich eingestehen, daß es sogar stimmte.

»Eins meiner Mädchen macht die Wohnung sauber. Wenn sie fertig ist, komme ich mit den Schlüsseln vorbei. Sagen wir mal, morgen um drei.«

»Ich will ein paar Sachen in die Wohnung liefern lassen. Wie ist die genaue Adresse?«

»Sacramento Street 1190, sechster Stock. Der Hausmeister heißt Bill. Seine Telefonnummer ist 441-7810. Sag ihm, was geliefert wird und um welche Zeit. Aber jetzt muß ich los.«

Willy erinnerte sich, daß er am Morgen im *Chronicle* eine ganzseitige Anzeige eines Geschäfts in der Market Street gesehen hatte, das alle Arten elektronischer Bürogeräte führte, die es für Geld zu kaufen gab. Er ging zum Papierkorb in seinem Zimmer und fischte die Anzeige heraus: »The Whole Earth Electronic Bazaar. Nur in San Francisco.«

Zeit zum Einkaufen. Und auch Zeit, die Hilfe eines alten Getreuen in Anspruch zu nehmen, des einen Mannes, der durch dick und dünn zu ihm gehalten hatte. Er rief bei Prescott & Quackenbush an und fragte nach Frank Lipper.

»Willy, du meine Güte! Ich dachte schon, du hättest mich vergessen«, sagte er. »Seit ich dich aus Pleasanton abgeholt habe, hast du dich ja nicht mehr gemeldet.«

»Ich hatte viel zu tun. Aber jetzt brauche ich deine Hilfe. Und zwar jede Menge Hilfe. Komm doch rüber ins Huntington.«

»Wann denn?«

»Jetzt gleich.«

»Aber ich bin bei der Arbeit.«

»Frank, in einigen Tagen arbeitest du für mich, wie in den guten alten Zeiten. Also, komm gleich rüber. Und glaub mir, es wird deswegen keine Probleme geben.«

Willy erwartete Frank schon in der Lobby des Hotels.

»Zu diesem Laden fahren wir als erstes«, sagte Willy und gab ihm die Anzeige aus dem Chronicle.

»Was willst du da denn kaufen?«

»Ein Telefon mit allen Schikanen. Ein Faxgerät von Xerox für Normalpapier. Einen Macintosh Computer. Einen Laserdrucker von Apple. Einen Fotokopierer von Sharp. Einen Reißwolf.«

»Und wo soll das ganze Zeug hin?« fragte Frank.

»Komm, ich zeig's dir.«

Frank ging hinter Willy durch die Tür auf die California Street hinaus.

■

»Da drüben«, sagte Willy und streckte den Arm aus. »Ab morgen nachmittag bewohne ich da drüben den sechsten Stock.«

»Mann, wie hast du das fertiggekriegt?«

»Beziehungen, Frank. Beziehungen. Und jetzt nehmen wir uns ein Taxi und statten dem Whole Earth Electronic Bazaar einen Besuch ab.«

Es dauerte weniger als eine Stunde, bis sie alles bestellt hatten.

»Jetzt hast du also das ganze Zeug, aber wer soll damit arbeiten?« fragte Frank, als sie aus dem Laden auf die Market Street hinaustraten.

»Ich, Frank.«

»Ganz allein?«

»Ja. So, wie ich es in Pleasanton gelernt habe.«

»Noch nicht mal eine Sekretärin?«

»Nein.«

»Aber wieso denn?«

»Weil alles, was ich von nun an mache, Frank – und besonders, *wie* ich es mache –, ganz allein meine Angelegenheit ist. Mit einer Ausnahme: dir. Du bist der einzige Mensch, dem ich wirklich trauen kann.«

»Was soll ich dazu sagen, Willy?«

»Nichts. Wollen wir das mit Handschlag besiegeln, Partner?«

Frank Lipper brach dabei fast Willys Hand.

»Schluß damit«, sagte Willy, der stärker bewegt war, als er zeigen wollte. »Jetzt fahren wir mit dem Taxi zu Prescott & Quackenbush. Vor einer Woche haben Dan Prescott und Bobby Armacost mir gesagt, sie hätten bis heute ein paar Papiere fertig, die ich unterschreiben soll. Laß uns mal sehen, wie es damit steht.«

»Willst du, daß ich da weiterarbeite?« fragte Frank.

»Mehr als je zuvor. Durch diese Papiere bekomme

ich die Stimmenmehrheit in der Bank. Aber das bleibt, nebenbei bemerkt, unter uns Pastorentöchtern. Ab heute mußt du Augen und Ohren offenhalten, damit du mir sagen kannst, was in der Bank läuft.«

»Da kann ich dir gleich was sagen, was dir nicht gefallen wird«, sagte Frank.

»Raus damit.«

»Die Betriebsverluste hatten sich im letzten Monat mehr als verdoppelt. Es hat nicht mehr viel gefehlt und es wäre eine halbe Million gewesen.«

»Mein Kapital wird also schon aufgefressen, bevor ich es überhaupt in die Firma stecke«, sagte Willy.

»Die Bank beschäftigt viel zu viele Leute«, sagte Frank. »Und der einzige Geschäftszweig, der Gewinn abwirft, ist das Geschäft mit Kommunalobligationen.«

»Deine Abteilung«, sagte Willy.

»Ja. Aber ich bin bloß Verkäufer. Wir brauchen ganz dringend einen Regenmacher, der uns etwas Neues bringt.«

»Vielleicht bekommt ihr bald einen«, sagte Willy.

»Wen denn?«

»Mich. Ich erklär dir das bei einem Bier. Weißt du eine Bar hier in der Nähe?«

Die nächste Bar war einen Block weit entfernt im Sheraton Palace Hotel. Als Willy zwei Bier bestellt hatte, Anchor Steam, erzählte er von der Unterhaltung mit dem Verwaltungsboß von San Francisco und dem menschenfreundlichen Pfarrer der Glide Memorial Church.

»Das ist ja eine Wahnsinnsidee«, sagte Frank, als Willy seinen Bericht beendet hatte.

»Kannst du die Details noch ein bißchen ausarbeiten?« fragte Willy.

»Kein Problem. Bis wann brauchst du's?«

»Bis nächsten Donnerstag. Da gehen wir alle zum Golfen.«

»Ich mach mich gleich morgen an die Arbeit«, sagte Frank.

»Prima. Aber morgen nachmittag brauche ich deine Hilfe, damit ich diese ganzen Geräte anschließen kann.«

»Ich kann ja am Sonntag weitermachen.«

»Gut. Aber am Montag machen du und ich dann eine kleine Fahrt ins Weingebiet. Das heißt, wir bleiben wahrscheinlich sogar ein paar Tage. Du kannst doch auch da oben mit der Arbeit weitermachen, oder?«

»Sind Computer da?«

»Noch nicht. Aber das soll kein Hinderungsgrund sein. Komm, wir trinken unser Bier aus, und dann gehen wir schnell nochmal in den Laden.«

Im Laden verlangten sie zwei Macintosh Power Books. Gleich zum Mitnehmen.

Fünf Minuten später betraten Willy und Frank die Geschäftsräume von Prescott & Quackenbush, jeder mit einem tragbaren Mac in der Hand.

»Könnten Sie bitte Mr. Prescott sagen, daß Mr. Saxon ihn sprechen möchte?« sagte Frank zu der Empfangssekretärin.

»Wer bitte?« fragte sie.

»Schon gut«, sagte Willy. »Frank, geh doch einfach in sein Büro und sage ihm, daß ich da bin.«

Es dauerte keine Minute, bis Dan Prescott mit einem breiten Lächeln auftauchte, um Willy zu holen.

»Du kommst genau richtig, Willy«, sagte er. »Bob

ist vor einer Viertelstunde mit den Papieren gekommen. Komm mit nach hinten.«

Bob wartete schon im Sitzungsraum auf sie.

»Da bist du ja«, sagte der Anwalt und deutete auf vier Stapel von Dokumenten, die nebeneinander auf dem Konferenztisch lagen. »Und wir sind auch soweit. Der Vergleich ist heute vormittag ganz nach Plan über die Bühne gegangen – dank deiner vier Millionen, die Dan und ich auf den Tisch blättern konnten. Danke, Willy. Das werden wir dir nie vergessen.«

»Hoffentlich.«

»Wenn du Zeit hast, könnten wir die Verträge gleich durchgehen und es hinter uns bringen.«

»Gut, nichts wie ran.«

Eine Stunde später waren sie fertig. Nur sechs Seiten mußten nochmal überarbeitet werden.

»Wer bekommt denn auf der anderen Seite diese Dokumente hier in die Hand?« fragte Bobby.

»Darum kümmere ich mich schon«, sagte Willy. »Du bringst mir morgen vormittag die überarbeiteten Dokumente ins Huntington, und Anfang nächster Woche sind sie zur Unterschrift in der Schweiz.«

»Und vergiß nicht, daß die Unterschriften notariell beglaubigt werden müssen, Willy.«

»Ich weiß. Bis nächsten Freitag sollten sowohl die unterzeichneten Dokumente als auch die dazugehörigen zwanzig Millionen Dollar hier sein. Und dann können wir loslegen.«

Willy schaute Prescott an. »Weil wir gerade vom Geschäft reden – ich habe von Frank gehört, daß die Bank letzten Monat fast eine halbe Million Verlust gemacht hat. Stimmt das?«

»Leider ja«, gab Prescott zu und bedachte Frank mit

einem nicht besonders freundlichen Blick. »Es ist ein bißchen dicker gekommen, als wir gedacht hatten, Willy. Aber wir haben dir ja schon gesagt, daß es allen im Maklergeschäft schlechtgeht.«

»Lange mache ich das aber nicht mit, monatlich eine halbe Million zu verlieren«, sagte Willy.

»Du hast doch gesagt, du hättest da ein paar neue Ideen«, meinte Prescott. »Wir sind jederzeit für alles offen.«

»Nächsten Freitag bin ich soweit«, antwortete Willy. »Wir treffen uns dann um, sagen wir mal, vier Uhr. Wenn ich mich richtig erinnere, wolltet ihr mit der Meldung über den Vergleich und die Kapitalerhöhung sofort an die Öffentlichkeit gehen. Wartet damit noch, bis ihr hört, was ich vorhabe – dann könnt ihr das in eure Pressemitteilung gleich mit aufnehmen.«

16. KAPITEL

Am folgenden Nachmittag um drei Uhr erschien Denise van Bercham wie versprochen im Huntington Hotel. Willy wartete schon mit seinem Gepäck in der Lobby.

»Wo ist dein Gepäck?« fragte sie, nachdem sie ihm einen flüchtigen Kuß auf die Wange gegeben hatte.

»Hier.«

Es waren zwei Koffer und ein Macintosh Power Book.

»Aber wo ist der Rest?«

»Das ist alles, Denise«, sagte Willy mit Nachdruck.

»Aber...«

»Ich war drei Jahre im Gefängnis. Hast du das vergessen?«

»Aber was ist mit den Sachen, die du davor gehabt hast?«

»Habe ich alles an die Heilsarmee gegeben.«

»Wieso das denn?«

»Weil ich nicht an mein altes Leben erinnert werden wollte.«

»An irgendwas Spezielles?«

»Nein, an alles.«

»Das leuchtet mir ein«, meinte sie. »Dann laß uns jetzt was für dein neues Leben tun.«

Diesmal war sie nicht mit dem roten Porsche gekommen, sondern mit Fahrer und dem Bentley. Willys Habseligkeiten füllten noch nicht mal den halben

Kofferraum. Als alles verstaut war, nahmen Denise und Willy auf dem Rücksitz Platz, und der Bentley setzte sich langsam in Bewegung. Der Wagen fuhr um den Huntington Park herum, und drei Minuten später waren sie schon am Ziel ihrer Fahrt angekommen.

»Kommt dir das nicht ein bißchen lächerlich vor?« fragte Willy, als sie ausstiegen.

»Natürlich«, antwortete Denise. »Aber ich habe eine Schwäche für absurde Sachen.«

Der livrierte Portier, der sie zum Aufzug begleitete, überschlug sich fast vor Unterwürfigkeit, so sehr war er offensichtlich von Denises Erscheinung überwältigt. Als sie im sechsten Stock aus dem Aufzug traten, war es Willy, der überwältigt war. Zuerst kamen sie durch einen mit Marmor ausgekleideten Korridor und dann in das riesige Wohnzimmer, dessen Fenster auf den Park und die Grace Cathedral gingen: Louisquinze-Möbel, Aubussonteppiche und flämische Gobelins.

»Das ist ja phantastisch!« rief Willy aus.

»Die Bischofstochter hat das für mich eingerichtet«, sagte Denise. »Sehen wir uns mal die anderen Zimmer an.«

Der Rest der Wohnung bestand aus einem Eßzimmer, drei Schlafzimmern, einem wunderschönen holzgetäfelten Arbeitszimmer und einer Dienstmädchenwohnung hinter der Küche. Zu der Dienstmädchenwohnung gehörte auch ein Dienstmädchen.

»Das ist Juanita«, sagte Denise, als sie in die Küche kamen. »Sie bleibt eine oder zwei Wochen, bis die Wohnung richtig in Schuß ist, ja?«

»Sí«, antwortete Juanita.

»Das ist der Mann, der jetzt hier wohnt, Juanita. Mr. Saxon.«

■

Juanita machte einen Knicks.

»Sie kocht auch«, sagte Denise. »Sie ist übrigens eine sehr gute Köchin. Ihre Spezialität sind Tamales. Sehr scharfe Tamales. Wenn du willst, macht sie heute abend welche für dich.«

»Das wäre toll.«

»Juanita«, sagte sie. »Nur einen Block die Taylor Street hinunter ist ein Lebensmittelgeschäft. Da kannst du die Sachen für deine Tamales einkaufen. Mr. Saxon wird heute abend hier essen. Und bring auch Bier mit.«

Sie schaute auf die Uhr. »Ich fürchte, du mußt allein essen, Willy. Ich hab heute abend etwas sehr Wichtiges zu erledigen. Wann sehe ich dich wieder?«

»Hättest du nächsten Freitag zum Abendessen Zeit?«

»Eigentlich nicht, aber ich werde mir die Zeit nehmen. Ist der nächste Freitag ein besonderer Tag?«

»Ja. Wenn alles gutgeht, dann ist das der Tag, an dem mein neues Leben *richtig* anfängt.«

»Und das willst du mit mir feiern?« fragte Denise.

»Ja.«

»Wie nett von dir, Willy. Wirklich nett. Und jetzt muß ich wirklich los.«

Sie war kaum weg, als der Portier anrief, um ihm zwei Dinge mitzuteilen: daß ein Herr namens Frank Lipper da sei und der Whole Earth Electronic Bazaar gerade eine Anzahl von Kartons geliefert habe.

Um sechs Uhr abends waren mit Frank Lippers Hilfe alle Geräte in Willys neuem Arbeitszimmer aufgebaut und betriebsfertig. Er schickte Frank ins Büro, damit er dort an der Sache mit den Kommunalobligationen weiterarbeiten konnte. Dann machte auch Willy sich an die Arbeit.

∎

Er hatte sich entschlossen, die River Ranch über seine Firma auf den Kanalinseln zu kaufen – dadurch ließ sich ein gewisser Abstand zu Prescott & Quackenbush halten, die ihrerseits von Liechtenstein und der Schweiz aus kontrolliert würden. Als er das Kaufangebot für das Anwesen auf seinem neuen Mac aufgesetzt hatte, druckte er es aus und faxte es an seinen Londoner Anwalt mit der Anweisung, es bis spätestens Montag an Jack, den Architekten, weiterzufaxen. Denise hatte ihm Jacks diverse Adressen und Nummern gegeben.

Dann schickte er ein Fax an Dr. Guggi in Vaduz und teilte ihm mit, daß die Dokumente, die mit der Übernahme von Prescott & Quackenbush zu tun hatten, unterwegs seien und sofort nach Unterzeichnung und notarieller Beglaubigung zusammen mit einem auf die Schweizer Unionsbank gezogenen Barscheck wieder zurückgeschickt werden sollten.

Um sieben Uhr läutete das Telefon. Es war die Bischofstochter.

»Ich habe gerade mit Denise gesprochen, und sie hat gesagt, ich solle Sie anrufen«, sagte sie. »Eigentlich mache ich sowas nicht, und besonders nicht an einem Samstagabend. Aber Sie wissen ja, wie Denise ist.«

»Allerdings. Und ich finde es schön, daß Sie anrufen. Sonst hätte ich auf jeden Fall versucht, Sie irgendwie zu erreichen. Nochmal vielen Dank, daß Sie den Abend in London mit mir verbracht haben. Es war der Höhepunkt meiner Reise.«

»Meiner auch.«

»Wir sollten wieder einmal zusammen essen.«

»Ja, vielleicht. Wann denn?«

»Heute abend.«

»Das ist unmöglich. Heute abend ist im St. Francis

ein großes Wohltätigkeitsdinner. Für die Oper. Denise ist natürlich da, und alle anderen auch. Ich muß jetzt sofort zu telefonieren aufhören und mich fertig machen.«

»Lassen Sie das Dinner sausen. Rufen Sie Denise an. Sagen Sie, Sie würden sich plötzlich unwohl fühlen. Wir können hier essen. In meiner neuen Wohnung. Da können Sie von niemandem gesehen werden.«

Sie schwieg.

»Es gibt Tamales, sehr scharfe Tamales«, sagte Willy. »Und mexikanisches Bier.«

Sie brach ihr Schweigen. »Ich *mag* Tamales. Und mexikanisches Bier.«

»Sie kommen also?«

»Ich komme.«

Sobald sie aufgelegt hatte, stürzte Willy in die Küche.

»Juanita«, sagte er. »Ich bekomme Besuch zum Essen. Reicht es auch für zwei?«

»Si. Wann soll es fertig sein?«

»Um neun. Haben Sie das Bier bekommen?«

Hatte sie. Aber was war mit Drinks?

»Gibt es in dem Laden auch andere alkoholische Getränke?« fragte er.

Sie verstand ihn nicht.

»Whiskey. Tequila. Im Laden?«

»Sí, sí.«

Margaritas! Das war der richtige Auftakt für den Abend. Juanita bestand darauf, selbt nochmal zum Laden zu gehen und die Sachen zu holen. Sie kam mit einer verdächtig großen Tüte zurück, aus der sie eine Flasche von Mexikos bestem Tequila zog. Sie hielt sie Willy triumphierend hin und marschierte dann stolz und zufrieden in die Küche.

Eine Stunde später trat die Bischofstochter aus dem Aufzug in den marmorverkleideten Korridor. Sie war größer und hatte eine noch bessere Figur, als er in Erinnerung hatte. Vielleicht lag es auch an dem Kleid von Donna Karan, das sie trug.

Er hatte sie vielleicht ein bißchen zu aufdringlich angeschaut, denn sie sagte gleich zur Begrüßung: »Ich weiß nicht, ob das wirklich eine so gute Idee war.«

»Habe ich irgendwie lüstern geguckt?« fragte Willy.

»Ja. Zumindest könnte man sagen, Sie haben gestiert.«

»Dann entschuldige ich mich und verspreche, mich von jetzt an anständig zu benehmen.«

»Gut.«

»Okay. Nachdem wir uns nun wieder auf streng bürgerlichen Pfaden bewegen – würden Madame die Güte haben, im Wohnzimmer eine eiskalte Margarita zu sich zu nehmen? Aber nur, wenn Madame solche Dinge schätzt.«

»*Solche* Dinge schätzt Madame«, antwortete sie.

Als er ihr das Glas reichte, sagte sie: »Ich sehe, Sie haben die Bar gefunden.«

Er hatte sie gefunden – nach einer verzweifelten Suche, versteckt hinter der Tür eines französischen Schranks aus dem 18. Jahrhundert.

Willy deutete in Richtung des Schranks und sagte: »War das Ihr Werk?«

»Ja. Offene Bars gehören nicht ins Wohnzimmer. Aber abgesehen davon – wie gefällt Ihnen die Wohnung?«

»Sie ist großartig. Und das ist auch der Grund, warum ich Sie so kurzfristig hierher gebeten habe. Denise hat mir gesagt, Sie wären eine sehr talentierte Dame. Aber erst als ich diese Wohnung hier gesehen habe, verstand ich, was sie meinte.«

∎

»Aber warum wollen Sie dann etwas verändern?«

»Da verstehen Sie mich falsch. Hier will ich überhaupt nichts verändern. Ich brauche Ihre Hilfe bei einem anderen Einrichtungsproblem.«

»Und wo wäre das?«

»Oben im Weingebiet, bei Healdsburg. Es ist ein Grundstück von 200 Hektar direkt am Russian River.«

»Doch wohl nicht die River Ranch?« fragte sie.

»Doch. Kennen Sie das Anwesen?«

»Sehr gut sogar. Jack und sein Vater haben jahrelang im Juli da oben ein großes Picknick veranstaltet. Sie haben uns immer dazu eingeladen. Und wir sind auch immer hingegangen. Ich mag das Anwesen. Es überrascht mich, daß Jack verkaufen will.«

»Er sagt, das hänge damit zusammen, daß sich nach dem Tod seines Vaters einiges verändert hat. Jack will es nicht mehr, wie sein Vater, als Treffpunkt für Künstler und Architekten verwenden.«

»Ich verstehe. Sein Vater und mein verstorbener Mann waren sehr gut miteinander befreundet.«

»Wirklich?«

»Ich weiß, was Sie denken, und Sie haben recht. Mein Mann und Jacks Vater gehörten derselben Generation an. Sie haben sogar zusammen in Stanford studiert. Mein Mann hat Maschinenbau studiert. Jacks Vater wurde Architekt.«

Sie unterbrach sich. »Wieso erzähle ich Ihnen das alles eigentlich?«

»Vielleicht, weil ich Ihnen in London meine Lebensgeschichte erzählt habe«, sagte Willy.

Sie betrachtete ihr Glas. »Haben Sie noch mehr von dem Saft hier? Ich glaube, mein Glas ist leer.«

»Ich habe einen ganzen Krug voll im Kühlschrank«,

antwortete er und nahm ihr das Glas ab. »Wollen Sie ein bißchen Musik hören?«

»Ja, warum nicht?«

Das Problem ist nur, daß ich nicht die leiseste Ahnung habe, wie ich hier Musik machen kann.«

»Noch so ein Trick. Ich habe die Anlage da drin versteckt.« Sie zeigte auf einen anderen Schrank, der gegenüber dem Barschrank stand. »Lassen Sie mich das machen.«

Während er den Drink holte, legte sie Mozart auf.

Als er mit ihrer zweiten Margarita zurückkam, sagte sie: »Wenn wir schon mal dabei sind – setzen wir uns doch, und ich erzähle Ihnen den Rest.«

Sie nahm auf dem Sofa Platz, während Willy sich vorsichtig auf einen Sessel setzte, der um 1725 herum in Paris gemacht worden war.

»Sitzen Sie gut?« fragte sie.

»Einigermaßen«, antwortete er.

»Sie gewöhnen sich schon noch daran.«

»Vielleicht.«

»Also, mein Mann, der Maschinenbauingenieur, wurde schließlich der Chef der größten Goldmine in Nordamerika. Homstake Mining. Er erwarb auch einen beträchtlichen Anteil am Vermögen der Gesellschaft.«

Das machte Willy hellwach.

»Warum ich seine Frau geworden bin? Nachdem seine erste Frau gestorben war, habe ich ihn durch meinen Vater kennengelernt... der ja auch seiner Generation angehörte. Genauer gesagt, mein Vater hatte sich um die Beerdigung seiner Frau gekümmert. Sie waren beide praktizierende Mitglieder der Episkopalkirche. Nächste Frage: Warum habe ich einen Mann geheiratet, der so alt war wie mein Vater? Weil ich es satt hatte, mich mit den sogenannten Männern meiner Generation, besonders denen hier in San Francisco, abzugeben und mich von ihnen betatschen zu lassen. Das hat mir in London so an Ihnen gefallen, Willy. Kein Betatschen. So, das ist meine Geschichte. Jetzt sind wir quitt.«

In diesem Augenblick tauchte Juanita auf.

»*La cena asta lista*«, verkündete sie.

Da Willy verwirrt reagierte, schaltete sich die Bischofstochter ein. »Porque no pasamos al comedor.«

Juanita verschwand wieder in ihre Küche.

»Was ist denn los?« fragte Willy.

»Die Tamales werden gleich fertig sein«, antwortete sie.

Als sie in das Eßzimmer kamen, war der Raum in weiches Kerzenlicht getaucht. Der Tisch war für zwei gedeckt. Und wie er gedeckt war! Meißner Porzellan und Besteck für ein fünfgängiges Menü. Unpassenderweise gab es kein Kristallglas: nur zwei schlichte Biergläser.

»Dafür kann ich nichts«, sagte Willy, weil er Angst hatte, daß die Bischofstochter das alles für ein Arrangement hielt, das schließlich zum »Betatschen« führen sollte. »Ich hab wirklich gedacht, daß es nur Tamales gibt.«

Kaum hatten sie sich gesetzt, als auch schon Juanita mit dem ersten Gang kam.

»*De plato de entrada tenemos ensalada de langosta con adereso de quayavo*«, verkündete sie, bevor sie wieder in ihre Küche stolzierte.

»Hummersalat mit Guajavadressing«, erläuterte die Bischofstochter.

»Wieso können Sie so gut Spanisch?« fragte Willy.

»Ich habe ein Jahr in Mexico City gelebt«, antwortete sie und fügte hinzu: »Mit einem Schriftsteller, der auch Margaritas getrunken hat. Zu viele, wie sich herausstellte.«

Jetzt kam Juanita wieder und zeigte ihnen, was für Bier es gab: Corona, Tecate, Dos Equis und Superior. Sie entschieden sich beide für Tecate.

»Ich frage mich, wo sie das alles herbekommen hat«, meinte Willy, als sie wieder verschwunden war.

»Ich frage mich, wo Sie *sie* herbekommen haben.«

»Wo soll ich sie wohl herbekommen haben?«

»Mein Gott, doch nicht von...«

»Leider ja.«

»Aber dann wird Denise auf jeden Fall erfahren, daß ich hier war.«

»Machen Sie sich da keine Sorgen. Ich rede mit Juanita«, sagte Willy.

»Lassen Sie nur. Schließlich hat Denise mich ja gebeten, Sie anzurufen. Aber es könnte ja sein, daß *Sie* es nicht gern haben, wenn sie etwas davon erfährt.«

»Das ist mir völlig schnuppe. Denise gehört vielleicht die Wohnung hier, aber ich gehöre ihr nicht«, antwortete Willy.

»Sie gehören ihr *noch* nicht«, betonte sie. »Aber Sie können ja sagen, daß es meine Idee war. Um mehr über den Auftrag zu erfahren, den Sie vielleicht für mich haben. Was uns zu einer interessanten Frage bringt: Wieso kaufen Sie eigentlich Jacks Ranch?«

»Ich will sie für meine Geschäfte benutzen.«

»Was für Geschäfte?«

Er fand, er könne ihr das ruhig sagen, weil sie es schließlich ohnehin zu sehen bekäme, wenn sie den Renovierungsauftrag annähme. Denn dazu gehörte ja auch die Umfunktionierung des Hauses in einen Börsenraum.

»Da oben wird ein Team von Finanzexperten arbeiten, die mit Papieren von ziemlich exotischer Natur handeln werden.«

»Erzählen Sie weiter. So unbeleckt bin ich in Geldsachen auch wieder nicht.«

»Das habe ich schon damals beim Essen im Stars bemerkt. Also gut: Wir werden insbesondere mit Derivaten handeln, beispielsweise mit Aktien-Futures, Verkaufsoptionen, Kaufoptionen, Optionsscheinen, Zinsswaps.«

»Für wen?«

»Erstmal auf eigene Rechnung. Und dann, wenn es sich herumgesprochen hat, werden wir Partnerschaften anbieten, wahrscheinlich in Form von Hedge Fonds. Aber nur für anspruchsvolle Anleger, die große Summen investieren können. Leute, die um hohe Einsätze spielen und hohe Gewinne machen wollen, die aber auch wissen, daß man große Risiken eingehen muß, wenn man hohe Gewinne machen will. Und die Erträge sind manchmal schwindelerregend hoch. George Soros, ein Ungar, der von London aus operiert, hat sich was ausgedacht, das als Quantum Fonds bekannt geworden ist und hauptsächlich auf den Devisenmärkten eine Rolle spielt. 1992 hat er damit innerhalb eines Monats eineinhalb Milliarden Dollar gemacht.«

»Phantastisch! Aber Sie haben gesagt, daß er in London sitzt, also offensichtlich mitten im Zentrum. Wie um alles in der Welt wollen Sie dasselbe von Healdsburg aus machen?« fragte Sara.

»Die Welt hat sich in den letzten Jahre dramatisch verändert, besonders was die Leistungsfähigkeit von Computern und die Telekommunikation betrifft. Ich mache mir das zunutze. Wir gehen über unsere Computer in die Satellitennetze und kommen so an die unzähligen Informationen, die da oben ohnehin schon greifbar sind. Dadurch haben wir Einblick in jedes Geschäft jeder Art, das an irgendeiner Börse der Welt abgewickelt wird. Dann lassen wir uns von Pac Bell Sonderleitungen einrichten, die uns direkt mit den großen Börsen in New York, Chicago und London verbinden. Und mit Frankfurt und Zürich für die Transaktionen, die wir dann tätigen.«

»Aber warum nicht wie alle anderen vorgehen? Von der Wall Street aus? Oder der Montgomery Street, wenn Sie in Kalifornien bleiben wollen?«

»Auch das hat wieder mit der Anpassung an die veränderten Zeiten zu tun, in diesem Fall mit den beteiligten Leuten. Die beiden Gründer von Apple hatten das zuerst kapiert. Dann ist George Lucas, der Filmregisseur, ihrem Beispiel gefolgt. Sie haben begriffen, daß heutzutage ein großer Prozentsatz der wirklich pfiffigen, wirklich hochkarätigen Leute nicht mehr von neun bis fünf in einem Bürohochhaus im Bankenviertel arbeiten wollen. Mit Krawatte rumlaufen wollen. Jeden Tag mit BART oder sonst einer Schnellbahn zur Arbeit fahren wollen. Sie wollen in einer entspannten, lockeren Atmosphäre arbeiten, nicht in der Stadt, und sie wollen in Jeans zur Arbeit kommen und am Freitag nach der Arbeit auf Parties Bier trinken. Wie damals als Studenten auf dem Campus.

Deshalb hat Apple da unten auf der Peninsula einen eigenen Campus aufgezogen. Und George Lucas dreht seine Filme, wie zum Beispiel ›Jäger des verlorenen Schatzes‹, auf einer total abgelegenen Ranch im westlichen Marin County. Den ausgeflippten Typen, die für Tricks und Spezialeffekte zuständig sind, macht das einen Heidenspaß. Und jetzt will ich da oben auf der

River Ranch im Sonoma County auch einen Campus aufziehen. Mit dem einzigen Unterschied, daß wir keine Filme drehen oder Computer entwickeln wollen, sondern neue Möglichkeiten, Geld zu machen.«

»Das ist toll!« rief sie. »Also, das ist eine der aufregendsten Ideen, die ich je gehört habe. Und Sie wollen, daß ich Ihnen dabei helfe, diesen Campus einzurichten?«

»Genau. Wenn Sie immer noch wollen.«

»Ja. Unter einer Bedingung«, sagte sie.

»Und die wäre?«

»Daß Sie mich mit meinem Vornamen anreden. Wissen Sie eigentlich, daß Sie den ganzen Abend noch kein einziges Mal meinen Namen ausgesprochen haben? Falls Sie ihn vergessen haben, sage ich es Ihnen noch einmal – ich heiße Sara. Ganz einfach Sara.«

Juanita kam mit dem Hauptgang. »*Pechugas de pato en salsa de chipotle.*«

Sara erläuterte: »Entenbrust in Chipotle-Sauce.«

»Was zum Teufel ist Chipotle-Sauce, Sara?« fragte er.

»Das weiß ich nicht. Der Schriftsteller, mit dem ich zusammen war, hatte eine Schwäche für Alkohol, aber nicht fürs Essen. Probieren Sie's einfach mal.«

Er probierte es. Und während er aß, erläuterte er, wie er sich seinen Börsenraum vorstellte. Sie sagte, sie wolle am nächsten Tag mit ihm zur River Ranch hinauffahren, um den Umbau in Gang zu bringen.

Als Nachtisch hatten sie die Wahl zwischen einer Tequila-Mousse und *Nieve de Mango*. Sie entschieden sich jeder für eine der beiden Nachspeisen.

Während sie ihr Mangosorbet aß, bohrte Sara noch ein bißchen weiter. »Willy, ich hab mir grade was überlegt. Braucht man für die ganze Sache denn nicht schrecklich viel Geld? Ich meine, nicht bloß für die Ranch und die Computer. Sondern auch Betriebskapital?«

»Ja, Sie haben recht. Das braucht man.«

»Und haben Sie genug?«

Willy überlegte, wie er darauf reagieren sollte. Dann sagte er: »Ich habe Freunde, die genug haben.«

Sara wirkte zum ersten Mal nervös. »Entschuldigen Sie, Willy, ich wollte nicht neugierig sein. Bestimmt nicht. Es ist nur so, daß ich das Ganze immer aufregender finde, je mehr ich davon höre. Sie wissen das vielleicht nicht, aber ich habe sehr viel Geld geerbt. Und was Sie vorhaben, klingt so, daß ich Lust habe, mich daran zu beteiligen. Und ich meine damit nicht nur, daß ich Ihnen bei Ihrem Campus helfe. Das natürlich auch. Aber...«

Willy unterbrach sie. »Nein, Sara«, sagte er. »Das ist nichts für Sie.«

»Wieso denn nicht?«

Wie sollte er ihr das erklären?

»Weil, wie schon gesagt, eine solche Geldanlage ein hohes Risiko birgt. Ein sehr hohes Risiko. Das ist nichts für Witwen und Waisen.«

»Goldbergwerke auch nicht. Und da hat die Witwe den größten Teil ihres Geldes – in Aktien der Homestake Mining. Der Kurs der Aktien ist in den letzten Jahren wie der Goldpreis ständig rauf und runter gegangen.«

Das hat Lenny auch zu spüren bekommen, dachte Willy.

»Aber gegen diese Schwankungen kann man sich doch schützen«, sagte er.

»Wie denn?«

»Erklären die Leute von der Firma Ihres Mannes Ihnen solche Sachen nicht?«

»Nein. Aber vielleicht können Sie es mir erklären.«

»Ganz einfach. Sie verkaufen das Gold, das produziert werden soll, auf dem Terminmarkt und können dadurch einen bestimmten Preis festsetzen. Ich bin sicher, Homestake macht das auch so. Das ist nur eine Variante der Geschichte, die die Farmer des Mittelwestens schon seit vielen Jahren mit der Warenterminbörse in Chicago machen. Sie verkaufen im Sommer zu einem garantierten Preis ihre Weizen- oder Maisernte, die dann im Herbst geliefert wird.«

»Nehmen wir mal an, daß das bei Homestake wirklich gemacht wird – wenn ich jetzt mit denen rede, könnten die das dann auch über Sie machen?«

»Ja, sicher. Wenigstens in ein oder zwei Wochen.«

Er hatte eigentlich keinen Goldspezialisten an der Hand, aber er konnte bestimmt schnell jemanden finden. Homestake war schließlich einer der größten Goldproduzenten der Welt. Und wenn er schon mal dabei war, konnte er auch gleich einen Devisenhändler engagieren. So wie George Soros das gemacht und damit 1992 in einem Monat diese eineinhalb Milliarden Dollar verdient hatte, kurz nachdem Willy ins Gefängnis gekommen war.

Je mehr er über diese neuen Ideen nachdachte, desto dringender wollte er sie verwirklichen. Er folgte einer unbewußten Regung und schaute auf die Uhr. Und wurde dabei ertappt.

»Ist Ihnen langweilig?« fragte Sara und sprach ganz schnell weiter. »Entschuldigung. Ich hätte das nicht sagen sollen. Sie hören nie auf, an Ihre Pläne zu denken, oder?«

»Ich glaube nicht. Verzeihen Sie.«

»Schon gut. Das ist das eine, was ich so an Ihnen mag, Willy.«

∎

»Und was ist das andere?«
»Das sage ich nicht. Noch nicht.«
Eine halbe Stunde später, als sie ihn an sich zog, sagte sie es ihm. »Das andere, was ich an dir mag, Willy, sind deine Hände. Wie sie geformt sind, wie du sie bewegst. Und wie...«

Er ließ seine Hände nach unten gleiten.

Ein paar Minuten später im Schlafzimmer waren es ihre Hände, die über seinen Körper glitten. Und kurz darauf glitt ihr Körper auf den seinen.

In den nächsten zwei Stunden entdeckte Willy, daß Sara nicht nur eine große Frau war, sondern auch sehr viel Kraft hatte und eine ungeheure Ausdauer. Und sie war auch laut, wie Juanita entdeckte, als sie von ein paar triumphierenden Schreien geweckt wurde, die durch den sechsten Stock des Hauses Sacramento Street 1190 hallten. Der letzte dieser Schreie ertönte, als passenderweise die Glocken der benachbarten Grace Cathedral, dem episkopalen Bischofsitz, mit dem Mitternachtsgeläut einsetzten.

Bald danach sanken die Bischofstochter und ein erschöpfter Willy in tiefen Schlaf.

17. KAPITEL

Am nächsten Morgen entschied Willy, es sei wohl am besten, im Bett zu frühstücken. Und er würde das Frühstück machen und es auch ans Bett bringen. Auf diese Art würde weder Saras episkopalischem Sinn für Schicklichkeit noch Juanitas katholischer Prüderie allzuviel zugemutet.

Willy ging zum Laden an der Ecke und brachte alles mögliche zum Frühstück mit: Waffeln, Ahornsirup, Eier, Schinken und Croissants. Kurz nach neun betrat er sein Schlafzimmer mit einem hochbeladenen Tablett, von dem eine fünfköpfige Familie satt geworden wäre.

Die beiden aßen alles auf, während sie sich auf Kanal 7 die David Brinkley Show anschauten. Es ging um Deutschland. Willy folgte der Sendung so gebannt, daß er die Frau neben sich im Bett überhaupt nicht beachtete, abgesehen davon, daß er in der Werbepause in die Küche ging und Kaffee holte. Aber das machte ihr nichts aus. Nach dieser anstrengenden Nacht hatte sie einen Hunger wie schon seit Jahren nicht mehr. Und sie aß die ganze Zeit, während er in den Fernseher schaute.

Als die Sendung schließlich vorüber war, traute sie sich wieder, etwas zu sagen.

»Wieso interessierst du dich so für Deutschland?«

»Weil da drüben etwas ziemlich Ernstes abläuft«, antwortete Willy.

»Du meinst doch nicht, es kommt wieder so etwas wie Hitler?«

»Nein. So schlimm ist es nicht. Aber es ist schlimm genug. Niemand ist sich ganz sicher, wie lange die Demokratie überleben kann, wenn die wirtschaftlichen Schwierigkeiten anhalten. Ich bin sicher, daß sie überleben wird, doch es könnte eng werden.«

»Aber ich dachte, die Deutschen gehören zu den reichsten Ländern in Europa.«

»Ja, das stimmt auch. Das ist ein Ergebnis des Wirtschaftswunders nach dem Zweiten Weltkrieg. Aber sie werden nicht mehr *reicher*. Ihr Lebensstandard stagniert sogar schon seit ein paar Jahren. Das macht sie ziemlich sauer. Und wie es sich für gute Deutsche gehört, lassen sie ihren Zorn an ihren Landsleuten aus oder an den Ausländern, die ihr Land ›überschwemmen‹.«

»Und wer ist daran schuld?«

»Hauptsächlich die Regierung in Bonn. Als in Berlin die Mauer fiel, versprach die Regierung, innerhalb von fünf Jahren aus dem ehemaligen kommunistischen Ostdeutschland eine Insel des Wohlstands zu machen. Das würde dann zu einem zweiten Wirtschaftswunder in ganz Deutschland führen und schließlich dazu, daß bis zum Jahr 2000 die Deutschen – alle Deutschen – die reichste Nation der *Welt* und nicht bloß Europas wären. Und als Dreingabe versprach der Kanzler auch noch, das alles ließe sich ›ohne Steuererhöhungen‹ erreichen. Ein Trick, den wir schon von George Bush kennen.«

»Und was ist schiefgelaufen?«

»Sie haben gemerkt, daß sie sich total verrechnet haben. Total. Um die Einigung zu finanzieren, um den Lebensstandard im Osten auf das Niveau des Westens zu heben, mußten sie riesige Summen aufbringen, Hunderte und aber Hunderte Milliarden Dollar. Und dafür mußten sie wie verrückt Geld aufnehmen, was die Zinsen in schwindelnde Höhen trieb. Aber auch das hat nicht gereicht. Wie George Bush mußte der deutsche Kanzler sein Versprechen brechen und die Steuern erhöhen. Das Problem ist, daß trotz allen Schuldenmachens und trotz aller Steuererhöhungen in Ostdeutschland eigentlich nichts besser geworden ist, während in Westdeutschland die Wirtschaft in der größten Rezession seit der Wirtschaftskrise in den frühen 30er Jahren geraten ist und seither stagniert.

Die Unzufriedenheit in Deutschland ist viel stärker, als sie es jemals seit dem Zweiten Weltkrieg gewesen ist. Die Deutschen im Westen glauben, daß die Deutschen im Osten ein Haufen Faulenzer sind, die ihr ganzes Leben lang auf Staatskosten gelebt und dabei verlernt haben, was es heißt, für seinen Lebensunterhalt wirklich zu arbeiten. Und die Deutschen im Osten halten die Westdeutschen für arrogante, geldgierige, unzivilisierte Saftsäcke. Geld verdienen sei das einzige, was sie wirklich interessiere. Das gesellschaftliche und politische Gefüge löst sich allmählich auf. Auf beiden Seiten bedauern jetzt viele, daß die Mauer weg ist.«

»Weiter, Willy. Was kommt dann?«

»Es kann nur schlimmer werden. Und wenn es schlimmer wird, ist das für die Deutsche Mark nicht unbedingt gut. Vergiß nicht, die Deutschen sind das letzte Mal in den frühen 30er Jahren in eine ihrer manisch-depressiven Phasen geraten. Damals lag der Grund auch in großen wirtschaftlichen Schwierigkeiten. Die Leute waren von der Weimarer Republik vollkommen enttäuscht. Du weißt ja, was dann passiert ist, Sara.«

»Aber vorhin hast du doch gerade noch gesagt, du denkst *nicht*, daß das alles zu einem neuen Hitler führen wird.«

»Ja. Das ist *meine* Meinung. Aber in dieser Sendung hat man gesehen, daß es viele Leute gibt, die anderer Ansicht sind. Und wenn immer mehr Leute das Schlimmste annehmen, dann bedeutet das, daß immer mehr Leute denken, Deutschland sei vielleicht doch nicht der beste Ort, um sein Geld anzulegen. Sogar viele *Deutsche* denken allmählich so.«

»Und was passiert dann?«

»Sie gehen raus aus der Mark. Aber wo sollen sie ihr Geld dann anlegen? In Frankreich? Holland? In der Schweiz? Das Problem ist, daß diese Länder vollkommen von der deutschen Wirtschaft abhängen. Was in Deutschland passiert, das breitet sich überall in Europa aus, so daß die Währungen *dieser* Länder auch unsicher werden. Und am Ende gilt *kein* Land in Europa mehr als sicherer Anlagemarkt.«

»Und dann?«

»Dann verlassen die Ratten das sinkende Schiff und schwimmen über den Atlantik zum einzigen noch existierenden sicheren Hafen.«

»Die Vereinigten Staaten.«

»Richtig. Wie schon so oft in der Vergangenheit.«

»Und natürlich weißt du, weil du ja Willy Saxon bist, wie man daraus Geld machen kann.«

»Ja, stimmt. Es ist ganz einfach. Wenn für immer mehr Leute die Devise gilt: raus aus der Mark, rein in den Dollar, dann sinkt der Kurs der Mark, und der Dollarkurs steigt. Dasselbe gilt, wenn der Angstvirus sich auf den französischen Franc, den holländischen Gulden undsoweiter ausweitet. Der Kurs dieser Währungen sinkt, und der Dollar steigt noch weiter. Wer also, bevor das alles losgeht, an der Terminbörse Dollar kauft und in großen Mengen Mark, Francs und Gulden verkauft – so wie das der Farmer im Mittelwesten mit seinem Mais macht –, der verdient eine Masse Geld.«

»Wenn das so einfach ist, wieso macht das dann nicht jeder?« fragte Sara.

»Weil es nicht reicht, wenn man weiß, *was* mit einer Währung passieren wird. Das *Wann* ist noch viel wichtiger. Wenn das Timing nicht stimmt, wenn du nur um eine oder zwei Wochen danebenliegst, kannst du einen gewaltigen Batzen verlieren. Devisenspekulation ist das, was man ein Nullsummenspiel nennt. Auf jeden großen Gewinner kommt ein großer Verlierer.«

»Als dieser Soros in einem Monat diese eineinhalb Milliarden gemacht hat – wer war da der Verlierer?«

»Die Bank von England. Die Briten hatten ja die ganze Welt wissen lassen, daß sie das Pfund auf Biegen und Brechen verteidigen werden. Dumm. Aber sie haben es gemacht. Wenn du jetzt denkst, daß die *britischen* Behörden stur reagieren, wenn es um den Wert des Pfundes geht, dann warte mal erst, wie die *deutschen* Behörden reagieren, wenn die Mark unter Druck gerät, besonders die Erzkonservativen, die die Bundesbank leiten. Sie werden versprechen, daß sie die Mark nicht nur auf Biegen und Brechen stabil halten, sondern auch bis in alle Ewigkeit. Und sie werden dabei ins Gras beißen.«

»Wieso ist das unvermeidlich?«

»Weil sich auch in diesem Punkt die Zeiten geändert haben. Früher war es einmal so, daß die Zentralbanken der Welt, wie die Bank von England und die Deutsche Bundesbank, mehr Geld zur Verfügung hatten als irgend jemand sonst und daß sie deshalb fast jeden Angriff abwehren konnten. Aber das ist nicht mehr so. Hunderte und aber Hunderte von Milliarden heißes Geld in privater Hand kreist um die Welt und wartet nur auf eine Gelegenheit wie die, von der ich gerade gesprochen habe. Wenn sie alle gleichzeitig spüren, daß sie absahnen können, dann setzen sie eine Riesenmasse Geld in Bewegung, die wie eine Flutwelle auf die Zentralbank zukommt. Und heutzutage geht es nicht mehr darum, ob man sinkt oder oben bleibt. Heute geht es nur noch darum, ob man jetzt sinkt oder später. Mit anderen Worten: In einer solchen Situation ist es heute für eine Zentralbank *immer* besser, nachzugeben und möglichst sofort abzuwerten, statt dagegen anzukämpfen und viele Milliarden Dollar in diesem Nullsummenspiel zu verlieren. Die Bank von England hat das 1992 herausgefunden. Und die Bundesbank wird es auch bald herausfinden.«

»Hmmm. Sehr interessant. Wann, glaubst du, daß das alles losgeht?«

»Nicht gleich morgen früh. Aber es kommt mit Sicherheit. Deshalb bereite ich mich darauf vor.«

»Auf der River Ranch?«

»Ja, genau.«

»Weißt du was, Willy«, sagte Sara. »Du bist vielleicht der faszinierendste Mann, den ich in meinem ganzen Leben kennengelernt habe. Ich meine, wir liegen hier im Bett, und in der letzten halben Stunde hast du nichts anderes getan, als über Deutschland geredet.«

»Bist du bereit, das Thema zu wechseln und über etwas völlig anderes zu reden?«

»Ich dachte schon, du fragst überhaupt nicht mehr danach.«

■

Um halb zwölf sagte Sara, sie müsse gehen. Willy bot ihr an, sie nach Hause zu fahren, aber sie erinnerte ihn daran, daß er ja gar kein Auto hatte. Er begleitete sie durch den Huntington Park zum Hotel hinüber und bat den Portier, ein Taxi für sie zu rufen. Beim Abschied erinnerte Willy sie daran, daß er sie am nächsten Tag um die Mittagszeit in der Wohnung erwarte. Dann würden sie zur River Ranch fahren.

Willy ging vier Blocks die Taylor Street entlang zu Harold's, dem Zeitungsladen an der Ecke Post Street, in dem man ausländische Zeitungen bekam. Er kaufte sich alle deutschen Zeitungen und Zeitschriften, die der Laden führte: den *Spiegel*, *Die Zeit*, die *Frankfurter Allgemeine* und das *Handelsblatt*. Er ließ sich von Harold auch noch ein paar deutschschweizerische Publikationen geben – die *Neue Zürcher Zeitung* und die *Weltwoche*. Die Schweizer berichteten so ausführlich wie niemand sonst über ihren großen Bruder im Norden. Zur Abrundung kaufte er sich noch den Londoner *Economist* und drei Taschenbücher, amerikanische Romane.

Auf diese Weise bis an die Zähne bewaffnet, ging Willy wieder zur Sacramento Street 1190 zurück und ließ sich auf das Sofa in seinem großartigen Wohnzimmer fallen, um den Nachmittag mit der Tätigkeit zu verbringen, die ihm die liebste war. Mit Lesen.

Drei Artikel fesselten sofort seine Aufmerksamkeit.

Der erste Artikel stand in der *Zeit*, die über die großen Schwierigkeiten berichtete, in denen Volkswagen steckte. Willy mußte an eine andere Zeit denken, in der VW in Schwierigkeiten gesteckt hatte. Er konnte sich nicht mehr genau an das Jahr erinnern, aber er wußte noch ganz genau, was passiert war.

Es hing mit den Devisengeschäften von Volkswagen

zusammen. Diese Geschäfte hatten einen enormen Umfang, weil VW ja überall auf der Welt verkaufte und in einem Dutzend Ländern Autos und Transporter baute, so daß das Unternehmen beständig Geld in einer Unzahl von Währungen einnahm und ausgab. Der Umfang dieser Summen lag bei umgerechnet einigen Dutzend Milliarden Dollar. Der Mann, der die Devisengeschäfte von VW leitete – ein Schweizer, wenn er sich recht erinnerte –, stand in dem Ruf, einer der Besten seines Fachs zu sein. Seine Abteilung wurde eine der profitabelsten des Unternehmens. Seine Manipulationen mit dem Cash-flow brachten VW genausoviel ein wie die eigentliche Autoproduktion.

Dann, wie das so oft passiert, ging er zu weit. Er geriet in eine schwierige Phase, und weil er, wie alle sehr erfolgreichen Devisenhändler, ein Egomane war, frisierte er die Zahlen, um seinen Ruf als zuverlässiger Geschäftsmann nicht zu gefährden. Er ließ sich ein paar riesige Transkaktionen mit der ungarischen Zentralbank einfallen, bei denen hohe zweistellige Millionengewinne für VW abfielen. Das Problem dabei war: Diese Transaktionen hatten nie stattgefunden. Die Sache flog auf, aber niemand mußte ins Gefängnis, ja es kam noch nicht einmal zu einer Anklage. Es gab ein ungeheures Gezeter in der Öffentlichkeit, und dann wurde es still.

Und warum? Gerüchte wurden laut, daß nicht nur mit den Ungarn Scheingeschäfte abgewickelt worden waren. Daß vielleicht ein paar der größten Banken in Deutschland und der Schweiz in die Sache verwickelt gewesen seien, deren Devisenhändler einem ihrer größten Kunden, nämlich VW, einen Gefallen taten, und das im vollen Bewußtsein der Tatsache, daß die »Arrangements« nur vorübergehend galten. Daß es also nur eine Frage der Zeit sei – einer sehr kurzen Zeit –, bevor die Scheingeschäfte durch echte Transaktionen ersetzt würden, die echte Gewinne abwarfen. Dann würden die fiktiven Belege in den Reißwolf wandern und alles wäre wieder – soweit es den Rest der Welt betraf –, als sei nichts geschehen.

Diese Geschichten gewannen an Glaubwürdigkeit durch den Umstand, daß das Finanzestablishment Mitteleuropas die Sache unter den Teppich kehrte. Sie teilten still und leise die Verluste unter sich auf.

»Wo mag dieser Bursche jetzt sein?« fragte sich Willy.

Der zweite Artikel stand im Londoner *Economist*. Er verstärkte sein Interesse an Gold, das Sara letzte Nacht geweckt hatte. Der Artikel bekräftigte auch die Theorie, die er über die wachsende Anfälligkeit nicht nur der deutschen Mark, sondern aller europäischen Währungen entwickelt hatte. Es war eine ganz einfache These. Ein großer Teil des Goldes, das auf der Welt vorhanden ist, befindet sich in der Hand von Zentralbanken – 35 000 Tonnen –, und ein Großteil davon wiederum gehört den europäischen Zentralbanken. Es lag schon seit Jahrzehnten in ihren Tresorräumen, wo es niemandem etwas nutzte. Und warum? Weil Gold immer noch als der letzte Garant für die Stabilität einer Währung galt, das letzte Verteidigungsmittel gegen diese widerlichen Devisenspekulanten. Aber nach dem Debakel von 1992 begriff man jetzt langsam, daß es letztlich keine Verteidigung gab. Es war besser, einfach nachzugeben, abzuwerten und es so schnell und billig wie möglich hinter sich zu bringen. Aber was sollte man mit dem Gold machen? Weiter nur einfach darauf sitzenzubleiben, hatte keinen Sinn, es kostete den Steuerzahler sogar eine Menge

Geld, weil es keine Zinsen brachte. Es war besser, das Gold für Dollar zu verkaufen, mit denen man dann nötigenfalls auf den Märkten intervenieren und die Wechselkurse stabilisieren konnte, bevor sie völlig außer Kontrolle gerieten. In der Zwischenzeit würden die Dollar Zinsen bringen.

In zwei Fällen, in Belgien und Holland, hatten die Zentralbanken das Tabu, niemals Gold zu verkaufen, schon gebrochen. Sie hatten beide bereits ein Viertel ihres Goldbestandes abgestoßen.

Das brachte Willy Saxon zu folgendem Schluß: Wenn die deutsche Mark ins Trudeln geriet und alle anderen Währungen in Europa mit sich riß, dann konnte man sicher sein, daß viele andere Zentralbanken Gold abstoßen würden, um wieder an Liquidität zu gewinnen. Jeder, der das erkannte und frühzeitig Gold Futures verkaufte, konnte unglaublich viel Geld verdienen.

Er mußte ganz schnell einen Goldspezialisten finden.

Der dritte Artikel war ein Beitrag in der Londoner *Financial Times*. Der Titel lautete: »Ein Schweizer Außenseiter zeigt seine Muskeln.« Der Artikel beschäftigte sich mit einer winzigen Schweizer Bank, der BZ Bank in Zürich, die – obwohl sie insgesamt nur zwanzig Angestellte beschäftigte – nach der Ertragsstärke die viertgrößte Bank der Schweiz war. Ihre Gewinne wurden nur von den drei großen Schweizer Banken übertroffen. Diese drei Banken beschäftigten zusammen 150 000 Menschen.

Wie machte die BZ Bank das? Durch den Handel mit Optionsscheinen, gut geführte Investmenttrusts und durch das Geschäft mit Devisen und Edelmetallen.

»Genau!« rief Willy aus.

In diesem Augenblick ließ Juanita sich zum ersten Mal an diesem Tag blicken. Sie trug ein Tablett. Auf dem Tablett stand ein Teller. Und auf dem Teller lagen zwei ihrer berühmten scharfen Tamales. Auf dem Tablett stand außerdem noch eine Flasche Tecate-Bier. Es gab ein Stück Limone zu dem Bier, aber kein Glas.

Willy fand, es sei Zeit für eine Pause. Er nahm einen der Romane, die er bei Harold's gekauft hatte. Als er zu lesen begann, machte er sich gleichzeitig über seine Tamales her.

»Was für ein Leben!« rief er in sein leeres Wohnzimmer hinein.

Den Rest des Nachmittags wollte er so verbringen, wie er in den letzten drei Jahren jeden Sonntagnachmittag verbracht hatte: allein mit einem guten Buch.

Alte Gewohnheiten legt man nicht so schnell ab.

18. KAPITEL

Willy ging an diesem Abend früh schlafen und stand am nächsten Morgen zeitig auf, weil er Dr. Werner Guggi unbedingt noch in seinem Büro in Vaduz erreichen wollte.

»Hoi, Werner«, begann Willy, als Guggi sich am Telefon meldete. »*Häsch alli Dokumänt übercho?*«

Willy hatte beschlossen, von jetzt an Schwyzerdütsch zu sprechen, wenn er mit seinem Liechtensteiner Anwalt »heikle« Angelegenheiten beredete. Jetzt, wo er sein eigenes Telefon hatte, konnte man nie wissen, wer vielleicht mithörte.

»*Jo, alles isch i beschter Oornig*«, antwortete Guggi.

»Okay«, sagte Willy und sprach jetzt wieder Englisch. Die Angelegenheit, über die er reden wollte, war zwar auch heikel, aber in ganz anderem Maße wie das Geschäft, bei dem er unter einer Liechtensteiner Tarnung eine amerikanische Bank mit Geld kaufen wollte, das er nie versteuert hatte. »Ich habe eine seltsame Bitte. Erinnerst du dich noch an den großen Skandal vor vielleicht fünf Jahren, als Volkswagen dabei erwischt wurde, wie sie auf dem Devisenmarkt Scheingeschäfte abgezogen haben?«

»Ja, natürlich. Ich glaube, es ging um ungefähr eine Viertelmilliarde Dollar. Wir haben das hier sehr genau verfolgt, weil der Chef der Devisenabteilung ein Schweizer war.«

»Richtig. Also, Werner – könntest du vielleicht rausbekommen, wo der Mann steckt? Ich bin sicher, er ist wieder in der Schweiz. Und ich bin auch sicher, wenn irgend jemand etwas über seinen Aufenthalt weiß, dann ist es ein Kollege, ein anderer Schweizer Devisenhändler. Die kennen sich doch alle. Und sie helfen sich auch gegenseitig.«

»Da hast du recht. Also, ich rufe mal bei der Liechtenstein-Bank an. Das ist direkt gegenüber auf der anderen Straßenseite, wie du sicher noch weißt. Aber was soll ich denen sagen, wenn sie fragen, warum ich ihn aufstöbern will? Wie du ganz richtig gesagt hast – diese Leute schützen sich gegenseitig.«

»Sag ihnen einfach, daß ihm jemand einen Job anbieten will.«

»Du?«

»Sag denen das nicht. Aber ja, ich.«

»Würden die amerikanischen Behörden den Mann denn überhaupt ins Land lassen?«

»Warum nicht? Es ist ja kein Verbrecher, ist nie wegen irgend etwas verurteilt worden. Und soweit ich weiß, hat man ihn auch nie wegen irgend etwas angeklagt.«

»Na gut. Ich werde Nachforschungen anstellen und dich dann gleich zurückrufen. Unter welcher Nummer kann ich dich erreichen?«

Es waren noch keine fünf Minuten vergangen, als Guggi wieder am Telefon war.

»Ich habe alles«, sagte er. »Der Mann heißt Urs Bauer.«

»Viel schweizerischer kann man nicht heißen, oder?« sagte Willy.

»Wahrscheinlich nicht«, antwortete sein Anwalt. »Er wohnt in Basel, in der Bruderholzallee 136. Seine Telefonnummer ist 645-9721. Die Vorwahlnummer für Basel ist 61.«

»Gute Arbeit, Werner. Hast du erfahren, was er jetzt macht?«

»Nein.«

»Wenn ich ihn ohne Vorankündigung anrufe, meinst du, daß er weiß, wer ich bin?«

»Höchstwahrscheinlich. Schließlich hast du die ersten Junk Bonds an die Börse gebracht, die auf Schweizer Franken lauteten.«

»Glaubst du, daß er auch den Rest meiner Geschichte kennt?«

»Vielleicht. Obwohl das hier in der Presse nicht groß behandelt worden ist. Ich habe dir ja, glaube ich, schon gesagt, daß es in Schweizer Finanzkreisen als großer Witz gilt, wenn jemand wegen Insidergeschäften oder weil er ein paar Aktien parkt, hinter Gitter muß. Wenn man das bei uns machen würde, müßten wir ein Dutzend neue Gefängnisse bauen.«

»Gut. Danke für deine Hilfe, Werner. Wenn sich da irgendwas entwickelt, lasse ich es dich wissen.«

Sobald Guggi aus der Leitung war, legte Willy auf und wählte 011-41-61-645-9721.

Eine Frauenstimme antwortete in Basel. Damit hatte Willy nicht gerechnet, aber er machte einfach weiter.

»Ich möchte bitte Herrn Bauer sprechen«, sagte er.

»Einen Moment«, sagte die Frauenstimme.

Willy hörte, wie sie ihn rief. »Urs! Telefon!«

Als Urs an den Apparat kam, sprach Willy ihn gleich auf Englisch an.

»Mr. Bauer«, begann er. »Ich weiß nicht, ob Sie jemals von mir gehört haben, aber mein Name ist Willy Saxon. Vor ein paar Jahren habe ich Junk Bonds bei

Ihnen in der Schweiz an die Börse gebracht, in Zusammenarbeit mit der Schweizer Unionsbank.«

»Ja, natürlich. Sie sind der Amerikaner, der das ganze Geschäft hier angefangen hat, stimmt's?« Sein Englisch war einwandfrei.

»Ja.«

»Was kann ich für Sie tun?«

Seine Großspurigkeit hat offenbar nicht gelitten, dachte Willy, bevor er weitersprach. »Das will ich Ihnen sagen. Ich bin gerade dabei, hier in Kalifornien eine Anlagefirma zu eröffnen, die sich hauptsächlich mit Derivaten befassen, aber weltweit aktiv sein wird. Ich brauche einen Devisenmakler, und man hat mir gesagt, Sie seien der beste, den es gibt.«

»*War* der beste«, sagte Bauer. »Aber Sie kennen die Geschichte sicher.«

»Ja. Was mich angeht, ist das Schnee von gestern. Ich habe selbst eine ähnliche Erfahrung gemacht.«

»Das ist also der zweite Grund, warum Sie mich anrufen?«

»Ja.«

»Ich kann Ihnen gleich vorweg sagen, daß ich nicht daran interessiert bin, mich auf irgendwelche zwielichtigen Machenschaften einzulassen. Sie sind nicht der erste, der mir ein Angebot macht, das ich angeblich nicht abschlagen kann. Aber bis jetzt habe ich sie alle abgelehnt.«

»Na gut. Und was ist, wenn ich Ihnen durch meine Anwälte in Zug und Vaduz meine Pläne darlegen lasse? Würden Sie es sich dann überlegen?«

»Vielleicht. Wie groß ist das Kapital, mit dem Sie arbeiten?«

»Das Anfangskapital beträgt zwanzig Millionen Dollar. Aber ich gedenke, es möglichst rasch auf fünfzig Millionen zu erhöhen. Außerdem werden wir Hedge Fonds mit solventen Anlegern bilden, was mindestens nochmal hundert Millionen einbringen wird.«

»Wer kann dafür bürgen, daß Sie das Geld tatsächlich haben?«

»Also, da wäre zunächst mal Dr. Rudolph Schweizer.«

»Sie meinen den Dr. Schweizer, der bei der SUB Aufsichtsratsvorsitzender ist?«

»Richtig. Kennen Sie ihn?«

»Natürlich. Ich habe seine Devisenabteilung in Zürich geleitet, bevor ich zu Volkswagen ging«, kam die Antwort. »Und welche Art Devisengeschäft planen *Sie*?«

»Handel auf eigene Rechnung. Und dann die Hedge Fonds. Sie würden das Ganze leiten. Die Gewinne würden wir 80/20 teilen. Bißchen anders als das, was Sie von der SUB und Volkswagen gewohnt sind.«

»Ich weiß, wovon Sie sprechen. So etwas wie die BZ Bank in Zürich. Und Sie machen das in Kalifornien?«

»Ja. Wir arbeiten von einer Ranch im Weingebiet aus, nördlich von San Francisco.«

»Ja, wirklich? Das kriegt auch nur ihr Amerikaner fertig«, sagte Urs.

»Wenn Sie wollen, können Sie da oben wohnen. Auf dem Gelände steht ein Chalet mit Ausblick auf den Russian River, das vielleicht genau das richtige für Sie ist.«

»Einen Augenblick, bitte«, sagte Urs.

Als er wieder ans Telefon kam, sagte er: »Meine Frau ist am Nebenapparat und hört mit. Würden Sie vielleicht nochmal wiederholen, was Sie mir gerade über die Ranch gesagt haben?«

»Mit Vergnügen.«

■

Seine Frau – sie hieß Susie – fragte Willy in den nächsten zwanzig Minuten nach allem möglichen aus: nach dem Chalet, dem Klima, dem Fluß, was für eine Stadt Healdsburg sei und wie weit es nach San Francisco wäre; wie lange man mit dem Auto bis nach Squaw Valley zum Skifahren brauche.

»Sie müssen wissen, Mr. Saxon«, sagte Urs, nachdem sie schließlich aus der Leitung war, »Susie hat es nicht leicht gehabt nach allem, was passiert ist. Wir sind zuerst von Deutschland nach Zürich gezogen, wo man uns alle beide wie den letzten Dreck behandelt hat. Deshalb sind wir nach Basel gegangen. Aber hier ist es dasselbe.«

Jetzt wußte Willy, daß sie Blut geleckt hatten – alle beide. Und er beschloß, sich auch gleich nach der anderen Sache zu erkundigen.

»Haben Sie schon mal was mit Edelmetallen zu tun gehabt? Besonders mit Gold?« fragte er.

»Natürlich«, kam die prompte Antwort.

»Auch mit Derivaten?« fragte Willy.

»Selbstverständlich«, war auch hier wieder die Antwort. »Als ich für die SUB gearbeitet habe, war ich sogar einer der größten Händler auf dem Gold-Futures-Markt in Zürich. Genauer gesagt, wir waren die größten. Weil Südafrika über die SUB seine Goldbarren auf den Markt gebracht hat. Das ist heute noch so. Die Südafrikaner haben uns – mich – oft gebeten, ihre Position auf dem Futures-Markt abzusichern.«

Das gab den endgültigen Ausschlag. »Lassen Sie mich einen Vorschlag machen, Urs, wenn ich Sie beim Vornamen nennen darf.«

»Ja, nichts dagegen.«

»Gut. Ich heiße Willy. Ziehen Sie am besten sofort Erkundigungen über mich ein, und fangen Sie damit bei Dr. Schweizer an. Ich werde meine Anwälte bitten, sich heute abend mit Ihnen in Verbindung zu setzen, und Sie können ganz nach Belieben einen Gesprächstermin mit ihnen vereinbaren.«

»Einverstanden.«

»Und wenn Ihnen das, was Sie zu hören bekommen, gefallen sollte, dann kommen Sie doch einfach mit Ihrer Frau herüber und schauen sich alles an.«

»Ich glaube, daß es ihr sehr gefallen wird«, antwortete Urs.

»Gut. Ich werde auf alle Fälle bei Swissair in Basel zwei Rückflugtickets erster Klasse für Sie reservieren lassen. Für diesen Donnerstag. Falls Sie nicht kommen wollen, sagen Sie einfach meinem Anwalt Bescheid. Der macht die Buchung dann rückgängig. Und wenn Sie kommen und Ihnen das, was Sie sehen, nicht gefällt, ist es auch gut. Es entstehen Ihnen keinerlei Verpflichtungen.«

»Einverstanden, Willy«, sagte der Schweizer.

Willy erreichte Dr. Guggi gerade noch, bevor der sein Büro verließ. Er erzählte ihm von dem Gespräch mit Bauer, bat ihn, gleich Kontakt mit ihm aufzunehmen und die Tickets bei Swissair reservieren zu lassen.

Dann bestellte er telefonisch eine Limousine für zwölf Uhr zur Sacramento Street 1190. Danach duschte er lange, zog sich an und ging aus dem Haus, um die *Times* zu kaufen, das *Journal*, *Barrons* und den *Chronicle*. Er las im Eßzimmer, während er das Frühstück einnahm, das ihm Juanita ungefragt gemacht hatte.

Frank Lipper kam kurz vor zwölf an. Er hatte zwei

Dinge dabei: den Vorschlag für die Emission von Kommunalobligationen der Stadt San Francisco und ein Funktelefon.

»Das hatten wir vergessen«, sagte er, als er Willy das Telefon gab.

»So geht das, wenn man drei Jahre aus dem Verkehr gezogen ist«, sagte Willy.

»Weißt du, wie man mit den Dingern umgeht?« fragte Frank.

»Nein, mit diesen neuen kenne ich mich nicht aus. Zeig mir mal, wie es geht.«

»Wen willst du denn anrufen?«

»Das Rathaus.«

Als Frank bei der Auskunft die Nummer erfragt hatte, wählte er noch einmal, während Willy ihm dabei zuschaute.

»Kapiert«, sagte Willy und nahm das Telefon in die Hand. Als sich die Vermittlung im Rathaus meldete, sagte Willy: »Ich möchte bitte den Behördenleiter sprechen.«

»Wie heißt er denn gleich wieder?« fragte er Frank, während er auf die Verbindung wartete.

»George Abbott.«

In diesem Augenblick läutete das Telefon in der Wohnung.

»Nimm ab, Frank«, rief Willy.

Frank ging ans Telefon und wiederholte dann laut, was der Portier ihm gesagt hatte: Sara Jones sei da und der Fahrer einer Limousine auch.

»Sag ihnen, ich bin gleich unten«, sagte Willy. »Ich frage mich, was mit unserem Raketenwissenschaftler passiert ist.«

Dann meldete sich George Abbotts Sekretärin am Funktelefon. Als Willy ihr seinen Namen nannte, spürte er Skepsis in ihrer Reaktion. Und auch der Boß der Stadtverwaltung hatte gleich darauf dieses merkliche Zögern in der Stimme.

Aber das änderte sich sofort, als Willy sagte: »Erinnern Sie sich noch? Wir beide und der Reverend haben uns letztes Wochenende auf Denises Ranch über Huckepackobligationen unterhalten.«

»Ja, natürlich. Entschuldigen Sie bitte, daß ich Ihre Stimme nicht gleich erkannt habe. Also, ich habe über diese Idee mit ein paar von unseren Leuten in der Finanzabteilung und im Baureferat gesprochen. Sie waren alle ganz begeistert.«

»Prima. Hören Sie, es ist zwar etwas kurzfristig, aber ich wollte vorschlagen, daß wir uns vielleicht morgen nachmittag oben im Fountaingrove Country Club zu einer Runde Golf treffen und dabei Einzelheiten besprechen. Wissen Sie, wo das ist?«

»Ja, natürlich. Eine herrliche Anlage. Ich frage mal eben meine Sekretärin, wie es auf meinem Terminkalender aussieht«, sagte Abbott.

Gleich darauf fragte er: »Paßt es Ihnen, wenn wir um zwölf Uhr anfangen?«

»Bestens. Wir sind dann zu viert. Dan Prescott, der Direktor und Aufsichtsratsvorsitzende von Prescott & Quackenbush, wird mit von der Partie sein und dann noch Frank Lipper, der bei P & Q die Abteilung für Kommunalobligationen leitet.«

»Und der Reverend?«

»Ich dachte, es wäre besser, wenn wir ihn erst später mit einbeziehen... wenn wir wissen, ob wir was Konkretes zu bieten haben.«

»Einverstanden. Gut. Dann also bis morgen, Willy«, sagte Abbott und legte auf.

Frank Lipper hatte natürlich das ganze Gespräch

mitgehört, wenigstens das, was Willy gesagt hatte. »Ich wußte gar nicht, daß du Mitglied im Fountaingrove Country Club bist.«

»Bin ich auch nicht.«

»Wie kannst du dann für morgen drei Gäste in den Club einladen?«

»Mach dir darüber mal keine Sorgen. Ich regele das von unterwegs. Eins kann ich jetzt schon sagen, Frank – dieses Funktelefon ändert mein ganzes Leben!«

Wieder klingelte das andere Telefon. Fred Fitch war gerade angekommen.

»So, jetzt sind wir vollzählig, Frank«, sagte Willy. »Also los.«

»Wo fahren wir denn hin?« fragte Frank.

»Das sage ich dir im Wagen.«

19. KAPITEL

Kurz nach zwölf bestiegen sie zu viert die Limousine. Jeder hatte einen kleinen Koffer dabei; Fred zusätzlich noch eine große Schachtel und eine prall gefüllte Aktentasche.

Als erstes steckte Willy Fred einen Umschlag zu, der sein erstes Gehalt enthielt, 10.000 Dollar in bar. Das war ein Teil des Geldes, das er aus Europa mitgebracht hatte. Dann, nachdem er sie einander vorgestellt hatte, sprach er über die River Ranch – wo sie lag und was da oben alles passieren sollte. Als er fertig war, stellte Frank Lipper als erster eine Frage.

»Das Unternehmen ist also im Grunde eine Filiale von Prescott & Quackenbush?«

»Das ist falsch, Frank. Die River Ranch ist eine *eigenständige* Firma, die Prescott & Quackenbush berät.«

»Ja, gut. Wenn ich also ein Kunde bin und mit Aktienoptionen handeln will, wo rufe ich dann an? In San Francisco oder in Healdsburg?«

»In San Francisco. Nie in Healdsburg«, antwortete Willy.

»Aber in unserem Büro in San Francisco hat niemand Ahnung vom Optionsgeschäft. Wenn jemand bei uns anruft, müssen wir erst mit Healdsburg sprechen. Von Healdsburg kriegen wir dann ein Kurszusage, die wir an unseren Kunden weitergeben müssen, um zu sehen, ob er mit dem Preis einverstanden ist.

Dann...« Frank hob resigniert die Hände. »Das klappt nie, Willy.«

»Und was ist, wenn man San Francisco anruft, aber mit Healdsburg verbunden wird?« fragte Willy.

»Das geht nicht. Die Vorwahl für San Francisco ist 415. Und Healdsburg hat 707«, sagte Frank.

»Wollen wir wetten?« fragte Willy. »Glaub mir, es geht. Ich habe mich bei Pac Bell erkundigt.«

»Ohne Scheiß?« rief Frank. Dann schaute er die Bischofstochter an und sagte: »Entschuldigung.«

»Natürlich geht das«, bekräftigte Fred Fitch.

Sie schauten ihn alle fragend an. Fred begann sehr schnell zu sprechen. Während er redete, zog er immer wieder Papiere aus seiner Aktentasche und gab sie Willy.

»Das hier«, sagte er, als er Willy das erste Blatt reichte, »sind die Computer, die wir uns zulegen werden. Es sind Sparcserver 1000 Workstation, die von Sun Microsystems unten in Mountain View gebaut werden. Auf diesem Blatt hier steht, was die Dinger alles können. Damit ihr euch ungefähr eine Vorstellung machen könnt: Jeder dieser Computer bringt mehr Leistung als ein durchschnittlicher IBM-Mainframe von 1991 und ist trotzdem nicht größer als ein ganz normaler Drucker.«

»Wie viele brauchen wir davon?«

»Nicht viele. Für den Anfang vier, würde ich sagen. Wir sind drei Spezialisten und fünf oder sechs andere Mitarbeiter.«

Er zog einen neuen Bogen Papier aus der Aktentasche. »Das sind die Arbeitsplatzbeschreibungen«, erklärte Fred.

Während Willy das Blatt überflog, sagte er: »Sagen wir fünf Computer.« Für den Fall, daß Urs Bauer mitmachte. »Nein, sagen wir sechs.«

»Wieso denn?« fragte Fred.

»Ich hole noch einen Devisenhändler in die Firma, der auch mit Edelmetall handelt. Und der braucht auch seine Mitarbeiter.«

»Glauben Sie, er kann mit den Dingern umgehen?«

»Wenn nicht, bringen Sie es ihm bei.«

»Einverstanden. Also sechs. Nur damit wir beide wissen, wovon wir reden – hier ist die Preisliste.« Er zog ein neues Blatt aus der Tasche. »Der Listenpreis für die Version des Sparcservers, die wir brauchen, liegt bei 86.300 Dollar, aber ich kann wahrscheinlich zehn Prozent Rabatt rausholen.«

»Das ist nicht so wichtig, bestellen Sie die Dinger«, sagte Willy, obwohl es ein bißchen teurer wurde, als er gedacht hatte. Alles wurde anscheinend ein bißchen teurer, als er gedacht hatte.

Fred hatte das Funktelefon bemerkt, das Willy dabei hatte.

»Darf ich mal?« fragte er.

»Na klar.«

Er hatte offensichtlich die Telefonnummer von Sun Microsystems im Kopf. Er telefonierte zehn Minuten lang und unterbrach sich nur einmal, als er Willy bat, ihm den genauen Namen und die Adresse des Käufers zu geben und wohin er die Computer geliefert haben wollte.

Als er Willy das Telefon zurückgab, sagte er: »Sie werden am Mittwoch vormittag geliefert.«

»Ich dachte, diese Computer hätten eine längere Lieferfrist?«

»Haben sie auch. Aber ich habe Sun vor ein paar Jahren mal geholfen, als sie die Architektur für den Sparcserver entwickelt haben.«

»Ah ja. Na gut. Die Computer hätten wir also. Was kommt als nächstes?«

∎

»Ich programmiere sie.«

»Womit denn?«

»Das ist alles schon fertig, auf Disketten. Und die Disketten sind in der Schachtel, die wir in den Kofferraum gepackt haben. Aber ohne Daten nützt uns weder die Hard- noch die Software was, oder?« Fred lächelte. Diese Bemerkung gehörte anscheinend zu den Dingen, die Computerfreaks unter Humor verstanden. »Was für eine Art von Kommunikationssystem haben Sie denn da oben?«

Willy wiederholte, was der Architekt ihm sowohl über die Satellitenempfänger als auch über die Möglichkeit gesagt hatte, von Pac Bell innerhalb kürzester Zeit dedizierte Leitungen einrichten zu lassen.

»Wir benutzen die Satelliten für unsere Informationen«, verkündete Fred. »Hier sind die Informationsdienste, die wir leasen müssen.«

Willy las sich die Namen durch und sagte dann: »Reuters kenne ich. Was ist Telerate?«

»Das führende System für Kursinformationen und Nachrichten von den amerikanischen Finanzmärkten.«

»Topic und Telekurs?«

»Topic informiert über die Märkte in Großbritannien. Telekurs sitzt in der Schweiz und macht dasselbe für den europäischen Kontinent.«

»Wie steht's mit Tokio und Hongkong?«

»Die deckt Reuters ab.«

»Informiert Reuters auch über amerikanische Kommunalobligationen?«

»Was um alles in der Welt sollten wir denn mit Kommunalobligationen?« fragte Fred. »Das ist was für nette alte Damen.«

»Vielleicht. Aber uns interessieren sie auch.«

∎

»Na gut. Kommunalobligationen werden von einem Infodienst bearbeitet, den Bloomberg Financial Markets anbieten.«

»Und wie kommen wir an den ran?«

»Genau wie an HBO. Diese ganzen Infodienste kodieren ihr Programm. Das Problem ist nur, daß man das Videocipher II-System von HBO nicht zum Dekodieren der anderen Infodienste benutzen kann. Jeder Infodienst hat sein eigenes Chiffrierungssystem, für das man eigene Dekoder braucht. Ziemlich lästig. Ich muß versuchen, so schnell wie möglich jemand von denen nach Healdsburg zu bekommen.«

Während er über dieses Problem nachgrübelte, nutzte Frank Lipper die Pause, um zu Wort zu kommen.

»Willy, du mußt dich noch um die Sache mit dem Country Club kümmern. Und meinst du nicht, du solltest vielleicht Dan Prescott informieren, daß er morgen mit uns Golf spielt?«

»Ich erledige das mit dem Country Club. Du erledigst das mit Prescott.«

Willy schaute in sein kleines schwarzes Buch, das er am Tag zuvor auf den neuesten Stand gebracht hatte, fand die Nummer des Architekten und rief ihn an.

»Hier ist Willy Saxon«, sagte er. »Haben Sie mein Angebot bekommen?«

»Es lag auf meinem Schreibtisch, als ich ins Büro kam.«

»Was halten Sie davon?«

»Wir sind im Geschäft.«

»Haben Sie einen Notar, der das erledigen kann?« fragte Willy.

»Ja, natürlich. In Santa Rosa.«

»Faxen Sie doch bitte dessen Namen und Adresse

nach London, und ich weise London an, den vollen Kaufbetrag sofort zu überweisen. Es sollte möglich sein, den Betrag bis morgen auf einem Anderkonto zu hinterlegen.«

»Wird sofort erledigt.«

»Macht es Ihnen was aus, wenn wir gleich einziehen?«

»Nein, überhaupt nicht. Ich sorge dafür, daß meine persönlichen Sachen gleich aus dem Haupthaus abgeholt werden. Alles andere können Sie behalten.« Dann fügte er hinzu: »Mir gefällt die Art, wie Sie Geschäfte machen, Willy. Kurz entschlossen und ohne viel Getue, was?«

»Ja, so könnte man sagen. Weil wir gerade von Geschäften reden — ich würde morgen gern ein kleines Geschäft auf dem Golfplatz von Fountaingrove besprechen. Wir wären zu viert. Ich weiß, daß ich Sie jetzt damit sozusagen überfalle...«

»Kein Problem. Um welche Zeit wollen Sie spielen?«

»Um zwölf herum, wenn das möglich ist.«

»Ein Vierer um zwölf. Schon gebucht.«

Als das Gespräch beendet war, wandte sich Willy an Frank Lipper. »Weißt du was? Das ist das tollste Spielzeug, das ich kenne.«

»Ich hab vorhin dein schwarzes Buch da gesehen«, sagte Frank. »Geh das doch mal durch und streiche die Nummern an, die du am häufigsten brauchst. Dann speichere ich sie dir in das Telefon ein. Macht das Leben noch einfacher.«

»Prima Idee!« sagte Willy, und griff, typisch für ihn, sofort zu seinem schwarzen Buch, um die Nummern anzustreichen. »Aber ruf du lieber zuerst mal Prescott an.«

»Was ist, wenn er nicht kann?« fragte Frank.
»Er wird können«, antwortete Willy.
Willy hatte recht.
»Hey, Sara«, sagte er, als Frank das kurze Telefonat mit Dan Prescott beendet hatte. »Wieso bist du so still?«
»Weil ihr Burschen nicht aufhört zu reden. Ihr seid wie ein Haufen Weiber.«
»Na schön. Aber jetzt bist du an der Reihe.«
Sie schaute Fred an. »Worauf wollen Sie denn diese ganzen Computer stellen?«
»Auf Schreibtische.«
»Auf was für Schreibtische? Aus Holz? Aus Metall?«
Fred schaute sie verblüfft an. Wieso war das wichtig? Ein Schreibtisch war ein Schreibtisch.
»Und wie viele Schreibtische?« fragte sie Willy.
»Zwanzig«, antwortete er, ohne zu zögern. Wenn es der BZ Bank in Zürich gelungen war, mit nur zwanzig Leuten die Bank mit dem viertgrößten Ertragsvolumen in der Schweiz zu werden, dann mußte das auch sein Ziel sein – nein, seine *oberste Grenze*. »Und wir nehmen welche aus Holz. Schließlich sind wir auf einer Ranch.«
Um halb eins fuhren sie durch das Tor der River Ranch und stiegen ein paar Minuten später vor dem viktorianischen Haupthaus aus dem 19. Jahrhundert aus.
»Gut, zuerst die große Führung«, sagte Willy. »Und dann teilen wir die Etagenbetten auf.«
Als erstes gingen sie ins Konferenzzentrum, aus dem bald ihr Börsenraum werden sollte. Willy erklärte, wie er sich das alles vorstellte. Sara machte sich Notizen, während er redete.
»Was halten Sie davon, Fred?« fragte Willy, als er fertig war.

»Alles bestens. Ah, da drüben steht ein Telefon. Funktioniert es?«

»Mit Sicherheit.«

»Ich will mich gleich um diese Informationsdienste kümmern. Und dann bestelle ich jemanden von Pac Bell her. In Ordnung?«

»Ja, natürlich. Aber wollen Sie sich nicht anschauen, wo Sie die Nacht verbringen?« fragte Willy.

»Später«, sagte Fred.

In diesem Augenblick kam Jack herein.

»Ich habe mir schon gedacht, daß ich Sie hier finde«, sagte er.

Willy wirkte beunruhigt. »Hat sich irgendwas geändert?«

»Nein, nein. Ich habe nur beschlossen, meine Sachen sofort aus dem Haupthaus zu holen. Der Möbelwagen ist schon unterwegs. Ab vier Uhr bin ich Ihnen aus den Füßen.«

Willy wirkte erleichtert.

»Da wäre nur noch eines, das wir vielleicht regeln sollten, solange ich hier bin«, sagte Jack. »Die Sache mit der Haushälterin.«

»Ja, natürlich. An was hatten Sie da gedacht?«

»Daß sie bei Ihnen dieselben Arbeitsbedingungen bekommt, wie bei mir: ihr kleines Haus, ein Auto und dreitausend im Monat. Und Sie kommen auch für ihre Sozialversicherung und die ganzen Sachen auf. Dafür kümmert sie sich um das Haupthaus und kocht.«

»Ja, das ist kein Problem.«

»Ich denke, das sollten Sie ihr am besten persönlich sagen«, meinte Jack.

»Gut, dann machen wir das doch gleich.«

Fred war schon am Telefon, und Sara machte Skizzen. Frank Lipper stand unbeschäftigt rum, was Willy auf eine Idee brachte.

»Jack«, sagte er zu dem Architekten. »Kennen Sie viele Leute in Healdsburg?«

»Welche Art von Leuten?«

»Leute, die in der Stadt das Sagen haben. Zum Beispiel Leute von der Stadtverwaltung.«

»Ja, klar. Ich habe letztes Jahr eine neue High School für sie entworfen.«

»Wer ist denn für die Finanzen zuständig?«

»Abner Root. Nicht gerade ein toller Name, aber er hat ihn nun mal. Sein Titel ist Finanzleiter. Ich kann ihn anrufen, wenn Sie wollen.«

»Das wäre schön. Aber es geht nicht um mich. Es ist für unseren Freund hier. Frank leitet die Pfandbriefabteilung von Prescott & Quackenbush. Und wer weiß? Vielleicht finden er und Abner Root etwas, das sie beide interessiert und das sie bereden können. Was, Frank?«

Frank hörte zum ersten Mal von dieser Idee, aber was Willy Saxon auch von ihm wollte und egal, aus welchem Grund, er würde es tun.

Als die drei zum Haupthaus kamen, war der Möbelwagen schon vorgefahren. Auch die Haushälterin war da. Sie beaufsichtigte alles auf eine resolute Art.

»Nein, nein, das bleibt hier«, rief sie, als die Möbelpacker ein Sofa hochnehmen wollten.

»Wenn Sie einverstanden sind«, sagte Jack, »lasse ich solche Dinge wie Sofas und Betten und Geschirr hier. Ich will nur die Antiquitäten und die Bilder mitnehmen, und vielleicht auch das Silber. Nein. Behalten Sie das Silber.«

»Sie können hierlassen, was Sie wollen«, meinte Willy. »Sara wird alles umbauen, und ich überlasse es ihr, was sie damit macht.«

■

»Es muß ein bißchen renoviert werden, was?« fragte Jack. »Ach, mir ist gerade noch was anderes eingefallen. Sie gehen doch morgen zum Golfspielen, oder?«

»Ja, und nochmal vielen Dank, daß Sie das in die Hand genommen haben, Jack«, gab Willy zurück.

»Ich wette, Sie haben keine Schläger dabei, was?«

»Nein. Ich dachte...«

»Denken Sie nicht... Ich habe zwei Schlägersätze in der Garage – MacGregors und Callaways. Zu beiden gehört jeweils ein Putter von Ping. Ich habe seit Jahren nicht mehr damit gespielt. Die gehören Ihnen auch, wenn Sie sie wollen.«

»Sind Sie sicher, daß Sie sich von Ihren Callaways trennen wollen? Auch von der Dicken Berta?« fragte Willy.

»Natürlich nicht. Aber wenn man die ganze Zeit in der Stadt wohnt – wie ich das ja vorhabe –, wird die Golferei zu umständlich.«

»Na gut«, sagte Willy. »Ich nehme Ihr Geschenk dankend an. Aber jetzt müssen wir noch mit Vreni reden.«

Sie gingen mit der Haushälterin auf die Veranda hinaus, und fünf Minuten später sagte sie, daß sie bleiben wolle.

»Aber wie soll ich denn Abendessen für Sie machen, Mr. Saxon, wenn ich dauernd diesen Möbelpackern auf die Finger sehen muß? Man weiß ja, was passiert, wenn man nicht aufpaßt.«

»Vergessen Sie's«, sagte Willy. »Wir versorgen uns heute selbst.«

»Nein, Mr. Saxon. Ich mache Sandwiches. Wieviel Personen sind Sie denn?«

»Vier.«

»Um sieben ist alles fertig. Ist es recht so?«

∎

»Ja, natürlich.«

Vreni ging wieder ins Wohnzimmer zurück. Jack schaute auf die Uhr. »Ich will hier jetzt nicht länger rumstehen. Das deprimiert mich bloß«, sagte er.

»Macht es Ihnen etwas aus, wenn Sie noch bei der Stadtverwaltung anrufen, bevor Sie gehen?« fragte Willy.

»Nein, überhaupt nicht.«

»Und ich hab's mir anders überlegt. Sollte es mit dem Treffen klappen, komme ich vielleicht doch mit.«

Jack ging zum Telefonieren ins Wohnzimmer, und als er wieder auf die Veranda trat, sagte er: »Abner erwartet Sie um elf in seinem Büro. Das ist im Rathaus, an der Südseite des größten Platzes im Ort. Die Leute sagen Plaza dazu. Und erwarten Sie weder von Abner Root noch von seinem Büro allzu viel.«

»Danke, Jack«, sagte Willy.

»Es war mir ein Vergnügen. Ich muß jetzt weg. Der Notar wird uns sicher beide sehen wollen, bevor die ganze Sache über die Bühne geht. Aber machen Sie sich keine Sorgen. Ich habe nicht vor, in näherer Zukunft irgendwohin zu fahren.«

»Wunderbar.«

Die beiden Männer gaben sich die Hand, Jack ging zu seinem Wagen und fuhr in einer Staubwolke davon. Willy und Frank gingen zum Konferenzzentrum zurück, wo Fred Fitch und Sara Jones schon mitten in der Arbeit waren. Fred war wieder am Telefon, und Sara machte eifrig Skizzen. Aber sobald Fred die beiden sah, beendete er sein Telefonat und kam zu Willy herüber.

»Die Computer werden morgen vormittag geliefert. Für den frühen Nachmittag habe ich einen Satellitenservice aus L.A. herbestellt. Sie haben uns schon bei den Infodiensten angemeldet, über die wir gesprochen hatten, und bringen alle Dekoder mit, die wir brauchen. Als erstes kommt morgen früh jemand von Pac Bell, gleich nach acht, und am Mittag werden die Leitungen geschaltet. Dann müssen wir sie noch dazu bringen, diese Geschichte hinzubiegen, über die wir im Wagen geredet haben – man ruft San Francisco an, landet aber in Healdsburg. Dazu müssen die von Pac Bell allerdings wissen, wie die Telefonanlage in San Francisco aussieht.«

»Das kann ihnen Frank erklären«, meinte Willy. »Er ist morgen um acht da, nicht wahr, Frank?«

»Ja, klar.«

»Sonst noch was?« fragte Willy.

»Ja. Eins hatten wir vergessen«, sagte Fred.

»Und das wäre?«

»Ein Notaggregat. Wenn der Strom mal ausfällt – und ich habe mich bei Pacific Gas & Electricity erkundigt; das kommt hier oben häufig vor –, sitzen wir mächtig in der Scheiße. Ich habe also eins bestellt. Okay?«

»Wenn Sie sagen, daß wir eins brauchen, Fred, legen wir uns auch eins zu.«

»Ich habe auch zwei Leute eingestellt, vorausgesetzt natürlich, Sie sind damit einverstanden.«

»Profis?« fragte Willy.

»Ja, sozusagen.«

»Wo arbeiten die jetzt?«

»Im Moment nirgendwo. Sie waren beide mal bei den Lawrence Livermore Laboratories, die ja zur University of California in Berkeley gehören, aber in Pleasanton untergebracht sind. Ich habe sie kennengelernt, als ich in Pleasanton wohnte – nicht im Gefängnis,

■

Willy, sondern nachdem ich raus war. Sie haben am Star Wars-Programm mitgearbeitet, dessen Fäden ja da zusammenliefen. Der eine hatte mit der Entwicklung von Atomwaffen zu tun ... sie haben da Prototypen für Sprengköpfe gebaut, mit denen Raketen bestückt werden sollten, die viel kleiner waren als die bisherigen und sich leichter im Weltraum einsetzen ließen. Der andere arbeitete an ›Brilliant Pebbles‹ mit. Das ist eine ziemlich abseitige Geschichte. Mich hat das immer ans Mittelalter erinnert, wenn Städte belagert wurden und die Belagerer riesige Felsbrocken über die Stadtmauern geschleudert und gehofft haben, da drinnen was zu treffen.«

Sara, die offensichtlich mit einem Ohr zugehört hatte, sah von ihrer Arbeit auf.

»Brilliant Pebbles?« fragte sie.

»Ja. In den letzten fünf Jahren hat Glenn nach einer Methode gesucht, mit der man einen Haufen kleiner Steine – genauer gesagt Kügelchen – auf angreifende Raketen lenkt und sie schon im Weltraum zerstört. Die Idee dazu stammt ursprünglich von Edward Teller, dem Vater der Wasserstoffbombe. Eine wirklich tolle Idee. Aber um sie zu verwirklichen, müssen wahnsinnig komplizierte mathematische Modell entwickelt werden. Das war sogar Teller zu hoch, deshalb hat er Glenn geholt.

»Und wieso arbeiten die beiden jetzt nicht mehr da?«

»Weil Clinton die Programme gekippt hat. Die zwei, die auf ihren mathematischen Spezialgebieten zu den zehn Besten der Welt gehören, sind arbeitslos. Bob, der mit den Atomsprengköpfen, jobbt in einem Videoladen, ob Sie es glauben oder nicht. Und Glenn sitzt bloß beleidigt zu Hause rum.«

»Aber können die beiden sich auf das umstellen, was man im Geldgeschäft draufhaben muß?«

»Ja, sicher. So sehr unterschiedlich sind die Dinge gar nicht. In der Wall Street nennt man uns ja nicht umsonst Raketenwissenschaftler. Es dauert ein bißchen, bis man sie richtig in Schwung bringt. Vielleicht eine Woche. Aber dann geht die Post ab!«

»Kann ich die beiden sehen, bevor ich sie einstelle?« fragte Willy.

»Selbstverständlich«, antwortete Fred. »Sie kommen morgen nachmittag her. Können wir sie für die Nacht hier unterbringen?«

»Kein Problem. Nur sollten Sie besser die Haushälterin informieren. Nein, schon gut. Ich rede selbst mit ihr.« Willy war sich nicht sicher, ob die Schweizer Haushälterin, die viele Jahre ihres Lebens in den Diensten eines Architekten gestanden hatte, mit einem Freak wie Fred so ohne weiteres zurechtkommen würde.

Jetzt war Sara an der Reihe. Sie zeigte Willy die Skizzen mit ihren Entwürfen für den Börsenraum.

»Fred hat mir dabei geholfen«, erklärte sie. »Und er wollte auch unbedingt schon morgen nachmittag die Schreibtische hier haben. Deshalb habe ich sie gleich bestellt und die Lieferfirma überredet, sie morgen früh aus San Francisco hochzubringen. Einverstanden?«

»Ja, vollkommen.«

»Als nächstes muß sofort die Beleuchtung verändert werden«, sagte Sara und erklärte, was sie sich vorgestellt hatte.

Um halb sieben hörten sie mit der Arbeit auf. Im Eßzimmer des Haupthauses war ein kleines Buffet mit Salat und Sandwiches angerichtet. Sehr zur Zufriedenheit der Schweizer Haushälterin war schon nach kurzer Zeit alles aufgegessen.

»Jetzt müssen wir noch besprechen, wo wir schlafen«, sagte Willy, als sie sich auf ein Glas Wein in das Wohnzimmer des viktorianischen Hauses gesetzt hatten. »Vreni hat entschieden, daß wir heute nacht alle hier im Haupthaus bleiben sollen. Wenn ihr euch zurückziehen wollte, sagt ihr einfach Bescheid – sie ist draußen in der Küche –, und sie bringt euch zu eurem Zimmer.«

Sara ging als erste. Dann meinte Fred Fitch, es sei ein langer Tag gewesen, und verschwand auch.

»Also, Frank«, sagte Willy, als sie allein waren. »Wie findest du das Ganze bis jetzt?«

»Ich finde, das wird die beste Sache, die du je gemacht hast, Willy. Aber irgendwas begreife ich immer noch nicht.«

»Du meinst diese Derivate?«

»Nein. Etwas ganz Grundlegendes.«

»Also, was denn?«

»Warum machst du das? Ich meine, du hast ja offensichtlich einen ziemlich großen Batzen Geld auf der hohen Kante, Willy. Sonst könntest du dir das alles hier ja auch nicht annähernd leisten. Aber warum riskierst du, daß alles flötengeht? Warum ziehst du dich nicht einfach zurück und führst ein angenehmes Leben ohne Risiko und ohne Streß?«

»Um Gottes willen, Frank. Ich bin mal eben sechsundvierzig Jahre alt! Was passiert denn, wenn ich mich zurückziehe? Was sollte ich den ganzen Tag lang machen? Golf spielen? Ja, wir spielen morgen Golf, aber der eigentliche Spaß liegt doch darin, ob wir *beim* Golfspielen das erreichen, was wir wollen.«

»Ja, das kapier ich schon«, antwortete Frank. »Obwohl es da ja nur um einen Deal geht, der niemanden etwas kostet, wenn nichts draus wird. Aber was ist mit

Prescott & Quackenbush? Du steckst zwanzig Millionen Dollar in eine Investmentbank, die im Prinzip pleite ist und immer noch Geld verliert. Mit dem einzigen Unterschied, daß es jetzt *dein* Geld ist. Und wer sagt denn, daß wir diese Bank wieder hochbringen?«

»Ich sage das, Frank«, beruhigte ihn Willy. »Ich sage das. Und nicht mit irgendwelchen Tricks wie beim letzten Mal. *Diesmal* läuft das alles mit Grips und Hi-Tech. Wir werden die anderen alle überlisten, weil wir klüger sind als sie... du, ich, Fred und seine beiden Raketenwissenschaftler, und dann noch jemand, der wahrscheinlich diese Woche aus der Schweiz rüberkommt. Glaub mir, Frank – so, wie wir das machen, macht man das jetzt in den 90er Jahren. Und es macht *Spaß*!«

»Das bestreite ich ja gar nicht, Willy. Ich meine, einfach schon die Idee, das hier draußen aufzubauen und dann die Geschäfte durch Prescott & Quackenbush zu lenken, ohne daß jemand merkt, was wirklich abläuft, das ist schon absolut genial.«

»Siehst du«, sagte Willy und nickte heftig mit dem Kopf.

»Aber da ist immer noch eine Sache, die ich *wirklich* nicht kapiere.«

»Was denn?«

»Wenn wir uns schon auf Hi-Tech verlegen, warum geben wir uns dann immer noch mit Kommunalobligationen ab? Das ist doch das absolute Gegenteil von Hi-Tech, Willy.«

Willy lehnte sich zurück und dachte nach, bevor er antwortete.

»Du hast vollkommen recht«, meinte er schließlich. »Das scheint nicht zusammenzupassen. Aber genau das ist der springende Punkt. Die Emission von Kommunalobligationen ist so... banal, so langweilig, so *kleinkariert*.« Willy unterbrach sich. »Und deswegen ist es auch das letzte, wo man was suchen würde.«

»Was meinst du denn damit?« fragte Frank.

»Das erfährst du schon noch rechtzeitig. Vielleicht. Vielleicht geht es auch ohne.«

»Ohne was?«

»Später, Frank. Später.« Willy schaute auf die Uhr. »Willst du probieren, ob man über Satellit noch was reinbekommt, oder ist der Tag für dich gelaufen?«

»Falls du nichts dagegen hast, haue ich mich in die Falle, Willy«, sagte Frank. »Was gibt es denn morgen alles zu tun?«

»Fred hat gesagt, er braucht dich um acht, wenn die Leute von Pac Bell kommen. Vor elf müssen wir nicht zum Golfplatz fahren. Dann haben wir immer noch genügend Zeit, einen Eimer voll Bälle zu nehmen und uns auf dem Drivingrange einzuschlagen, bevor wir richtig loslegen. Okay?«

»Ja, klar. Gute Nacht, Willy«, sagte Frank, als er aufstand. »Ich kann dir gar nicht sagen, wieviel Freude es mir macht, wieder mit dir zusammenzuarbeiten.«

»Das beruht auf Gegenseitigkeit, alter Junge. Schlaf gut.«

Als Frank im Treppenhaus verschwunden war, ging Willy in die riesige Küche und suchte in den Schränken herum, bis er eine Flasche Cognac aufstöberte, Gallo aus Modesto, Kalifornien. Der Cognac war offensichtlich zum Kochen gedacht, aber das war Willy jetzt egal. Als er sich ein Glas eingeschenkt hatte, ging er wieder ins Wohnzimmer, überlegte es sich dann anders und trat auf die Veranda hinaus. Er hatte schon zuvor bemerkt, daß auf der Veranda eine Schaukel angebracht war, und in die setzte er sich jetzt.

Franks Frage gab ihm zu denken. Warum *tat* er das alles? Er schaukelte eine Zeitlang hin und her, trank ab und zu einen Schluck Cognac und dachte nach.

Frank hatte recht. Er hätte ein paar Stunden nach der Entlassung aus Pleasanton in eine 747er der Air France steigen können, dann säße er jetzt in Nizza oder Cannes in einem der Straßencafés, würde einen Campari Soda trinken und die Mädchen betrachten, die spärlich bekleidet an ihm vorbeizogen. Ein halbes Jahr später säße er dann in der Bar des Palace Hotels in St. Moritz, wo ihn Skihaserl aus einem halben Dutzend Ländern musterten – aufmerksam musterten, weil es sich herumgesprochen hatte, daß ein im Ausland lebender, unverheirateter amerikanischer Millionär in Europa auf Frauenjagd war.

So war es Bernie Cornfeld ergangen, aber er würde *verdammt nochmal* diesen Weg nicht gehen.

Nein, er hatte nicht vor, im Ausland zu leben. Er mochte Amerika, verdammt nochmal! Und irgendwie würde er schon wieder nach oben kommen – auf die alte Art. Indem er bewies, daß niemand in Amerika oder sonstwo besser wußte, wie man aus Geld noch mehr Geld machen kann, als Willy Saxon, wenn er sich wirklich reinhängt. Bernie Cornfeld nicht, und auch nicht der Typ aus Omaha, dessen Namen er dauernd vergaß. Nein, jetzt fiel er ihm wieder ein: Warren Buffet. Noch nicht einmal dieser Ungar George Soros.

Jetzt ging es ihm schon besser. Und er war müde. Und dann ging Willy Saxon ins Bett und schlief in dieser Nacht tief und fest wie ein Baby – wie ein sehr zufriedenes Baby.

∎

20. KAPITEL

Schon um sechs Uhr wurde er durch das Telefon geweckt. Dr. Guggi, der aus Vaduz anrief.

»Bin ich froh, daß ich dich erreicht habe, Willy. Ich hab deine Nummer in San Francisco angerufen und eine Frau am Apparat gehabt, die nur Spanisch sprach. Es hat fünf Minuten gedauert, bis sie verstanden hat, was ich wollte.«

»Was gibt's denn für Probleme?« fragte Willy ungeduldig.

»Urs und Susie Bauer.«

»Die beiden haben es sich wohl anders überlegt.«

»Nein, ganz im Gegenteil. Folgendes ist passiert: Gestern nachmittag habe ich, wie du mich gebeten hattest, Bauer angerufen, und er bestand darauf, daß ich sofort nach Basel komme. Also bin ich – widerwillig, möchte ich hinzufügen – nach Basel hinübergefahren. Das dauert immerhin zwei Stunden, aber dieser Bauer schien ja für dich sehr wichtig zu sein.«

»Er ist auch wichtig für mich.«

»Ich habe ihm dargelegt, was du vorhast, welche Mittel dir für das Projekt zur Verfügung stehen und wer im Vorstand der Holding in Zug sitzt. Er kannte alle Namen und erkundigte sich insbesondere nach deinem Verhältnis zu Dr. Schweizer von der SUB. Ich habe ihm von dem Joint Venture erzählt, das du mit ihm in den 80er Jahren im Junk Bonds-Geschäft durchgezogen hast, und ich habe ihm vorgeschlagen,

Dr. Schweizer selbst anzurufen. Das fand er überflüssig. Er ist jemand, der sehr schnell begreift.«

»Hab ich auch gespürt, als ich mit ihm telefonierte.«

»Seine Frau hat unser ganzes Gespräch mit angehört – was, wie du weißt, in der Schweiz in Geschäftsdingen sehr ungewöhnlich ist –, und als ich mit meinem Sermon fertig war, ging sie mit ihrem Mann raus. Nach etwa fünf Minuten kam Urs allein zurück und sagte mir, er hätte es vorgezogen, sich die Sache ein oder zwei Wochen durch den Kopf gehen zu lassen, aber seine Frau sei anderer Ansicht. Sie wollte genau das tun, was du vorgeschlagen hast, Willy: nach Kalifornien kommen und sich alles anschauen.«

»Prima.«

»Jetzt kommen wir zum eigentlichen Grund meines Anrufs. Sie wollte sofort fliegen. Deshalb habe ich in Basel übernachtet, die beiden heute morgen ganz früh zum Flughafen Kloten in Zürich gefahren und sie vor sechs Stunden persönlich in eine Swissair-Maschine gesetzt. Ich hätte dich gleich angerufen, aber bei euch war es da ja noch mitten in der Nacht, und ich wollte dich nicht wecken. Es ist ja auch jetzt noch ziemlich früh für einen Anruf.«

»Da hast du recht. Es ist sechs Uhr. Aber mach dir deswegen keine Sorgen.«

»Die beiden steigen in Los Angeles in eine United-Maschine um, die heute nachmittag um zwei in San Francisco ankommt. Die Flugnummer ist UA 759.«

»Ich lasse sie abholen«, antwortete Willy.

Dann, weil er jetzt auf ein »heikleres« Thema zu sprechen kam, folgte Dr. Guggi Willys Beispiel von ihrem letzten Telefongespräch und sprach Schwyzerdütsch.

»*Häsch du die Dokumänt zrugg bechoh? Und die zwänzg Millione Dollar?*« fragte er.

»*Das weiß i nanig. Aber wänn nöd, dänn lüüt i der sofort weder aa*«, antwortete Willy.

Als Willy aufgelegt hatte, wandte er sich sofort einem anderen Gegenstand zu: Sid Ravitch. Jetzt, wo die Übernahme von Prescott & Quackenbush sicher war, gab es keinen Grund mehr, seine Investition in die Western Credit Rating Agency noch länger hinauszuzögern. Er nahm den Hörer auf und wählte die Nummer der Kanzlei seines Londoner Anwalts.

»Hier ist Willy Saxon«, sagte er, als Lionel Latham ans Telefon kam.

»Mein Gott«, rief der Anwalt. »Wie spät ist es denn da drüben?«

»Kurz nach sechs.«

»Ihr Amerikaner erstaunt mich immer wieder. Was kann denn so wichtig sein, daß es Sie um diese unchristliche Zeit aus dem Bett treibt?«

»Was heißt raustreibt?« meinte Willy, »ich liege noch drin«, und diese Antwort schien eine beruhigende Wirkung auf seinen Gesprächspartner am anderen Ende der Leitung zu haben. »Ich rufe wegen der Sache an, über die wir vor einer Woche am Samstag gesprochen haben.«

»Ich kann mich noch sehr gut daran erinnern.«

»Gut. Ich habe Ihnen ja gesagt, daß ich auf den Knopf drücke, wenn alles startbereit ist.«

»Und jetzt drücken Sie auf den Knopf?«

»Ja. Ist bei Ihnen alles startbereit?«

»Es ist alles vorbereitet, genau wie wir es besprochen haben.«

»Und die Finanzierung?«

»Das geht auch in Ordnung.«

»Sie hören innerhalb von ein oder zwei Tagen von einem Anwalt in San Francisco. Er heißt Bobby Armacost. Er hat die ganzen Dokumente vorbereitet. Der Verkäufer muß sie prüfen, und ich sorge dafür, daß es heute geschieht. Ich sehe keinen Grund, warum wir diese Transaktion nicht bis Anfang nächster Woche abschließen könnten.«

»Soweit es uns hier betrifft, kann ich Ihnen versichern, daß wir das morgen schon könnten.«

»Gut. Rufen Sie mich an oder schicken Sie ein Fax, falls es noch irgendwelche offene Fragen gibt oder irgendwelche größere Pannen. Ich geben Ihnen meine neuen Nummern.«

Als Willy schon zum zweiten Mal an diesem Morgen den Hörer aufgelegt hatte, schaute er auf seine Uhr. Es war erst halb sieben... leider noch zu früh für Ortsgespräche. Also konnte er auch gleich frühstücken.

Er zog Bademantel und Hausschuhe an, tapste noch etwas unsicher die Treppe hinunter und ging durchs Wohnzimmer und in die Küche. Sara war schon da, auch in Bademantel und Hausschuhen.

»Der Kaffee ist gerade fertig«, sagte sie, als sie ihn sah.

»Wollen wir ihn draußen auf der Veranda trinken?« fragte Willy.

»Du trägst die Tassen, und ich bringe den Kaffee«, befahl sie. »Nimmst du Sahne und Zucker?«

»Nur Sahne.«

Eine richtige Familienszene, dachte Willy, als er zwei große Tassen auf die Veranda trug und sie auf einen niedrigen Korbtisch vor der Schaukel stellte, in die er sich setzte und auf Sara wartete.

Als Sara herauskam und sich bückte, um den Kaffee

einzuschenken, lenkte ihr üppiges Dekolleté Willys Gedanken in eine andere Richtung.

»Ich weiß schon, was du denkst«, sagte Sara, ohne ihn anzuschauen. »Und die Antwort heißt nein.«

»Gut, dann können wir das ja abhaken«, sagte Willy.

»Aber ich würde mich gern zu dir in die Schaukel setzen, wenn du nichts dagegen hast«, sagte sie.

Sie setzte sich so dicht neben Willy, wie es eben ohne körperliche Berührung möglich war. Er legte den Arm um sie, küßte sie auf die Wange und sagte: »Weißt du was? Daran könnte ich mich gewöhnen.«

Aus dem Haus waren plötzlich Geräusche zu hören, und Willy zog den Arm zurück wie ein Teenager, der von seinen früher als erwartet heimkommenden Eltern beinahe auf frischer Tat ertappt worden wäre.

Es war die Haushälterin, die durch die Haustür auf die Veranda trat.

Sie erbot sich, ihnen ein richtiges Frühstück zu machen, was sowohl Willy als auch Sara ablehnten.

»Ich könnte allerdings Ihre Hilfe bei etwas anderem gebrauchen«, sagte Willy. »Das Chalet am Fluß – würde es Ihnen etwas ausmachen, dafür zu sorgen, daß es von oben bis unten saubergemacht und gründlich gelüftet wird? Ich glaube, Sie wissen, wie man die entsprechenden Leute dafür findet.«

»Natürlich, Mr. Saxon. Die Frauen der Mexikaner, die hier auf den Weingütern arbeiten, sind überglücklich, wenn sie bei sowas helfen können. Bis wann soll es fertig sein?«

»Vier Uhr wäre schön... aber nicht später als fünf. Und schauen Sie, daß im Wohnzimmer und besonders im großen Schlafzimmer Blumen stehen.«

Als Sara das hörte, hob sie ganz leicht die Augenbrauen.

■

Und diesmal sagte Willy einen Satz, der schon einmal auf der Veranda gefallen war: »Ich weiß schon, was du denkst, aber die Antwort ist nein.«

»Du meinst, Denise kommt nicht herauf, um alles gründlich in Augenschein zu nehmen?«

»Das kann man nie wissen. Vielleicht kommt sie«, sagte Willy. »Aber in diesem Fall ist es ein Paar, ein ziemlich junges Paar, das heute aus der Schweiz kommt und ein paar Tage hier bleiben wird. Das bringt mich darauf, daß ich *dich* um einen Gefallen bitten wollte, Sara. Würde es dir etwas ausmachen, die beiden in San Francisco vom Flugplatz abzuholen?«

»Überhaupt nicht. Aber wie komme ich dahin?«

»Miete dir einen Wagen. Ich kann dich auf dem Weg zum Country Club bei Hertz in Santa Rosa vorbeifahren. Ich fahre hier um elf weg. Und die beiden kommen in San Francisco um zwei an. Das paßt wunderbar.«

»Erwarten die beiden, daß eine Frau sie abholt?«

»Gute Frage. Soweit ich weiß, wissen sie überhaupt nicht, wen oder was sie erwarten sollen, wenn sie hier ankommen.«

»Gib mir die Flugnummer und die Fluggesellschaft, und ich stelle mich mit einem Schild ans Tor, so wie das Chauffeure manchmal tun. Ich mache jetzt gleich mal das Schild. Wie heißen die beiden denn?«

»Urs und Susie Bauer«, antwortete Willy.

»Entschuldigen Sie bitte, daß ich mich einmische, Mr. Saxon«, sagte Vreni. »Aber die Namen klingen sehr schweizerisch.«

»Es sind auch Schweizer. Sie kommen aus Basel.«

»Oh, das ist ja wunderbar. Dann koche ich heute abend etwas richtig Schweizerisches für die beiden.«

»Nein, Vreni, Sie kümmern sich um das Chalet.

Und ich kümmere mich um das Essen.« Willy hatte das Gefühl, daß ein Schweizer Gericht das letzte war, was Susie nach ihrer Flucht aus der Schweiz in Kalifornien als erstes essen wollte.

Vreni machte ein skeptisches Gesicht und ging dann. Sie mußte Leute zum Saubermachen finden.

»Einen Moment, Vreni«, rief Willy. »Ich habe was vergessen. Heute kommen noch zwei andere Gäste.« Die beiden Raketenwissenschaftler von Fred. »Könnten Sie bitte noch ein weiteres Haus saubermachen lassen? Blumen sind allerdings nicht nötig.«

Vreni verschwand nach drinnen.

»Und was ist mit mir?« fragte Sara. »Kriege ich auch ein Haus?«

»Die Häuser gehen uns langsam aus. Du bleibst also hier«, sagte Willy und fügte hinzu: »Wenn es dir nichts ausmacht.«

»Ganz im Gegenteil«, und nun beugte sie sich zu ihm und küßte ihn auf die Wange. »Jetzt muß ich mich aber anziehen.«

Willy fand, daß er das auch tun sollte.

Dann wartete er ungeduldig, bis es acht Uhr wurde, weil er wußte, daß Bobby Armacost immer schon vor Arbeitsbeginn in seine Kanzlei kam.

Als er ihn schließlich erreichte, meinte Armacost: »Schön, daß du angerufen hast. Du hast hoffentlich nicht vergessen, daß wir uns am Freitag nachmittag alle bei Prescott & Quackenbush treffen wollten, um das Geschäft endgültig abzuschließen.«

»Wie könnte ich das vergessen?« sagte Willy. »Aus dem, was du sagst, schließe ich, daß die Dokumente alle in gutem Zustand aus der Schweiz zurückgekommen sind.«

»Sind sie. Und die zwanzig Millionen auch.«

»Gut. Jetzt zum Grund meines Anrufs. Ich will die andere Transaktion so schnell wie möglich durchziehen. Sind die Papiere fertig?«

»Schon seit einiger Zeit.«

»Gut. Ruf doch bitte gleich Sid Ravitch an und mach einen Termin mit ihm aus, bei dem du die Papiere mit ihm und seinem Anwalt durchgehen kannst. Und setz dich dann mit Lionel Latham in London in Verbindung, damit ihr alles koordinieren könnt. Ich würde das Geschäft gern Anfang nächster Woche endgültig unter Dach und Fach bringen.«

»Das sollte klappen«, meinte Armacost. »Außer Ravitch oder sein Anwalt machen mir Schwierigkeiten.«

»Das werden sie nicht«, sagte Willy.

21. KAPITEL

Willy behielt recht. Ravitch bat Armacost, gleich mit den Dokumenten zu ihm zu kommen. Sein Anwalt sei in einer halben Stunde auch da.

Um halb zehn waren sie mit allem durch. Ravitch veränderte kein Wort. Jedesmal, wenn sein Anwalt Einwände erhob, sagte Ravitch, es sei schon in Ordnung.

Als Armacost ging, saß der Anwalt wortlos da und schüttelte den Kopf.

»Was hast du denn?« fragte Ravitch.

»Ich versteh das nicht«, sagte sein Anwalt. »So hab ich dich noch nie erlebt. Sie hätten deinen Schwanz auf einem Tablett verlangen können, und du hättest das ganz wunderbar gefunden. Was ist denn los?«

»Ich bekomme zehn Millionen Dollar in bar«, sagte Ravitch. »Das ist los.«

»Aber du gibst die Kontrolle über deine Firma aus der Hand. Daß sie bloß 49 Prozent kaufen, ist doch Quatsch. Du hast ihnen eine Option auf die anderen 51 Prozent eingeräumt, die sie *nach ihrem Ermessen* ausüben können, verdammt nochmal, und du hast für das Optionsrecht noch nicht mal was verlangt. Wieso?«

»Weil sie es nie ausüben werden.«

»Und warum nicht?«

»Weil der Klient, den der adrette Mr. Armacost vertritt, nicht die Veritas Ltd. in London ist. *Das* ist Quatsch. Das ist schlichte, reine Tarnung, hinter der sich der wirkliche Käufer verbirgt.«

»Und wer ist der wirkliche Käufer?«

»Ein verurteilter Verbrecher namens Willy Saxon.«

»Du meine Güte, Sid!« rief der Anwalt aus.

»Ich brauche wohl nicht zu betonen, daß diese Information unter die anwaltliche Schweigepflicht fällt. Ja?«

»Natürlich. Aber weißt du denn, was du da tust?«

»Ja, absolut. Ich bekomme jetzt zehn Millionen Dollar in bar. Und später bekomme ich 100 Prozent meiner Firma wieder zurück. Umsonst. Ich verdiene Geld und muß nichts dafür hergeben.«

»Und wie willst du das anstellen?«

»Mit der Hilfe eines Freundes.«

»Welches Freundes?«

»Das ist nicht so wichtig. Bis Ende der Woche sind ihm noch die Hände gebunden.«

Lenny Newsom sollte an diesem Freitag mittag aus der Justizvollzugsanstalt in Pleasanton entlassen werden. Wenn er mit ihm fertig war, würde Lenny so verdammt wütend sein, daß er auch einen Mord begehen könnte.

Ravitch hoffte allerdings, daß ein Mord nicht nötig wäre.

22. KAPITEL

Um 9.45 Uhr an diesem Donnerstag vormittag schaute Willy schon zum zehntenmal auf die Uhr. *Immer noch eine Stunde*, bis sie zum Country Club fahren konnten. Wie sollte er diese Stunde bloß rumbringen?

Ah, Abendessen!

Er ging sofort mit zügigen Schritten zum Konferenzzentrum, das jetzt der Börsenraum war. Im Haus sprachen Fred und Frank mit drei Männern, die wohl – nach der Aufschrift des vor dem Haus parkenden Wagens – von Pac Bell waren.

»Wie läuft es?« fragte er.

»Ich hab ihnen schon alles über unsere Anlage in San Francisco erzählt«, sagte Frank. »Und es ist genau, wie du gesagt hast, Willy. Wir werden die Anschlüsse in San Francisco so präparieren, daß alle Gespräche für diese Nummern automatisch hier oben landen.«

»Und bis wann können sie das hinkriegen?«

»Bis Freitag«, sagte einer der Männer von Pac Bell.

»Dann kann er jetzt gehen?« fragte Willy und deutete auf Frank.

»Soweit es uns betrifft, ja.«

»Also, Frank«, sagte Willy. »Und wir bereiten das Abendessen vor.«

»Ist es nicht noch ein bißchen früh, das Abendessen vorzubereiten? Was soll es denn geben?«

»Wir machen eine Grillparty. Es gibt hier einen großen Grillplatz mit Picknicktischen und allem Drum und Dran. Er liegt auf dem Weg da unten, fünfzig Meter von hier auf einer Lichtung mit Blick auf den Fluß. Komm, ich zeig's dir.«

Als sie sich alles angeschaut hatten, sagte Willy: »Jetzt brauchen wir bloß noch die nötigen Zutaten.«

»Die Frau im Haupthaus kann uns ja dabei helfen«, meinte Frank.

»Nein. Die ist heute mit anderen Sachen beschäftigt. Ich frag sie bloß mal kurz, wo wir die Sachen kriegen, die wir brauchen. Und dann besorgen wir das Zeug, Frank.«

»Aber wer kocht denn heute abend?« fragte Frank.

»Ich«, erklärte Willy.

Sie sollten im Safeway Supermarkt in Healdsburg einkaufen, sagte Vreni, und wie sich herausstellte, war es der beste Safeway, den sie beide je gesehen hatten. Wie Willy später herausfand, lag das daran, daß der frühere Aufsichtsratsvorsitzende von Safeway sich ganz in der Nähe, im Alexander Valley, zur Ruhe gesetzt hatte und als einen seiner letzten offiziellen Akte vor der Pensionierung diesen Supermarkt hatte bauen lassen.

Eine Stunde später kamen die beiden Männer mit Einkaufswagen aus dem Supermarkt, in die sie Tüten mit Holzkohle gepackt hatten, eine Acht-Pfund-Packung mit Rippchen, vier Flaschen verschiedener Grillsaucen, zwei Dutzend Maiskolben, zwei Pfund Butter, drei große Behälter mit Kartoffelsalat, Makkaronisalat und Krautsalat, eine Schachtel mit Käsekuchen und vierundzwanzig Dosen Heineken-Bier. Außerdem hatten sie noch zwei Schürzen gekauft.

Als der Fahrer ihnen half, die Sachen in der Limousine zu verstauen, rief Willy: »Wir haben die Vorspeise vergessen!«

Sie gingen nochmal zurück, diesmal an die Feinkosttheke. Ein paar Minuten später hatte Willy, was er wollte: ein Pfund schottischen Räucherlachs, 750 Gramm Kaviar und drei Flaschen »J«-Champagner, der nur ein paar Meilen westlich von derselben Kellerei hergestellt wurde wie der Jordan-Wein.

Als sie auf die Ranch zurückkamen, luden sie die Holzkohle neben dem alten Konferenzzentrum ab und packten den Rest der eingekauften Sachen in den glücklicherweise sehr großen Kühlschrank des Haupthauses.

Als sie fertig waren, sagte Willy: »Mir ist heiß. Dir auch?«

»Ja«, sagte Frank. »Es wird ein verdammt heißer Tag heute. Mindestens achtunddreißig Grad. Es müssen ja jetzt schon über dreißig sein.«

»Das heißt, wir müssen aufpassen, daß wir nicht austrocknen«, sagte Willy.

»Das würde ich auch sagen.«

»Also ein Bier?«

Als Sara um elf Uhr auf die Veranda kam, saßen die beiden zufrieden mit Bierdosen in der Hand in der Schaukel.

»Ein bißchen früh für so was, oder?« sagte sie.

»Nicht für zwei kräftige Burschen wie uns beide, Ma'am«, antwortete Willy. »Aber jetzt ruft die Pflicht. Ab in den Country Club, Frank!«

23. KAPITEL

Sie setzten Sara bei Hertz in Santa Rosa ab und kamen um halb zwölf im Fountaingrove Country Club an. Der Parkplatzwächter lud die beiden Schlägersätze auf einen wartenden Golfwagen. Willy und Frank setzten sich in den Wagen und fuhren zum Pro Shop, dem Trainerladen.

Sie wurden offensichtlich schon erwartet. Bruce Bennett, der Clubmanager, überreichte Willy einen nagelneuen Mitgliedsausweis und erklärte, die Gäste müßten heute keine Spielgebühr bezahlen und der Lunch ginge auf ihn. Worauf Willy der Gedanke kam, daß Jack entweder einer der nettesten Menschen auf der Welt war, weil er das hier alles arrangiert und dazu ja auch noch die Golfschläger spendiert hatte, oder daß er, Willy, Jack viel zu viel für seine Ranch bezahlt hatte.

»Die anderen sind anscheinend noch nicht da«, sagte Willy. »Wir sollten uns inzwischen vielleicht ein bißchen einschlagen.«

Sie bekamen eine Handvoll Chips für den Ballautomaten, diesmal mit den besten Empfehlungen von Mike, dem Trainer des Clubs.

Willy hatte seit über drei Jahren keinen Golfball mehr geschlagen, und er war deshalb etwas ängstlich, als er den ersten Ball auf das Tee legte. Er beschloß, gleich mit der Dicken Berta aufs Ganze zu gehen. Er zog aus, und der Ball schoß pfeilgerade mindestens 250

Meter weit über den Platz. Willy legte einen neuen Ball auf das Tee. Und noch ein Schlag! Mit demselben Ergebnis.

»Du hast es immer noch drauf, Willy«, sagte Frank.

»Weißt du, es heißt, daß alles hinhaut, wenn man zum ersten Mal nach einer langen Unterbrechung wieder spielt. Und ich fange langsam an, das zu glauben«, sagte Willy.

Sowohl er als auch Frank schlugen einen Eimer Bälle und fuhren dann mit dem Golfwagen wieder zum Pro Shop zurück. Dan Prescott und George Abbott waren gerade angekommen.

Um zwölf Uhr standen die vier am ersten Tee. Willy schlug vor, daß er und Abbott gegen die beiden Investmentbanker spielen sollte. Auf diese Art würden sie sich einen Wagen teilen. Frank erklärte sich bereit, die Punkte aufzuschreiben. Sowohl Frank als auch Prescott hatten ein Handicap von 15, Abbott hatte 17, und da Willy nach der langen Pause nicht wußte, wie er sich einschätzen sollte, einigten sie sich auf den Mittelwert und stuften ihn mit 16 ein. Außerdem verabredeten sie, einen modifizierten Nassau zu spielen.

Um ein Uhr waren sie wieder am Clubhaus, nachdem sie die ersten neun Löcher gespielt hatten. Sie beschlossen, die Golfwagen an der Kurve abzustellen und in Bogey's Bar ihren kostenlosen Lunch einzunehmen. Bis jetzt hatten Willy und George Abbott sich zwischendrin lediglich über das Spiel unterhalten und über die Giants, die an der Tabellenspitze lagen. Jetzt kam das Gespräch auf Denise van Bercham und ihre Freunde... was Willy zu dem gesuchten Einstieg verhalf.

Schnell wurde klar, daß George ein Aufsteiger und seine Frau noch ehrgeiziger war als er.

»Es hat ihr *wirklich* leid getan, daß sie an dem Wochenende nicht mit zu Denise van Berchams Ranch kommen konnte«, sagte der oberste Verwaltungsboß von San Francisco. »Sie war zu Besuch bei ihrer Mutter in Iowa. Sie und Denise haben sich übrigens immer noch nicht kennengelernt, aber wenn es dazu kommt, werden die beiden bald entdecken, daß sie viel gemeinsam haben. Meine Frau kommt ursprünglich aus einer der einflußreichsten Familien Jugoslawiens, und soweit ich weiß, trifft das auch auf Denise zu, nur daß sie aus einer rumänischen Familie kommt. Aus einer Adelsfamilie, wie ich hörte.«

»Ja, das muß bald in Ordnung gebracht werden«, antwortete Willy. »Denise mag Sie sehr, und nach allem, was Sie mir erzählt haben, werden Denise und Ihre Frau blendend miteinander auskommen.«

»Sie scheinen Denise ja recht gut zu kennen.«

»Ja.«

»Und auch ihre Freunde aus der sogenannten Society-Szene in San Francisco?« Abbott war wirklich sehr plump.

»Ein paar. Eine ihrer besten Freundinnen, Sara Jones, und ich, stehen in letzter Zeit in ziemlich enger Verbindung.« Die heute früh allerdings nicht eng genug gewesen war.

Jetzt wußte Willy, welchen Köder er brauchte. Er mußte ihn nur noch auf den Haken stecken.

Und das arrangierte er auf der Herrentoilette von Bogey's Bar, nachdem er sich vergewissert hatte, daß er und Dan Prescott allein waren.

»Hör mal«, sagte er. »Dieser Typ und seine Frau sind wahnsinnig scharf drauf, mit der High Society von San Francisco in Kontakt zu kommen. Du kennst da doch sicher eine Menge Leute, oder?«

»Frag mich nicht! Meine Frau schleppt mich mindestens einmal die Woche zu einem von diesen Essen in Pacific Heights. Es sind jedesmal dieselben Leute... aber nicht ganz von der Klasse wie deine neue Freundin Denise van Bercham.«

»Das macht nichts. Seine Frau kennt wahrscheinlich den Unterschied sowieso nicht. Sie will bestimmt bloß von Pat Steger in der Zeitung erwähnt werden.« Willy spielte auf die Klatschkolumnistin des *San Francisco Chronicle* an, deren Wort den Ausschlag über Aufstieg und Fall in der feinen Gesellschaft der Stadt geben konnte.

»Ich soll also was arrangieren?« fragte Prescott.

»Ja. Möglichst nächste Woche. Wenn du deine Frau dazu kriegst, ein Abendessen für ein paar Leute aus ihrem Kreis zu geben, bringe ich Denise van Bercham und Sara Jones mit.«

»Ich rede mit meiner Frau, sobald ich zu Hause bin.«

»Prima. Ach, und noch was.«

»Ja? Was denn?«

»Laßt es da draußen ein bißchen ruhiger angehen«, sagte Willy. »Du und Frank liegt schon sechs Riesen vorn. Das bringt's nicht.«

»Ich rede mit Frank«, sagte Dan.

Willys Intervention wirkte. Die entscheidende Phase kam am 17. Loch. Davor hatte Dan Prescott es geschafft, den Ball am 15. Loch aus dem Gelände hinauszuschlagen, und Frank Lipper war das gleiche am 16. Loch gelungen. Als sie zum 17. Loch kamen, stand es zwischen ihnen und Willy und seinem Partner unentschieden.

Das 17. Loch war ein langes Par 3 – 195 Meter. Es sah sogar länger aus, weil 165 dieser 195 Meter aus einer Wasserfläche bestanden. Und dazu auch noch Seitenwind. Willy hatte wie üblich den ersten Schlag und kam mit seinem Fünfereisen bis auf sechs Meter an den Flaggenstock heran. Als nächstes war Frank an der Reihe. Er drosch seinen Ball in die Mitte des Sees und hätte dabei fast eine Ente getroffen. Dan war der nächste. Sein Ball segelte über das Grün und grub sich in den Sand eines tiefen Bunkers dahinter.

»Ich hab wohl ein bißchen zu fest draufgehalten«, war sein unschuldiger Kommentar.

Nun war der oberste Verwaltungsboß der Stadt und des Landkreises San Francisco dran, und während alle anderen den Atem anhielten, schaffte er es über den See, und sein Ball landete an der linken Seite des Grüns – ein leichter 20-Meter-Chip bis zum Flaggenstock. Zwei Schläge später lochte er mit einem Par ein. Ihre Gegner hatten beide jeweils einen doppelten Bogey.

Damit war die Partie gelaufen. Nachdem sie pro forma noch das 18. Loch ausgespielt hatten, landeten sie wieder in Bogey's Bar.

Willy ging direkt an die Bar und brachte vier Heinekens an ihren Tisch. »Wie sieht's aus, Frank?« fragte er.

»Ihr kriegt acht Riesen von uns«, antwortete Frank, während er nach seinem Geldbeutel langte, und Dan Prescott folgte unverzüglich seinem Beispiel.

George Abbott strahlte übers ganze Gesicht, als er seinen Anteil des Geldes einstrich. »Die nächsten Drinks gehen auf mich«, verkündete er großspurig.

»Nein, Partner«, sagte Willy. »In meinem Club zahle ich.« Schließlich war er jetzt schon seit mehr als vier Stunden Mitglied.

»Gut, hoffentlich nehmen Sie es mir nicht übel, wenn ich uns die gute Laune mit was Geschäftlichem verderbe«, meinte George Abbott.

»Nein, nur zu«, sagte Willy.

»Wissen Ihre Kollegen, was wir auf Denise van Berchams Ranch besprochen haben?« Er nahm diesen Namen offensichtlich gern in den Mund.

»Ja, natürlich. Genaugenommen sind sie eigentlich keine Kollegen. Aber ich gebe ihnen ab und zu einen Rat«, erklärte Willy. »Frank hat übrigens einen Vorschlag ausgearbeitet. Stimmt's, Frank?«

»Ja, ich habe ihn im Wagen«, antwortete Frank. »Soll ich ihn holen?«

»Aber unbedingt«, rief Abbott.

Als Frank zum Parkplatz hinausgegangen war, wandte sich George Abbott Dan Prescott zu. Sie hatten sich schon bei verschiedenen Gelegenheiten und offiziellen Anlässen, die mit der Stadt zu tun hatten, gesehen, so daß Abbott wußte, wer er war.

»Willy hat mir erzählt, daß Sie dabei sind, Ihre Geschäfte ziemlich auszuweiten, Dan«, sagte er.

»Ja, das stimmt. Wir ziehen eine ganze Menge zusätzliches Kapital zusammen und verlegen uns auf neue Dinge. Aber Kommunalobligationen waren immer eine unserer starken Seiten, und wir haben vor, auf diesem Gebiet noch größer und stärker zu werden.«

»Was halten Sie denn von Willys Idee, ein größeres Wohnprojekt für Einkommensschwache zu finanzieren, indem man es im Huckepack-Verfahren an eine öffentliche Schuldverschreibung hängt?«

»Sehr viel. Das ist ja im Prinzip die gleiche Taktik, nach der Emissionsbanken früher schon gehandelt haben – gleichzeitig zwei Klassen von Schuldverschreibungen auszugeben und den Käufern zu sagen: Wenn ihr nichts von der zweitrangigen Schuldverschreibung nehmt, kriegt ihr auch nichts von der erstrangigen.

Und solange das Verhältnis zwischen den beiden Anlageformen gestimmt hat, waren die Papiere erfolgreich.«

»Und was wäre für unser geplantes Geschäft das richtige Verhältnis?«

»Das hat Frank alles ausgearbeitet. Lassen Sie ihn das erläutern, wenn er zurückkommt. Aber vorher würde ich gern noch etwas besprechen, das nichts mit dem Geschäft zu tun hat. Meine Frau und ich geben diesen Freitag ein Essen, und als ich ihr heute früh erzählte, daß wir zusammen Golf spielen würden, meinte sie, ich solle doch unbedingt Sie und Ihre Frau dazu einladen. Ich weiß, das ist ziemlich kurzfristig, aber wir würden uns sehr geehrt fühlen, wenn Sie kommen könnten.«

Willy mischte sich in das Gespräch. »Ich komme mit *zwei* Damen — zum einen natürlich Denise, und dann ist noch ihre Freundin Sara Jones dabei.«

»Wir würden *sehr* gern kommen«, sagte Abbott.

»Dann haben Sie morgen früh eine Einladung in der Post. Ich glaube, Smoking ist angesagt«, sagte Dan, der aus dem Stegreif improvisierte.

Frank kam zurück und zog, sehr zu Dans Erleichterung, das Gespräch an sich. Er hatte eine Aktentasche dabei, aus der er zwei Exemplare seines Entwurfs zog, von denen er eins George Abbott über den Tisch zuschob.

»Ich habe die Stellen offengelassen, an denen es um konkrete Zahlen geht«, begann er. »Aber ich bin davon ausgegangen, daß wir die Huckepackaktion im Verhältnis von 4:1 durchziehen — eine zweitrangige auf vier erstrangige Schuldverschreibungen. Wenn man also für das Wohnungsprojekt 25 Millionen Dollar veranschlagt, braucht man für 100 Millionen Kommunalobligationen.«

George nickte, und Frank redete eifrig weiter.

Eine halbe Stunde später hatte er George Abbott anscheinend für das Unternehmen gewonnen.

»Mir ist aufgefallen, daß Sie die Stelle für die Emissionsprovision offengelassen haben.«

»Ja. Mit Absicht. Wir wollten zuerst sehen, ob bei Ihnen prinzipielles Interesse an dem Projekt besteht.«

»Doch, interessiert bin ich mit Sicherheit.«

»Die Provision beträgt nur ein halbes Prozent.«

George stieß einen leisen Pfiff aus.

»Ja, ich weiß«, sagte Dan und unterbrach Frank jetzt zum ersten Mal. »Aber wir sind nach langen Debatten in der Firma zu dem Schluß gekommen, daß wir Ihnen ein wirklich attraktives Angebot unterbreiten müssen, wenn wir Ihrem Übernahmekonsortium Konkurrenz machen wollen.«

»Da haben Sie recht. Goldman Sachs, Lehman Brothers, Merrill Lynch – die werden schreien, wenn sie das hören«, sagte Abbott. »Ihre Standardprovision liegt bei einem ganzen Prozent.«

»Ja, das wissen wir.«

Jetzt mischte Willy sich ein. »Ich glaube, ich habe da noch eine Idee, die Ihnen vielleicht Geld sparen hilft.«

»Und die wäre?« fragte Abbott.

»Sie könnten bei diesen Emissionen die Kosten reduzieren, die für das Rating anfallen.«

»Aber Standard & Poors und Moody's haben dieses Geschäft mehr oder weniger fest im Griff.«

»Wieso denn? Soviel ich weiß, nehmen Sie immer den einen oder den anderen, je nach Art der Emission. Und diesmal nehmen Sie keinen von beiden, sondern Sie wenden sich an eine neue Agentur... und das kostet Sie wesentlich weniger.«

■

»An wen denken Sie dabei?«

»An eine Firma in San Francisco, und das sollte die Verbindung für die Stadtväter ja noch attraktiver machen. Sie würden etwas für eine Firma aus der Stadt tun. Ich weiß, daß die Stadt Chicago aus diesem Grund immer mit Duff and Phelps zusammenarbeitet. Ich spreche von der Western Credit Rating Agency. Sie hat ihre Zentrale im Russ Building.«

»Von denen habe ich schon gehört, aber wir haben ihre Dienste noch nie in Anspruch genommen.«

»Western Credit hat jetzt einen neuen Mann an der Spitze. Er war früher bei Moody's. Sein Name ist Sid Ravitch. Ich sage ihm, er soll Sie mal anrufen«, sagte Willy.

Eine Viertelstunde später, als George Abbott seine Golftasche im Kofferraum seines Wagens verstaut hatte und in die Stadt zurückfahren wollte, schaute er Dan Prescott an und sagte: »Sie denken doch an diese Einladung für Freitag, oder?«

»Natürlich«, antwortete Dan. »Wir freuen uns wirklich darüber, Sie bei uns begrüßen zu können, George.«

»Ich freue mich auch darauf, Sie da zu sehen«, fügte Willy hinzu. »Und ich sage Denise, daß Ihre Frau diesmal mitkommt. Darüber freut sie sich ganz bestimmt.«

Der Verwaltungsboß fuhr übers ganze Gesicht strahlend davon, während Willy und seine Kumpane am Ablagegestell für die Schlägersäcke standen und ihm nachschauten.

»Glaubst du, du bringst Denise van Bercham dazu, mitzukommen?« fragte Dan.

»Ja, entweder so oder so«, antwortete Willy.

Keiner der beiden fragte, was er damit meinte.

∎

»Hey«, sagte Willy dann. »Hast du zum Abendessen schon was Bestimmtes vor, Dan?«

»Nein, nichts Besonderes«, antwortete Prescott.

»Dann komm doch mit zu der Grillparty, bei der Frank und ich und noch ein paar Leute sind.«

»Ja, klar. Wo findet die Party denn statt?«

»Das ist eine Überraschung. Fahr einfach hinter uns her. Es ist ungefähr zwanzig Minuten von hier.«

Als sie in ihrer Limousine saßen, fragte Frank sofort: »War das klug?«

»Er muß es früher oder später doch erfahren. Und früher ist wohl besser.«

»Ja, aber schwächt das nicht seine Stellung in der Firma?«

»Na und? *Ohne* uns wäre er pleite und säße entweder auf der Straße oder im Gefängnis. *Mit* uns können er und seine Frau weiter ihr angenehmes Leben führen und nach Herzenslust die Schickeria von Pacific Heights zum Essen einladen – wenn sie das wollen.«

»Weiß er das?«

»So dumm ist er nicht«, sagte Willy. Außerdem hatte er ja Prescotts Bestätigung, mit der er Willy sein gesamtes Privatvermögen verpfändete. Seine Frau hatte diese Bestätigung gegenzeichnen müssen, so daß kein Zweifel daran bestand, daß auch sie wußte, was gespielt wurde. Und das war ganz einfach: Ohne Willy Saxon waren Mr. und Mrs. Dan Prescott für den Rest ihres Lebens erledigt. Ohne ihn würden sie in einer Wohnwagensiedlung im Süden Floridas enden.

Und wenn ich es mir überlege, gilt dasselbe auch für meinen ergebenen Anwalt Bobby Armacost, dachte Willy.

24. KAPITEL

Zwanzig Minuten später trafen sie auf der River Ranch ein. Sobald sie aus dem Wagen stiegen, kümmerte Willy sich um Dan Prescott.

»Kannst du dich noch an unser Gespräch vor ein paar Wochen im Huntington Hotel erinnern?« begann er. »Daß sich die Natur des Anlagegeschäfts ändert?«

»Ja, klar. Derivate und alle diese Dinge. Ich weiß noch, daß du die Salomon Brothers als Beispiel angeführt hast.«

»Richtig. Und dabei fiel auch der Name von jemandem, der bei denen gearbeitet hat. Fred Fitch. Weißt du noch?«

»Wenn ich mich recht erinnere, wolltest du, daß ich ihn für dich suche. Und dann hast du es dir anders überlegt.«

»Also, ich habe ihn gefunden. Und er ist hier.«

Prescott war einen Augenblick sprachlos.

»Was meinst du mit hier?«

»Hier. Oder um es etwas genauer zu formulieren, ungefähr fünfhundert Meter in dieser Richtung.« Willy deutete den Weg hinunter, der sich am Russian River entlangzog, dem Lauf des Flusses folgte, der in Richtung Westen zwischen den Redwoodbäumen zum Pazifik floß.

»Wieso denn hier? Wem gehört das Anwesen?«

»Mir, Dan. Oder um auch das etwas genauer zu formulieren: Nächste Woche gehört es mir.«

»Aber ich verstehe immer noch nicht«, sagte Prescott.

Willy erklärte es ihm. Er erklärte, daß der Betrieb hier oben eine gewisse Distanz zu Prescott & Quackenbush wahren müsse. Und zwar wegen Fred Fitchs »Problem«. Daß sich ein ähnliches »Problem« mit einem brillanten Devisen- und Goldspezialisten ergeben könnte, den er aus Europa herüberholen wolle. Willy ging nicht auf sein eigenes »Problem« ein, was ja auch kaum nötig war.

»Und wie soll das funktionieren?« fragte Prescottt.

Willy erläuterte, wie sie die Sache mit dem Telefon handhaben wollten. Und daß darüber strengstes Stillschweigen bewahrt werden müsse. »Verstanden?«

»Ja, ich verstehe. Das geht in Ordnung«, antwortete Prescott. »Aber wenn trotzdem was davon durchsickert, daß diese Leute hier oben arbeiten, was dann?«

»Sie sind unabhängige Vertragspartner, freie Mitarbeiter. Sie bieten jedem seriösen Kunden, der ihre Dienste in Anspruch nehmen möchte, ihren Rat an, ihre *Software*. Und in der Zwischenzeit haben sie ja einen Kunden, Prescott & Quackenbush.«

»Und Prescott & Quackenbush bezahlt für diese Dienste?«

»Natürlich. Aber die Bezahlung hängt davon ab, wie ›wertvoll‹ sich diese Dienste erweisen.«

»Wie schätzt du das denn ein?«

»Es würde mich nicht überraschen, wenn sie im ersten halben Jahr zehn Millionen Dollar rausholen, vielleicht sogar zwanzig Millionen.«

»Heiliges Kanonenrohr!« entfuhr es Prescott. »Aber wo soll denn bei so einem Geschäftsumfang das Umlaufkapital herkommen? Wir brauchen doch die ganzen zwanzig Millionen, die am Freitag bei Prescott &

Quackenbush eingehen, um die Transaktionen mit den Kommunalobligationen zu finanzieren, noch dazu, wenn jetzt das Geschäft mit der Stadt San Francisco klappt.«

»Das ist mir klar«, sagte Willy. »Ich bin deshalb bereit, weitere zwanzig Millionen zu investieren. Das Geld kommt als ein auf fünf Jahre befristetes Darlehen von der Schweizer Holding mit einer Option auf Umwandlung in Eigenkapital. Wir werden damit die Kapitalausstattung einer hundertprozentigen Tochtergesellschaft von Prescott & Quackenbush bestreiten, die sich ausschließlich mit Derivaten beschäftigen wird und mit dem Handel von Devisen und Edelmetallen. Wir nennen die Firma P & Q Financial Products.«

»Kann ich das am Freitag in die Pressemitteilung mit aufnehmen?« fragte Prescott.

»Ja, auf jeden Fall«, sagte Willy.

»Heiliges Kanonenrohr!« rief Prescott noch mal. »Wenn die Jungs in der Branche das hören, fallen sie tot um.«

In diesem Augenblick trat Sara auf die Veranda des viktorianischen Hauses.

»Was ist hier denn los?« fragte sie.

»Komm runter zu uns«, bat Willy. »Ich möchte dich einem meiner ältesten Freunde vorstellen. Und ihm eine meiner neuesten Freundinnen.«

Sara kam von der Veranda herunter und gab dem neuen Gast höflich und korrekt die Hand.

»Du weißt noch nichts davon, Sara, aber wir sind am Freitag zum Abendessen bei Mr. Prescott eingeladen... wenn du Zeit hast, was ich sehr hoffe.«

»Wieso das denn?«

»Um den obersten Verwaltungsboß der Stadt und

des Landkreises San Francisco zu beeindrucken. Und seine ehrgeizige Frau. Und das Ganze dient einem guten Zweck, nämlich der Finanzierung billiger Wohnungen in der Stadt. Der Reverend der Glide Memorial Church ist auch daran beteiligt.«

»In diesem Fall komme ich«, sagte die Bischofstochter. »Um welche Zeit und wo findet das Essen statt?«

»Broadway 2725 um halb acht«, sagte Dan.

»Hoffentlich kommt Denise auch«, fügte Willy hinzu. »Sie kennt den Reverend irgendwie. Ich hab ihn vor ein paar Wochen auf ihrer Ranch kennengelernt.«

»Was hat sie mit dem vor?«

»Da muß ich passen. Aber wer Denise kennt, weiß, daß sie ihn für irgendwas braucht.«

»Dann kommt sie bestimmt. Ich rufe sie an«, sagte Sara.

»Und jetzt«, fuhr sie fort, »möchte ich wissen, wie es mit dem Essen aussieht.«

»Das machen wir schon«, sagte Willy. »Aber sag mir mal, wie es gelaufen ist. Sind die beiden angekommen?«

»Pünktlich auf die Minute. Vreni zeigt ihnen gerade ihr Chalet. Sie ist im siebten Himmel und quasselt die ganze Zeit in diesem komischen Schweizer Dialekt.«

»Wie sind die zwei denn so?«

»Susie ist ein unglaublich hübsches Mädchen. Und Urs... na ja, er ist eine Schweizer Ausgabe von Fred.«

»Junge, Junge.«

»Das ist noch nicht alles – die beiden Freunde von Fred sind auch da.«

»Noch zwei so Freaks?«

»Genau. Vreni hat sie in dem Haus neben dem Chalet einquartiert. Fred ist mit eingezogen.«

»Wie viele sind wir dann zum Essen?« fragte Willy.

»Laß mal sehen«, meinte Sara. Sie kniff die Augen zusammen, während sie im Kopf addierte. »Neun. Ach ja, weil es schon so spät geworden ist, habe ich vor zwanzig Minuten die Holzkohle angemacht. Ist das in Ordnung?«

»Wunderbar.«

»Vreni hat den Picknicktisch für acht Leute gedeckt. Ich lege jetzt noch ein Gedeck dazu«, sagte sie. »Ach, und noch was – ich hab im Kühlschrank Kaviar und Räucherlachs neben den Rippchen entdeckt. Ich muß zugeben, Willy, du hast einen guten, wenn auch etwas merkwürdigen Geschmack. Außerdem hattest du Brot und noch ein paar Sachen vergessen, die ich in Healdsburg besorgt habe. Du und Frank übernehmt ja das Grillen, und wenn du nichts dagegen hast, kümmere ich mich um die Vorspeise.«

25. KAPITEL

Ab sieben trafen die Gäste allmählich beim Picknickplatz ein. Willy begrüßte sie in einer weißen Schürze und mit einer Kochmütze auf dem Kopf, die er in einem Küchenschrank gefunden hatte.

Susie und Urs Bauer waren die ersten. Sie trugen Jeans und karierte Hemden. Sara erzählte später, daß sie auf dem Rückweg vom Flughafen in San Rafael haltgemacht hatten, um die beiden für den Abend »passend« einzukleiden. Sara, die sie in ihrem Chalet abgeholt hatte, stellte sie vor. Urs begrüßte Willy mit festem Händedruck, wie ein echter Schweizer. Susie war da weniger zurückhaltend.

»Oh, Mr. Saxon«, rief sie. »Das ist das herrlichste Anwesen, das ich je im Leben gesehen habe! Es wird mir hier *unheimlich* gut gefallen.«

Dann breitete sie die Arme aus und drückte ihn so fest an sich, daß ihm fast die Luft wegblieb. Sara, die neben Willy stand, murmelte: »Ich hab dir ja gesagt, daß du sie mögen wirst.«

Um das unter Beweis zu stellen, nahm Willy Susies Arm und führte sie zu dem Tisch, der als Bar diente. Dahinter stand Frank Lipper als Barmann und hielt ein Glas mit eiskaltem Champagner in der Hand, das er Susie reichte. Dann schenkte er auch Willy und sich ein Glas ein.

»Willkommen in Kalifornien, Susie«, sagte Willy und hob sein Glas. »Ich sehe schon, Sie werden wunderbar hierher passen.«

In der Zwischenzeit waren Fred Fitch und die beiden Physiker von Livermore eingetroffen. Wieder übernahm Sara die Initiative und stellte sie Urs Bauer vor. Es war gleich zu spüren, daß sich hier verwandte Seelen getroffen hatten. Denn als Urs Bauer erwähnte, er sei gerade aus Basel gekommen, knüpfte Fred mit der Bemerkung an, alles, was er über Basel wisse, sei die Tatsache, daß die Familie Bernoulli dort gelebt hätte.

Sara hatte keine Ahnung, wer das war, und fragte ganz ungeniert: »Was ist denn so Besonderes an der Familie Bernoulli? Oder anders gefragt, wieso ist sie berühmt?«

Einer der beiden Besucher aus Livermore antwortete als erster darauf. »Hauptsächlich wegen des Bernoullischen Theorems.«

»Und was besagt dieses Theorem?«

Fred Fitch mischte sich ein. »Man nennt es auch das Gesetz der großen Zahl in der Wahrscheinlichkeitsrechnung. Damit ist gemeint, daß die relative Häufigkeit eines Ereignisses bei Erhöhung der Versuchszahl ungefähr gleich der Eintrittswahrscheinlichkeit des betreffenden Ereignisses ist. Jakob Bernoulli hat dieses Gesetz entdeckt.«

»Wann war das?« fragte Sara.

»Um 1680 herum.«

Der andere Mann von Livermore, der vom Star Wars-Programm, hatte noch mehr zu dem Thema zu sagen. »Es gibt eigentlich zwei Bernoullische Theoreme. Das zweite ist der Schlüssel zum Verständnis der Hydrodynamik – der Austausch von Energie in einer ideal strömenden Flüssigkeit. Es besagt: Die Summe des Verhältnisses von Druck und Dichte, das Produkt der Gravitationskonstanten, die Höhe und die Hälfte des Quadrats der Strömungsgeschwindigkeit sind konstant.«

»Und das hat sich auch Jakob Bernoulli ausgedacht?« fragte Sara.

»Nein. Das war Daniel Bernoulli, Jakobs Neffe und Sohn von Johann Bernoulli, ebenfalls ein berühmter Mathematiker. Und dann gibt es noch die Bernoullische Differentialgleichung.«

»Ja, genau«, sagte Urs Bauer. »Sie besagt, daß $y' + f(x) \cdot y + g(x) \cdot y^a = 0$ ist; und die ist tatsächlich von Jakob und Johann.«

Die drei Männer nickten zustimmend.

»Kommen Sie«, meinte Sara. »Gehen wir zu Mr. Saxon. Er möchte sicher Ihre Kollegen kennenlernen, Fred. Und dann will ich mal sehen, wie das mit dem Essen ist.«

Die Sonne ging unter, und der Vollmond stieg auf, als sie sich zum Essen setzten. Es war immer noch warm, noch weit über zwanzig Grad, deshalb hatte Sara die Vorspeisen im Kühlschrank des Haupthauses gelassen. Ein Anruf im Haupthaus, und kurz darauf erschien Vreni mit dem ersten Gang. Vreni hatte darauf bestanden, daß sie und nicht Sara an diesem Abend die Gäste bediente.

Als erstes gab es Kaviar und Räucherlachs und dazu die üblichen Kapern, Zwiebeln, Zitronen und Toast, alles Sachen, die Sara noch besorgt hatte. Frank spielte weiter den Barmann und öffnete noch zwei Flaschen Champagner, um sicherzugehen, daß es für die ganze Runde reichte.

Sara verschwand kurz, um die Laternen einzuschalten, die an Drähten über dem Picknickplatz hingen. Ein paar Sekunden später ertönte Musik – Country und Western. Sara hatte im Haus neben dem Picknickplatz eine Stereoanlage entdeckt, deren Lautsprecher hinter der kleinen Tanzfläche neben dem Grill installiert waren.

Jetzt war Willy an der Reihe. Er nahm die Rippchen vom Grill, legte sie auf den Tranchierblock und schnitt das erste ab.

»Wer will es probieren?« fragte er.

»Ich!« rief Susie.

»Dann kommen Sie her.«

Sie trat zu ihm. »Aber wie ißt man das denn?« wollte sie wissen.

»Mit den Fingern. So«, erklärte Willy, schnitt das zweite Stück ab und biß herzhaft in das Fleisch.

Sie machte es ihm nach. »Das schmeckt ja köstlich!«

»Probieren Sie jetzt mal das«, meinte Willy und reichte ihr vorsichtig einen Maiskolben, auf den er zuvor Butter und Salz getan hatte.

»Und wie ißt man das hier?« fragte Susie.

»Genauso«, antwortete Willy. Er wartete. »Wie schmeckt es?«

»Toll!«

»Susie sagt, man kann es essen«, verkündete Willy dem Rest des Tisches. »Also kommt und holt euch was.«

Vreni hatte große mexikanische Teller rausgebracht, auf die Willy je ein halbes Dutzend Rippchen packte und an die Gäste weiterreichte. Die Salate waren auf einem Extratisch aufgebaut, hinter dem Vreni stand und je nach Wunsch auftat. Frank tauschte die Champagnergläser gegen gekühlte Biergläser aus, die er alle gleichmäßig mit Heineken-Bier füllte.

Die Mathematikfreaks, die die Plätze getauscht hatten und sich am anderen Ende des Picknicktisches lebhaft miteinander unterhielten, waren vom Wechsel der

∎

Getränke sehr angetan. Sie waren alle Biertrinker. Und sie hatten eine Schwäche für Rippchen. Sie holten sich alle noch eine zweite Portion, jeder ein halbes Dutzend. Dann waren sie schon wieder ins Gespräch vertieft.

»Worüber zum Teufel reden die eigentlich?« fragte Willy und schaute Dan Prescott an, der den Platz gewechselt hatte und jetzt neben ihm saß.

»Ich habe eine Weile zugehört, aber dann bin ich, ehrlich gesagt, nicht mehr mitgekommen.«

»Wie meinst du das?«

»Na ja, der Schweizer kennt Deutschland wie seine Westentasche. Er glaubt, daß Deutschland auf eine kräftige Rezession zusteuert. Nicht jetzt gleich, aber ungefähr in einem halben Jahr.«

»Das glaube ich auch«, sagte Willy.

»Dann hat Fred zu Urs gesagt, falls er recht behalte, würden auf D-Mark lautende inverse Floater ein großes Geschäft. Urs war der gleichen Ansicht.«

»Was sind inverse Floater?« fragte Willy.

»Da muß ich auch passen, Willy, aber ein bißchen was weiß ich doch: Man emittiert eine Anleihe zu, sagen wir mal, acht Prozent und mit einer Laufzeit von dreißig Jahren und teilt sie in zwei Pakete. Beim ersten Paket erhält der Anleger einen garantierten Zins, der sich am Geldmarktsatz orientiert, vielleicht so vier Prozent. Auf den inversen Floater erhält man den Rest der achtprozentigen Emissionsrendite. Das heißt, wenn die Geldmarktsätze von vier auf zwei Prozent fallen, dann verdoppelt sich die Ausschüttung auf den inversen Floater, und die Anleger machen einen tollen Reibach.«

»Und wenn die Geldmarktsätze von vier auf acht Prozent steigen?«

»Dann ist die Ausschüttung auf den inversen Floater gleich Null.«

»Nicht gut«, sagte Willy.

»Da hast du recht. Aber Fred meint, er hätte einen Weg gefunden, das Ganze so hinzudrehen, daß sich das Verlustrisiko bei den inversen Floatern eingrenzen läßt. Um das zu erläutern, hat er mathematische Formeln auf das Tischtuch gekritzelt. Deine Haushälterin wird davon bestimmt nicht entzückt sein. Na, und dann«, fuhr er fort, »hat einer der Livermore-Jungs erklärt, er hätte eine Idee für einen neuen Drall, mit dem man das Wechselkursrisiko ausschalten kann. Worauf *er* anfing, Zahlen auf das Tischtuch zu kritzeln.«

»Einen Drall?«

»Ja, Willy. Und da habe ich beschlossen, mich woanders hinzusetzen.«

»Das ist eine neue Welt da draußen, Dan«, sagte Willy.

»Das kannst du wohl sagen«, bekräftigte Prescott.

»Aber wir müssen mit dem Strom schwimmen.«

Sara war ins Haus gegangen, und nun ertönte Rock 'n' Roll statt Countrymusik aus den Lautsprechern. Susie schoß wie ein Blitz hoch.

»Können Sie dazu tanzen?« rief sie Willy quer über den Tisch zu.

»Warten Sie's ab.« Willy folgte ihr auf die Tanzfläche.

Sara kam wieder nach draußen, und Dan forderte sie sofort zum Tanzen auf. Aus lauter Übermut fragte Frank Vreni, ob sie tanzen wolle. Sie wollte. Die Mathematikfreaks nahmen von alledem keine Notiz. Sie waren zu sehr damit beschäftigt, die inversen Floater hinzudrehen und ihnen einen neuen Drall zu verpassen.

∎

Um zehn Uhr fand Willy, daß es Zeit sei, das Fest zu beenden. Schließlich hatten sie alle einen langen Tag gehabt. Aber zuvor wollte er sich noch kurz zu den Freaks am anderen Ende des Tisches setzen, um sich klar zu werden, wie er mit ihnen umgehen sollte, besonders mit den dreien, die er möglicherweise einstellen würde. Er blieb eine halbe Stunde und hörte nur zu.

Fred war ihr Wortführer. Sie hätten sich darauf geeinigt, erklärte er, für den Anfang zwei Strategien vorzuschlagen. Als erstes sollten Optionsscheine auf eine Reihe ausgewählter deutscher inverser Floater erworben werden. Urs Bauer unterbrach ihn, um zwei Optionsscheine, die gerade von Daimler Benz und der DG Bank ausgegeben worden waren, besonders zu empfehlen. Dann, sagte Fred, sollten sie eine eigene Emission auf die Beine stellen, in die sie die Varianten einbauten, die sie gerade entwickelt hatten. Natürlich müßten sie ihr Modell zuerst auf den Sun-Computern testen, und das wollten sie gleich morgen früh machen. Wenn es funktioniere, warf Urs Bauer ein, könne er praktisch sofort einen deutschen Emittenden finden. Und sie, fuhr Fred fort, müßten sich hier in Amerika darum kümmern, wo sie die Papiere unterbringen könnten, am besten bei einem Rentenfonds an der Ostküste. Willy meinte, dabei könne er wahrscheinlich behilflich sein.

Fred schlug vor, daß sie sich alle fünf im Lauf des nächsten Tages nochmal zusammensetzen sollten, um sich Gedanken über den Kapitalbedarf für die erste Stufe ihrer Aktion zu machen. Urs erklärte, er habe ziemlich konkrete Vorstellungen über die Mittel, die er für seine Devisengeschäfte benötigte. Außerdem müßten sie besprechen, welche Leute zusätzlich eingestellt werden sollten. Und sie bräuchten noch ein Gerät für ihre Ausrüstung.

Willy wurde praktisch vor vollendete Tatsachen gestellt. Darüber hätte er beinahe vergessen, das Thema Arbeitsverträge und Vergütung zur Sprache zu bringen. Es werde ein paar Tage dauern, sagte er, aber er wolle versuchen, bis Mitte der nächsten Woche für jeden einen individuell zugeschnittenen Vorschlag zu machen. Frank Lipper würde sich mit jedem einzeln zusammensetzen und Arbeitsbedingungen ausarbeiten, die für beide Seiten akzeptabel seien. Damit waren alle einverstanden, und ihre Zustimmung kam fast wie aus einem Munde.

»Wie wär's mit einem Bier zum Abschluß?« fragte Willy. »Und morgen nachmittag setzen wir uns zusammen und besprechen die Finanzierung, Personalfragen und die technische Ausstattung. Um zwei, wenn es Ihnen recht ist.«

Während sie ihr Bier tranken, räumten Sara, Vreni und Susie auf und unterhielten sich dabei miteinander. Als sie fertig waren, kam Susie an den Tisch und setzte sich auf Urs' Schoß.

»Wir bleiben hier, oder?« flüsterte sie ihm ins Ohr.

»Ja, wir bleiben«, flüsterte ihr Mann.

Sie umarmte ihn auf ihre ungestüme Art, und diesmal bekam er auch noch einen dicken Kuß auf die Lippen.

»Wir bleiben!« verkündete sie jetzt allen anderen Anwesenden. Sara applaudierte, und die anderen schlossen sich ihr an.

Um elf Uhr lag die River Ranch in vollkommener Stille. Willy Saxon war schon im Bett, aber er schlief noch nicht. Es war der aktivste Tag seit drei Jahren gewesen, und Willy genoß diesen Tag ein zweites Mal, indem er alles noch einmal an sich vorüberziehen ließ – von den ersten Telefonaten über die 18 Löcher Golf bis zu den inversen Floatern.

Um Viertel nach elf klopfte es leise an der Tür seines Schlafzimmers. Es war Sara.

»Darf ich?« flüsterte sie, als sie unter das Laken schlüpfte, mit dem er sich in dieser heißen kalifornischen Nacht zugedeckt hatte.

»Wie kannst du sowas nur fragen«, antwortete Willy und schloß sie in die Arme.

»Nein, deshalb bin ich nicht gekommen«, wehrte Sara ab. »Obwohl...«

»Ich weiß schon«, sagte Willy und lockerte die Umarmung. »Es ist nicht leicht, so einen Abend abzuschließen, ohne mit jemandem darüber geredet zu haben. Stimmt's?«

»Stimmt genau. Und was das alles für sympathische Leute sind! Ganz besonders Susie. Du findest das jetzt vielleicht albern, aber wenn ich Kinder gehabt hätte, dann hätte ich mir eine Tochter wie sie gewünscht. Sie ist so unverdorben, so begeisterungsfähig, so sympathisch.«

»Ihr Mann ist allerdings ganz anders«, sagte Willy. »Zurückhaltend. Aber ein unglaublich kluger Kopf.«

»Wie die beiden anderen. Sind die eigentlich verheiratet?«

»Keine Ahnung.«

»Das solltest du aber rausfinden.«

Sie plauderten noch eine Viertelstunde lang leise weiter.

»Weißt du, Willy«, meinte Sara dann, »ich glaube, für heute sollten wir's genug sein lassen.«

»Da hast du wohl recht.«

»Na, dann schlaf gut.«

Sie gaben sich einen züchtigen Kuß und waren ein paar Minuten später eingeschlafen.

■

26. KAPITEL

Am nächsten Vormittag um elf Uhr betraten Willy Saxon und Frank Lipper das Rathaus, das an der Plaza im Zentrum von Healdsburg lag. Willy fragte die Frau am Empfang nach Abner Root, dem Leiter der Finanzabteilung.

Sie sagte, Mr. Root erwarte sie schon, und kam dann hinter ihrem Schreibtisch hervor. »Ich bringe Sie zu seinem Büro.«

Sein Büro war höchstens fünf Meter lang und drei Meter breit. Abner Root, der sich hinter seinem Schreibtisch erhob, als sie ins Zimmer kamen, war gut über einsneunzig groß und über einen Meter breit. Und wie sie gleich hören sollten, hatte er eine dröhnende Stimme, die zu seinen Maßen paßte.

»Herzlich willkommen in Healdsburg«, dröhnte er und streckte zuerst Willy und dann Frank die Hand hin. »Jack hat mir schon erzählt, daß Sie seine Ranch und alles gekauft haben. Sie werden sich hier sehr wohl fühlen. Es gibt keinen besseren Ort, an dem man in Kalifornien oder sonstwo wohnen könnte. Nehmen Sie doch bitte Platz.«

Vor seinem Schreibtisch standen zwei alte Holzstühle, die knarrten, als Willy und Frank sich setzten.

»Also, was kann ich für Sie tun?« fragte Abner.

»Eigentlich nichts Konkretes«, sagte Willy. »Wir haben uns gedacht, weil wir ja Nachbarn werden, sollten wir einfach mal vorbeikommen und uns mit Ihnen bekannt machen. Obwohl es ein Gebiet gibt, an dem wohl für beide Seiten Interesse besteht.«

»Und das wäre?«

»Gemeindefinanzen. Frank hier leitet die Abteilung für Kommunalobligationen bei einer Investmentbank in San Francisco, von der Sie vielleicht schon mal gehört haben – Prescott & Quackenbush.«

»Ja, von denen habe ich schon gehört. Keine sehr große Bank, oder?« fragte er Frank.

»Aber mächtig am Expandieren«, antwortete Frank. »Wir unternehmen gerade große Anstrengungen, um neue Aufträge anzubahnen.«

»Ja, also, hier in Healdsburg gibt es im Moment nichts anzubahnen. Wir haben mit Mühe und Not die Finanzierung der neuen Schule durchgedrückt, die Jack für uns gebaut hat. Eine schöne Schule, nebenbei bemerkt. Und jetzt müssen wir wieder ein paar Jahre warten, bevor wir was anderes angehen können. Unsere Stadt ist eine konservative Stadt, meine Herren, um nicht zu sagen, stockkonservativ. Die Leute hier haben nichts für Veränderungen übrig.«

»Das kann man ihnen ja auch nicht verdenken«, sagte Willy. »Wieso sollte man etwas ändern, wenn es nicht nötig ist.«

»Ja, aber es gibt Sachen, zu denen wir gezwungen werden. Vom Großen Bruder in Sacramento.«

»Was für Sachen?« wollte Willy wissen.

»Haben Sie schon mal was von AB 939 gehört?«

»Nein. Was ist das denn?«

»Assembly Bill 939. Das ist ein Gesetz, das letztes Jahr vom kalifornischen Parlament in Sacramento verabschiedet und von unserem verehrten Gouverneur unterzeichnet worden ist.«

■

»Ja, davon habe ich gehört«, sagte Frank. »Hat das nicht was mit Abfallbeseitigung zu tun?«

»Genau. Das Gesetz schreibt vor, daß jede Gemeinde in Kalifornien eine Recyclinganlage haben muß, in der fünfzig Prozent ihres Festmülls verarbeitet werden, sonst...«

»Sonst passiert was?« fragte Willy.

»Sonst wird eine Strafe von zehntausend Dollar pro Tag fällig. Zehntausend Dollar an jedem beschissenen Tag, meine Herren!«

»Bis wann muß die Anlage fertig sein?«

»Die Planungen müssen innerhalb von zwei Jahren beginnen.«

»Und was macht Healdsburg jetzt?«

»Wir können uns das momentan nicht leisten. Und deshalb wollen wir das Ding in einem Joint Venture zusammen mit einer anderen Gemeinde aufziehen. Aber bisher haben wir noch kein Glück gehabt.«

»Wieviel kostet so ein Ding?« fragte Willy.

»Fünfzehn, zwanzig Millionen.«

»Junge, Junge.«

»Sie sagen es. Ukiah – das ist die Stadt, die ungefähr fünfzehn Meilen nördlich von hier liegt, falls Sie mit der hiesigen Geographie nicht vertraut sind – ist bei ihren Berechnungen auf eine Summe von dieser Größenordnung gekommen. Die haben sogar eine Projektstudie anfertigen lassen – was eine Recyclinganlage kostet, mit was für einer Tilgung die Stadt rechnen kann, was für Finanzierungsmöglichkeiten es gibt. Interessiert Sie die Studie?«

»Ja, sehr«, sagte Frank.

Abner erhob sich mühsam aus seinem Stuhl, griff in ein Bücherregal hinter sich und zog die gut sieben Zentimeter dicke gebundene Studie heraus.

∎

»Da ist sie. Wir haben uns an den Kosten der Studie beteiligt. Hier im Norden Kaliforniens gibt es nämlich so eine Art Liga der kleinen Städte. Dazu gehören die Städte in den Bezirken Sonoma, Mendocino, Lake... eigentlich in allen Bezirken bis hoch zur Grenze nach Oregon. Wir schließen uns bei Versicherungen und noch einer ganzen Menge anderer Dinge zusammen. So wie wir jetzt versuchen, mit den Bestimmungen dieser gottverdammten AB 939 fertig zu werden.«

Frank nahm die Studie in die Hand und fragte: »Was ist denn außer den Kosten das größte Problem?«

»Die Tilgungsrate. Die ist zwangsläufig sehr, sehr niedrig.«

»Nur so aus Neugier«, sagte Willy. »Woraus wollen Sie die Tilgung bestreiten?«

»Aus den Müllgebühren. Jedesmal, wenn Sie Ihren Pick-up voller Krempel in dieser gottverdammten Zwanzig-Millionen-Dollar-Anlage abladen, zahlen Sie fünf Dollar. So wie bei einer normalen Mülldeponie auch. Höher können wir die Gebühr keinesfalls ansetzen. Das würden die Leute nicht mitmachen. Sie würden ihren Müll einfach am Freeway abladen. Nach der Studie da würde es vierzig Jahre dauern, bis das blöde Ding abbezahlt ist. Und was noch schlimmer ist: Es gibt überhaupt keine Möglichkeit, in den ersten fünf, vielleicht sogar sieben Jahren, die Zinsen für Kommunalobligationen aufzubringen, mit denen so eine Anlage finanziert werden muß.«

Das war Musik in Willy Saxons Ohren.

»Erklären Sie mir das Ganze nochmal, wenn es Ihnen nichts ausmacht«, sagte er.

Abner wiederholte seine Darlegung.

»Gut. Ich hab's kapiert«, meinte Willy. »Und ich

hätte auch eine Lösung für das Finanzierungsproblem.«

»Und die wäre?« brummte Abner.

»Ein Zero Bond mit einer Laufzeit von vierzig Jahren. Ohne gesetzliche Tilgungsrücklage, wenigstens nicht für die ersten sieben Jahre.«

Auf Abners Gesicht lag ein verwunderter Ausdruck, als er begriff, was Willys Vorschlag bedeutete.

»Sie haben vollkommen recht«, dröhnte er. »Wieso ist denn von uns keiner auf die Idee gekommen? Scheiße, ich kann's kaum erwarten, das denen da drüben in Ukiah zu erzählen.«

»Das würde ich an Ihrer Stelle nicht tun«, sagte Willy. »Ich würde die Idee für mich behalten. Für Healdsburg, wenn die Zeit kommt, in der Sie allein eine von diesen Recyclinganlagen finanzieren müssen.«

»Da haben Sie auch wieder recht«, sagte Abner.

»Hätten Sie etwas dagegen«, fuhr Willy fort, »wenn wir den Bericht hier für ein paar Tage mit nach Hause nehmen und ihn gründlich studieren? Nur um zu überprüfen, ob mein Konzept richtig ist.«

»Nein, überhaupt nicht. Der steht hier sowieso nur als Staubfänger rum. Behalten Sie ihn, solange Sie wollen.«

Ein paar Minuten später begleitete Abner sie zum Eingang des Rathauses. »Kommen Sie wieder. Beim nächsten Mal gehen wir zu Zeke und kippen ein paar Bier zusammen.«

Sobald er verschwunden war, fragte Frank: »Wer ist Zeke?«

Willy deutete auf eine Kneipe am anderen Ende der Plaza, an der in Neonschrift stand, was einen drinnen erwartete:

Bier, Spirituosen, Poolbillard
Samstags Musik, Exotische Tänzerinnen

»Das hat schon einen gewissen Reiz, findest du nicht auch?« grinste Willy. »Aber Zeke muß noch warten. Wir müssen zurück zur Ranch und uns mit den vier Freaks zusammensetzen. Was mich allerdings auf die Frage bringt, wo man hier in dieser Stadt außer bei Zeke was zu essen und zu trinken kriegt. Ich geh nochmal ins Rathaus und lasse mir ein paar Adressen geben.«

27. KAPITEL

Sie fuhren in der Limousine direkt bis zum alten Konferenzzentrum der River Ranch. Als sie das Haus betraten, waren die vier tief über ihre Computer gebeugt. Fred Fitch blickte als erster auf, kam zu ihnen herüber und begrüßte sie.

»Die Idee von gestern abend funktioniert«, berichtete er. »Wir kombinieren Calls auf DM-Floater mit lange laufenden DM-Verkaufsoptionen. Das dürfte eine sehr interessante Anlage werden.«

»Prima«, beglückwünschte ihn Willy. »Haben Sie auch schon Zeit gehabt, sich Gedanken um den Kapitalbedarf zu machen?«

»Ja.«

»Gut. Dann setzen wir uns doch alle an den Tisch da drüben und besprechen das Ganze.«

Als sie alle versammelt waren, erläuterte Willy die Kapitalstruktur der neuen Prescott & Quackenbush Bank. Die Muttergesellschaft würde mit einem Kapital von zwanzig Millionen Dollar ausgestattet, und noch einmal zwanzig Millionen würden sofort von der Schweizer Holding in das auf Derivate spezialisierte Tochterunternehmen fließen, das seine Geschäfte unter dem Namen P & Q Financial Products abwickeln würde.

Fred Fitch reagierte sofort. »Ich erinnere mich, daß zwanzig Millionen Dollar die Zahl war, die ich Ihnen ursprünglich genannt habe, Mr. Saxon. Aber jetzt kommen ja noch die Devisengeschäfte von Urs dazu.«

»Das ist mir schon klar«, sagte Willy.

»Wir können wahrscheinlich *beide* eine Zeitlang mit diesen zwanzig Millionen auskommen. Aber wenn es so läuft, wie wir hoffen, dann brauchen wir mehr Kapital. Stimmst du mir da zu, Urs?«

»Ja. Wir brauchen schätzungsweise schon ziemlich bald noch einmal fünfzehn bis zwanzig Millionen Dollar.«

Schweigen breitete sich aus. Alle wußten, daß hier ein entscheidender Punkt angesprochen worden war. Konnte Willy Saxon wirklich noch zusätzlich fünfzehn oder zwanzig Millionen Dollar aufbringen, und wann wurde das Geld gebraucht?

Willy war sich darüber klar, daß seine Antwort auf diese Frage von absoluter Wichtigkeit war. Er mußte die anderen überzeugen, daß er wirkliches finanzielles Stehvermögen hatte – und er mußte sie jetzt sofort überzeugen. Sonst wäre das Ganze schon vorbei, bevor es überhaupt angefangen hatte. Sie würden sich alle verabschieden... Urs eingeschlossen, auch wenn er seiner Frau am Abend zuvor das Gegenteil versichert hatte.

Und sie hätten auch recht damit. In ihrem Geschäft brauchte man viel Geld, um viel Geld zu machen. Wenn man das nicht hatte, konnte man es vergessen.

Willy schaute ihnen, jedem einzelnen, in die Augen und erklärte mit fester Stimme: »Ich kann Ihnen allen versichern, *wenn* Ihre Aktivitäten es erfordern, wenn es, wie Fred das ausdrückt, so läuft, wie wir hoffen – und darunter verstehe ich einen verdammt guten Ertrag aus den zwanzig Millionen Dollar, die Sie schon haben –, dann verbürge ich mich persönlich dafür, daß Sie noch einmal zwanzig Millionen bekommen.«

»Auch, wenn wir den Bedarf nach diesem Geld innerhalb von ein oder zwei Monaten anmelden?« fragte Fred.

»Ja. Sie beweisen, daß Sie wirklich wissen, wie man Geld macht, und Sie bekommen innerhalb von dreißig Tagen die zusätzlichen Finanzmittel, die Sie brauchen.«

Willy sah den vier Männern an, daß er gewonnen hatte.

Freds nächster Satz bestätigte diesen Eindruck. »In diesem Fall können Sie auf uns zählen. Stimmt's, Urs?«

»Ja.«

»Das freut mich ungeheuer. Kommen wir jetzt zum nächsten Punkt. Wie ich gestern abend sagte, wird Frank in den nächsten paar Tagen mit jedem einzelnen von Ihnen über den Arbeitsvertrag, das Gehalt, die Gewinnbeteiligung sprechen – über das ganze Paket von Vergütungen. In Ordnung?«

Zustimmendes Gemurmel.

»Kommen wir zum Thema Personal«, sagte Willy. »Ich will Ihnen gleich zu Beginn sagen, daß zwanzig Beschäftigte für mich das oberste Maximum sind – jetzt und in Zukunft. Wie bei dieser BZ Bank in der Schweiz, Urs. Wenn die das mit zwanzig Leuten geschafft haben, können wir das auch.«

Nachdem sie dieses Thema eine halbe Stunde lang diskutiert hatten, kamen sie zu dem Schluß, daß fürs erste zwölf Beschäftigte genug seien.

»Gestern abend war da noch die Rede von neuen Geräten«, sagte Willy. »Ich hatte ja irgendwie den Eindruck, daß wir mit diesen ganzen Workstations von Sun jetzt loslegen könnten.«

»Das können wir auch«, meinte Fred. »Aber wir sind zu der Überzeugung gekommen, daß wir für die

Entwicklung neuer Derivate viel mehr Leistung brauchen, als die Sun-Workstations hergeben.«

»Sie sprechen doch nicht etwa von einem Cray für zwanzig Millionen?« fragte Willy sichtlich erschrocken.

»Nein. Crays sind veraltet. Wir sprechen von einem MasPar MP-2. Das ist eine Simultanrechenanlage, und sie kostet nur fünfhunderttausend Dollar. Das Lawrence Livermore Laboratory hat sie, die NASA unten in Sunnyvale und das Forschungslabor von Lockheed in Palo Ato. Sie arbeitet integriert mit einem konventionellen Supercomputer, wie zum Beispiel einem Cray. Und ich weiß nicht, ob Sie sich noch daran erinnern, Mr. Saxon, aber als Sie mich ganz am Anfang gefragt haben, wieviel die Geräte kosten würden, habe ich ungefähr eine Million Dollar geschätzt. Wenn wir den MP-2 zu den Sun-Workstations und den ganzen Satellitensachen dazunehmen, dann kommt uns das alles auf fast genau diese Million zu stehen.«

Willy mußte einräumen, daß er recht hatte.

Dann besprachen sie die Sache mit der Unterbringung. Freds neue Kollegen hatten keine Frauen. Sie waren beide geschieden, und ihre Ehen waren nur sehr kurz gewesen. *Das* konnte Willy verstehen. Sie einigten sich darauf, daß die drei Junggesellen ganz in dem Haus wohnen sollten, in dem sie jetzt vorübergehend untergebracht waren.

Die vier gingen wieder an ihre Computer zurück. Willy ging, wie immer in Begleitung von Frank Lipper, zum Haupthaus zurück. Frank trug die sieben Zentimeter dicke Projektstudie der Stadt Ukiah unter dem Arm. Beide schwiegen. Aber sie dachten beide an dieselbe Sache.

Frank sprach es schließlich aus. »Wieviel wolltest du eigentlich in das Ganze stecken, Willy?«

»Vierundsechzig Millionen, wobei es auf eine Million mehr oder weniger nicht ankommt.«

»Da sind aber die zusätzlichen zwanzig Millionen noch nicht enthalten, von denen vorhin geredet wurde.«

»Nein, die sind noch nicht dabei. Das stimmt.«

»Das macht mir Sorgen, Willy. Versteh mich nicht falsch. Du bist ja nicht der einzige, der sowas versucht. Vor ein paar Jahren wollte Kidder Peabody eine eigene Filiale für Derivate einrichten, aber die Muttergesellschaft hat den Plan wieder gekippt, weil sie Angst hatte, die Geschichte würde zuviel Kapital auffressen. Und wie du weißt, Willy, heißt ihre Muttergesellschaft General Electric. Ich will damit sagen, daß sogar du unter Druck kommst, wenn du das Geld aufbringen willst, das diese Derivate-Aktion ziemlich bald schlucken wird.«

»Ja, wahrscheinlich.«

»Und was dann?«

»Ich muß mir die Alternativen ansehen.«

»Was für Alternativen?«

»Du hast sie unterm Arm, Frank.«

»Was zum Teufel soll das denn heißen, Willy?« protestierte Frank. »Soviel Geld kann man mit der Emission von Kommunalobligationen nicht machen. Glaub mir, ich bin schon eine Zeitlang in diesem Geschäft.«

»Ich glaube dir ja, Frank.«

Frank beließ es dabei. Er wußte aus Erfahrung, daß es keinen Sinn hatte, Willy Saxon noch weiter zu drängen, wenn der einmal angefangen hatte, sich in Rätseln auszudrücken.

»Und was jetzt?« fragte er statt dessen.

»Gibt's hier irgendwo einen Swimmingpool?« wollte Willy wissen.

»Ja. Ich hab heute früh einen Erkundungsgang gemacht. Es gibt einen Pool gleich hinter dem Picknickplatz, an dem wir gestern abend waren.«

»Wieso hab ich den noch nicht gesehen?«

»Er liegt hinter einer hohen Hecke. Jack hat da vielleicht immer nackt gebadet.«

»Wollen wir mal?«

»Zum Nacktbaden bin ich ein bißchen zu alt, Willy.«

»Ich auch. Aber ich bin sicher, daß Jack irgendwo bei seinen Sachen auch Badehosen hiergelassen hat. Komm, wir sehen mal nach.«

In einer Kommode im ersten Stock fanden sie ein paar Badehosen mit wilden Hawaiimustern. Beim Anprobieren merkten sie, daß ihnen die Hosen wie Bermudashorts bis über die Knie gingen.

»Wir sehen absolut lächerlich aus«, schnaufte Frank.

»Na und?« meinte Willy. »Es sieht uns doch keiner. Komm, wir holen uns Handtücher.«

Als sie sich dem Picknickplatz näherten, hörte Willy plötzlich ein Geräusch, das wie ein Schrei klang. Er blieb stehen.

»Wo kam das her?«

Frank deutete auf die Hecke an der anderen Seite des Picknickplatzes.

Sie rannten los. Als sie um die Hecke bogen, sahen sie die Urheberin des Schreis im knappsten Badeanzug, den sie beide je gesehen hatten, auf einem Sprungbrett stehen. Es war Susie. Sara stand am Rand des Beckens und schaute ihr zu. Wie auf Kommando wandten sie sich den Eindringlingen zu, und diesmal stieß Sara einen Schrei aus. Sie quietschte vor Lachen.

■

»O Gott«, rief Frank. »Wie peinlich!«

»Ja«, knurrte Willy. »Aber jetzt ist es zu spät zum Umkehren.« Er rannte wieder los und hechtete ins Becken. Frank sprang hinterher. Dann hüpfte Susie ins Wasser. Und dann Sara.

In der nächsten Viertelstunde tollten die vier im Wasser herum, tauchten untereinander durch, schubsten und zogen einander und kreischten die ganze Zeit wie kleine Kinder.

»Pause!« rief Sara schließlich.

Sie setzten sich alle an einen Tisch, der im Schatten eines riesigen Sonnenschirms stand.

»Was ist da drin?« fragte Willy und deutete auf einen Krug.

»Zitronenlimonade«, antwortete Sara. »Willst du welche?«

»Ja, ich glaube schon«, sagte Willy, der jetzt bedauerte, bei Zeke nichts mitgenommen zu haben.

Während Sara Limonade in einen Pappbecher schüttete, fragte sie: »Wo seid ihr gewesen?«

»Im Rathaus von Healdsburg.«

»Und was wolltet ihr da?«

»Wir haben uns mit dem Finanzchef der Stadt über Muni Bonds unterhalten.«

»Was ist ein Bond?« fragte Susie.

»Bei Ihnen nennt man das Obligationen«, antwortete Willy.

»Woher wissen Sie das denn?« wollte Susie wissen.

»Ich habe eine Zeitlang in Zürich studiert.«

»Ach.«

»Habt ihr im Rathaus etwas erreicht?« fragte Sara.

»Vielleicht.«

Frank mischte sich ein und sagte: »Willy hat mal wieder einen tollen Einfall gehabt.«

»In welcher Hinsicht?«

»Sie wußten nicht, wie sie ein bestimmtes Projekt finanzieren sollten. Und Willy hat dem Mann da erklärt, wie man es machen kann. Mit einem Zero Bond über eine Laufzeit von vierzig Jahren.«

»Wenn Bonds Obligationen sind«, fragte Susie, »was sind dann Zero Bonds auf deutsch?«

»Weiß ich nicht«, gab Willy zu. »Als ich in Zürich studiert habe, waren die noch nicht erfunden.«

»Wirklich?« wunderte sich Sara. »Wann sind sie denn erfunden worden?«

»In den frühen 80er Jahren. Oder vielleicht sollte ich sagen: wieder erfunden.«

»Und was ist das Besondere an diesen Bonds?«

»Sie bieten Regierungen und Unternehmen die Möglichkeit, Kapital zu beschaffen, ohne Zinsen zahlen zu müssen.«

»Das verstehe ich nicht«, sagte Sara.

»Also, normalerweise sind Bonds mit Coupons ausgestattet. Jedes Jahr schneidet man einen Coupon ab, schickt ihn ein und bekommt dafür die Zinsen. Richtig?«

»Da kommen wir noch mit, oder, Susie?« fragte Sara.

Susie nickte.

»Zero Bonds haben keine Coupons.«

»Das klingt einleuchtend. Und wie kriegt man seine Zinsen?«

Die werden alle auf einmal am Ende bezahlt. Wenn ein Bond zwanzig Jahre Laufzeit hat, dann bekommt man die aufgelaufenen Zinsen am Ende dieser zwanzig Jahre. Und dazu noch die ursprüngliche Anlage. Das ist wie bei den Victory Bonds im Zweiten Weltkrieg. Nehmen wir an, dein Vater hat eine Hundertdollar-Anleihe gekauft, aber nur fünfzig Dollar dafür bezahlt. Er hat sie in den Safe gelegt und vergessen. Dann, als der Krieg vorbei war, ist er aufs Postamt gegangen und hat sie eingelöst... für hundert Dollar. In den 80er Jahren haben die Jungs von der Wall Street diese Grundidee aufgenommen, auf Staatsanleihen übertragen und die ersten Bonds ohne Coupons verkauft. Dann hat sich das Ganze auf Industriefinanzierung und schließlich auf Kommunalobligationen ausgeweitet.«

»Es gibt nur einen kleinen Unterschied bei kommunalen Zero Bonds«, sagte Frank.

Willy war überrascht. »Was meinst du damit?«

»Willy, das ist mein Fachgebiet, wie du weißt«, murmelte Frank, dem es offensichtlich peinlich war, Willy korrigieren zu müssen. »Und wir haben manchmal unsere eigene Terminologie.«

Willy war immer noch überrascht.

»Ich meine«, fuhr Frank fort, »daß wir auf dem Gebiet der kommunalen Anleihen Zero Bonds als thesaurierende Anleihen bezeichnen. Das ist ja eigentlich auch ganz logisch, wenn man darüber nachdenkt. Nimm einmal diese Kriegsanleihen. Der Wert der Fünfzigdollar-Anlage deines Vaters ist auf hundert Dollar angewachsen. Richtig?«

»Mein Fehler, Frank«, räumte Willy ein. »Für mich ist eben ein Zero Bond irgendwie immer ein Zero Bond. Punkt.«

»Laßt uns mal das Thema wechseln«, sagte Sara. »Susie braucht neue Sachen zum Anziehen. Wo kriegt sie hier oben was?«

»Ich würde sagen, in Santa Rosa. Was für Sachen brauchen Sie denn?«

Alle Blicke richteten sich auf Susie. Frank und Willy wußten nicht so recht, wo sie hinschauen sollten, weil Susies Badeanzug nur drei Prozent ihres Körpers bedeckte. Aber sie fühlte sich anscheinend ganz wohl.

»Ich will ein richtiges amerikanisches Sommerkleid«, erklärte sie. »Und Schuhe, die dazu passen.«

»Dann fahr doch mit ihr nach Santa Rosa, Sara«, schlug Willy vor. »Wir treffen uns hinterher zum Essen. Ich habe im Rathaus erfahren, daß es in Healdsburg ein tolles kleines Restaurant gibt. Es heißt Tre Scalini. Was hieltet ihr davon, wenn wir uns da um sieben treffen? Ich lasse einen Tisch reservieren.«

Um sieben betrat Susie das Restaurant in ihrem neuen Kleid, ihren neuen Schuhen und mit einem Lächeln, das überhaupt nicht enden wollte. Die sechs Männer, die auf die Ankunft der beiden Frauen gewartet hatten, klatschten Beifall. Sara stand hinter Susie und strahlte.

Aber sobald sie sich gesetzt hatten und sich an die Crostini machten, die es vor dem Essen gab, konzentrierte sich das Gespräch auf Geschäftliches... auf Derivate. Sie redeten über Zins-Swaps, kamen dann auf Bond-Futures, auf Aktienindex-Swaps, auf Options-Swaps oder Swaptions, und schließlich unterhielten sie sich über neue Möglichkeiten, Anlagen hinzudrehen oder ihnen einen Drall zu verpassen.

Sie brachen früh auf, und wie in der Nacht zuvor lag Willy schon um elf Uhr müde im Bett. Aber wie in der Nacht zuvor klopfte es an seiner Tür.

»Ich bin ganz aufgeregt von dieser Unterhaltung über Derivate«, flüsterte Sara, als sie neben ihm ins Bett schlüpfte. Im Unterschied zur vergangenen Nacht trug sie kein Nachthemd.

»Du bist ein bißchen überdreht, was?« fragte Willy.
»Vielleicht.«

»Wie wär's denn dann mit einem inversen Floater?«

»Das ist mir nicht überdreht genug. Vielleicht sollten wir es noch irgendwie hindrehen oder es mit einem Drall oder sogar einem Swap versuchen.«

»Fangen wir doch mit einem Drall an. Und danach dann vielleicht ein Swap.«

Kurz bevor sie einschliefen, erklärte sie Willy, der Drall habe ihr zwar gefallen, aber der Swap habe ihr noch viel mehr Spaß gemacht.

28. KAPITEL

Frank Lipper und Willy arbeiteten den nächsten Vormittag über an den Verträgen. Frank setzte sich mit jedem einzelnen Mitglied ihres neuen Teams zusammen, und nach der Besprechung ging er zurück ins Haupthaus, wo Willy für das Verhandlungsergebnis grünes Licht gab oder auch nicht. Um zwei Uhr waren die Vertragsentwürfe für die vier Leute, die die River Ranch-Aktion durchführen würden, unter Dach und Fach. Ihr Arbeitgeber war eine Scheinfirma auf den britischen Kanalinseln; ein weiteres Glied in der komplizierten Kette von Unternehmen, die Willys Londoner Anwalt sich ausgedacht hatte, um zum einen die wahren Eigentumsverhältnisse von Willys Unternehmen zu verschleiern und zweitens die Steuer zu umgehen. Auch der Kauf der River Ranch war durch die Firma auf den Kanalinseln arrangiert worden. Jetzt würde der nächste logische Schritt folgen. P & Q Financial Products würde mit der Firma auf den Kanalinseln einen Vertrag über die Entwicklung von Derivaten schließen und an diese Firma Gebühren abführen, errechnet aus den Gewinnen, die P & Q mit den Derivaten erzielte. Alle Kosten, die in Healdsburg anfielen, gingen zu Lasten der Kanalinseln, eingeschlossen die stattlichen Bezüge Willy Saxons. Die Differenz zwischen den einlaufenden Gebühren und den Kosten für Healdsburg würden als Gewinn auf den Kanalinseln bleiben – wo die Körperschaftsteuer null Prozent betrug. Es war verdammt kompliziert, und das war genau der Grund, warum er es so machte. So konnte niemand von der Börsenaufsicht und der Steuerfahndung einen Weg durch dieses Labyrinth finden.

Sie beschlossen, das Mittagessen ausfallen zu lassen und gleich nach San Francisco zu fahren. Sara wollte bis zum nächsten Tag auf der Ranch bleiben. Es gab noch eine Menge Arbeit, bis der Börsenraum fertig war. Und sie hatte bisher kaum Zeit gehabt, sich über die Renovierung des viktorianischen Hauses Gedanken zu machen. Aber am Freitag nachmittag mußte sie wieder in die Stadt zurück, um am Abend zu Dan Prescotts Essen zu gehen. Sie hatte mit Denise vereinbart, daß sie zusammen hingehen und Willy dann dort treffen würden.

Kaum hatte sich Willy in den Wagen gesetzt, als er auch schon nach seinem Funktelefon griff.

»Hast du Marshall Lanes Nummer eingespeichert?« fragte er Frank.

»Glaubst du denn, ich würde vergessen, die Nummer von jemandem einzuspeichern, der mehr als fünfzig Milliarden Dollar bewegen kann?« antwortete Frank.

»Da drüben ist es jetzt fünf Uhr, aber wie ich Marshall kenne, ist er noch im Büro«, sagte Willy.

Er war noch im Büro.

»Marshall, hier ist Willy Saxon«, begann er das Gespräch, als sich der New Yorker Finanzmakler am Telefon meldete. »Erinnern Sie sich noch an unsere kleine Unterhaltung vor ein paar Wochen auf Denise van Berchams Ranch?«

»Ja, natürlich. Sind Sie auf eine Idee gekommen, die ich brauchen kann?«

»Vielleicht. Haben Sie einen internationalen Rentenfonds?«
»Natürlich.«
»Dann habe ich eine Idee für Sie. Optionen auf inverse DM-Floater ohne jegliches Währungsrisiko.«
»Sie glauben also, daß sowohl die deutschen Zinsen als auch der Kurs der D-Mark nach unten gehen werden?«
»Ja.«
»Ich glaube, wir sind da einer Meinung. In diesem Fall wäre so ein Papier natürlich eine tolle Anlage. Aber wer bietet es denn an?«
»Noch niemand. Aber am Montag wird es jemand anbieten.«
»Freunde von Ihnen?«
»Ja. Prescott & Quackenbush hier in San Francisco.«
»Ich wußte gar nicht, daß die mit Derivaten handeln.«
»Sie fangen am Montag damit an.«
»Können Sie mir die Einzelheiten rüberfaxen?«
»Das geschieht sofort morgen früh. Über welchen Anlagebetrag sprechen wir denn?«
»Hundert Millionen, für den Anfang.«
»Das Fax ist schon da, wenn Sie morgen früh ins Büro kommen.«
»Danke, Willy. Haben Sie sonst noch irgendwas?«
»Ja, vielleicht. Eine ziemlich einmalige Emission von Kommunalobligationen mit einer ziemlich hohen Rendite. Am Montag weiß ich das sicher.«
»Rufen Sie mich an.«
»Wird gemacht«, versprach Willy.
Sobald die Verbindung unterbrochen war, rief Willy eine der brandneuen Nummern im Börsenraum auf der River Ranch an und fragte nach Fred Fitch.
»Ich habe gerade Ihren ersten Kunden für die inver-

sen Floater an Land gezogen«, sagte Willy. Er teilte Fred die Einzelheiten mit und fragte dann: »Klappt die Zusammenschaltung der Telefone mit San Francisco bis morgen früh?«

»Die Leute von Pac Bell sind gerade hier. Sie probieren die Anlage aus.«

»Wenn ein Fax rausgeht, was steht dann als Absender drauf?«

»Daran habe ich schon gedacht«, antwortete Fred. »P & Q Financial Products – San Francisco.«

»Wunderbar. Wann, glauben Sie, daß Sie morgen anfangen können?« fragte Willy.

»Jetzt, wo alles läuft – seit einer Stunde können wir die Infodienste über Satellit empfangen –, sind wir morgen alle mindestens schon eine Stunde vor Öffnung der New Yorker Börse hier. Dadurch haben wir Zeit, uns in Europa einzuklinken, bevor dort Börsenschluß ist. Wir machen morgen und übermorgen einen Probelauf, so daß es nächsten Montag richtig losgehen kann.«

»Hervorragend«, lobte Willy. »Dann sind Sie also schon ungefähr ab fünf an der Arbeit?«

»Ja.«

»Es wäre schön, wenn Sie gleich als erstes das Fax an Marshall Lane rausschicken. Geht das?«

»Selbstverständlich«, versicherte Fred.

»Du bist dran«, sagte Willy zu Frank, als er aufgelegt hatte.

Frank rief drei Rentenfondsverwalter an, einen in Boston, einen in Los Angeles und einen in Atlanta, und alle drei waren von der Idee mit den inversen Floatern ganz begeistert.

»Es läuft«, sagte Willy. »Und jetzt rufe ich Sidney Ravitch an.«

»Was hast du eigentlich mit dem?« fragte Frank. »Ich wollte dich das schon fragen, als ich mitgekriegt habe, daß du diesem Oberheini von der Stadt Ravitchs Rating-Agentur empfohlen hast. Warum hast du das gemacht?«

»Schließ doch bitte mal die Trennscheibe«, meinte Willy und deutete auf die Glasscheibe hinter dem Fahrer der Limousine. Frank schob sie zu.

»Und jetzt sage ich dir, warum ich das gemacht habe«, fuhr Willy fort. »Weil ich neunundvierzig Prozent seiner Firma kaufe.«

»Traust du diesem Ravitch?«

»Natürlich nicht. Also habe ich mir eine Option auf den Rest geben lassen.«

»Oh«, sagte Frank. »Dann sieht das schon anders aus. Wer weiß sonst noch davon?«

»Niemand außer Bobby Armacost. Er erledigt den juristischen Teil des Deals. Ich sollte ihn vielleicht gleich mal anrufen und hören, wie es läuft.«

Er rief an, und Armacost versicherte ihm, alles laufe vollkommen reibungslos und nach Plan. Sidney Ravitch und sein Anwalt seien außerordentlich entgegenkommend gewesen.

»Dann kann ich ihn also ruhig anrufen?« fragte Willy.

»Ich wüßte nicht, was dagegen spräche. Dieses Geschäft ist wirklich unter Dach und Fach«, bestätigte Armacost.

Willy rief Ravitch an.

Bobby Armacost hatte nicht übertrieben. Ravitch überschlug sich fast vor Liebenswürdigkeit – er werde die Papiere jederzeit unterschreiben, sobald Willy sie ihm vorlege.

»Ja, wir sind jetzt eigentlich soweit«, sagte Willy.

»Dann machen wir das doch gleich morgen.«

Willy war einverstanden. Auf diese Art konnte er beide Firmenaufkäufe – den Kauf der Investmentbank und den Kauf der Rating-Agentur – an einem Tag über die Bühne bringen. Das war vielleicht ein gutes Omen für die Zukunft.

»Gut«, sagte er. »Bobby Armacost und ich kommen morgen mittag mit den Papieren zu Ihnen – und mit Ihren zehn Millionen Dollar.«

»Könnten Sie vielleicht schon ein bißchen früher kommen?« fragte Ravitch.

»Ja, sicher. Wann paßt es Ihnen denn am besten?«

»Wie lange wird es wohl dauern?«

»Eine Stunde.«

»Wie wär's denn dann mit zehn Uhr?«

»Geht in Ordnung. Wir kommen um zehn.«

Als das Telefonat beendet war, sagte Frank: »Komisches Gespräch.«

»Wieso komisch?«

»*Er* schreibt *dir* vor, wann du aufkreuzen sollst.«

»Vielleicht hat er am Mittag einen wichtigen Termin«, antwortete Willy.

»Was könnte wichtiger sein, als die Hälfte seiner Firma zu verkaufen und zehn Millionen Dollar zu bekommen?«

Willy zuckte die Schultern. »Wir werden es nie erfahren, oder?«

Dann machte er noch ein letztes Telefonat und teilte Bobby Armacost den morgigen Termin für zehn Uhr mit.

»So, das wär's«, sagte er zu Frank. »Alles erledigt. Und es ist noch nicht mal drei. Was machen wir jetzt?«

»Um Viertel nach fünf ist ein Spiel im Candlestick Stadion. Die Giants spielen gegen die Braves.«

»Ja, das ist eine tolle Idee! Aber woher kriegen wir Karten?«

»Keine Bange. Wir haben eine Dauerloge im Stadion.«

»Wer ist wir?«

»Prescott & Quackenbush. Dan Prescott geht da dauernd mit seinen Freunden hin. Und ich habe auch einen Logenausweis.«

»Was *kostet* das denn?«

»Das will ich gar nicht wissen«, erwiderte Frank.

»Kein Wunder, daß sie die ganze Zeit Geld verlieren. Wo ist die Loge?«

»Direkt hinter der Home Plate.«

»Also los. Es ist schon fast drei. Sag dem Fahrer, er soll ein bißchen aufs Gas drücken, damit wir um fünf im Stadion sind.«

Frank schob die Trennscheibe auf und gab Willys Anweisung weiter. »Ich ruf mal lieber Dan an, damit wir wissen, daß *er* nicht hingeht«, meinte er dann.

»Jetzt sind *wir* dran«, sagte Willy.

Der Verkehr auf der 19th Avenue war schlimmer als üblich, so daß sie ihre Loge hoch über dem Spielfeld des Candlestick Parks erst betreten konnten, als die Nationalhymne gespielt wurde. Außer ihnen war niemand in der Loge.

»Sag bloß, ihr habt die *ganze* Loge«, staunte Willy.

»Nein, nur die vier Plätze in der ersten Reihe«, beschwichtigte ihn Frank.

»Und wer hat den Rest?«

»Die Wells Fargo Bank.«

»Mit denen haben wir früher gute Geschäfte gemacht«, sagte Willy.

»Ich weiß. Und sie wissen es auch.«

»Ihr kommt also immer noch gut miteinander aus, obwohl ich in Ungnade gefallen bin?«

■

»Ja, klar. Du wirst es erleben, falls heute jemand von ihnen kommt.«

Fünf Minuten später kamen sie. Und wie Frank angedeutet hatte, kamen der stellvertretende Aufsichtsratsvorsitzende und zwei seiner Kollegen sofort herunter, um guten Tag zu sagen. Die beiden anderen Männer, die noch dabei waren, blieben oben.

Als sich alle gesetzt hatten, um sich das Spiel anzuschauen, beugte Willy sich zu Frank und raunte: »Schau jetzt nicht hin, aber einer von den beiden, die bei den Leuten von der Wells Fargo sitzen, ist dieser blöde Arsch Ralph Goodman, der die Aufsichtsbehörde für die Staatsbanken leitet.«

»Ich weiß«, zischte Frank zurück. »Der andere ist der neue Justizminister. Mir ist schon aufgefallen, daß sie zu uns herunterschauen.«

»Ja, genau. Und dieses Arschloch Goodman hat dem anderen die ganze Zeit was ins Ohr geflüstert... hat ihn bestimmt über die neuesten Entwicklungen in meiner Lebensgeschichte informiert. Das ist jetzt das zweite Mal, daß mir dieser Mistkerl über den Weg läuft, seit ich draußen bin. Er hat mich vor ein paar Wochen oben auf Denise van Berchams Ranch vor zwanzig Leuten ganz schön bloßgestellt. Solche Kerle machen mich wahnsinnig wütend. Was zum Teufel bilden die sich ein, wer sie sind?«

»Laß dich doch nicht aus der Ruhe bringen, Willy«, beschwichtigte ihn Frank. »Was kann der dir jetzt schon anhaben?«

»Nichts. Aber das heißt nicht, daß er es nicht versucht«, knurrte Willy, und fügte hinzu: »Deswegen bin ich mir gar nicht so sicher, ob es gut ist, wenn wir beide zusammen gesehen werden.«

»Wieso das denn? Jeder weiß doch, daß wir zusammen gearbeitet haben.«

»Ja, klar. Aber du bist jetzt bei Prescott & Quackenbush, und ich bin lebenslänglich vom Wertpapiergeschäft ausgeschlossen.«

»Komm schon, Willy«, sagte Frank. »Ich hole uns Hot Dogs mit Chili und Bier, damit wir uns hier wohl fühlen. Laß dir doch das Spiel nicht verderben.«

Aber es verdarb ihm das Spiel. Als Barry Barks im siebten Inning einen Grand Slam Homerun schlug und damit die Giants mit vier Runs in Führung brachte, sagte Willy sofort: »Jetzt reicht es. Los, wir verschwinden.«

Sie verabschiedeten sich beim Gehen von den Wells Fargo-Leuten. Der Chef der Bankenkommission und der Justizminister schauten ostentativ in die andere Richtung.

»Wie wär's noch mit einem Schluck in der Big Four Bar?« fragte Frank, als sie wieder in der Limousine saßen.

»Nein, heute abend nicht«, meinte Willy. »Ich will mal richtig lange schlafen.«

Er war um acht in seiner Wohnung auf dem Nob Hill, um neun im Bett, aber vor elf fand er keinen Schlaf.

29. KAPITEL

Um zehn Uhr am nächsten Vormittag trafen sich Willy und Bobby Armacost im Konferenzraum der Western Credit Rating Agency mit Sidney Ravitch und seinem Anwalt. Die Unterzeichnung der Verträge, durch die Willy zum Miteigentümer der Rating-Agentur wurde, verlief völlig reibungslos. Willy war lediglich Zuschauer. Die Unterschriften des Käufers, der Veritas Ltd., waren bereits in London geleistet worden, durch den Sekretär der Gesellschaft, Lionel Latham und Sir Aubrey Whitehead, den früheren Adjutanten von Lord Mountbatten, der als Aufsichtsratsvorsitzender der Veritas fungierte. Doch der Schlußakt gehörte Willy. Er stand auf und überreichte Sidney Ravitch einen Barscheck der Barclay's Bank über exakt 10.000.000,00 Dollar.

»Jetzt, wo das erledigt ist«, sagte Willy zu Ravitch, als die beiden Anwälte am anderen Ende des Konferenztisches die Köpfe zusammensteckten, um noch einmal zu überprüfen, ob auch alles richtig unterzeichnet war, »sollten wir uns über ein paar Dinge unterhalten, die ich in Gang gesetzt habe. Das erste betrifft die Stadt und den Bezirk San Francisco. Ich glaube, ich konnte den zuständigen Mann überreden, Sie in den Kreis ihrer Rating-Agenturen aufzunehmen.«

»Das ist ja nicht zu fassen!« rief Ravitch. »Ich war der Überzeugung, Moody's und Standard & Poors hätten die Stadt absolut im Griff. Deshalb habe ich da auch nie etwas unternommen.«

»Das hat sich geändert. Ich will Ihnen sagen, wie es dazu gekommen ist.«

Willy erzählte ihm von seiner Idee, ein Wohnungsprojekt im Huckepackverfahren an Kommunalobligationen zu hängen, und daß Prescott & Quackenbush die Emission übernehmen würden. Und daß die Stadtverwaltung wohl grünes Licht geben würde.

»Da ich schon mal dabei war«, fuhr Willy fort, »ließ ich Ihren Namen fallen und sagte ihm, daß er mit Ihnen in puncto Gebühren viel besser fahren würde als mit Moody's oder Standard & Poors. Außerdem wies ich darauf hin, daß Sie hier in San Francisco sitzen und die anderen nicht. Ich glaube, das hat ihn einigermaßen überzeugt. Er erwartet Ihren Anruf.«

»Dieser ›er‹ ist George Abbott, ja?«

»Genau. Ich glaube, er rechnet damit, daß Sie die Hälfte von dem verlangen, was die Stadt bis jetzt bezahlt hat.«

»Kein Problem. Um in *den* Club reinzukommen, würde ich es auch umsonst machen.«

»Na, na, wir wollen uns aber nicht zu sehr mitreißen lassen, Partner«, sagte Willy.

Das gefiel Sid.

»Wie wär's mit einer Zigarre?« fragte er. »Jetzt haben wir ja zwei Dinge zu feiern.«

»Ja, gern. Rauchen wir eine.«

Während sie sich zwei exzellente Havannas anzündeten, fuhr Willy mit seinem Bericht fort.

»Da gibt es noch ein anderes Projekt. Nicht ganz auf der gleichen Ebene, aber es könnte sich rentieren. Es geht um die Stadtverwaltung von Ukiah und den geplanten Bau einer Müllverwertungsanlage, wobei...«

Ravitch unterbrach ihn. »Ja, klar. Wegen der AB 939. Der Staat zwingt die ganzen Kleinstädte, solche Dinger einzurichten. Sie sollen etwa zwanzig Millionen Dollar pro Stück kosten, wenn ich das richtig verstanden habe.«

»Genau. Prescott & Quackenbush wollen der Stadtverwaltung von Ukiah einen Finanzierungsvorschlag unterbreiten. Sie denken dabei an Zero Bonds mit einer Laufzeit von vierzig Jahren. Ich weiß, bei euch Spezialisten heißen diese Dinger thesaurierende Anleihen.«

»Ja, oder Nullprozenter«, antwortete Ravitch.

»Gut. Ich bleibe bei Zero Bonds.«

»An wen soll ich mich denn in Ukiah wenden?« fragte Ravitch.

»An niemanden. Die werden sich an Sie wenden, wenn die Sache Gestalt annimmt.«

»Ich könnte aber vielleicht schon vorab mit jemandem Kontakt aufnehmen.«

»Nein. Warten Sie, bis man sich an Sie wendet.«

Ravitch zuckte die Schultern. »Na gut.« Dann sagte er: »Also, die Leute haben immer gesagt, Sie wären ein Regenmacher, Willy, und, bei Gott, das sind Sie auch. Mal unter uns gesagt – die Sache wird ganz wunderbar laufen.«

»So ist das auch gedacht«, gab Willy zurück.

Die Anwälte hatten die Durchsicht der Dokumente abgeschlossen und kamen zu ihren Mandanten herüber. Sid bot beiden zur Feier des Tages eine Zigarre an. Beide lehnten ab.

»Aber ich möchte trotzdem feiern«, sagte Armacost. »Wollen wir uns nicht irgendwo zum Essen treffen? So gegen zwölf vielleicht?«

»Ich kann nicht«, bedauerte Ravitch. »Ich habe leider einen Termin. Aber gehen Sie doch ohne mich.«

Ravitchs Anwalt, der sich die ganze Zeit ziemlich merkwürdig verhalten hatte, lehnte mit der Begründung ab, er habe später noch einen Gerichtstermin. Also gingen Willy und Bobby, nachdem sich alle die Hand geschüttelt hatten, allein los.

»Willst du immer noch essen gehen?« fragte Willy, als sie im Aufzug nach unten fuhren.

»Ja, klar. Was schlägst du vor?«

»Wie wär's mit Moose, wo das Ganze angefangen hat?«

»Dazu ist es noch ein bißchen früh«, meinte Bobby.

»Ja, aber wir können doch vorab noch eine Bloody Mary trinken.«

»Das wäre gar nicht schlecht. Dann machen wir Pause und treffen uns um vier wieder bei Prescott & Quackenbush, um unser Geschäft endgültig abzuschließen. Und vergiß nicht – um halb acht ist das Dinner bei Dan.«

»Keine Bange, das vergesse ich schon nicht. Wenn ich da nicht auftauche, bringen Denise und Sara mich um«, lachte Willy.

»Dans Frau auch«, sagte Bobby. »Sag mal, wo ist denn eigentlich Frank? Ich dachte, er würde mit dir zusammen herkommen.«

»Das hatte er auch vor, hat sich's dann aber anders überlegt. Wegen der Pressekonferenz heute nachmittag, für die er noch was vorbereiten müßte, hat er gemeint.«

Während sie versuchten, auf der Montgomery Street ein Taxi zu erwischen, sahen sie Sid Ravitch aus der Tür des Russ Buildings kommen und eilig die Straße hinuntergehen.

»Ich frage mich, was der vorhat«, überlegte Bobby.

»Wer weiß«, meinte Willy. »Aber es muß etwas Wichtiges sein.«

■

30. KAPITEL

Es war genau zwölf Uhr, als Sidney Ravitch vor der Justizvollzugsanstalt in Pleasanton anhielt. Er fuhr einen Wagen, den er bei Hertz gemietet hatte. Man konnte nicht vorsichtig genug sein.

Lenny stand draußen auf der Veranda. Er wartete nicht, bis Ravitch ausstieg, sondern kam sofort zum Auto, warf seinen Koffer auf den Rücksitz, stieg vorn ein und sagte: »Nichts wie weg von hier.«

»Warum denn so eilig?« fragte Ravitch.

»Wenn du zwei Jahre da drin gewesen wärst, dann hättest du es auch eilig.«

»Ja, wahrscheinlich.« Er wendete um 180 Grad und trat aufs Gas.

»Wohin fahren wir?« wollte Lenny wissen. »Hoffentlich in dein Büro. Ich kann's kaum erwarten, wieder an die Arbeit zu gehen. Allein die Aussicht, wieder arbeiten zu können, hat mich die letzten Monate einigermaßen durchstehen lassen.«

»Das versteh ich, Lenny. Aber ich muß dir gleich sagen, daß es nicht ganz so laufen wird, wie wir's besprochen hatten.«

Ravitch wage nicht, Lenny dabei anzuschauen.

In Lennys Stimme lag ein Zittern. »Sid, sag mir bloß nicht...«

Ravitch unterbrach ihn. »Laß mich ausreden, Lenny. Klar arbeitest du für mich. Ab sofort, ab diesem Augenblick. Okay?«

»Okay. Und worin besteht meine Arbeit?«

»Laß mich erstmal erklären, was passiert ist. Genau vor einer Stunde hat unser gemeinsamer Freund Willy Saxon neunundvierzig Prozent meiner Firma gekauft.«

»Spitze«, sagte Lenny. »Er ist schon ein verdammt gerissener Bursche.«

»Ja, das ist er. Aber für dich ist das nicht so toll, Lenny.«

»Wieso das denn?«

»Na ja, als ich ihm sagte, daß ich hierher fahre und dich abhole und daß du von jetzt an für die Firma arbeiten wirst, hat er das abgelehnt.«

»Er hat *was*?«

»Er sagte, er wolle nicht, daß du in irgendeiner Firma arbeitest, an der er beteiligt ist.«

»Und ich dachte immer, er kann mich ganz gut leiden.«

»Da hast du falsch gedacht.«

»Aber wenn er so ein blöder Sack ist, warum hast du ihm dann die Firma verkauft?«

»Ich hab ihm die Firma nicht verkauft. Mir gehören immer noch einundfünfzig Prozent. Aber um deine Frage zu beantworten – deinetwegen hab ich die Hälfte an ihn verkauft.«

Lenny zuckte vor Überraschung heftig zusammen.

»Was zum Teufel soll *ich* denn damit zu tun haben, daß *er* sich in *deine* Firma einkauft? Ich war drei Jahre lang in diesem gottverdammten Loch eingesperrt!«

»Ja. Aber in diesen drei Jahren hast du anscheinend ein paar Erinnerungsstücke an deine früheren Heldentaten mit dir rumgeschleppt.«

»Was meinst du damit?«

»Den Prospekt.«

»Ach, jetzt weiß ich, wo er ist!« rief Lenny. »Ich hab das Ding gestern beim Einpacken ganz verzweifelt überall gesucht.«

»Willy hat den Prospekt mitgenommen, als er aus Pleasanton weg ist. Und er hat mich damit erpreßt, worauf ich ihm die Hälfte meines Ladens für ein Butterbrot verkaufen mußte«, sagte Sid und dachte dabei, es sei wohl klüger, den zehn Millionen Dollar-Scheck nicht zu erwähnen, den er vor einer Stunde von Willy bekommen hatte.

»Aber wie konnte er denn wissen, daß du den Prospekt gemacht hast?« fragte Lenny.

»Er behauptet, du hättest ihm das erzählt«, antwortete Sid.

»Kein Wunder, daß er mich nicht in seiner Nähe haben will«, knurrte Lenny. »Ich würde dieses verdammte Lügenschwein vermutlich umbringen.«

»Dachte ich mir doch, daß er lügt«, sagte Sid, was natürlich auch eine Lüge war. »Aber das ändert jetzt nichts mehr. Er weiß Bescheid.«

»Na gut. Das erklärt, warum *du* verkauft hast. Aber es erklärt immer noch nicht, warum *er* gekauft hat.«

»Jetzt kommen wir zum Kern der Sache. Ja, warum hat er gekauft? Wir kennen beide Willy gut genug, um zu wissen, daß er einen bestimmten Hintergedanken dabei gehabt haben muß. Einen sehr heimtückischen, egoistischen Hintergedanken. Aber den habe ich noch nicht durchschaut«, sagte Sid. »Ja, klar – er hat irgend so einen Mickey-Mouse-Laden in England benutzt, um sich in meine Firma einzukaufen, aber das ist wohl kaum ein Verbrechen. Und selbst wenn es eins wäre, hat er einen verdammt guten Anwalt, der ihm den Arsch trocken hält. Und heute vormittag hat er mir prompt zwei neue Klienten präsentiert. Der eine ist die Stadt San Francisco, die für eine Firma unserer Größe ein ganz dicker Brocken ist, das kannst du mir glauben. Und das andere ist ein Kontakt mit der Stadtverwaltung in Ukiah, an und für sich keine große Sache, aber es könnte dazu führen, daß wir Aufträge von anderen Städten in Kalifornien bekommen.«

Lenny wurde ungeduldig. »Und wo bleibe ich bei der ganzen Sache?«

»Du hast einen gutbezahlten Job und mußt nur herausfinden, was Willy im Schilde führt.«

»Was heißt gutbezahlt?«

»Hunderttausend im Jahr.«

»Hundertfünfzig, und ich bin dabei.«

»Einverstanden«, sagte Ravitch.

»Wann soll ich anfangen?«

»Sobald du in ein Hotel gezogen bist und deine Sachen ausgepackt hast. Ich habe im Holiday Inn an der Van Ness Avenue etwas für dich reservieren lassen.«

»Gut. Ich weiß also, wann ich anfange. Jetzt muß ich nur noch wissen, *wo*.«

»Ich habe rausbekommen, daß er gerade in eine Wohnung Ecke Sacramento und Taylor Street gezogen ist. Direkt am Huntington Park. Da hast du dein *Wo*.«

»Du meinst, ich soll da einbrechen?«

»Nein, nein. Zumindest jetzt noch nicht. Du sollst ihn nur ein bißchen beschatten. Dir seine neuen Freunde anschauen. Er muß irgendwann heute nachmittag da aufkreuzen.«

»Wie sieht's mit Spesen aus?«

»Du schreibst alles auf, und ich ersetze dir die Auslagen.«

Dann zog Ravitch einen Umschlag aus der Brusttasche und gab ihn Lenny. »Du brauchst ja Geld für den Anfang. Da drin ist was.«

■

Lenny riß den Umschlag auf, zog ein Bündel Scheine heraus und zählte das Geld. Es waren vierzig Fünfzigdollarscheine.

»Weißt du was, Sid«, meinte er dann. »Der Job gefällt mir jetzt schon.«

31. KAPITEL

Um zwei Uhr waren Willy und Bobby Armacost mit dem Essen fertig.

»Ach du Himmel, das hab ich ja völlig vergessen«, rief Willy, als sie aus Moose's Restaurant kamen.

»Was denn?«

»Vor drei Jahren habe ich meinen Smoking und alles, was dazugehört, der Heilsarmee geschenkt. Und heute abend ist das Dinner.«

»Ich habe einen Schneider bei den Brooks Brothers, der mir schon seit Jahren meine Sachen macht«, sagte Armacost. »Das liegt auf dem Weg zu meinem Büro. Nehmen wir uns ein Taxi. Ich gehe mit dir in den Laden. Die haben bestimmt was für dich.«

Sie hatten etwas für ihn, und um drei Uhr war Willy wieder in seiner Wohnung in der Sacramento Street 1190. Eine dreiviertel Stunde später, nachdem er sich ein kurzes Nickerchen gegönnt hatte – was er jetzt öfter machte, aber nie zugeben würde –, kam Willy wieder aus der Haustür und ging durch den Park zum Huntington Hotel, um sich ein Taxi zu nehmen.

Lenny war etwa eine halbe Stunde zuvor eingetroffen und hatte sich auf eine der Bänke gesetzt, die im Kreis um den Brunnen in der Mitte des Parks angeordnet waren. Von der Bank aus hatte man ungehinderte Sicht auf den sechsten Stock des Hauses Sacramento Street 1190. Die Vorhänge an den meisten Fenstern waren zugezogen, um die heiße Nachmittagssonne abzuhalten, die direkt auf die Fenster knallte. Aber dann, etwa um drei Uhr, wurden die Vorhänge des Zimmers, das offenkundig das Wohnzimmer war, aufgezogen. Und da am Fenster stand, ohne Zweifel, Willy Saxon. Er trug ein Kleidungsstück, das aussah wie ein japanischer Morgenrock.

»Bingo!« murmelte Lenny.

Lenny blieb auf der Bank sitzen, als Willy eine Viertelstunde später durch den Park ging, und beobachtete, wie der Portier des Huntington Hotels ihm die Tür zu einem Taxi aufhielt. Ein paar Minuten später ging Lenny zu dem Portier hinüber.

»War das Mr. Saxon, der gerade in dem Taxi weggefahren ist?« fragte er.

»Ja, Sir.« Die Angestellten des Hotels kannten Willy ziemlich gut, weil er ja längere Zeit dort gewohnt hatte.

»Verdammt!« rief Lenny. »Ich sollte mich hier mit ihm treffen. Er hat es sicher vergessen. Und ich muß um sechs wieder nach L.A. zurückfliegen.«

»Vielleicht können Sie ihn ja noch erwischen. Er hat dem Taxifahrer gesagt, daß er in die California Street 501 möchte.«

»Können Sie mir ganz schnell ein Taxi besorgen?«

»Kein Problem.«

Als der Portier den hinteren Schlag des Taxis für Lenny öffnete und dem Fahrer sagte, wo er hinfahren solle, steckte Lenny ihm einen Zwanziger zu.

»Viel Glück!« rief der Portier, als das Taxi abfuhr.

In der California Street 501, der Zentrale von Prescott & Quackenbush, ging der Abschluß der Transaktion, bei der die International Bank Holding aus Zug in der Schweiz ein großes Aktienpaket an diesem Bankhaus erwarb, mit einem Minimum an Formalitäten über die Bühne. Die eigentliche Show begann eine Viertelstunde später, als die Journalisten eintrafen und einer nach dem anderen in den Konferenzraum der Bank geführt wurden. Unter den Journalisten befanden sich neben den Reportern des *San Francisco Chronicle* und des *Examiner* auch Vertreter des *Wall Street Journal*, der *Los Angeles Times*, des *Journal of Commerce* und von Reuters.

Willy hatte den Raum verlassen, bevor sie kamen. Er saß in Dan Prescotts Büro und hörte über die Gegensprechanlage mit. Sie hatten die Leitung aus dem Konferenzraum offengelassen.

Prescott begann die Pressekonferenz mit der Verlesung einer vorbereiteten Erklärung, in der mitgeteilt wurde, daß die Kapitalaufstockung um zwanzig Millionen Dollar an diesem Nachmittag perfekt gemacht worden sei.

»Aber das ist nur die erste Stufe der Expansionspläne von Prescott & Quackenbush«, fuhr er fort. »Unser neuer Partner in der Schweiz hat die Absicht geäußert, nächste Woche noch einmal langfristige Papiere im Wert von zwanzig Millionen Dollar zu investieren, um den Start eines völlig neuen Geschäftszweiges zu finanzieren, der unter dem Dach einer hundertprozentigen Tochter unserer Bank Platz findet – P & Q Financial Products. Unsere Tochtergesellschaft wird ein breites Spektrum an Derivaten anbieten. Frank Lipper, unser geschäftsführendes Vorstandsmitglied, der diesen Geschäftszweig leiten wird, erklärt Ihnen alles Weitere.«

»Das hatte Frank also vor«, murmelte Willy, während er weiter zuhörte.

»Meine Damen und Herren«, sagte Frank. »Wie Mr. Prescott bereits erwähnte, fallen diese neuen Aktivitäten in meinen Verantwortungsbereich. Aber die eigentliche Entwicklung der Anlageformen liegt in den Händen anderer. Ich möchte Ihnen jetzt einen dieser Mitarbeiter vorstellen. Es ist Dr. Glenn Godwin, früherer Mitarbeiter der Lawrence Livermore Laboratories. Dr. Godwin.«

»Ich werd verrückt«, entfuhr es Willy.

»Wie Sie ja wissen, meine Damen und Herren«, begann der ehemalige Mitarbeiter am Star Wars-Programm, »verändert sich die Technik auf diesem Gebiet mit enormer Geschwindigkeit. Bisher drehte sich alles um lineare Analysemethoden ökonomischer und finanzieller Daten. Das Ziel dabei war, Muster oder Strukturen der Finanzmärkte zu entdecken, die sich isolieren und dann als Grundlage für Anlagen oder Handel benutzen ließen.«

Er unterbrach sich, um das Gesagte wirken zu lassen.

»Wir folgen allerdings einem anderen Ansatz – wir arbeiten nach nicht-linearen Methoden. Dazu gehören neuronale Netzwerke oder Neuro-Computer und genetische Algorithmen. Des weiteren werden wir uns der Chaostheorie bedienen. Es wird Sie überraschen, zu welchen erstaunlichen Ergebnissen wir bereits gekommen sind. Danke.«

Im Konferenzraum herrschte absolute Stille, ganz im Gegensatz zu Dan Prescotts Büro, das direkt daneben lag.

»Hervorragend«, rief Willy. »Die haben kein Wort von dem verstanden, was er gesagt hat.«

Von den Journalisten kamen zwei schüchtern vorgebrachte Fragen.

»Was genau sind denn Neuro-Computer?« wollte die Wirtschaftsredakteurin des *Examiner* wissen.

»Das sind Netzwerke von Rechenanlagen, wie zum Beispiel die Workstations von Sun, die darauf angelegt sind, die Funktionsweise des menschlichen Hirns zu replizieren«, war die Antwort.

»Ach so«, sagte die Frau.«

»Vielleicht können Sie unsere Kenntnisse über die Chaostheorie auf den neuesten Stand bringen«, bat der Mann vom *Journal*.

»Ja, sicher. Sie besagt ganz einfach, daß man in scheinbar zufälligen Daten oft kurzzeitig entstehende Strukturen ausmachen kann. Was – wenn es zutrifft – denjenigen den Boden entzieht, die meinen, Veränderungen im Kursgefüge seien eher zufällige Schwankungen und deshalb schon an sich nicht vorhersehbar.«

»Danke«, sagte der Mann.

Und damit war der Fall für Dr. Glenn Godwin erledigt.

Um das peinliche Schweigen zu überspielen, das durch dieses abrupte Ende entstanden war, warfen sich Frank Lipper und Dan Prescott in die Bresche.

»Das verhilft«, betonte Frank, »San Francisco auf dem Gebiet der Derivate zum ersten Mal zu einem Namen. Morgan Stanley tut auf diesem Gebiet sicherlich schon ziemlich viel. Aber wir haben die Absicht, weit über das hinauszugehen, was da im Augenblick gemacht wird.«

Dan Prescott ergriff das Wort. »Aber bitte vergessen Sie nicht, das Hauptgeschäft von Prescott & Quackenbush ist die Emission von Kommunalobligationen. Und auch auf diesem Gebiet haben wir große Pläne.«

Während Prescott seinen Sermon fortsetzte, beschloß Willy, sich leise aus dem Staub zu machen. Er mußte noch seinen Smoking bei Brooks Brothers abholen, bevor sie zumachten. Er beschloß, zu Fuß zu gehen.

Lenny folgte ihm. In sicherer Entfernung.

32. KAPITEL

Denise van Bercham und Sara Jones waren schon da, als Willy in seinem nagelneuen Smoking auf der Dinnerparty am äußeren Broadway eintraf. Sofort begrüßten ihn die Gastgeberin und ihr Mann, Dan Prescott, der jetzt Willys neuer Partner im Emissionsgeschäft war.

Als er das große Zimmer betrat, sah er Denise und Sara allein vor dem Kamin stehen. Denise trug ein umwerfendes, bodenlanges Kleid in Grün, von Givenchy, und Sara ein azurblaues Kleid von Gianfranco Ferrer. Sie hatten für diesen Anlaß offensichtlich keine Mühe gescheut.

»Wir waren nicht sicher, ob du es schaffst«, begrüßte ihn Denise, als er langsam auf die beiden zuging. Dann fügte sie hinzu: »Wir haben uns lange nicht gesehen.«

»Eine ganze Woche«, sagte Willy.

»Wie ich von Sara höre, warst du ein sehr beschäftigter Junge.«

Sara stand schweigend da und hörte zu.

»Ja, sehr beschäftigt.«

»Warst du auch ein braver Junge?«

»Ja, ziemlich. Sind irgendwelche interessante Leute hier?«

»Nein. Nur die übliche Besetzung. Prentis und Denise Hale, Charlotte Maillard, das Ehepaar Rosenkranz, Francis Bowes und ihr Mann, Matthew Kelly und Diane.«

■

Schließlich sagte Sara doch etwas. »Habt ihr schon das Neueste von Matthew gehört?«

»Nein.«

»Er ist der einzige Mensch in San Francisco, der sich seit über dreißig Jahren ausschließlich von Vorspeisen ernährt.«

»Das trifft wahrscheinlich auch auf die meisten Frauen hier zu«, meinte Denise trocken, während ihr Blick unaufhörlich durch den Raum schweifte. »Oh, da kommt ja der Ehrengast.«

Und in der Tat betrat in diesem Moment der oberste Beamte der Stadt und des Bezirks San Francisco, zusammen mit der ihm seit zwanzig Jahren Angetrauten, den Raum.

Denise übernahm sofort das Kommando. Zuerst küßte sie George Abbott auf beide Wangen. Dann wandte sie sich seiner Frau zu.

»Sie müssen Lisa sein«, schnurrte sie. Denise umarmte sie ostentativ herzlich vor den Augen der Umstehenden, zu denen natürlich in erster Linie Lisas Mann gehörte, der über und über strahlte.

Lisa Abbott wußte, daß sie gerade aus dem Nichts auf die oberste Stufe der Gesellschaft San Franciscos katapultiert worden war.

Willy Saxon wußte, daß er gerade das Emissionsprojekt, das er der Stadt und dem Bezirk San Francisco unterbreitet hatte, endgültig an Land gezogen hatte.

»Ach ja«, sagte Denise und wandte sich wieder dem Ehrengast zu. »Dieser Vorschlag, den ich Ihnen gemacht habe – haben Sie da schon etwas erreicht?«

»Das Problem ist der Bürgermeister«, antwortete Abbott. »Er findet, daß er während seiner ersten Amtszeit an dem gegenwärtigen Protokollchef festhalten sollte.«

∎

»Aber mein lieber George«, gab Denise zurück. »Niemand garantiert, daß der Bürgermeister wiedergewählt wird, oder?«

»Nein.«

»Dann würden sich doch wohl seine Chancen erheblich verbessern, wenn sein Wahlkampf ausreichend finanziert wird.«

»Daran besteht kein Zweifel, Denise.«

»Vielleicht könnten ich und einige meiner Freunde in dieser Richtung ein wenig behilflich sein.«

»Das wäre sicherlich eine große Hilfe.«

»Man sollte dem Bürgermeister einmal ein altes rumänisches Sprichwort in Erinnerung rufen«, verkündete Denise. »»Eine Hand wäscht die andere.««

»Ich rede gleich morgen noch mal mit ihm«, versprach Abbott, dem vollkommen klar war, daß seine Frau das ganze Gespräch mit angehört hatte.

»Ich erinnere dich daran«, warf Lisa ein und wurde dafür mit dem dankbarsten Lächeln belohnt, zu dem Denise van Bercham fähig war.

Denise nahm dann Sara und Willy am Arm und führte sie zu einem sehr eleganten Paar, das sie als Carol und Robert McNeil vorstellte. Immobilien und Geld. Neben ihnen standen Walter und Phyllis Shorenstein. Ebenfalls Immobilien und noch mehr Geld. Dann gingen sie weiter zu Ingrid und Reuben Hills. Kaffee und Geld. Die nächsten waren die Gettys. Musik und *sehr* viel Geld. Denise bewegte sich durch das Zimmer wie eine geschickte Politikerin, die bei jedem »Halt« sicherstellte, daß sich alle der Tatsache bewußt waren, wer dieser neue und beste Freund neben ihr war: Willy Saxon, der – wenn es darum ging, mit Geld noch mehr Geld zu machen – der raffinierteste und intelligenteste Mann war, den sie kannte. Wenn sein Name fiel, bemerkte Willy auf manchen Gesichtern ein vages Erinnern. Aber jetzt, wo er Denises Schutz genoß, waren taktlose Andeutungen nicht mehr denkbar.

Sara ging einfach mit ihnen mit und hielt sich zurück. Sie wußte, daß Denise jetzt ihren großen Auftritt hatte, bei dem nur sie Regie führte.

Die Dinnerparty war um halb elf vorbei. Sara, Denise und Willy verließen zusammen das Haus. Denise bot ihm an, ihn nach Hause zu fahren, aber er lehnte ab, weil seine Limousine wartete. Sara und Denise fuhren ab, wie sie gekommen waren – allein auf dem Rücksitz von Denises Bentley.

Als Willy, ebenfalls allein auf dem Rücksitz seines langen Cadillacs, zu seiner Wohnung zurückfuhr, konnte er nicht widerstehen, sich zu gratulieren, weil er eine heikle Situation so gut gemeistert hatte. Denise hatte offensichtlich gespürt, daß zwischen ihm und Sara etwas lief. Sara hatte sich ihrerseits wieder ganz in ihre übliche Unnahbarkeit zurückgezogen. Sie und Willy hatten sich eigentlich den ganzen Abend lang kaum angesehen. Sie hatte ihn nicht einmal berührt. Es gab also nichts, wodurch sich Denises Verdacht auch nur im geringsten erhärten ließ. Das war wichtig, weil er beide Frauen mochte. Und die beiden mochten ihn anscheinend genauso gern, wie sie einander mochten. Warum sollte man dieses Verhältnis stören?

Das bedeutete allerdings auch, daß Willy diese Nacht allein in seiner Wohnung verbringen mußte. Es war ihm ganz recht. Die vergangene Woche war wahrscheinlich die aktivste seines Lebens gewesen – eine Woche, die nach einem Augenblick ruhigen Nachdenkens verlangte. Als er die Wohnung betrat, zog er des-

∎

halb als erstes den unbequemen Smoking und die anderen Sachen aus und schlüpfte in den seidenen japanischen Morgenmantel, den er so gern mochte. Dann machte er sich ein ordentliches Glas Jack Daniels mit ein bißchen Wasser, stellte im Radio Soft-Rock ein, warf sich aufs Wohnzimmersofa und genoß das ruhige Alleinsein.

Um Mitternacht, als er gerade ins Bett gehen wollte, hörte er den Aufzug, und dann hörte er, wie sich ein Schlüssel in der Tür drehte. Er wurde hellwach. Aber das dauerte nicht lange.

»Ich konnte nicht schlafen«, sagte die Besitzerin des Hauses, als sie ins Wohnzimmer trat. »Ich glaube, das liegt am Kaffee.«

Willy stand auf, als sie auf ihn zukam.

»Hoffentlich bist du nicht böse, weil ich hier einfach so eindringe.«

»Natürlich nicht«, sagte Willy und nahm sie fest in den Arm.

Ihre Hand glitt in seinen Morgenmantel und berührte seine Brust. Dann glitt sie nach unten. Später, in seinem Schlafzimmer, wanderte seine Hand über ihren Körper.

»Ich mag dich, Willy Saxon«, sagte Denise, bevor sie einschlief.

Als sie am nächsten Vormittag um elf Uhr abfuhr, notierte Lenny sich auf seiner Bank im Huntington Park die Nummer des Bentleys, der sie abholte.

33. KAPITEL

Willy verbrachte den Rest des Samstags und den größten Teil des Sonntags allein, hauptsächlich mit Lesen. Als der Pförtner am Sonntag nachmittag um fünf anrief, um ihm zu sagen, daß der Fahrer seiner Limousine da sei, war Willy schon wieder fit. Er war sogar regelrecht tatendurstig. Denn Montag war der erste Tag, an dem das Team in Healdsburg in Aktion treten würde. Und er wollte im Börsenraum sein, wenn es losging.

Falls es losging.

Willy mußte sich eingestehen, daß er insgeheim Angst hatte, die ganze Sache könnte zur größten Pleite aller Zeiten werden, oder wenigstens zu einer Vierundsechzig-Millionen-Dollar-Pleite.

Er kam also mit einem unguten Gefühl morgens um fünf in den Börsenraum.

Doch er wußte sofort, daß seine Angst unbegründet gewesen war. Wildes Stimmengewirr ließ keinen Zweifel daran, daß die Aktion nicht nur angelaufen, sondern bereits in vollem Gange war. *Um fünf Uhr morgens!*

Urs Bauer brüllte auf italienisch gleichzeitig etwas in zwei Telefone. Als das Geschäft auf Leitung 1 abgeschlossen war, fing er sofort an, wie wild auf seinem Computer zu tippen, um seinem Geschäftspartner in Mailand, der Banco Nationale del Lavoro, die Transaktion zu bestätigen. Die neue Derivate-Abteilung von

Prescott & Quackenbush hatte gerade fast zehn Milliarden Lire verdient. Fünf Minuten später hatte er eine andere Transaktion perfekt gemacht – diesmal mit Barclay's in London. P & Q Financial Products hatte jetzt zehn Millionen Pfund Sterling an Land gezogen. Die nächsten zehn Minuten feilschte und debattierte er auf französisch mit einem Devisenhändler in Paris. Hier kam kein Geschäft zustande.

Sogar einem, der nur danebenstand, mußte auffallen, daß Urs Bauer bei jedem Anruf in Europa herzlich begrüßt wurde. Als er eine kurze Pause einlegte, bemerkte er zum ersten Mal, daß Willy hinter ihm stand.

»Die freuen sich alle, daß ich wieder mit von der Partie bin«, sagte er und strahlte dabei übers ganze Gesicht. »Ist das nicht toll?«

»Wunderbar«, bestätigte Willy.

»Es gibt nur ein Problem«, meinte Bauer dann. »Sie wollen alle unsere Bilanz sehen. Ich habe bis jetzt wohl schon mindestens zwei Dutzend nach Europa gefaxt.«

»Hoffentlich die neue Pro-forma-Bilanz, die schon die Kapitalaufstockung von letzter Woche berücksichtigt.«

»Natürlich. Aber um es ganz unverblümt auszudrücken, Mr. Saxon. Sie sind nicht übermäßig begeistert. Natürlich machen sie Geschäfte mit mir. Sie sind meine Freunde, und wir Devisenhändler halten zusammen. Aber sie müssen alle innerhalb des Kreditrahmens arbeiten, den das Management ihnen gesetzt hat. Und mit den vierzig Millionen Dollar an langfristigem Kapital, die wir auch nach der Aufstockung nur haben, stoßen wir sehr schnell an die Grenzen dieses Kreditrahmens. Das macht mir Sorgen. Und die da«, er zeigte auf Fred Fitch und seine beiden Kollegen, »bekommen es bald mit genau demselben Problem zu tun.«

»Ich verstehe«, sagte Willy. »Aber nur keine Bange. Sie machen Geld, und ich sorge für den Kapitalnachschub. Ich werde mir nach der ersten Woche unsere Situation noch einmal genau anschauen.«

Dann ging Willy auf die andere Seite des Raumes, die Fred Fitch mit Beschlag belegt hatte. Fitch, der auch die ganze Zeit telefoniert hatte, legte gerade auf, als Willy an seinen Schreibtisch trat.

»Das war die Deutsche Bank. Wir haben es geschafft, deutsche inverse Floater im Wert von fünfzig Millionen Dollar zu kaufen. Wir versuchen jetzt, für nochmal fünfzig Millionen welche von der Dresdner Bank zu bekommen. Urs arbeitet am Währungs-Swap. Wenn er einen Abschluß hinbekommt, bevor in Frankfurt die Börse schließt, dann können wir noch heute versuchen, das Paket in New York zu verkaufen.«

»Es läuft also genauso, wie Sie vorhergesagt haben.«

»Ja, aber offen gesagt wollte die Deutsche Bank keine Geschäfte mit uns machen, bis ich ihnen gesagt habe, daß Urs Bauer jetzt bei uns ist. Urs hat ja vor einigen Jahren in Deutschland anscheinend ein paar Probleme gehabt, aber alle sagen, er sei gelinkt worden, und sie sprechen alle mit unheimlichem Respekt von ihm.«

»Was hat denn der Deutschen Bank nicht behagt, bevor Sie damit rausgerückt sind, daß Urs bei uns ist?«

»Erstmal konnten sie nichts mit dem Namen Prescott & Quackenbush anfangen. Und die Bilanzaufstellung – ich sollte wohl lieber sagen, *unsere* Bilanzaufstellung – ist nicht gerade wahnsinnig eindrucksvoll.

Vierzig Millionen Kapital sind für die einfach zu wenig. Genau das, worüber wir letzte Woche gesprochen haben, Mr. Saxon – wir brauchen mehr.«

»Urs sagt das auch. Und ich gegen Ihnen dieselbe Antwort, die ich ihm gegeben habe. Warten wir erst einmal ab, wo wir am Ende der Woche stehen. Dann entscheide ich, was zu tun ist.«

»Da wäre noch etwas, Mr. Saxon. Wir haben gestern Stellenanzeigen im *Santa Rosa Press Democrat* und der *Healdsburg Tribune* aufgegeben. Wahrscheinlich kommen in ein paar Stunden schon die ersten Anrufe. Wollen Sie selbst mit den Bewerbern reden oder überlassen Sie das uns?«

»Machen Sie das nur.«

»Danke«, sagte Fred, und in diesem Augenblick klingelte sein Telefon.

Willy entschied, daß er bereits gesehen – und gehört – hatte, was er sehen und hören mußte. Dieses Unternehmen war zum Erfolg verurteilt. Es war wahrscheinlich dazu verurteilt, riesigen Erfolg zu haben. Wahrscheinlich sogar dazu, *sofort* riesigen Erfolg zu haben.

»Verdammt, du packst es nicht«, murmelte er vor sich hin, als er den Börsenraum verließ und in der Morgendämmerung auf das Haupthaus zuging. »Jetzt bleibt mir keine andere Wahl.«

Sobald er im Haus war, rief er im Vintage Inn in Healdsburg an, wo sein Fahrer wohnte. Der Fahrer nahm erst nach dem fünften Klingeln ab. Schließlich war es erst halb sechs.

»Hier ist Willy Saxon. Wir fahren wieder nach San Francisco zurück. Es wäre schön, wenn Sie mich so bald wie möglich auf der Ranch abholen könnten.«

Der Wagen war um sechs da und hielt eineinhalb

Stunden später vor dem Haus Sacramento Street 1190. Willy wartete bis fünf nach acht und rief dann Frank Lipper in seinem Büro bei Prescott & Quackenbush an.

»Frank, hier ist Willy. Ich brauche Hilfe. Könntest du gleich mal zu mir in die Wohnung rüberkommen?«

»Ja, natürlich.«

»Hast du die Projektstudie noch, die wir uns in Healdsburg vom Leiter der Finanzabteilung geborgt haben?«

»Sie liegt direkt hier auf meinem Tisch.«

»Bring sie bitte mit.«

Zwanzig Minuten später war Frank da.

»Setzen wir uns ins Wohnzimmer, Frank«, begann Willy. »Ich hab eine ernste Sache mit dir zu bereden. Aber zuerst habe ich ein paar Fragen zu Bobby Armacost.«

»Frag nur. Ich habe die Projektstudie mitgebracht«, sagte Frank und langte in seinen Aktenkoffer.

»Leg sie erstmal hier auf den Tisch. Ach ja, willst du einen Kaffee?«

»Ja. Es ist ja noch ziemlich früh.«

»Ich hole ihn dir. Setz dich ruhig schon hin.«

Als Willy mit zwei Tassen ins Wohnzimmer zurückkam, sagte er: »Wir beide kennen doch Bobby Armacost schon seit mehr als zehn Jahren. Du weißt ja, daß unsere Bekanntschaft aus der Zeit datiert, als ich in das Junk Bonds-Geschäft einstieg und seine Kanzlei mit der Rechtsberatung und der Abwicklung der ganzen juristischen Aspekte beauftragt habe.«

»Das war 1984«, warf Frank ein.

»Genau. Ich weiß, daß er auch andere Sachen macht, aber ist seine Kanzlei immer noch hauptsächlich mit der Abwicklung der juristischen Aspekte bei Wertpapieremissionen tätig?«

»Ja. Deswegen haben Dan und er doch so viel miteinander zu tun. Armacost und Slater sind meistens als Rechtsberater für die Städte und Gemeinden tätig, für die wir – Prescott & Quackenbush – als Emissionsbank das Übernahmekonsortium bilden. Er schanzt uns Geschäfte zu und wir ihm.«

»Ist der Slater von Armacost & Slater noch dabei?«

»Nein. Bobby ist der alleinige Boß der Kanzlei. Und er führt sie auch wie ein Diktator.«

»Und wie läuft die Kanzlei?«

»Sehr mäßig. Bobby gibt das nicht zu, aber als dieses biotechnologische Unternehmen, bei dem Dan Prescott und er im Aufsichtsrat saßen, die Bücher frisiert hat und er in den Skandal verwickelt wurde, ging es mit Armacost & Slater noch weiter bergab. Wenn du ihm nicht aus der Patsche geholfen hättest, Willy, dann wäre die ganze Kanzlei jetzt längst den Bach runter. Er steht tief in deiner Schuld.«

»Aber der Ruf der Kanzlei als Rentenpapierberater ist immer noch gut?«

»Ja, das kann man sagen. Diese Geschichte mit der biotechnologischen Firma, die ihn so in Schwierigkeiten gebracht hat, hatte nichts mit Rentenpapieren zu tun. Das Problem ist, daß fast alle Kanzleien in Schwierigkeiten sind und es in puncto Rechtsberatung einen ziemlich harten Wettbewerb zwischen den Anwälten gibt.«

»Gut. Damit wäre das geklärt. Jetzt habe ich noch ein paar Fragen, die vielleicht ziemlich blöde klingen. Aber habe bitte ein bißchen Geduld mit mir. Okay?«

»Natürlich, Willy.«

»Du warst also in den letzten drei oder vier Jahren bei Prescott & Quackenbush hauptsächlich mit der Emission von Kommunalobligationen befaßt?«

»Ja, das ist richtig.«

»Wenn du so eine Emission entwickelst – wer spielt dabei die entscheidende Rolle?«

Frank dachte kurz nach, bevor er antwortete.

»Es sind immer vier Leute mit im Spiel. Erstmal der Finanzchef der Kommune, die Geld aufnehmen will.«

»Richtig.«

»Zweitens das Emissionskonsortium, an dessen Spitze ein Unternehmen steht, das wir als Konsortialführer bezeichnen – Firmen wie Prescott & Quackenbush – und das die Obligationen von der Stadtverwaltung kauft und sie dann an die Kleinanleger oder an Institutionen wie zum Beispiel Rentenfonds verkauft.«

»Gut.«

»Drittens der Anwalt, der als Rechtsberater mit seinem Namen für die Richtigkeit und Legalität der ganzen Transaktion bürgt. Das reicht von der Bestätigung, daß die Stadtverwaltung zur Emission von Kommunalobligationen berechtigt ist, bis hin zu der Garantie, daß die Papiere, die sie absetzen wollen, steuerfrei sind. Der Käufer der Papiere verläßt sich vollkommen auf die Zuverlässigkeit dieser Gutachten.«

»Und darin besteht – wie du gerade bestätigt hast – die Hauptaktivität der Kanzlei Armacost & Slater.«

»Ja, genau.«

»Und viertens?«

»Die Rating-Agentur, die ja im wesentlichen ein Gutachten darüber abgibt, ob der Schuldner in der Lage ist, die Zinsen aufzubringen und bei Fälligkeit die Einlage zurückzuzahlen.«

»Wie die Firma unseres Freundes Sidney Ravitch.«

»Deines Freundes, Willy. Mein Freund ist er nicht.«

»Ja, ich weiß schon, was du meinst. Aber es gibt einen Grund, warum ich mich überhaupt mit Ravitch eingelassen habe – einen Grund, auf den ich gleich zu sprechen komme. Und es wäre schön, wenn du mich erst ganz anhören würdest, bevor du etwas sagst. In Ordnung?«

»Ja, natürlich.«

»Ich bin gerade von der Ranch zurückgekommen, Frank. Sie haben heute früh um vier mit den europäischen Transaktionen angefangen, und es geht jetzt schon mächtig los. Unglaublich. Es wird ein Riesenerfolg, Frank. Ein Riesenerfolg.«

»Das ist ja toll.«

»Aber – und es gibt immer ein Aber in unserem Geschäft – man braucht dafür Kapital. Sehr viel Kapital.«

»Aber du hast doch schon vierzig Millionen reingesteckt.«

»Das ist nicht genug.«

»Und wieviel wäre genug?«

»Das weiß ich noch nicht. Ich weiß nur, daß wir praktisch sofort nochmal zwanzig Millionen Dollar brauchen.«

»Hast du so viel in Reserve?«

»Nein. Ich hab zwar noch was, aber so viel ist es nicht. Und ich will auch, daß diese Reserve eine Reserve bleibt.« Er hatte jetzt in Liechtenstein noch elf Millionen Dollar, aber das ging niemanden etwas an, nicht einmal Frank.

»Woher willst du das Geld nehmen?«

»Das ist das Problem. Bevor sie nicht zeigen, daß sie wirklich Geld machen, können Prescott & Quackenbush bei dem, was sie in den letzten Jahren vorzuweisen hatten, von keiner Bank die großen Summen bekommen, die wir brauchen. Aus demselben Grund ist auch auf dem Geldmarkt für kurzfristige Titel nichts zu holen.«

»Ja, da bin ich ganz deiner Meinung.«

»Und bei dem, was ich vorzuweisen habe, besonders nach den letzten drei Jahren, besteht absolut keine Chance, daß *mir* jemand Geld leiht.«

»Außer wenn jemand aus rein persönlichen Gründen als Partner einsteigen möchte«, warf Frank ein.

»Daran habe ich auch schon gedacht«, sagte Willy. Sowohl Denise als auch Sara waren steinreich, genauer gesagt: einsam und steinreich. »Aber ich habe mich entschieden, diesen Weg nicht einzuschlagen.«

»Was bleibt dann noch übrig?«

»Ukiah.«

»Was soll das denn heißen?«

»Zuerst noch eine Frage. Könntest du mit diesem Material da«, Willy deutete auf die von der Stadtverwaltung Ukiah in Auftrag gegebene Projektstudie für eine Recyclinganlage, »einen Emissionsprospekt schreiben?«

»Wir nennen das einen Börsenzulassungsprospekt, aber die Antwort ist ja. Bis auf zwei Punkte. Wir brauchen noch ein Gutachten von einem Rentenpapierberater und ein Rating.«

»Bleiben wir noch kurz beim Rating. Wie wird das normalerweise im Börsenzulassungsprospekt ausgewiesen?«

Frank griff in den Aktenkoffer, den er mitgebracht hatte. »Hier ist ein Entwurf des Prospektes, an dem wir gerade arbeiten – der Prospekt der Emission für die Stadt und den Bezirk San Francisco, die du angeregt hast, Willy. Es steht oben auf Seite sechsunddreißig. Da. Lies mal.«

Frank gab Willy das Dokument. Der Absatz auf Seite sechsunddreißig lautete folgendermaßen:

RATING

Moody's Investor Services und die Western Credit Rating Agency haben gleichermaßen Bonds der Serie 1995 das Rating AA zugesprochen. Dieses Rating gibt nur die Einschätzung wieder, zu der Moody's und die Western Credit Rating Agency am Tag der Auslieferung der Bonds der Serie 1995 gelangt sind. Eine eingehende Begründung dieses Ratings ist bei Moody's und der Western Credit Rating Agency erhältlich. Es wird keinerlei Garantie dafür übernommen, daß dieses Rating für einen bestimmten Zeitraum in Kraft bleibt oder daß es nicht nach unten korrigiert oder ganz zurückgezogen wird.

»Noch zwei Fragen, Frank«, sagte Willy, der immer noch das Dokument in der Hand hielt. »Wieso hast du schon das AA-Rating eingesetzt? Weder Moody's noch die Western Credit Rating Agency haben doch für diese Emission schon etwas vorbereitet, oder?«

»Natürlich nicht. Aber das ist das Rating, das sowohl Moody's als auch Standard & Poors den letzten fünf Kommunalobligationen gegeben haben, die die Stadt und der Bezirk San Francisco ausgegeben haben. Dadurch hat dein Freund in der Western Credit Rating Agency keine andere Wahl, als mitzuziehen.«

»Ja, das leuchtet mir ein. Jetzt nochmal zurück zum Text deines Prospektentwurfs. Der dritte Satz heißt: ›Eine eingehende Erklärung des Ratings ist bei Moody's und der Western Credit Rating Agency erhältlich‹.«

»Das ist eine ganz normale Standardformel«, sagte Frank.

»Ja, das ist mir schon klar. Aber macht das *wirklich* jemand? Geht da tatsächlich jemand hin und *liest* das?«

»Normalerweise lesen sie es nur, wenn sich das Rating geändert hat – besonders wenn es nach unten korrigiert worden ist. Aber sonst verfahren die meisten Institutionen im Rahmen ihrer Sorgfaltspflicht nur ganz routinemäßig. Sie bekommen den Bericht, was auch seine Zeit dauert, und dann landet er in irgendeinem Dossier. Sie verlassen sich in erster Linie auf das, was im Prospekt steht.«

»Würde es einen komischen Eindruck machen, wenn *du* diese ›eingehende Begründung‹ direkt an einen institutionellen Käufer weitergibst?«

Fred ließ sich das einige Zeit durch den Kopf gehen.

»Wahrscheinlich nicht. Wenn es letztlich in dem Dossier landet, das sie ja anlegen müssen, wüßte ich nicht, warum irgend jemand sich darum kümmern sollte, wie es da hingekommen ist.«

Willy Saxon lehnte sich jetzt sichtlich zufrieden in seinem Polstersessel aus dem 18. Jahrhundert zurück.

»Soll das heißen, daß du übers Wochenende die Stadtverwaltung von Ukiah für diese Emission gewonnen hast?« fragte Frank.

»Nein«, antwortete Willy. »Es heißt, daß wir die Emission einfach einleiten.«

»Das kannst du nicht machen, Willy!« rief Frank.

»Wieso nicht? Nur weil es noch nie jemand gemacht hat?«

»Nein. Natürlich nicht. Du kannst das nicht machen, weil du sonst wieder im Gefängnis landest, Willy. Und ich auch – im Unterschied zu dir zum ersten Mal.«

»Wer sagt denn das? Zuerst mal muß jemand dahinterkommen. Und so, wie ich das eingefädelt habe, wird das bis zum Jahr 2035 nicht passieren. Und bis dahin sind wir alle längst tot.«

»Halt mal. Wieso sollte das vierzig Jahre lang nicht auffliegen?«

»Weil wir ein Zero Bond mit einer Laufzeit von vierzig Jahren herausgeben.«

Frank saß da und dachte nach.

»Und ich bringe die ganze Emission bei einer einzigen Institution unter«, fuhr Willy fort. »Niemand wird auch nur davon hören. Insbesondere nicht die Stadtväter von Ukiah.«

Frank saß immer noch da und dachte nach.

»Und wenn der Käufer die Bonds behält, bleiben sie ganz zuunterst in dem Stapel im Tresorraum liegen«, sagte Frank schließlich.

»Genau. Bei einem Zero Bond mit einer Laufzeit von vierzig Jahren geht vierzig Jahre lang kein Geld über den Tisch. Auf ein Zero Bond mit vierzig Jahren Laufzeit, das eine öffentliche Anleihe ist, werden nie irgendwelche Steuern bezahlt. Das ist eine Transaktion, bei der nur einmal wirklich etwas geschieht. Nach diesem einen Mal wechselt kein Geld, keine Coupons, wechselt nichts mehr den Besitzer. Es gibt absolut keinen Grund, warum ein institutioneller Anleger vor dem Fälligkeitsdatum überhaupt an diese Bonds denken sollte, und da sind wir ja längst – wie schon gesagt – alle tot.«

»Aber was ist, wenn der Käufer heute in fünf Jahren die Bonds wieder abstoßen möchte?« fragte Frank.

»In diesem Fall ist ja immer die Emissionsbank der erste Adressat, oder? Und in fünf Jahren sind wir sicher in der Lage, eine Lösung zu finden.«

»Du hast aber auch an alles gedacht, Willy«, meinte Frank.

»Ich hatte drei Jahre und einen Tag Zeit zum Nachdenken. Ja, ich glaube, ich habe an alles gedacht«, antwortete Willy.

»Aber wieso läßt du dich auf so ein Wahnsinnsrisiko ein?«

»Darüber haben wir gerade erst vor ein paar Tagen gesprochen, Frank. Ich bin an der größten Sache dran, die ich je in meinem Leben gemacht habe. Und ich gehe auf die Fünfzig zu. Das hier ist das letzte Mal, daß ich wirklich etwas Großes landen kann. Die letzte Chance. Und die lasse ich nicht platzen, bloß weil ich nicht genug Kapital auftreiben kann. Wenn ich nicht an mehr Kapital komme, sind die Jungs in Healdsburg arbeitslos, und ich hab eine marode Investmentbank am Hals und eine Rating-Agentur, die ich – wie mir jetzt klar wird – nie hätte kaufen sollen.«

Willy unterbrach sich.

»Aber wenn du aussteigen willst, Frank, ist das auch okay. Ich hätte Verständnis dafür, und ich würde es dir nicht übelnehmen«, sagte er dann.

»Es geht nicht darum, daß ich *aus*steigen will, Willy«, gab Frank zurück. »Ich bin mir nur nicht sicher, ob Dan Prescott und Bobby Armacost *ein*steigen wollen. Und du brauchst sie beide.«

»Ohne mich gehen sie beide vor die Hunde«, sagte Willy. »Aber man muß natürlich immer mit Zuckerbrot und Peitsche arbeiten.«

»Und was ist hier das Zuckerbrot?«

»Jeder, du eingeschlossen, kriegt eine Million Dollar

in bar, unversteuert, auf ein Bankkonto seiner Wahl, bei irgendeiner Bank auf der Welt. Der Rest bleibt bei Prescott & Quackenbush als Kapital.«

»Was ist mit Sid Ravitch?«

»Der gehört nicht zum inneren Kreis. Mir ist längst klar, daß es ein Fehler war, mich mit ihm zusammenzutun. Wir übergehen ihn einfach. Ich habe auch schon eine Idee, wie man das machen kann.«

»Wann willst du mit Bobby und Dan reden?« wollte Frank noch wissen.

»Gleich heute.«

»Also gut. Um zehn bin ich mit George Abbott im Rathaus verabredet. Ich glaube, ich kann das Geschäft dann auch gleich perfekt machen.«

»Dann warte ich hier, bis du mir nach der Besprechung Bescheid sagst. Das gibt mir noch ein bißchen mehr Munition für meine kleine Unterhaltung mit Dan und Bobby.«

Frank rief kurz vor zwölf Uhr an.

»Das Geschäft ist in der Tasche«, sagte er.

34. KAPITEL

Was sich im späteren Verlauf dieses Tages im Konferenzraum von Prescott & Quackenbush abspielte, war eine Konfrontation auf Biegen und Brechen.

Die Besprechung begann in bester Stimmung. Sämtliche Zeitungen, die in der Bay Area erschienen, lagen auf dem Konferenztisch. Bei allen Blättern war der Wirtschaftsteil aufgeschlagen. Der *Chronicle*, der *Examiner*, die *Oakland Tribune* und sogar die *San José Mercury News* berichteten in großer Aufmachung über das »neue« Bankhaus Prescott & Quackenbush. Alle beschrieben die Firma als eine regionale Investmentbank, die in die Krise geraten war und von der schon behauptet wurde, sie stehe kurz vor dem Zusammenbruch. Aber nun habe sie – wie auf einer Pressekonferenz am Freitag verlautete – nicht nur eine Kapitalspritze von vierzig Millionen Dollar erhalten, sondern auch eine eigene Abteilung für Derivate eröffnet, in der lauter ausgefuchste Raketenwissenschaftler arbeiteten. Dies sei lediglich, meinte der *Chronicle*, ein weiteres Anzeichen für die Renaissance San Franciscos als dem maßgeblichen Finanzzentrum der Westküste.

»Die Telefone haben den ganzen Tag über keine Minute stillgestanden«, berichtete Dan Prescott.

»Und heute vormittag war Frank im Rathaus, und die haben unseren Emissionsvorschlag angenommen. Sie nehmen auch Bobby als Anwalt für die Abwicklung der juristischen Angelegenheiten. Wir sorgen dafür, daß das morgen in den Zeitungen steht.«

»Wieviel Kapital wird die Emission binden?« fragte Willy.

»Wir gehen zunächst mal von einem Verhältnis eins zu zehn aus. Das sind insgesamt hundertfünfzehn Millionen, beide Emissionen zusammengenommen. Wir stellen ein Übernahmekonsortium zusammen, das die Hälfte der Papiere abnimmt. Es geht also um etwa sechs Millionen Dollar. Aber du hast ja dafür gesorgt, Willy, daß wir die jetzt haben und noch viel mehr.«

»Und das kommt alles wieder rein, wenn wir die Anleihen weiterverkaufen«, fügte Armacost hinzu.

»Bis zur nächsten Anleihe«, sagte Willy.

»Richtig. Aber niemand hat behauptet, daß man so wie wir ohne Kapital wirklich groß als Hauptemittent ins Geschäft mit Kommunalobligationen einsteigen kann«, gab Prescott zurück.

»Das sehe ich auch so«, bestätigte Willy. »Doch bevor wir uns mit dem Problem befassen, dessentwegen ich diese Konferenz einberufen habe, will ich euch noch kurz berichten, was sich in Healdsburg bereits getan hat.«

Nachdem er die erfolgreiche Plazierung der deutschen inversen Floater und das Währungs-Swap-Paket beschrieben hatte, meinte Prescott: »Das läuft doch alles ganz prima. Wo soll's denn da Probleme geben?«

»Wir kaufen von zwei deutschen Banken für hundert Millionen Dollar inverse Floater. Richtig? Damit sind bereits fünfundsechzig Millionen gebunden. Das Problem liegt darin, daß die Deutsche Bank schon beim halben Volumen sehr zögerlich war, als sie hörte, daß unser Kapitalstock nur vierzig Millionen Dollar beträgt. Dazu kommt noch der Währungs-Swap für hundert Millionen Mark. Und wieder das gleiche Problem: jemanden zu finden, der so ein Geschäft mit einer Investmentbank wie uns machen will, die in der Branche als unterkapitalisiert gilt. Wenn wir schon am ersten Tag auf solche Hindernisse stoßen, was glaubt ihr wohl, wird erst in ein paar Wochen oder Monaten passieren?«

»Dann müssen sie eben in Healdsburg in den nächsten Wochen etwas langsamer machen«, sagte Prescott. »Bis wir Gewinnrücklagen angesammelt haben.«

»Wenn ich ihnen das sage, kündigen sie alle. Gleich morgen früh. Und was machen wir dann? Berufen wir eine neue Pressekonferenz ein? Sagen wir dem *Chronicle*, daß alles ein großer Irrtum war? Daß jeder das ›neue‹ Bankhaus Prescott & Quackenbush vergessen kann?«

»Ist es wirklich so ernst?« fragte Bobby.

»Ja«, sagte Willy. »Und glaubt mir, wenn wir mit den Derivaten Schiffbruch erleiden, kommt das raus, ob wir wollen oder nicht. Und was glaubt ihr, wieviel Emissionsaufträge für Kommunalobligationen wir dann noch bekommen? Der heutige Deal mit der Stadt und dem Bezirk San Francisco wäre der erste *und* letzte. Und die Zahl der Geschäfte, die wir *dir* zuschanzen könnten, Bobby, wäre gleich Null. Aber auf diesen Punkt hat sich deine Kanzlei ja sowieso zubewegt, bevor das hier alles angefangen hat.«

»Wieso erzählst du uns das alles?« fragte Armacost sichtlich erschrocken.

»Um euch klar zu machen, daß wir unbedingt mehr Kapital brauchen«, antwortete Willy.

»Aus der Schweiz?« fragte Dan.

»Nein, nicht aus der Schweiz. Diese Quelle ist versiegt«, sagte Willy.

»Woher denn dann?«

»Vielleicht findest du einen Weg, Dan.«

»Ich habe dir ja schon gleich am ersten Tag bei Moose gesagt, daß ich alles versucht habe. Da ist nichts zu machen. Ohne dein Geld hätte Prescott & Quackenbush nicht überleben können.«

»Bobby?«

»Ich bin Anwalt und kein Spezialist für Geldbeschaffung. Und außerdem weißt du genau, Willy, daß ich pleite bin. Mehr als pleite«, erwiderte Armacost.

»Gut. Dann sind wir uns ja einig. Wir brauchen Kapital, um das zu retten, was das beste Unternehmen werden könnte, an dem wir je beteiligt waren. Aber keiner weiß, wie wir dieses Kapital aufbringen sollen. Würdet ihr sagen, daß das die Situation treffend beschreibt?«

»Ja«, sagte Dan.

»Ich schließe mich an«, nickte Bobby.

»Dann müssen wir nach einer neuen Methode suchen«, verkündete Willy. »Wir brauchen etwas völlig Neues, mit dem wir schnell zu Geld kommen und das der Tatsache Rechnung trägt, daß keiner von uns aus eigener Kraft auch nur einen Pfennig auftreiben kann.«

»Und wie soll das gehen?« fragte Bobby.

»Wir operieren mit einer ganz neuen Finanzierungstechnik. Wir verlagern des Risiko auf jemand anderen.«

»Wie meinst du das?« Bobby runzelte die Stirn.

»Wir machen uns vorübergehend die Kreditwürdigkeit von jemand anderem zunutze und beschaffen uns auf diese Weise Geld.«

»Und an wen denkst du da?« Wieder war es Bobby, der die Frage stellte.

»Es gibt ja Unternehmen mit dicker Kapitaldecke, die ihren Kreditrahmen nicht ausnutzen«, sagte Willy.
»Ja, sicher gibt es die«, warf Dan ein. »Aber auch wenn so ein Unternehmen – was höchst zweifelhaft ist – bei sowas mitmachen würde, müßten wir mit enormen Gebühren rechnen. Außerdem wäre das nur ein vorübergehender Notbehelf.«
»Ich bin völlig deiner Meinung, Dan. Mir ist allerdings etwas eingefallen, das ein bißchen davon abweicht. Man könnte es vielleicht als unkonventionell bezeichnen«, gab Willy zurück. »Wir würden unser Risiko nicht auf ein Unternehmen verlagern, sondern auf eine Kommune. Und es ginge dabei nicht um Wochen und Monate, sondern um Jahre, um viele Jahre.«
»*So was* hab ich ja noch nie gehört«, rief der Investmentbanker. »Denkst du dabei an eine bestimmte Kommune?«
»Ja. An Ukiah.«
»Ukiah?« fragte Bobby. »Du meinst die kleine Stadt am US Highway 101 zwischen hier und der Grenze zu Oregon?«
»Genau«, antwortete Willy.
»Wieso sollten die bei sowas mitspielen?«
»Das tun sie natürlich nicht. Wir bedienen uns sozusagen heimlich ihres Kreditrahmens. Ich will euch das erklären«, sagte Willy. »Und es wäre schön, wenn mich keiner von euch unterbrechen würde, bis ich fertig bin.«
Die nächsten zehn Minuten sprach Willy, ohne unterbrochen zu werden, und machte ihnen am Schluß das gleiche Angebot wie Frank: eine Million Dollar, ohne Abzüge und an jedem beliebigen Ort der Welt.
Er sah sofort, daß Dan Prescott mitmachen würde. Aber Bobby Armacost war kreidebleich geworden.

Jetzt zog Willy zwei Dokumente aus einem gelben Umschlag, den er mitgebracht hatte.

»Kennt ihr die noch? Das sind die Papiere, die ihr und eure Frauen unterschrieben habt. Ihr bürgt hier beide für je zwei Millionen Dollar. Ich bin bereit, diese Papiere vor euren Augen zu zerreißen und euch von heute an völlig aus allen Verbindlichkeiten zu entlassen.«

Schließlich sagte Bobby Armacost: »Wenn ich dich richtig verstehe, wären wir verratzt und verkauft, wenn wir es nicht täten, und wir wären verratzt und verkauft, wenn wir es täten.«

»Nein, nein«, widersprach Willy. »*Ihr* wärt *jetzt* verratzt und verkauft, wenn wir es nicht tun. Und *wir* wären *vielleicht* verratzt und verkauft, wenn wir es tun, aber erst in vierzig Jahren.«

»Wieso vielleicht?«

»Wie alt bist du in vierzig Jahren, Bobby?«

»Warte mal – dreiundneunzig.«

»Glaubst du, daß irgend jemand einen Dreiundneunzigjährigen ins Gefängnis steckt?«

»Und was ist mit Leona Helmsley?«

»Die war nicht dreiundneunzig. Die war kaum über Siebzig, als man sie eingebuchtet hat. Aber schau dir doch an, was mit ihrem Mann passiert ist, mit Harry. Nichts. *Der* war schon an die Neunzig, und sie haben ihn laufen lassen.«

»Wenn wir schon mal am Rumalbern sind«, meinte Dan Prescott, »es gibt da noch einen anderen Präzedenzfall, der Willys Theorie belegt, daß man ab einem bestimmten Alter automatisch Immunität erlangt – den BCCI-Fall vor ein paar Jahren. Erinnert ihr euch noch? Da wurden zwei sehr renommierte Washingtoner Anwälte, Clifford und Altman, beschuldigt, die Tatsache verschleiert zu haben, daß ein Haufen pakistanischer Gauner mit ihrem Wissen die Aktienmehrheit an der größten Bank im District of Columbia erworben hatten. Der springende Punkt dabei ist, daß Clifford schon fünfundachtzig war, während sein Partner – der ja mit dieser Fernsehgröße verheiratet ist, was ihm wahrscheinlich auch nicht viel geholfen hat – erst fünfundfünfzig war. Und Altman haben sie eingebuchtet. Clark Clifford wurde noch nicht mal der Prozeß gemacht.«

Stille breitete sich aus. Die drei Männer wußten, daß diese eher grobschlächtige Ablenkung vom eigentlichen Problem reinster Galgenhumor war.

Schließlich brach Bobby Armacost das Schweigen.

»Du kannst meine Erklärung zerreißen, Willy«, sagte er.

»Meine auch«, schloß sich Dan Prescott an. »Ich gehe davon aus, daß Frank bereits mit von der Partie ist.«

»Ja«, bestätigte Willy.

»Was ist mit dem Typ von der Rating-Agentur, Sid Ravitch?« fragte Bobby.

»Der gehört nicht zum inneren Kreis. Aber er wird uns keine Probleme machen«, antwortete Willy.

»Wieso nicht?« wollte Bobby wissen.

»Aus Gründen, auf die ich hier nicht näher eingehen will. Wenn ich sage, spring, dann springt Sid Ravitch, so hoch er nur kann. Das muß euch als Erklärung reichen.«

Dan Prescott stand auf und warf dabei noch einmal einen Blick auf die Zeitungen, die immer noch offen auf dem Konferenztisch lagen.

»Wir können uns also jetzt diese Berichte einrahmen und an die Wand hängen«, sagte er.

»Wo sie dann hoffentlich vierzig Jahre lang hängen bleiben«, seufzte Armacost.

■

»Das hoffe ich auch«, meinte Willy.

»Ich glaube, darauf müssen wir einen trinken«, sagte Bobby. »Etwas Starkes. Ist ein Jack Daniel's da?«

»Eine ganz neue Flasche. Und die haben wir jetzt wohl auch nötig.«

Zwei Drinks später machte Willy sich auf den Weg zu seiner Wohnung. Er müsse sich noch auf das Treffen mit Sid Ravitch vorbereiten, das am frühen Vormittag des nächsten Tages stattfinden sollte, erklärte er, und dafür brauchte er einen klaren Kopf.

Sobald sich die Tür hinter ihm geschlossen hatte, senkte Dan Prescott die Stimme – für den Fall, daß Willy noch mal zurückkam – und fragte Bobby Armacost: »Was hältst du von der Sache?«

»Machen wir uns nichts vor«, antwortete Bobby. »Er hat uns beide in der Hand. Aber das hat auch sein Gutes, falls wir je darauf angewiesen sein sollten.«

»Was meinst du damit?«

»Wir sind schlicht und ergreifend dazu gezwungen worden.«

»Und das bedeutet ...?«

»Das bedeutet, daß wir in vierzig Jahren – falls die Sache auffliegen sollte – sagen können, wir wären genau wie die Stadtverwaltung von Ukiah Opfer gewesen, sogar noch viel mehr als die Stadt, weil wir die armen Schweine waren, denen er diese Zero Bonds verkauft hat.«

»Glaubst du denn, daß uns das irgendein Gericht abnimmt?«

»Der Staatsanwalt auf jeden Fall. Er kann ja gewisse Anklagepunkte fallenlassen. Und jeder weiß, daß es in dieser Stadt Leute gibt, die Willy Saxon gern für den Rest seines Lebens hinter Gitter bringen würden –

wie zum Beispiel der Staatsanwalt oder der Leiter der Aufsichtsbehörde für die Staatsbanken.«

»Und was ist mit Frank?«

»Den müssen wir leider auch den Wölfen vorwerfen.«

»Mein Gott, was für ein Tag!« stöhnte der Investmentbanker. »Noch einen Jack Daniel's?«

»Ja, aber diesmal bitte einen großen«, antwortete der Anwalt.

35. KAPITEL

Am gleichen Abend trank Lenny Newsom auch Jack Daniel's, und zwar bei Zeke im Zentrum von Healdsburg. Er und der Fahrer von Willys Limousine hatten das Lokal am Abend zuvor entdeckt

Sie waren beide gleichzeitig im Vintages Inn eingetroffen, und als der Fahrer der Limousine sich an der Rezeption erkundigt hatte, wo man am Sonntagabend was zu trinken bekäme, hatte man ihm Zeke als einziges Lokal genannt. Als Lenny ihn fragte, ob er sich anschließen dürfe, war der Fahrer überglücklich gewesen, in diesem gottverlassenen Nest mitten im Sonoma County jemanden gefunden zu haben, mit dem er was trinken konnte.

Lenny hatte ganz schön rennen müssen, um die Verfolgung von Saxons Limousine aufzunehmen. Als sie am frühen Sonntag nachmittag vor dem Haus Sacramento Street 1190 vorgefahren war, wußte er, daß Willy Saxon mal wieder auf dem Sprung war. Lenny hatte seinen Wagen einen halben Block entfernt in der Sacramento Street geparkt, und er saß kaum hinter dem Steuer, als Willys Limousine sich in Bewegung setzte. Danach, auf dem Weg zur Golden Gate Bridge und weiter in Richtung Norden auf dem Freeway 101, war die Beschattung einfach gewesen. Der Sonntagnachmittagsverkehr floß in Richtung Süden; die Städter kamen von ihren Wochenend- oder Tagesausflügen in die Weingebiete des Napa und Sonoma County zurück. Lenny konnte der Limousine also die ganze Strecke über in großem Abstand folgen. Das wurde anders, als sie kurz hinter Santa Rosa an der Chalk Hill Road den Freeway verließ und zehn Meilen später auf einen schmalen Weg einbog, der in dicht bewaldetes Gebiet führte. Ohne entdeckt zu werden, konnte er dem Wagen jetzt nicht mehr folgen. Deshalb fuhr er eine halbe Meile weiter, parkte und ging zu Fuß zur Abzweigung zurück. Er folgte dem Weg noch ein Stück weiter, bis er zu einem verschlossenen Tor kam, über dem ein Schild mit der Aufschrift River Ranch hing, woraufhin er beschloß, zum Wagen zurückzugehen und zu warten.

Eine Viertelstunde später tauchte die Limousine wieder auf, bog nach Norden ab und fuhr an Lennys Wagen vorbei in Richtung Healdsburg. Lenny traf nur ein paar Minuten nach der Limousine beim Vintage Inn ein. Und so kam es, daß er und der Fahrer gleichzeitig ihre Zimmer bezogen.

Der Drink, den er sich am Sonntagabend bei Zeke zusammen mit dem Fahrer genehmigte – genaugenommen waren es vier Drinks –, machte sich für Lennys neuen Job mehr bezahlt als alles Bisherige. Er hatte eigentlich noch mehr aus dem Mann rausholen wollen, aber als er am nächsten Morgen aufstand, hatte er entdeckt, daß die Limousine nicht mehr da war. An der Rezeption erfuhr er, daß der Fahrer schon vor sechs Uhr das Motel verlassen hatte.

Lenny hatte sich entschlossen, noch in Healdsburg zu bleiben und sich nach weiteren Spuren umzusehen. Aber bis jetzt hatte er sich bloß für nichts abgestrampelt – sowohl im übertragenen als auch im buchstäblichen Sinne. Er hatte nämlich den Einfall gehabt, aus »Sicherheitsgründen« seinen Wagen beim Motel zu lassen und sich in einem der Geschäfte in Healdsburg ein Fahrrad zu mieten. Am Tag zuvor war ihm aufgefallen, daß die Gegend sogar am Abend noch voller Touristen war, die auf Fahrrädern durch die Weinberge fuhren.

Mit dem Rad hatte er nur eine halbe Stunde zur Chalk Hill Road gebraucht. Ausgerüstet mit einer Decke, einer Thermosflasche und einer Kamera, hatte er den größten Teil des Tages den Naturfreund gespielt und neben seinem Fahrrad am Rand eines kleinen Wäldchens gelegen, das direkt an dem Weg lag, der von der Chalk Hill Road zur River Ranch führte.

Lenny war natürlich nicht an den Vögeln interessiert, sondern den Fahrzeugen, die den Weg benutzten. Viele waren es nicht gewesen ... insgesamt elf Autos. Seltsamerweise wurden die Wagen alle von Frauen gefahren. Eines davon war ein verbeulter Honda, hinter dessen Lenkrad eine alte Frau saß, die wie eine Bäuerin aussah. Sie fuhr schon um neun von der Ranch ab und kam eine Stunde später wieder zurück. Danach sah er sie nicht mehr, worauf er annahm, daß sie auf der Ranch arbeitete.

Die anderen zehn Frauen waren alle jung und bis auf eine noch keine dreißig Jahre alt. Seltsam kam ihm auch vor, daß alle zehn sehr gut frisiert waren und – soweit er das erkennen konnte – sehr gut angezogen. Bäuerinnen oder die Ehefrauen von Farmarbeitern waren das bestimmt nicht. Sie kamen und gingen im Halbstundenrhythmus. Lenny fotografierte mit einem Zoom jeden Wagen und jede Fahrerin und hoffte, daß seine Kamera wie die eines Amateurornithologen wirkte. Um fünf Uhr fuhr er mit dem Rad wieder in die Stadt zurück.

Und jetzt schaute er an der Bar bei Zeke schon zum

fünften Mal die Fotos durch, weil er sonst nichts zu tun hatte. Es war Montagabend und deshalb ruhig im Lokal, und da außer ihm nur noch ein Gast an der Bar saß, machte sich der Barmann in seiner Nähe zu schaffen.

»Was haben Sie denn da für Bilder?« fragte er.

»Fotos von Mädchen«, sagte Lenny.

»Sexfotos?«

»Noch nicht«, antwortete Lenny. »Ich bin erst bei den Vorgesprächen.«

Ja, genau! Irgend jemand auf der Ranch führte Einstellungsgespräche mit diesen Mädchen.

»Sind Sie beim *Playboy* oder sowas?« fragte der Barmann.

»Schön wär's«, lachte Lenny. »Nein. Ich bin bloß Einkäufer für eine Kette kanadischer Lebensmittel- und Weinläden. Ich schau mich hier nur in den Kellereien um.«

»Hab ich mir doch gedacht, daß ich bei Ihnen einen leichten Akzent raushöre«, sagte der Barmann. »Kommen Sie aus Vancouver?«

»Nein, aus einem Ort in der Nähe von Toronto«, was bei Lenny, wie bei jedem guten Kanadier, als »Tronna« rauskam. Schließlich *war* er ja Kanadier, wenn er auch wegen seiner Verpflichtungen in Pleasanton schon seit ein paar Jahren nicht mehr zu Hause gewesen war.

»Sie waren gestern abend auch schon hier, oder?«

»Ja, mit noch jemandem. Er ist der Fahrer des neuen Besitzers der River Ranch draußen an der Chalk Hill Road.«

»Hab schon gehört, daß die Ranch den Besitzer gewechselt hat. Keine Ahnung, was die da draußen machen, aber in der Sonntagszeitung hatten sie eine Anzeige, in der sie Leute fürs Büro suchen... Leute, die mit Computern umgehen können und so Sachen. Eine große Anzeige. Meine Frau hat sie mir gezeigt, weil sie einen Job sucht.«

»Kann sie mit Computern umgehen?«

»Nein. Sie sucht Arbeit als Bedienung.«

Lenny wandte sich wieder den Fotos zu. Allmählich ergab das Ganze Sinn. Der Fahrer hatte ihm von den Computern erzählt und den Satellitenschüsseln und diesen wirklich schrägen Typen – Computerfreaks –, die jetzt auf der Ranch hausten. Er hatte sie alle von San Francisco hochgefahren. Eine sehr elegante Frau sei auch dabei gewesen, aber die sei offensichtlich nicht dageblieben.

Was zum Teufel hatten die vor? Arbeiteten sie an einer Atombombe für die Araber? Oder an einer Verbindung mit den kleinen grünen Männchen im All?

Lenny mußte laut über seine witzigen Einfälle lachen. Sein Job gefiel ihm immer besser.

»Geben Sie mir noch einen«, bat er den Barmann.

Als das Glas vor ihm stand, sagte Lenny: »Wo trifft man denn hier die Schönen der Stadt?«

»Kommt drauf an, was für welche Sie meinen«, antwortete der Barmann.

Sagen wir mal, die Anständigen, die mit Computern umgehen können.«

»Bei mir nicht, soviel ist sicher. Die Mädchen hier trinken manchmal nach der Arbeit was da drüben auf der anderen Seite der Plaza, im Jacob Horner. In Santa Rosa gibt es jede Menge neuer Lokale, in die sie gehen, aber am beliebtesten ist ein Tex-Mex-Laden, der Chevys heißt. Das ist in der Altstadt, gegenüber dem Gebäude, das früher mal der Bahnhof war.«

Um elf ging Lenny ins Motel zurück.

■

Als er am nächsten Morgen um halb sieben aufwachte und aus dem Fenster schaute, stand die Limousine wieder auf dem Parkplatz.

36. KAPITEL

Sie stand da, weil Willy am Abend zuvor beschlossen hatte, seine Stadtwohnung zu verlassen und nach Norden auf die Ranch zu fahren.

Der Grund dafür war, daß Jack, der Architekt, ihn am Abend angerufen hatte: Der Notar habe jetzt alle Unterlagen fertig, und es gebe keinen Grund mehr, den Verkauf der Ranch noch weiter hinauszuzögern. Sie hatten sich für elf Uhr vormittags in der Notariatskanzlei verabredet. Es war wirklich nur reine Formsache, aber Jack wollte, daß alles seine Ordnung hatte. Willy sagte, er werde rechtzeitig da sein.

Aber wie sollte er die Sache mit Sid Ravitch lösen?

Je länger Willy darüber nachdachte, desto mehr wuchs seine Überzeugung, daß Frank auf jeden Fall besser mit Sid Ravitch fertig werden würde als er. Zum einen konnte Frank ihm berichten, wie er die Leute im Rathaus *persönlich* so weit gebracht hatte, Ravitchs Firma neben Moody's und Standard & Poors in den Kreis ihrer Rating-Agenturen aufzunehmen. Und danach konnte er, wie nebenbei, das Gespräch auf Ukiah bringen.

Bevor er sich am Montag abend auf den Weg zur Ranch machte, hatte Willy deshalb noch Frank angerufen und ihn gebeten, sich am nächsten Tag so früh wie möglich mit Ravitch zu treffen. Er teilte Frank mit, daß sowohl Dan als auch Bobby in der Ukiah-Sache mitmachen würden und jetzt nur noch der Rating-Bericht fehlte. Wie er den Bericht von Ravitch bekäme, ohne die Katze aus dem Sack zu lassen, bliebe ihm überlassen.

Willy hatte also die Nacht auf der River Ranch verbracht und war, wie er das jetzt immer lieber machte, am nächsten Morgen schon sehr früh aufgestanden.

»Meine Güte, Mr. Saxon«, rief Fred Fitch, als Willy in den Börsenraum kam, »wir hatten Sie gar nicht so früh zurückerwartet. Aber Sie hätten sich keinen besseren Zeitpunkt aussuchen können. Wir bringen gerade die neue Kapitalanlage unter die Leute, an der die Jungs gearbeitet haben, seit sie hier oben sind. Und die Leute sind ganz scharf darauf.«

»Welche Anlage?«

»Ich habe sie ›ICON‹ getauft«, verkündete Fred.

Dann rief er zu seinem Kollegen, der an dem brandneuen Sparcserver 1000-Computer arbeitete, hinüber: »Hey, Glenn, komm doch mal eben und erklär die neue Anlageform.«

Dr. Glenn Godwin gab Willy die Hand und erkundigte sich dann: »Wie ist denn die Pressekonferenz letzten Freitag angekommen?«

»Haben Sie die Zeitungen nicht gesehen?«

»Nein. Wir hatten hier ziemlich viel zu tun.«

»Sie sind hervorragend angekommen, Glenn.«

»Das freut mich. Ich war ein bißchen nervös, weil ich solche Sachen nicht gewohnt bin.«

»Keine Bange. Das war wahrscheinlich das letzte Mal, daß wir Sie um so etwas gebeten haben. Also, was hat es mit diesem ›ICON‹ auf sich?«

»Das ist bloß die Abkürzung für eine neue Art von Geldanlage.«

»Haben Sie das Ding erfunden?«

»Ja und nein. Die Idee kam ursprünglich von Urs

Bauer.« Er deutete auf den Schweizer Devisenhändler, der wie üblich gleichzeitig in zwei Telefone sprach.

»Er hat erklärt, daß es sowohl in Europa als auch in den USA viele Institutionen gibt, die für den Devisenmarkt gesperrt sind, wie zum Beispiel Pensionskassen, Die kontrollieren ja, wie Sie wissen, Hunderte von Milliarden Dollar und bilden damit einen riesigen, ungenutzten Markt.«

»Und warum dürfen sie nicht auf den Devisenmärkten aktiv werden?«

»Weil, wie Urs sagt, die gesetzlichen Bestimmungen in den meisten europäischen Ländern Pensionskassen von Spekulation ausschließen. Und der Handel mit Devisen, wenigstens an den Devisenterminmärkten, wird ganz klar als Spekulation betrachtet. Aber jeder weiß, daß George Soros damals mit Devisenspekulationen innerhalb eines Monats eineinhalb Milliarden Dollar verdient hat. Deshalb sucht jeder Rentenfondsverwalter von Madrid bis Frankfurt und Zürich nach einer Möglichkeit, wie er die gesetzlichen Bestimmungen umgehen und dasselbe wie Soros tun kann. Die Rentenfondsverwalter in New York sind auch ganz heiß darauf, weil sie ja ebenfalls von ihren Verordnungen am Devisenhandel gehindert werden.«

»Und Sie haben einen Weg gefunden, wie man das umgehen kann?« fragte Willy.

»Ja. ICONs. Das ist die Abkürzung des Namens, den Fred erfunden hat. Sie steht für: ›Index Currency Option Notes‹ – Internationale Währungsterminkontrakte.«

»Hört sich gut an«, meinte Willy. »Erklären Sie's mir bitte mal näher.«

»Also, wir – oder einer unserer Kunden – geben die Kontrakte aus. Wir haben uns für ein- und zweijährige Laufzeiten entschieden. Der Unterschied zu anderen Kontrakten besteht darin, daß wir keinen vorgegebenen Zinsfuß haben. Wenn der Kontrakt fällig wird, zum Beispiel nach zwei Jahren, bezieht sich die Rückzahlung auf das dann geltende Verhältnis des Dollar zu einer anderen Währung, verglichen mit der Kursrelation bei Ausgabe des Kontrakts.«

»Da kann ich nicht ganz folgen.«

»Okay. Nehmen wir mal die Deutsche Mark. Zur Zeit beträgt der Wechselkurs DM 1,50 für einen Dollar. Das nehmen wir als hundert Prozent auf der Skala. Und in zwei Jahren zum Beispiel liegt der Wechselkurs bei zwei Mark pro Dollar. Damit ist der Index auf 133 gestiegen. Wenn man damals mit einer Million Dollar eingestiegen wäre, bekäme man 1.333.000 Dollar zurück. Das ist verdammt viel besser als die jährlichen fünf Prozent, die man bei ›normalen‹ zweijährigen Kontrakten bekommt.«

»Und wenn der Dollar auf 125 fällt?«

»Dann bekommt der Anleger sehr viel weniger raus, als er investiert hat.«

»Es ist also immer noch hochspekulativ?«

»Natürlich. Das ist ja das Kennzeichen von Derivaten.«

»Aber was ist mit uns, wenn wir diese ICONs emittieren?«

»Na ja, wir haben zwei Möglichkeiten. Die eine Möglichkeit ist, daß wir uns durch andere Terminkontrakte so absichern, daß es keine Rolle spielt, in welche Richtung die Mark sich entwickelt. Oder wir sichern unser Risiko nicht ab und hoffen, daß die Mark sich zu unseren Gunsten entwickelt. Aber wir werden die erste Möglichkeit wählen, da wir, wie Sie, Mr. Saxon, der Meinung sind, daß sich im langfristigen Bereich die D-Mark eher nach unten als nach oben entwickeln wird. Was unsere Klienten sehr glücklich machen dürfte, und deshalb – da wir uns abgesichert haben – wird jemand anders und nicht wir für dieses Glück bezahlen.«

»Wieviel haben Sie bis jetzt verkauft?«

»Wir haben fast hundert Millionen Dollar an die D-Mark gebunden und noch einmal fünfzig Millionen an den Schweizer Franken.«

»Und wo finden Sie die Anleger?«

»Für diese speziellen Anlagen hauptsächlich in New York. Für Frankfurt und Zürich entwickeln wir besondere Papiere, bei denen genau das Gegenteil passiert – sie steigen, wenn der Dollar fällt. Die meisten Deutschen und die Schweizer glauben ja immer noch fest daran, daß sie die stabilsten Währungen der Welt haben. Wir werden besonders betonen, daß dieses Papier ein Markenartikel ist, den man nur bei uns bekommen kann.«

»Das klingt ja toll. Danke für die Erklärung«, sagte Willy, und Glenn ging an seinen Computer zurück, während Willy sich Fred Fitch zuwandte.

»Wie laufen die inversen Floater?« fragte er.

»Die gehen weg wie warme Semmeln«, sagte Fred.

»Kommen Sie mit dem Papierkram nach?«

»Das ist schon jetzt ein Problem. Susie hilft uns dabei. Sie kommt in ungefähr einer Stunde. Außerdem haben wir gestern fünf Frauen aus der Stadt eingestellt. Die sollten um acht Uhr hier sein.«

»Das höre ich gern. Frank und ich arbeiten heute und wahrscheinlich auch den Rest der Woche im Haupthaus noch etwas aus. Könnten Sie uns eine von den Angestellten überlassen?«

»Kein Problem. Geben Sie mir Bescheid, wenn Sie jemanden brauchen«, sagte Fred.

»Ach, ja«, meinte Willy. »Ich habe dafür gesorgt, daß wir noch einmal siebzehn Millionen Dollar an langfristigem Kapital bekommen.«

»Junge, Junge, das ging ja fix. Aber wir können es auch bestens brauchen, so, wie die Sache hier läuft.«

»Das dachte ich mir schon.«

»Urs wird mopszufrieden sein«, fügte Fred hinzu. »Wollen Sie es ihm sagen, oder soll ich es tun?«

»Sagen Sie es ihm später. Er ist anscheinend gerade furchtbar beschäftigt.«

Willy fand, daß er genug gesehen hatte, und ging zum Haupthaus zurück. Jetzt mußte er nur noch den Fahrer anrufen, sich mit Jack um elf in Santa Rosa treffen, dann wieder hierherfahren und darauf warten, daß Frank ihn anrief und ihm sagte, wie sein Gespräch mit Ravitch gelaufen war.

37. KAPITEL

Willys Fahrer fuhr um halb elf vom Vintage Inn ab, was Lenny Newsom vor eine Entscheidung stellte. Er konnte entweder hinterherfahren und riskieren, von dem Fahrer oder – was noch schlimmer wäre – von Willy Saxon entdeckt zu werden. Oder er konnte auf Nummer Sicher gehen und irgendwann später zur River Ranch hinausfahren. Er beschloß, erst mal im Motel zu bleiben.

Jack war schon da, als Willy in der Notariatskanzlei in Santa Rosa ankam. Es hätte eigentlich gar keinen Grund für Willys Anwesenheit gegeben. Alle Papiere waren schon vom Käufer in London ordnungsgemäß unterzeichnet und notariell beglaubigt worden. Nur Jack als Verkäufer mußte jetzt noch unterschreiben. Eine mühselige Prozedur, aber zur Mittagszeit war alles fertig.

»Wollen wir im Club zusammen essen?« fragte Jack.

Willy war nicht wild darauf, aber Jack hatte anscheinend das Gefühl, daß sich das bei so einem Anlaß gehörte. Mit Willys Gleichgültigkeit war es allerdings vorbei, als Jack gegen Ende des Essens aus irgendeinem Grund anfing, über seine Karriere als Architekt zu reden.

»Also, Willy«, begann er, »ich werde immer gefragt, auf welches Gebäude oder Projekt ich am stolzesten bin. Jack Kennedy und ich kannten uns ja ziemlich gut, und ich habe ein paar Regierungsaufträge bekommen, darunter auch das neue Bürogebäude des Senats in Washington. Mir gefällt es, aber die Kritiker halten es für einen Scheißhaufen.

Ich habe in den 60er Jahren sowohl für den Schah von Persien als auch für König Fahd von Saudi Arabien gearbeitet. Das waren große Projekte, meistens ganze Komplexe von Regierungsgebäuden. Und diese Häuser *waren* Scheißhaufen, große Scheißhaufen. Aber ich habe viel Geld damit verdient. Der Schah und der König sind jetzt beide schon lange tot, und seit sie abgetreten sind, habe ich da drüben auch nichts mehr gemacht. Ich konnte übrigens den Schah gut leiden. Ich glaube, ich bin der einzige Amerikaner, der ihn mochte, oder wenigstens der einzige, der das immer noch zugibt.«

Er erzählte weiter.

»Aber das Projekt, das mir am liebsten war, ist nie gebaut worden. Das war ein Auftrag von Bill Gates, dem Boß von Microsoft. Genauer gesagt war es ein gemeinsames Projekt, das er zusammen mit einem japanischen Unternehmen namens Fujitsu geplant hatte. Die machen Computer-Hardware und wollten in einem Joint Venture mit Gates ins Software-Geschäft einsteigen. Genau wie Toyota das mit General Motors in Fremont gemacht hat, wo sie so ein Gemeinschaftsauto bauen – mit japanischem Management, amerikanischen Arbeitern und Montageteilen aus einem Dutzend Ländern. Ich habe mich an der Ausschreibung für das Montagewerk beteiligt, aber verloren. Wo war ich gleich stehengeblieben?«

»Bei Microsoft und Fujitsu.«

»Richtig. Sie wollten, daß ich eine Stadt entwerfe. Eine vollständig neue Stadt. Etwa nach dem Muster von Levittown, der Stadt, die sie nach dem Zweiten

Weltkrieg in Pennsylvania aus dem Nichts aufgebaut haben. Sie nannten sie nach dem Mann, der die Stadt geplant hatte. Die Stadt, von der ich jetzt rede, sollte allerdings ganz anders werden als Levittown. Alles sollte erstklassig sein. Die Grundidee dabei war, eine Stadt zu schaffen, die die besten Computerfachleute auf der ganzen Welt anzog. Ich höre von meiner früheren Haushälterin, daß Sie auf meiner Ranch offenbar dasselbe mache.«

Jack bemerkte die Überraschung auf Willys Gesicht.

»Keine Angst«, sagte er. »Das bleibt unter uns. Aber ich erzähle Ihnen von diesem Stadtgründungsprojekt, weil ich dachte, daß Sie das interessiert.

Es gab sogar schon einen Namen für die Stadt. Sun River City. Mein Gott, sogar der Name war toll, finden Sie nicht? Sie sollte etwas außerhalb von Bend in Oregon gebaut werden. Das ist eine herrliche Landschaft, mit Bergen und Flüssen, Wäldern, Weingütern, Adlern und Bären. Außerdem äußerst dünn besiedelt. Noch nicht mal Touristen kommen da hin. Ist ihnen wahrscheinlich zu abgelegen. Es ist eines der letzten intakten Paradiese, die es in Amerika noch gibt. Und es liegt relativ nahe am Hauptsitz von Microsoft in Redmond, Washington, wenigstens per Flugzeug. In meinen Entwürfen war natürlich ein Rollfeld vorgesehen, das sogar für kleine Düsenflugzeuge geeignet war.

Na ja, ich habe fast zwei Jahre und die beiden Firmen fast sechs Millionen Dollar in die Pläne für die kleine Stadt gesteckt. Und dann haben sie beschlossen, die Sache nicht zu machen.«

»Wieso?«

»Ich glaube, IBM – die verwenden in ihren PCs hauptsächlich Elemente von Microsoft – fand, man sollte überhaupt keine Joint Ventures mit den Japanern machen. Was mir wirklich schwer zu schaffen gemacht hat, war der Umstand, daß es sich bei dem Projekt nicht nur um eine utopische Idee handelte, die sich nie hätte realisieren lassen, weil die Finanzierung unmöglich war. Dieses Projekt wäre leichter zu finanzieren gewesen als irgendein anderes, an dem ich je beteiligt war. Ich habe die Sache mit ein paar Investmentbanken in New York durchgesprochen. Die hätten alle sofort mitgemacht, wenn ich das Startzeichen gegeben hätte. Sie hätten die Anleihen zehnmal wieder loswerden können.«

»Wie lange ist das her?«

»Das Projekt ist erst letztes Jahr gekippt worden.«

»Und wieso habe ich nie davon gehört?«

»Sie kennen Bill Gates nicht. Oder die Burschen im Vorstand von Fujitsu. Im Vergleich zu denen wirkt die Sphinx wie eine Plaudertasche.«

»War die Finanzierung schon geklärt?«

»Ja, natürlich. Das Parlament von Oregon hat bereits vor zwei Jahren ein entsprechendes Gesetz verabschiedet. Damit ist eine eigene Behörde für das Projekt ins Leben gerufen worden, die Sun River City Economic Development Authority. Die Gelder, die durch die erste Emission von Schuldverschreibungen hereingekommen wären, hätten in den Aufbau der primären Infrastruktur und in die Finanzierung von Schulen und kulturellen Einrichtungen fließen sollen. Durch die nächste Emission wären dann die Mittel für die erste Stufe des Wohnungsbaus aufgebracht worden. Undsoweiter.«

»Und alles, was man bei der ersten Emission hätte vorweisen müssen, wäre freies, unerschlossenes Gelände in der Nähe von Bend in Oregon gewesen.«

»Und dazu noch sechs Millionen Dollar für die Planungskosten und die Unterstützung der Regierung von Oregon. Das ist schwer zu übertreffen.«

»Wem gehört denn das Land?«

»Einem Mann, der auch in der Aufsichtsbehörde der Bezirksverwaltung sitzt. Soweit ich weiß, gehört ihm das Land immer noch.«

»Was hat er für die Option verlangt?«

»Viel zuviel, als er herausfand, daß Gates an der Sache beteiligt war. Heute könnte man dieselbe Option wahrscheinlich für ein Butterbrot bekommen.«

»Nochmal zurück zur Erstfinanzierung. Wieviel sollte dabei reinkommen?«

»Hundert Millionen Dollar. Es liegt ja in der Natur eines solchen Projekts, daß zuerst einmal für eine ganze Anzahl von Jahren kein Geld hereinkommt. Es dauert, bis man eine brandneue Stadt so weit entwickelt hat, daß Steuern hereinkommen. Das Ganze sollte mit einer thesaurierenden Anleihe mit dreißigjähriger Laufzeit finanziert werden. Ich weiß nicht, ob Sie mit staatlicher Finanzierung besonders vertraut sind, Willy, aber das ist der Ausdruck, den man da für Zero Bonds benutzt.«

Bingo!!!

»Also«, sagte Willy, »das ist die interessanteste Sache, die ich seit langem gehört habe. Glauben Sie, ich könnte die Pläne mal sehen?«

»Du meine Güte, Willy. Sie würden einen Monat brauchen, um bloß durch die Hälfte durchzusteigen. Aber ich habe im Büro ein halbes Dutzend Exemplare der Zusammenfassung. Das wäre die Grundlage für den Entwurf des Börsenzulassungsprospekts der ersten Emission gewesen. Die Zusammenfassung enthält Hochrechnungen bis in alle Ewigkeit und darüber hinaus. Wenn Sie wirklich so sehr daran interessiert sind, schicke ich Ihnen ein Exemplar auf die Ranch. Und wenn Sie sich danach die Originalpläne anschauen wollen, dann schicke ich Ihnen die auch.«

»Das wäre sehr nett«, bedankte sich Willy.

»Denken Sie vielleicht daran, Sun River City selbst zu bauen?«

»Vielleicht.«

Oder vielleicht auch nicht.

Willy ließ es sich nicht nehmen, das Essen zu bezahlen, und war um zwei Uhr wieder auf der Ranch. Um vier Uhr rief Frank an.

»Wie ist es gelaufen?« fragte Willy sofort.

»Wunderbar. Nach unserem Gespräch gestern abend bin ich noch auf eine Idee gekommen. Ich habe mich mit Ravitch und George Abbott und zwei seiner Gefolgsleute aus dem Rathaus zum Essen verabredet. Auf diese Art konnte Ravitch aus erster Hand erfahren, daß die Western Credit Rating Agency jetzt zu den Institutionen gehört, die im Dienste der Stadt und des Bezirks San Francisco stehen. Das ging ihm runter wie Honig.«

»Wie lange dauert es, bis der Börsenprospekt für die San Francisco-Emission fertig ist?«

»Nur noch ein paar Tage. Abbott will gleich loslegen.«

»Prima. Und wie sieht's mit Ukiah aus?«

»Das ging auch ganz leicht. Als wir hinterher in sein Büro gegangen sind, habe ich Ravitch gesagt, daß Ukiah auch so schnell wie möglich loslegen will. Ich habe angedeutet – mehr als angedeutet –, daß ich nebenbei mit dem Finanzleiter von Ukiah noch einen kleinen Deal laufen habe. Meiner Meinung nach, sagte ich Ravitch, wäre der Finanzchef so scharf auf die Sache, weil er dringend Geld bräuchte. Man könne es ihm an den Augen ansehen. Wahrscheinlich hätte er Spielschulden oder sowas. Jedenfalls hat Ravitch mir die Geschichte abgekauft und eingewilligt, seinen Rating-Bericht auf der Grundlage der Zahlen anzufertigen, die ich ihm geliefert habe. Bis morgen ist der Bericht fertig.«

»Sehr gut, Frank. Was für ein Glück, daß ich dich gebeten hatte, Ravitch zu übernehmen.«

»Eine Sache ging ihm allerdings nicht so leicht runter: meine Bitte um ein kleines Büro in seiner Firma. Hoffentlich verstehst du das, Willy, aber als er mich gefragt hat, wieso ich das wollte, habe ich gesagt, daß du es so möchtest.«

»Und wie hat er darauf reagiert?«

»Ich glaube, das kann ich dir wörtlich wiedergeben: ›Traut dieser Scheißer mir nicht?‹«

»Und was hast du darauf gesagt?«

»Ich hab nur die Schultern gezuckt.«

»Aber du hast das Büro bekommen?«

»Ja. Und einen Schlüssel dazu. Es ist das beschissenste Zimmer in der ganzen Firma und liegt genau neben dem Aufzugschacht. Aber wenigstens sind wir jetzt drin.«

»Du hast also heute nur Volltreffer gelandet. Sehr gut.«

»Und wie geht's jetzt weiter?«

»Als erstes müssen wir den Prospekt für die Ukiah-Emission entwerfen. Aus verständlichen Gründen will ich nicht, daß irgend jemand in San Francisco damit zu tun hat. Wir machen das Ganze also hier oben. Ich kriege auch eine Sekretärin, und einen Drucker finden wir hier sicher auch. Wie lange werden wir brauchen?«

»Höchstens bis Ende der Woche. Im Dezember 1985, als das Gesetz über die Emission von Hypothekenpfandbriefen geändert wurde, haben wir drei Prospekte innerhalb von vierundzwanzig Stunden gemacht, damit wir die Frist nicht überschreiten.«

»Wunderbar.«

»Und wo bringen wir die Bonds unter?«

»Darum kümmere ich mich schon«, sagte Willy. »Ich denke da an eine private Geschichte. Die Zero Bonds für Ukiah werden in einem Portfolio verschwinden, das Papiere für sechs Milliarden Dollar umfaßt. Da verkrümeln die sich so unauffällig wie ein paar Sandkörner am Strand.«

38. KAPITEL

Während Willy telefonierte, fuhren draußen nacheinander fünf Autos vorbei und durch das Tor der River Ranch hinaus auf die Chalk Hill Road. Die fünf neuen Angestellten von P & Q Financial Products hatten ihren ersten Arbeitstag beendet. Vier Wagen bogen nach rechts ab, in Richtung Santa Rosa. Der fünfte schlug den Weg nach Healdsburg ein.

Lenny Newsom, der eine Stunde zuvor in seinem Mietwagen angekommen war, entschloß sich, dem letzten Wagen in die Stadt zu folgen. Und die Frau fuhr wirklich zur Plaza und ging ins Jacob Horner, das Lokal der anständigen Mädchen, wie der Barmann behauptet hatte. Als Lenny fünf Minuten später das Lokal betrat, saß die Frau an der Bar und unterhielt sich mit zwei anderen jungen Frauen.

Lenny wußte, daß er auf Frauen wirkte. Er hatte das schon früh entdeckt, als er in der kanadischen Eishockey-Amateurliga für eine Stadt in Ontario gespielt hatte, die Kitchener hieß. Er war Verteidiger, und zwar ein guter. Deshalb saß er oft wegen übertriebener Härte auf der Strafbank. Aber das machte ihn für die kanadischen Mädchen anscheinend nur noch attraktiver. Und er fand bald heraus, daß das auch in Healdsburg, Kalifornien, funktionierte.

»Ein Labatt's, wenn Sie welches haben«, bestellte Lenny, nachdem er zu den Mädchen hinübergeschlendert war, die am Ende der Bar kicherten.

»Ja, haben wir, aber kanadisches Bier wird hier nur selten verlangt«, meinte der Barmann.

»Na ja, ich bin Kanadier, und ich trinke es eben, weil es mich an zu Hause erinnert.«

»Was führt Sie denn hierher?«

»Ich bin jetzt im Lebensmittel- und Weingeschäft. Früher war ich Eishockeyspieler.«

»Haben Sie in der National Hockey League gespielt?«

»Fast. Ich hab eine Zeitlang für die Nationalmannschaft bei internationalen Turnieren gespielt.«

»Haben Sie sich dabei das Ding da eingefangen?«

Das wirkte immer. Die drei Mädchen verstummten, um Lenny anzuschauen oder – genauer gesagt – das, was er »die Narbe« nannte. Eine böse Narbe, die sich über die halbe Stirn zog. Davon abgesehen, war er ein außergewöhnlich gut aussehender Mann von Mitte Vierzig.

»Ja. Hoher Stock in einem Spiel mit den Tschechen in Prag. Ein absichtliches Foul.«

»Himmel, Sie meinen, das hat jemand absichtlich getan?« fragte die junge Frau neben ihm.

»Ja.«

»Und was haben Sie dann gemacht?«

»Ich hab zurückgeschlagen. Aber fair. Ohne Stock. Ich hab einfach die Handschuhe ausgezogen und ihn zusammengehauen, obwohl ich wegen dem ganzen Blut, das mir übers Gesicht lief, nicht viel sehen konnte. Er war schon k. o., bevor er aufs Eis geknallt ist.«

Das stimmte wirklich.

»Himmel«, rief sie noch einmal. »Und was ist dann passiert?«

»Ich bin disqualifiziert worden, und am nächsten Tag haben sie mich nach Kanada zurückgeschickt.«

∎

»Haben Sie danach wieder gespielt?«

»Ja, aber irgendwie war ich nicht mehr so mit dem Herzen dabei wie zuvor.«

Er sah Mitgefühl und Verständnis in ihren Augen.

»Ich heiße übrigens Lenny«, stellte er sich vor.

Sie hieß Pam. Pam Pederson. Und sie war die Frau, der er hierher gefolgt war. Sie war blond, groß, vielleicht fünfundzwanzig Jahre alt und hatte eine Figur wie eine Sportlerin. Er mochte große Frauen.

»Was macht ein kanadischer Eishockeyspieler in unserem kleinen alten Healdsburg?« fragte sie.

»Ich bin jetzt im Weingeschäft«, erklärte Lenny.

»Aber Sie trinken immer noch Bier«, stellte Pam fest.

»Alle Kanadier trinken Bier. Kanadisches Bier. Wollt ihr mal eins probieren?«

»Ja, klar. Warum nicht?«

Er bestellte vier Labatts – den gesamten Vorrat des Lokals.

Dann lud er die Mädchen zum Abendessen ein. Sie blieben im Jacob Horner, und das Essen war ganz hervorragend. Um acht Uhr waren sie schon fertig. Als sie gingen, kamen gerade drei Männer herein. Pam blieb stehen, um sich mit ihnen zu unterhalten, während Lenny und die beiden anderen Mädchen draußen auf dem Bürgersteig warteten.

Lenny, der die letzten zwei Stunden fast pausenlos geredet hatte, war plötzlich merkwürdig still. Als Pam schließlich zu ihnen nach draußen kam, sagte sie, die drei Männer seien ihre neuen Chefs. Und sie müsse jetzt gleich nach Hause und schlafen, weil die drei sie gebeten hätten, am nächsten Morgen schon früher anzufangen. Um sechs!

Als Lenny in seinem Wagen saß, konnte er sich

■

nicht mehr zurückhalten und platzte laut heraus: »Das war doch der verdammte Fred Fitch, mit dem sie geredet hat!«

Fitch war eine Zeitlang sein Zellennachbar in Pleasanton gewesen.

»Fred Fitch, der Blütenfabrikant. Und der arbeitet auf der River Ranch! Mal sehen, was Sid dazu sagt.«

Als er wieder im Motel war, rief er als erstes Sid Ravitchs Privatnummer an. Bisher hatte Lenny immer zweimal am Tag Bericht erstattet, aber jetzt rief er Ravitch zum ersten Mal so spät an. Als Ravitch sich am Telefon meldete, überfiel ihn Lenny gleich mit der Nachricht von seiner sensationellen Entdeckung.

Sid fiel ihm ins Wort.

»Lenny, streng doch mal deinen Grips an. Du blöder Affe hast mir doch selbst geholfen, Fitch aufzustöbern. Weil Willy Saxon mich darum gebeten hatte.«

»Aber Sid, vielleicht ist es genau das, was sie hier oben machen. Sie stellen Blüten her.«

»Vergiß es. So dumm ist Willy nicht. Fitch ist Computerfreak. Genau wie die beiden anderen. Das sind offensichtlich die Leute, von denen Willys Fahrer dir erzählt hat. *Deswegen* ist er da oben. Aber was genau macht unser Computerfreak? *Das* sollst du rausfinden, Lenny.«

»Ja, gut. Ich glaube, ich weiß jetzt auch, wie ich das hinkriege«, sagte Lenny.

»Wie denn?«

Lenny war sauer, weil Ravitch ihn so niedergemacht hatte. Deshalb knurrte er nur: »Das sag ich dir, wenn's geklappt hat.«

»Auch gut. Und trink nicht so viel, Lenny. Du klingst jedesmal ziemlich weggetreten, wenn ich mit dir telefoniere.«

»Wie du befiehlst, Sid.« Lenny knallte den Hörer auf.

Manchmal ging ihm Ravitch echt auf die Nerven. Wofür hielt der sich eigentlich, daß er so mit ihm umsprang? Schließlich waren sie beide an der Goldgeschichte beteiligt gewesen, aber nur er hatte gesessen. Ravitch nicht.

Undankbarer Mistkerl.

Den Rest des Abends verbrachte er in seinem Zimmer vor dem Fernseher und dachte an Pam Pederson. Er nahm sich vor, beim nächsten Mal das Geschäftliche mit ein bißchen Vergnügen zu verbinden.

39. KAPITEL

Frank Lipper war am nächsten Morgen schon um acht Uhr da. Bis neun hatte er im Börsenraum seine eigene Ecke mit Beschlag belegt und Pam Pederson gebeten, ihm bei der Arbeit am Börsenprospekt für die Ukiah-Zero Bonds zu helfen.

Kurz nach neun kam Willy. Er setzte sich an einen freien Schreibtisch und rief sofort Marshall Lane in New York an.

»Wie ich höre, sind die inversen Floater, die Sie gekauft haben, schon um zehn Prozent gestiegen«, eröffnete Willy das Gespräch.

»Ja. Nicht schlecht für drei Tage«, bestätigte Lane.

»Haben Sie noch etwas?«

»Das kommt darauf an. Verwalten Sie irgendwelche Fonds, die von Währungsspekulation ausgeschlossen sind?«

»Meine Investmentgesellschaft verwaltet dreizehn Fonds, Willy. Drei sind reine Pensionsfonds. Mit dem Geld daraus dürfen weder Devisen- noch Termingeschäfte gemacht werden.«

»Dann habe ich was für Sie. ICONs.«

»Was zum Teufel sind denn ICONs?«

»Index Currency Option Notes.«

»Und wie funktionieren die?«

»Die gehen mit der Währung, an die sie gebunden sind, rauf und runter. Man kann das so herum oder auch andersherum machen.«

»Also, das ist nun wirklich ein neuer Dreh.«
»Und absolut legal.«
»Und genau zur rechten Zeit«, sagte Lane. »Irgendwann in den nächsten Monaten bricht auf den Devisenmärkten die Hölle los, genau wie im Herbst 1992.«
»In diesem Punkt sind wir einer Meinung.«
»Könnten Sie mir gleich mal die Einzelheiten zukommen lassen?«
»Sie kriegen ein Fax, sobald ich aufgelegt habe.«
»Warten Sie. Wenn ich mich recht erinnere, haben Sie gesagt, daß Sie etwa zum jetzigen Zeitpunkt dieses Huckepackgeschäft mit Kommunalobligationen der Stadt und des Bezirks San Francisco perfekt gemacht haben müßten – diese Geschichte, von der Sie auf Denises Ranch erzählt haben.«
Das ist schon gelaufen. Sie bekommen Anfang nächster Woche ein Vorabexemplar des Prospekts. Ich meine, einen Börsenzulassungsprospekt. Ich vergesse diesen Ausdruck dauernd.«
»Wie hoch ist die Rendite?«
»Auf die normale Schuldverschreibung 5,5 Prozent. Auf den Hypothekenpfandbrief 6,4 Prozent.«
»Das läßt sich hören. Wie komme ich da ran? Ich habe Ihnen ja auf Denises Ranch gesagt, daß meine Garantiefonds alle über sehr hohe Barreserven verfügen.«
»Rufen Sie Dan Prescott an. Der kümmert sich um Ihr Problem.«
»Wunderbar. Haben Sie sonst noch etwas?«
»Ja. Etwas ganz Spezielles. Die Stadtverwaltung von Ukiah – das liegt etwa dreißig Meilen nordöstlich von Denises Ranch – bringt etwas ganz Feines heraus. Ukiah ist übrigens gerade bei einer Untersuchung über die Lebensqualität in Amerika auf Platz drei gelandet.«

»Vielleicht ziehe ich da hin«, meinte der New Yorker Finanzmakler.
Willy zuckte zusammen. »Nein, das ist viel zu lahm für Sie. Das Nest ist so langweilig, daß sogar ein Besuch Zeitverschwendung wäre. Aber trotz aller Langeweile ist es finanziell gesund. Sie machen eine Anleihe von zwanzig Millionen Dollar zur Finanzierung einer Recyclinganlage für Festmüll.«
»Was immer das sein mag«, sagte Lane.
»Wahrscheinlich so eine mechanische Müllverwertungsgeschichte. Das Papier ist ein Zero Bond mit einer Laufzeit von vierzig Jahren und einer Rendite von acht Prozent.«
»Heiliger Strohsack! Wieviel könnte ich *davon* bekommen?«
»Alles, wenn Sie wollen. Sie sind mein bester Kunde, Marshall. Das muß ich zugeben. Und das hier ist genau die Art von Deal, die ein Portfolio erst so richtig abrundet. Wenn Sie die Bonds haben wollen, gehören sie Ihnen.«
»Ich nehme sie, Willy.«
»Gut. Ich kümmere mich persönlich darum. Das heißt zusammen mit meinem Freund Frank Lipper. Sie erinnern sich doch an Frank, oder?«
»Selbstverständlich. Das war doch der Bursche, der für Sie diesen berühmten Junk Bond-Trip Mitte der 80er Jahre organisiert hat. Stimmt's?«
»Genau. Frank ist jetzt bei Prescott & Quackenbush und hat auch die Ukiah-Emission organisiert. Mit meiner Hilfe, natürlich.«
»Verstehe, Willy. Und vergessen Sie nicht, das Fax mit den Angaben über diese ICONs abzuschicken.«
»Sie haben es in fünf Minuten. Bis später dann, Marshall«, sagte Willy und hängte ein.

∎

Frank Lipper hatte das Gespräch von seinem Schreibtisch aus mit angehört.

»Du bist wirklich ein Phänomen, Willy«, rief er begeistert. »Alles läuft genauso, wie du gesagt hast. Nächste Woche können wir die Zero Bonds vergessen und was Neues anfangen.«

»Das ist nicht ganz richtig«, korrigierte Willy ihn. »Erst machen wir noch eine Zero Bond-Geschichte und *dann* was Neues. Aber zuerst wollen wir mal Ukiah für vierzig Jahre verschwinden lassen. Am Freitag nachmittag will ich den Prospekt auf dem Tisch haben.«

40. KAPITEL

Am Freitag nachmittag um drei Uhr lag Willy der Prospekt über die in Kürze durch die Stadt Ukiah erfolgende Emission von Schuldverschreibungen vor, mit denen die Finanzierung einer Recyclinganlage für Festmüll im Wert von zwanzig Millionen Dollar sichergestellt wurde. Um den Prospekt innerhalb von achtundvierzig Stunden fertigzustellen, hatten Frank Lipper und seine Assistentin Pam Pederson fast rund um die Uhr geschuftet.

Willy bedankte sich bei Pam persönlich mit einem Händedruck und sagte, sie solle eher Schluß machen und auch am Montag zu Hause bleiben. Auf dem Heimweg sollte sie ein Exemplar des Prospekts in der Druckerei in Healdsburg vorbeibringen. Die Druckerei wisse Bescheid.

Pam nahm zwei Exemplare des Prospekts mit. Eines brachte sie bei der Druckerei vorbei. Das andere behielt sie. Sie wollte es ihrem neuen Verehrer zeigen, dem Eishockeyspieler aus Kanada. Seit sie sich im Jacob Horner kennengelernt hatten, hatte er sie schon zweimal zu Hause angerufen, weil er sich mit ihr treffen wollte. Sie mußte ihm beide Male einen Korb geben, da sie Tag und Nacht mit Frank Lipper an diesem Anleiheprojekt arbeitete. Lenny wirkte beim zweiten Mal etwas mißtrauisch. Und jetzt konnte sie ihm den Beweis dafür liefern, daß sie tatsächlich gearbeitet hatte. Er erkundigte sich sowieso dauernd nach ihrer Arbeit.

Aber sie wollte ihm den Prospekt nicht sofort unter die Nase halten. Schließlich hatte sie Lenny erst einmal gesehen, und wer konnte wissen, wie lange *diese* Beziehung dauern würde? Deshalb ließ sie den Prospekt auf dem Küchentisch liegen.

Lenny holte sie punkt sieben Uhr ab, und um halb acht saßen sie im Chevys in Santa Rosa auf der Terrasse, aßen Guacamole und tranken ihre erste Margarita. Pam hatte Lenny die ganze Zeit über angeschaut und ihm zugehört und selbst sehr wenig gesagt. Der Mann ihrer Träume war er nicht – für ihren Geschmack ein bißchen zu geschniegelt und zu ordinär –, aber er hatte eine starke männliche Ausstrahlung, das spürte man sofort.

Daß er auch auf andere so wirkte, hatte sich schon in dem Augenblick gezeigt, als sie das Chevys betraten. Die Augen all der achtzehnjährigen, vollbusigen mexikanischen Flittchen in ihren kurzen Röcken, die da mit ihren amerikanischen Freunden hockten, hatten sich auf Lenny gerichtet, als er und Pam hereingekommen waren. Es muß an der Narbe liegen, dachte sie, und umklammerte den Arm ihres Begleiters noch fester.

»Wieso bist du eigentlich so groß?« fragte er, als sie Platz genommen hatten.

»Du meinst wohl groß und kräftig«, gab sie zurück. »Weil meine Eltern beide schwedischer Abstammung sind.«

»Meine Eltern hatten irische und französische Vorfahren. Vielleicht liegt es an dem französischen Erbteil, daß ich im Weingeschäft gelandet bin. Aber ich glaube, der irische Anteil überwiegt. Deswegen war ich dauernd in irgendwelche Schlägereien verwickelt.«

»Auch mit deiner Frau?« fragte sie.

»Wahrscheinlich, wenn ich verheiratet gewesen wäre.«

»Du warst nie verheiratet?«

»Nein. Ich hab in Kanada nie die Richtige gefunden.«

Pam Pedersons Interesse an Lenny Newsom stieg sprunghaft, als sie das hörte. Er mochte ja geschniegelt und ordinär und nicht mehr der Jüngste sein, aber er war ein gutaussehender Mann mit einer starken Ausstrahlung, und er war nicht verheiratet.

Um halb zwölf waren sie wieder in Healdsburg und saßen vor Pams Haus im Auto. Als echte Skandinavier, sagte sie, schliefen ihre Eltern bereits seit Stunden.

»Wenn du also auf einen Kaffee reinkommen willst, mußt du wegen meiner Eltern keine Angst haben.«

Sie saßen nebeneinander im Wohnzimmer auf dem Sofa und tranken Kaffee. Um Mitternacht legte er den Arm um sie. Um fünf nach zwölf stellte sie Musik an und machte das Licht aus.

Um zwei Uhr morgens kam ein ziemlich erschöpfter Lenny Newsom aus dem Haus der Pedersons und hielt einen Prospekt in der Hand, auf dem der Name Ukiah stand.

Am nächsten Morgen um acht war Lenny schon im Wagen und auf dem Weg nach San Francisco. Er hatte gerade mit Sid Ravitch telefoniert, der meinte, wenn es *so* wichtig sei, solle er in sein Büro kommen. Lenny wollte am Telefon nicht über Einzelheiten reden. Vielleicht hörte jemand an der Rezeption mit. In einem Nest wie Healdsburg gab es ja sonst nicht viel zu tun.

Zwei Stunden später berichtete Lenny zunächst, daß seine neue Freundin jetzt für ihn auf der River Ranch arbeitete. Davon war Ravitch sehr angetan. Aber als Lenny ihm triumphierend den Börsenprospekt überreichte, warf Sid Ravitch nur einen Blick darauf und schleuderte ihm den Prospekt ins Gesicht.

»*Dafür* holst du mich am Samstagmorgen aus dem Bett?«

»Das ist das geheime Projekt, an dem sie arbeiten.«

»Geheim?«

»Ja, klar. Das hat mir das Mädchen gesagt. Sie haben ihr mindestens zehnmal eingebleut, daß sie mit keinem Außenstehenden darüber reden darf. An der Geschichte ist bestimmt was faul.«

»Du Schwachkopf! ›Faul‹ ist daran lediglich, daß sie versuchen, die Verbindung zwischen der Investmentbank, die diese Papiere ausgibt, und Willy Saxon zu vertuschen. Aber das hättest *du* dir doch denken können. Du bist ihm schließlich letzte Woche zu Prescott & Quackenbush nachgefahren, verdammt nochmal.«

»Ja, schon, aber hast du was von diesem geheimen Projekt gewußt?« Lenny wurde allmählich wütend.

»Schlag doch mal das Inhaltsverzeichnis des Prospekts auf. Das ist immer auf Seite drei. Dann such mal, wo ›Rating‹ steht.«

»Auf Seite einunddreißig, steht hier.«

»Schlag die Seite auf. Und dann lies das. Es ist nur ein Absatz, das geht also ganz schnell.«

Lenny schlug die Seite auf und las.

»Hier steht, daß die Western Credit Rating Agency den Papieren ein A-Rating gegeben hat.«

»Und die Western Credit Rating Agency bin ich, Lenny. Na ja, nicht mehr ganz. Wie du weißt, sind das jetzt Willy und ich. Für diesen einen Absatz habe ich fünfundzwanzigtausend Dollar gekriegt. Und noch mal fünfzigtausend Dollar für einen Absatz, der in einem Prospekt für die Stadt und den Bezirk San Francisco steht. Das ist auch von Willy Saxon eingefädelt worden.«

»Du willst also damit sagen, daß alles vollkommen legal ist?« fragte Lenny.

»Ja. Aber da läuft etwas – da *muß* was laufen. Und wir kriegen's nicht mit, wofür ich auch noch jeden Tag tausend Dollar plus Spesen löhnen darf. Wir lassen das Ganze jetzt erstmal, Lenny. Geh du eine Zeitlang nach Toronto, ein paar Monate vielleicht, und besuche deine Freunde und Verwandten. Ich gebe dir Bescheid, wenn es hier wieder losgeht. Okay?«

»Du meinst, ich soll sofort verschwinden?«

»Das kannst du machen, wie du willst. Laß mir eine Nachsendeadresse da, damit du deine Schecks bekommst. Da«, sagte Ravitch und schob ihm Stift und Papier über den Schreibtisch. »Schreib die Adresse auf.«

Ein paar Minuten später stand Lenny wieder unten auf der samstäglich menschenleeren Montgomery Street.

Er hatte das Gefühl, gleich durchzudrehen. »Zuerst Fred Fitch, und jetzt auch das noch. Das war das letzte Mal, daß ich ihm irgendwas sage oder zeige, bevor ich nicht absolut sicher bin, daß wir Willy ans Kreuz genagelt haben.«

Er fuhr direkt nach Healdsburg zurück. Drei Tage später, nach einem sehr langen Montagabend, den er zum größten Teil mit Pam Pederson in seinem Zimmer im Vintage Inn verbrachte, flog Lenny Newsom nach Kanada.

Wenn er noch einen Monat länger geblieben wäre, hätte er zweifellos ein Exemplar eines anderen Prospekts in die Hand bekommen. Ein Prospekt, in dem ein neues Papier, ein neues Bond beschrieben wurde, das in Kürze von der Sun River City Development Authority ausgegeben würde.

Ein Zero Bond.

41. KAPITEL

»Das ist das letzte Mal, glaub mir«, sagte Willy zu Frank Lipper. Sie saßen in zwölftausend Meter Höhe in der dritten Reihe einer United Airlines 767 und waren auf dem Weg nach New York.

»Die Ukiah-Geschichte war eine Art Test«, fuhr er fort. »Und du mußt zugeben, Frank, es ist wie am Schnürchen gelaufen. Ganz fabelhaft. Sogar die Börsenaufsicht hat es einfach geschluckt. Von denen kam keine einzige Rückfrage. Die Bonds sind jetzt für vierzig Jahre praktisch begraben.«

»Da gebe ich dir recht«, sagte Frank. »Aber warum dann nochmal so eine Emission? Warum Sun River City und nicht noch eine Recyclinganlage irgendwo anders? Und warum gleich jetzt?«

»Das sind drei sehr gute Fragen, Frank. Du solltest im Fernsehen auftreten und in *Meet the Press* die Fragen stellen. Ich werde sie dir der Reihe nach beantworten. Aber wollen wir nur reden? Sollten wir nicht mal ausprobieren, ob man gleichzeitig reden und trinken kann?«

»Ich bin für letzteres.«

»Du bist ein guter Reisebegleiter, Frank.«

Nachdem die Bloody Marys gebracht und angemessen gewürdigt worden waren, nahm Willy den Faden wieder auf. »Jetzt zu Frage Nummer eins: Warum nochmal so eine Emission? Antwort: Weil wir mit zusätzlichen hundert Millionen Kapital in eine andere

Liga aufsteigen. Nicht in die Liga von Morgan Stanley oder Lehman Brothers, aber wir sind dann so groß, daß wir bei manchen Transaktionen gegen sie antreten können.«

Er nahm einen Schluck von dem nur sehr schwach alkoholisierten Tomatensaft.

»Was die Frage betrifft, warum keine weitere Recycling-Anlage in einer anderen Stadt: Glaub mir, daran hab ich auch gedacht. Ich hatte mir die nächste Stadt sogar schon ausgesucht – Eureka, weiter oben an der Küste. Aber zwanzig Millionen lohnen das Risiko nicht.«

Er aß ein paar Erdnüsse.

»Damit sind wir bei Sun River City. Das Ganze ist so gut geplant und durchdacht – sogar du mußt das zugeben, Frank –, daß es das Risiko sicherlich lohnt. Schließlich klimpern dabei hundert Millionen in die Kasse, in unsere Kasse, also soviel wie ein Ukiah, ein Eureka, ein Fresno, ein Modesto und ein San Luis Obispo zusammengenommen. Verstehst du? Ich habe viel darüber nachgedacht.«

»Du hast wie immer recht, Willy. Aber warum jetzt?«

»Man muß das Eisen schmieden, solange es heiß ist«, sagte Willy. »Das ist natürlich ein Klischee, aber in jedem Klischee steckt eine Menge Wahrheit. Im Moment ist P & Q Financial Products so gefragt, daß ich die Bay Bridge verkaufen könnte, besonders in New York. Ich glaube, die meisten Anleger da würden sich wegen der größeren Nähe lieber an die Brooklyn Bridge halten, aber die Bay Bridge ist zweitausendfünfhundert Meilen entfernt. Wie Sun River City. Doch ich schweife ab.«

Wieder nahm er einen Schluck des Getränks, das United Airlines als Bloody Mary ausgab.

»Ich beziehe mich jetzt in erster Linie auf unsere inversen Floater. Dann auf unsere ICONs. Und schließlich, seit letzter Woche, unsere LIBOR Turbos.«

»Wer hat sich die eigentlich ausgedacht?«

Das war ein Joint Venture aller drei Derivate-Freaks.«

»Die Leute von den Geldmarktfonds sind ja regelrecht aus dem Häuschen geraten.«

»Würde dir das etwa nicht so gehen? Statt dem LIBOR, dem London Interbank Offered Rate, also einem Zinssatz von dreieinhalb Prozent, bekommen sie fünfmal soviel.«

»Wenn sie Glück haben«, sagte Frank.

»Die Hoffnung aber währet ewiglich.«

»Nochmal kurz zurück zu Sun River City, Willy«, meinte Frank. »Was Derivate betrifft, sind wir wirklich groß rausgekommen. Die Leute in New York kaufen alles, was wir ihnen anbieten. Aber mit diesen Papieren ist das was anderes. Die können wir nicht alle bei deinem Freund Marshall Lane unterbringen. Was passiert denn, wenn *hinterher* irgendein Anwalt von einem der anderen Fonds sich reinkniet und alles richtig überprüft?«

»Wir haben drei Verteidigungslinien. Erstens unseren Rechtsberater Bobby Armacost. Er ist im Osten und im Westen als einer der Besten seines Fachs bekannt. Wenn irgendwelche kniffligen Fragen auftauchen, dann sorge ich dafür, daß er telefoniert oder gleich ins Flugzeug steigt.«

»Zweitens?« fragte Frank.

Willy deutete auf das Gepäckfach über sich.

»Wir haben vier zehn Pfund schwere Päckchen von Jack Warnekes Plänen für Sun River City dabei. Wir werden mit drei, höchstens vier Rentenfondsverwaltern reden. Und jeder von ihnen bekommt so einen Zehnpfünder mit der Aufschrift ›Nur zur innerbetrieblichen Verwendung‹. Schon die reine Masse verschlägt doch ihren Anwälten die Sprache, besonders wenn da auch noch Jacks Name draufsteht. Jeder weiß, daß er ein enger Freund der Kennedys ist. Das flößt sogar den Leuten in New York Respekt ein.«

»Ganz bestimmt. Zudem geht es hier ja um einen verhältnismäßig kleinen Einsatz.«

»Genau. Ich hoffe, daß Marshall die Hälfte schluckt und daß wir noch zwei andere Fonds finden, die sich für jeweils fünfundzwanzig Millionen engagieren. Und jetzt kommen wir zur letzten Verteidigungslinie – unserem Bezirksrat und Immobilienhändler in Oregon. Der Typ, dem wir eine Million für eine zweijährige Option auf seine nutzlosen dreißigtausend Acres bezahlt haben. Oder sind es vierzigtausend?«

»Dreißigtausend. Da ich das Geschäft letzte Woche mit ihm abgeschlossen habe«, sagte Frank, »sollte ich ja wenigstens *das* wissen.«

»Also, wenn irgend so ein New Yorker Staranwalt nach Bend in Oregon fährt, um sich die Sache näher anzuschauen, dann sitzen wir zweifellos ganz tief in der Scheiße, Frank. Aber es besteht eine gute Chance, da rauszukommen, solange wir zur Schadensbegrenzung unseren Mann im Bezirksrat haben.«

»Eine ziemlich wacklige Verteidigungslinie«, gab Frank zu bedenken. »Na, höchstwahrscheinlich wird sowieso niemand versuchen, an den ersten beiden Linien vorbeizukommen. Diese Anwälte verlangen zweihundertfünfzig Dollar die Stunde. Wer wird denn schon Interesse daran haben, daß sie Tausende von Meilen entfernt wahnsinnige Mengen von Arbeitsstunden ansammeln, und das nur wegen einer mickrigen Anleihe von fünfundzwanzig Millionen Dollar, die in ein Portfolio von drei Milliarden Dollar geht?«

»Genau das denke ich auch.«

»Weißt du, Willy«, meinte Frank dann, »das alles erinnert mich an alte Zeiten. Wir sind auf dem Weg nach New York, um unsere Ware an den Mann zu bringen. Weißt du noch, wie wir das letzte Mal auf Tournee gegangen sind?«

»Wie könnte ich das vergessen«, gab Willy zurück. »Das war 1986. Unser letzter großer Deal mit Junk Bonds. Komisch, daß du das jetzt sagst. Marshall Lane hat neulich auch davon angefangn. Ich glaube, das war eben das, was man ein denkwürdiges Ereignis nennt.«

»Ich vergesse nie den Augenblick, als du mir sagtest, ich solle eine Boeing 747 chartern. Eine gottverdammte 747!« rief Frank.

»Na ja, wir brauchten ja Platz für die Rockband. Und zum Tanzen.«

»Es hat ein Vermögen gekostet, die Maschine so herrichten zu lassen, wie wir es wollten.«

»Aber das war es auch wert.«

»Wenn du dich noch erinnerst – unsere erste Zwischenlandung war in Frankfurt, dann kam London, dann New York. In New York sind die meisten zugestiegen, darunter Marshall Lane und die anderen drei Leute, mit denen wir morgen einen Termin haben.«

»Ich hab mir die ja auch nicht zufällig ausgesucht«, sagte Willy.

»Und dann noch San Francisco, bevor es nach Hawaii weiterging.«

»Aus heutiger Sicht war der Stop in San Francisco ein Fehler. Weil zu viele Fondsverwalter eingestiegen sind.«

»Wieso war das ein Fehler?«

»Weil ich mir das halbe Bankenestablishment von Kalifornien zu Feinden gemacht habe, allen voran dieser Typ, der die Aufsichtsbehörde für die Staatsbanken leitet. Er hat alles über die Party erzählt, als er gegen mich ausgesagt hat, und das hat mir vor Gericht sicher nicht geholfen. Aber das ist Schnee von gestern. Erzähl jetzt weiter von unserer Sause, Frank. Ich höre die Geschichte so gern.«

»Ja, also weißt du noch, wie wir schließlich in dem Hotel in Kona angekommen sind?«

»Das war ein toller Augenblick.«

»Und da, direkt neben dem Platz für das Luau, stand dieses Kanu oder Auslegerboot – oder wie sie die Dinger in Hawaii eben nennen –, bis oben hin voll mit Mai Tais!«

»Da waren bestimmt dreihundert Liter Rum drin.«

»Und nur sehr wenig Ananassaft.«

»Und jeder hatte einen großen Silberbecher, in den sein Name eingraviert war. Erinnerst du dich?«

»Natürlich. Aber als dann die Nutten aus Honolulu kamen – das war der absolute Höhepunkt. Vierzig Nutten in ihren Baströckchen und sonst nichts.«

»Dadurch haben wir eine Masse Junk Bonds verkauft«, lachte Willy.

»Besonders, nachdem die meisten Nutten bereit waren, mit uns zurückzufliegen.«

»Und das Abschiedsgeschenk, das unsere Kollegen beim Aussteigen bekamen, hat auch nicht geschadet.«

»Du meinst die goldenen Rolex-Uhren? Ja, das war ein guter Einfall. Die einzige Enttäuschung habe ich dann bei der Präsentation der Junk Bonds erlebt – auch eine sehr überzeugende Aktion, wie ich damals fand –, als nur sieben Leute aufgekreuzt sind. Wie ist eigentlich der heutige Kurs von dem Ding?« fragte Frank.

■

»Das letztemal, als ich nachgeschaut habe, lag er bei 152, im Vergleich zu einem Ausgabepreis von 98. Und seit 1986 wirft es jedes Jahr zwölf Prozent Zinsen ab. Das ist *ein* Grund dafür, warum die Leute in New York bei meinem Anruf alle gesagt haben, sie würden sich jederzeit und an jedem Ort mit uns treffen«, sagte Willy.

»Warum ist Dan Prescott nicht mitgekommen?«

»Willst du die Wahrheit hören?« fragte Willy.

»Ja, bitte.«

»Ich glaube, daß er – genauer gesagt: er und Bobby – ein bißchen auf Abstand zu uns gehen wollen, Frank.«

»Wollten sie bei der Sache hier auch nicht mitspielen?«

»Natürlich nicht. Aber was blieb ihnen am Ende anderes übrig? Ich mußte allerdings auf die Bibel schwören, daß das jetzt absolut das letzte Mal ist. Und es ist ja auch das letzte Mal. Mach dir keine Sorgen, die beruhigen sich schon wieder, wenn sie erstmal die Gewinne sehen, die unsere Freaks rausholen.«

»Wieviel ist es bis jetzt?«

»Wir liegen schon bei fast zwölf Millionen Dollar über der Vorgabe.«

»Lieber Gott, Willy! Hast du Dan und Bobby gesagt, daß wir diesmal Sid Ravitch vollkommen übergehen?«

»Ja. Ich mußte das tun, weil die Sache sonst vielleicht mal zufällig in Ravitchs Gegenwart erwähnt worden wäre. Ich nehme an, der Rating-Bericht, den du gemacht hast, ist auch da oben im Gepäckfach?«

»Ja. Auf dem offiziellen Briefpapier der Western Credit Rating Agency. Daß wir auf einem eigenen Büro in seiner Firma bestanden haben, Willy, war ein

Geniestreich. Übrigens habe ich der Poststelle gesagt, daß alle Anfragen im Zusammenhang mit Emissionen von Prescott & Quackenbush direkt in mein kleines Büro geleitet werden sollen.«

»Wir haben mal wieder denselben Gedanken gehabt, Frank.«

»Aber was ist, wenn versehentlich was auf Ravitchs Schreibtisch landet? Ich will ja nicht neugierig sein, aber ich glaube, du hast ihn irgendwie in der Hand. Richtig?«

»Ja.«

Gerade fing der Film an.

»Willst du dir den anschauen?« fragte Willy.

»Ja, warum nicht?« meinte Frank. Er zog das Rollo zu und nahm den Kopfhörer in die Hand.

»Noch was, Frank, bevor du den Hörer aufsetzt«, sagte Willy. »Unser Gespräch über das Fest hat mich auf einen Gedanken gebracht.«

»Ich weiß nicht, ob sowas in den 90er Jahren bei den Leuten noch ankommt«, gab Frank zu bedenken.

»Nein. Ich denke an was völlig anderes. Einen Skiausflug zu Weihnachten in die Schweiz. Was Gesünderes gibt es doch gar nicht.«

»Und wen willst du einladen?«

»Wart's ab. Es soll eine Überraschung sein.«

42. KAPITEL

Zwei Tage nach Weihnachten, kurz nach Sonnenaufgang, landete ein Jumbo der Swissair mit der gesamten Belegschaft von P & Q Financial Products in der ersten Klasse auf dem Flughafen Kloten bei Zürich. Auf der River Ranch war nur eine Angestellte zur Telefon- und Faxüberwachung zurückgelassen worden. Am Flugplatz stand ein gemieteter Bus bereit, um sie nach St. Moritz zu bringen.

Vier Stunden später trafen sie dort ein. Der Bus hielt an der Talstation der Seilbahn, mit der die Skifahrer aus dem Tal zum Piz Nair hinauffuhren, einem Berggipfel, der hoch über dem Tal aufragt. Es dauerte eine Zeit, bis alles ausgeladen war, aber um ein Uhr standen alle siebzehn Insassen des Busses mit ihrer Ausrüstung dicht gedrängt in der Gondel, die sich bald nach oben in Bewegung setzte. Auf halber Höhe, wo sich die aufwärts und abwärts gleitenden Gondeln kreuzten, gab es einen Halt auf dem Chanterella-Plateau. Hier stiegen alle aus. Sie wurden von vier Pferdeschlitten erwartet, die sie an ihr endgültiges Reiseziel brachten: ein riesiges privates Chalet, die Villa Engadin, nach dem Tal benannt, das jetzt unter ihnen lag. Dr. Guggi, Willis Anwalt in Liechtenstein, hatte das Haus über Neujahr angemietet. Guggi hatte sie zur Begrüßung auf dem Flughafen erwartet und war im Bus mitgekommen, um sicherzugehen, daß an ihrem Aufenthaltsort alles in Ordnung war.

Es war ein herrlicher Wintertag, der erste strahlende Tag seit mehr als zwei Wochen, wie man ihnen sagte. In diesem Jahr war schon früh sehr viel Schnee gefallen; im Tal etwa ein Meter, auf der Chanterella mindestens zwei, und gut über drei Meter auf dem Gipfel des Piz Nair.

Susie Bauer konnte es kaum erwarten, auf Skiern zu stehen, wollte aber nicht einfach losrennen, bevor alles im Chalet ausgepackt war. Vreni, die Haushälterin der River Ranch, die auch mitgekommen war, schaltete sich ein.

»Geht ihr jungen Leute nur los«, sagte sie. »Ich kümmere mich schon um die Sachen hier.«

Susie, ihr Mann Urs, Pam Pederson, die anderen Frauen und sogar Sara Jones, die erst im letzten Moment Willys Einladung angenommen hatte, standen innerhalb von zwanzig Minuten auf ihren Skiern. Angeführt von Susie, machten sie ihre erste Probeabfahrt ins Tal hinunter.

Die Derivate-Freaks waren selbstverständlich nicht mit von der Partie, und auch Frank Lipper und Willy Saxon hatten sich dagegen entschieden. Die beiden machten es sich in Liegestühlen auf der Veranda vor dem Chalet bequem. Vreni hatte irgendwo eine Flasche Aigle hervorgezaubert und schenkte jedem ein Glas des Schweizer Weißweins ein, während die beiden Männer die Wärme der Wintersonne genossen.

»Ist das ein Leben, was?« rief Willy, als die Haushälterin wieder im Haus verschwunden war.

»Weißt du was«, meinte Frank. »Ich glaube, diese Sause gefällt mir noch besser als die letzte.«

»Ja, wir werden wohl alt. Ich betrachte das hier eher als einen netten, altmodischen Ausflug. Was früher die

Sonntagsschulen für brave kleine Mädchen wie Susie und Pam veranstaltet haben.«

»Susie ist wirklich ein tolles Mädchen, nicht? Immer fröhlich, hilfsbereit und zu allen Schandtaten bereit.«

»Da hast du recht. Schön, daß wir diesmal eine Gruppe von so angenehmen jungen Leuten dabeihaben.«

»Und sie bewundern dich alle, Willy«, sagte Frank.

Zum Glück wurde Willy durch das Auftauchen von Dr. Guggi aus seiner Verlegenheit erlöst. Guggi war immer noch in Anzug und Krawatte.

»Alles in Ordnung?« fragte er besorgt.

»Alles bestens«, beruhigte ihn Willy. »Komm, hol dir auch einen Stuhl. Vreni bringt sicher gleich noch Wein.«

»Im Bus habe ich mit Urs Bauer gesprochen«, sagte Guggi. »Er arbeitet ausgesprochen gern mit dir zusammen, Willy.«

»Sowas Ähnliches habe ich Willy auch gerade gesagt«, warf Frank ein.

»*Wir* sollten froh sein, daß wir mit *denen* zusammenarbeiten«, wehrte Willy ab. »Wißt ihr, wieviel Geld sie bisher gemacht haben?«

Er machte eine dramatische Pause.

»Siebenundzwanzig Komma sechs Millionen Dollar.«

»Wirklich fabelhaft!« staunte der Anwalt. »Und genauso fabelhaft finde ich, wieviel Kapital du aufgetrieben hast, Willy. Ich habe gerade die neue Konsolidierungsbilanz von Prescott & Quackenbush bekommen. Ihr habt jetzt einen Kapitalstock von ungefähr hundertfünfzig Millionen Dollar. Wie hast du das nur geschafft?«

»Einfach war das nicht«, sagte Willy. »Aber eines will ich dir sagen – ohne eine solche Kapitalmenge hätten wir nie diese siebenundzwanzig Millionen Gewinn machen können.«

»Die Fahrt hierher ist also eine Belohnung für deine Leute?«

»Und für mich selbst. Das ist mein erster Urlaub in ich weiß nicht wie vielen Jahren«, gab Willy zurück. »Und den gedenke ich in vollen Zügen zu genießen.«

Um vier Uhr fuhren sie alle mit der Gondel wieder nach St. Moritz hinunter, spazierten durch den Ort und tranken dann im Café Hanselmann die berühmte heiße Schokolade und aßen Kuchen und Gebäck dazu, auch Willy. Um halb sieben waren sie wieder in der Villa, und um sieben setzten sie sich zum Abendessen an den großen Holztisch in der Küche. Es gab ein Fondue, das Vreni selbst zubereitet hatte. Dazu natürlich viel Aigle und Kirschwasser. Einen besseren Einstieg für einen Urlaub in den Schweizer Alpen gab es nicht. Um elf lagen sie alle in ihren warmen Federbetten.

Susie war am nächsten Tag schon früh auf und wollte am liebsten gleich wieder los. Um acht standen alle draußen vor dem Chalet. Diesmal waren auch Willy und Frank dabei, ebenso Dr. Guggi. Sie gingen zur Seilbahnstation und fuhren diesmal mit der Bergbahn zum Piz Nair hinauf.

Überraschenderweise war Guggi der erste, der oben von dem vereisten Gipfel startete. Die anderen merkten bald, daß er der beste Skifahrer der Gruppe war. Bis zum Mittag waren sie die Abfahrt dreimal gefahren und jetzt auf eine größere Herausforderung aus.

»Fahren wir doch nach Pontresina und versuchen es mal mit der Diavolezza«, schlug Guggi vor.

■

An einer Haltestelle im Zentrum von St. Moritz stand ein Bus, der jede Stunde die fünfzehn Minuten nach Pontresina fuhr. Dort fuhren sie mit der Seilbahn hoch und waren um zwei Uhr auf über dreitausend Meter. Als sie starteten, kamen sie praktisch sofort auf eine Piste, die steil nach unten führte, und dann um einen Gletscher herum scharf nach links. Willy fand es klüger, möglichst nahe bei einem der Schweizer in der Gruppe zu bleiben, und hielt sich in dieser Anfangsphase der Abfahrt ziemlich dicht hinter Susie. Nach etwa fünf Minuten wurde das Gelände flacher, und Susie fuhr scharf nach rechts hinüber, wo sie dicht vor ein paar Schildern stehenblieb, auf denen in riesigen roten Buchstaben stand: GEFAHR DANGER ATTENZIONE.

»Schauen Sie mal da runter«, sagte Susie. Sie standen nicht weiter als fünf Meter von einer Felskante entfernt, von der aus es mindestens dreihundert Meter tief steil nach unten ging, auf ein Gewirr von riesigen Felsbrocken zu.

»Da kann man ganz schön Angst kriegen«, schauderte Willy.

»Vor Jahren, kurz nachdem die Lifte eingerichtet worden sind und die Diavolezza freigegeben wurde, sind fünf Skifahrer – einer von ihnen war ein berühmter deutscher Sportler – in einem Schneesturm da runtergestürzt. Danach haben sie die Schilder hier aufgestellt«, erklärte Susie. »Das erinnert mich an diese Stelle auf der River Ranch, die am Weg zwischen dem Haupthaus und den anderen Häusern liegt.«

»Sie meinen, wo der Weg direkt am Steilufer über dem Russian River vorbeiführt?«

»Ja, genau da. Das ist gleich bei dem Haus, in dem wir jetzt wohnen. Und da geht es auch senkrecht nach unten, wenn auch nicht so weit. Aber genau wie hier liegen unten im Fluß riesige Felsen. Wenn ich an der Stelle vorbeikomme, überläuft es mich jedesmal ganz kalt.«

»Das hätten Sie mir doch mal sagen sollen«, meinte Willy. »Wenn wir wieder zurückkommen, werden wir da gleich was unternehmen.«

»Ich wollte Ihnen noch was anderes sagen, Mr. Saxon. Deswegen habe ich das überhaupt zur Sprache gebracht. Es ist etwas sehr Privates.«

»Schießen Sie los.«

»Urs und ich bekommen ein Baby. Wir wollen, daß es in Kalifornien zur Welt kommt, damit er die amerikanische Staatsbürgerschaft hat. Es ist ein Er, das wissen wir schon. Und wir möchten ihn nach Ihnen nennen.«

Willy brachte einen Augenblick lang keinen Ton heraus. Schließlich beugte er sich vor und küßte die junge Schweizerin auf die Wange.

»Ich gratuliere«, sagte er. »Wir passen alle gut auf Sie und ihn auf. Ich kümmere mich sofort um diese gefährliche Stelle auf der Ranch.« Dann fuhr er los, und Susie fuhr hinter ihm her.

Um sechs Uhr abends hielten vier hoch mit Heu beladene Schlitten vor der Villa Engadin. Im Licht von Taschenlampen überquerten sie das Plateau und fuhren den nicht besonders steilen Weg zum Suvretta-Haus hinunter, dem feudalen und gleichzeitig rustikalen Hotel, das in einen Tannenwald eingebettet liegt. Im Hotelrestaurant wurden sie schon erwartet. Man hatte das Hotel vorgewarnt, in welchem Aufzug sie erscheinen würden, so daß sie gleich ganz diskret in einen Extraraum geführt wurden. Willy setzte sich neben Sara an den Tisch.

»War das nicht ein herrlicher Tag?« fragte er.

»Ich bin so erledigt wie schon seit Jahren nicht mehr«, antwortete Sara.

»Ich auch. Und für morgen hat Guggi noch was Schwierigeres geplant. Den Corvatsch.«

»Ich weiß nicht, ob ich das schaffe.«

»Ich mache wahrscheinlich auch nicht mit«, schloß Willy sich an.

»Das wäre bestimmt eine gute Idee«, sagte Sara.

»Wieso?«

»Ich glaube, du solltest mal mit Denise reden. Sie hat mich in der Villa angerufen, bevor wir los sind.«

»Wie ist sie an die Nummer gekommen?«

»Ich habe sie angerufen und sie ihr gegeben.«

»Warum hast du sie angerufen?«

»Einfach, um mal guten Tag zu sagen.«

»Und das war der einzige Grund ihres Rückrufs?«

»Nein. Sie macht sich ein bißchen Sorgen.«

»Weswegen denn?«

»Wegen dir. Sie war gestern abend bei einem Essen und hat sich mit jemandem unterhalten, der die Aufsichtsbehörde der kalifornischen Staatsbanken leitet, Ralph Goodman. Sie sagt, du kennst den Namen.«

»Nur allzugut«, knurrte Willy. Er griff nach einem Wasserglas und bemerkte, daß seine Hand zitterte.

»Erzähl weiter«, sagte er, nachdem er bedächtig einen Schluck getrunken hatte.

»Rede lieber selbst mit ihr, Willy«, meinte Sara.

»Wie spät ist es in San Francisco?« fragte er.

Sie schaute auf die Uhr. »Muß man nun acht oder neun Stunden abziehen? Ich vergesse das immer.«

»Egal. Es ist also entweder zehn oder elf Uhr vormittags.«

»Ruf sie an, wenn wir wieder in der Villa sind. Ich habe ihr gesagt, daß wir essen gehen. Sie bleibt auf jeden Fall zu Hause, weil sie deinen Anruf erwartet. Sonst hätte sie mir das Ganze überhaupt nicht erzählt.«

Die nächsten Stunden kamen Willy wie eine Ewigkeit vor. Er aß nur ganz wenig und redete noch weniger. Aber niemandem außer Sara schien das aufzufallen. Irgendwie hatten die Männer und die Frauen sich am Tisch in Gruppen geteilt. Die Frauen, bei denen Susie das große Wort führte, unterhielten sich den ganzen Abend über die Dinge, die sie auf den Skihängen gemacht hatten. Frank und Werner Guggi unterhielten sich die meiste Zeit zu zweit. Die jüngeren Männer, bei denen Susies Mann der Wortführer war, unterhielten sich angeregt und manchmal auch sehr aufgeregt über die Dinge, die in Deutschland vorgingen. Und als Willy um halb zehn verkündete, daß die Schlitten vorgefahren seien, um sie zurückzubringen, waren sie regelrecht erleichtert. Dadurch konnten sie um zehn Uhr die Fernsehnachrichten sehen.

Das Telefon in Denises Wohnung in San Francisco läutete siebenmal, bevor sie den Hörer abnahm.

»Hier ist Willy.«

»Gut, daß du anrufst«, sagte sie mit rauher Stimme. »Bleib dran. Ich hole mir nur noch eine Tasse frischen Kaffee aus der Küche. Es dauert eine halbe Minute.«

Er wartete.

»So. Hier bin ich wieder«, sagte sie, als sie den Hörer aufnahm. »Wenn ich nervös bin, trinke ich anscheinend immer viel Kaffee.«

»Sara hat mir von eurem Telefonat erzählt.«

»Deswegen bin ich ja so nervös. Es geht mich wirklich nichts an, aber dieser fürchterliche Ralph Goodman hat mich vor dem Essen bei den Gettys gestern abend extra beiseite genommen. Ich weiß gar nicht, warum sie ihn überhaupt eingeladen hatten. Jedenfalls hat er gleich angefangen, über dich herzuziehen. Wie du in den achtziger Jahren durch Betrug und Bestechung kalifornische Sparkassen und Banken mit deinen Junk Bonds überschwemmt und dabei persönlich eine Milliarde Dollar verdient hast und nur drei Jahre sitzen mußtest. Das Urteil sei ein Hohn auf Recht und Gesetz gewesen, behauptete er.«

»Das ist nichts Neues, Denise«, meinte Willy.

»Halt, das Wichtigste kommt noch. Goodman sagte, er habe sich geschworen, dich zu erledigen, Willy, und diesmal endgültig, falls du wieder ins Wertpapiergeschäft einsteigen würdest.«

»Und?«

»Er hat gesagt, er hätte dich vor ein paar Monaten mit Dan Prescott im Candlestick Park gesehen. Aber nachdem er sich umgehört und dich anscheinend niemand in der Bank gesehen hat, hat er das Ganze wieder vergessen. Dann, einen Tag vor Weihnachten, hätte er zufällig Jack im Pacific Union Club getroffen. Jack hätte ihm erzählt, daß du sein Anwesen gekauft hast und daß er sehr froh darüber ist, weil es jetzt wieder einem guten Zweck diene.«

»Der gute alte Jack«, stöhnte Willy.

»Er wollte dir ganz bestimmt nicht schaden«, sagte Denise.

»Ja, ja. Was hat er Goodmann sonst noch erzählt?«

»Daß du ins Haupthaus gezogen bist, und daß das alte Konferenzzentrum jetzt voller Leute und voller Computer und Telefone steht.«

»Scheiße«, zischte Willy. »Und wie hat er daraus geschlossen, daß ich wieder im Wertpapiergeschäft bin?«

»Hat er nicht. Er hat nur gesagt, das käme ihm mächtig faul vor.«

»Wieso geht ihn das was an?«

»Goodman hat gesagt, du bist lebenslänglich vom Wertpapierhandel ausgeschlossen. Stimmt das?«

»Teilweise. Ich darf nicht als Makler oder Händler arbeiten. Aber als Berater kann ich für jeden arbeiten, für den ich will. Was will Goodman jetzt unternehmen? Hat er dir das gesagt?«

»Ja. Und deswegen habe ich Sara angerufen. Er sagte, sobald die Ferien vorbei seien, werde er gleich als erstes noch viel mehr Fragen stellen. Das sei sein Revier und er lasse es nicht zu, daß Kriminelle deines Schlags alles kaputtmachen wie in den achtziger Jahren. Das war das letzte, was er sagte, bevor ich ihn stehenließ.« Dann fragte sie: »Ist es wirklich so ernst, wie es sich anhört?«

»Noch nicht«, beruhigte sie Willy.

»Wenn es wirklich ernst wird und wenn ich irgendwie helfen kann, dann ruf mich sofort an. Sogar frühmorgens. Wenn du das nicht machst, rede ich nie wieder ein Wort mit dir. Versprichst du mir das?«

»Ja, Denise.«

»Und vergiß nicht, ich habe zehnmal mehr Macht in dieser Stadt, als Ralph Goodman je haben wird. Aber jetzt wollen wir das Thema wechseln. Wie kommst du mit Sara aus?«

»Ziemlich gut«, sagte Willy.

»Sie machte einen etwas müden Eindruck.«

»Das kommt vom Skifahren, Denise.«

»Wann seid ihr wieder zurück?«

»Das läßt sich noch nicht genau absehen. Unser Flugzeug geht am Neujahrstag in Zürich ab.«

»Du rufst mich doch an, wenn ihr zu Hause seid, ja?«

»Ich rufe dich an, Denise. Du bist wirklich eine gute Freundin.«

»Und du ein guter Freund.«

Willy hatte von seinem Zimmer aus telefoniert. Als er aufgelegt hatte, war ihm sehr nach einem Cognac und einer Zigarre zumute. Beides gab es unten im Wohnzimmerschrank.

Die sechs Männer waren alle noch unten. Sie saßen vor dem Fernseher, sogar Frank Lipper.

Als Willy sich etwas zu trinken und zu rauchen besorgt hatte, ging er zu Frank. »Was gibt's?«

»Da fragst du den Falschen – es ist auf deutsch. Aber anscheinend steht in einem deutschen Magazin, das darauf spezialisiert ist, führende deutsche Politiker abzusägen, daß der Kanzler mit den Pfoten in der Ladenkasse ertappt worden ist. Wenn ich es richtig verstanden habe, hat er angeblich seit Jahren dem Chef einer der größten deutschen Banken vertrauliche Informationen zugespielt, hat ihm praktisch im vorhinein Tips über die Zinsentwicklung gegeben. Angeblich hat ihm die Bank Bares in Höhe von einer Million Mark zukommen lassen. Sein persönlicher Sekretär ist zum *Spiegel* gegangen und hat ausgepackt. War das soweit richtig?« fragte er dann seinen neuen Freund Werner Guggi, der neben ihm saß.

»Ja, das war eine gute Zusammenfassung, bis auf zwei Dinge. Der Kanzler weist die Vorwürfe scharf zurück und sagt, im *Spiegel* hätte eine Clique von Sozialisten das Sagen, die ihm was anhängen wollten, so wie sie das vor zehn Jahren mit Franz Josef Strauß gemacht hätten. Zweitens wird behauptet, daß der Präsident der Deutschen Bundesbank die Berichte für wahr hält und sich hintergangen fühlt. Es gibt Gerüchte, daß vielleicht auch er zurücktreten wird.«

Urs Bauer, der ganz dicht vor dem Fernseher gesessen hatte, stand auf und trat zu Willy.

»Haben Sie gehört, was in Deutschland los ist, Mr. Saxon?« fragte er.

»Ja, gerade eben.«

»Ich glaube, ich sollte sofort nach Frankfurt fliegen, damit ich soviel wie möglich über die ganze Geschichte in Erfahrung bringen kann«, sagte Urs.

»Wenn Sie meinen.«

»Zwischen Weihnachten und Neujahr hat in Europa alles zu«, erklärte Urs. »Das heißt, daß ein paar Tage lang niemand irgendwas in dieser Sache unternehmen kann. Alle wichtigen Banker und Börsianer sind entweder beim Skifahren in den Alpen oder liegen auf den Kanarischen Inseln oder in Mombasa am Strand.«

Willy hörte nur halb zu.

»Aber in den Vereinigten Staaten ist das anders«, fuhr Urs fort. »Die Banken und Terminbörsen sind alle offen.«

»Das weiß ich, Urs. Worauf wollen sie hinaus?«

»Ich will morgen bei Börsenbeginn in New York DM-Leerverkäufe machen. In Ordnung?«

»Nur zu.«

»Ich mache das vom Frankfurter Hof aus. Ich kenne das Hotel. Es hat sogar in jedem Zimmer ein Faxgerät«, sagte Urs.

»Wann fahren Sie los?«

»Gleich morgen früh. Ich habe mir erlaubt, ganz unverbindlich schon mal eine Maschine zu chartern. Ich müßte um sechs Uhr abends wieder hier sein, falls das Wetter hält.«

»Ja, tun Sie das.«

Willy wartete, bis Urs wieder vor dem Fernseher saß, und wandte sich dann an Werner Guggi.

»Ich muß was unter vier Augen mit dir besprechen«,

sagte er. »Vielleicht setzen wir uns irgendwo anders hin.«

Frank warf ihm einen befremdeten Blick zu, schwieg aber.

»In der Küche hocken die Frauen«, meinte Guggi.

»Gleich neben dem Wohnzimmer ist noch ein kleines Zimmer. Gehen wir doch da rein«, schlug Willy vor.

Als Willy die Tür hinter sich zugemacht hatte, sagte er: »Komm, setzen wir uns da aufs Sofa. Es dauert nur ein paar Minuten.«

Als sie sich gesetzt hatten, fuhr er fort: »Ich will dir ein paar Fragen stellen, die dir vielleicht seltsam vorkommen, aber ich habe meine Gründe. Okay?«

»Ja, natürlich«, sagte der Liechtensteiner Anwalt.

»Gut. Als erstes – wieviel liegt noch auf meinem persönlichen Konto bei dir?«

»Ungefähr elf Millionen Dollar. Wie du weißt, liegt das nicht wirklich bei mir auf dem Konto. Es liegt auf der Schweizer Unionsbank. Ich verwalte das Konto nur.«

»Ja, ich weiß. Zweite Frage: Was weißt du über die Auslieferungsvereinbarungen zwischen der Schweiz und den USA?«

Guggi zuckte mit keiner Wimper. »Die sind in einem bilateralen Vertrag zwischen den beiden Ländern niedergelegt. Die Schweiz hat über hundert solcher Verträge abgeschlossen, und keiner gleicht dem anderen.«

»Könntest du an den Text des Vertrags mit den Vereinigten Staaten kommen?«

»Ja, klar. Wie schnell brauchst du ihn?«

»Bis morgen.«

»Ich wende mich gleich morgen früh an einen Kollegen in Bern. Er kann in eurer Botschaft eine Fotokopie machen und sie hierherfaxen. Aber vergiß nicht, wir sind hier in der Schweiz, und hier läuft alles in einem sehr bedächtigen Tempo, erwarte das Ding also nicht vor morgen nachmittag.«

»Haben wir hier ein Faxgerät?«

»Ich habe noch keins gesehen. Vielleicht hat Urs eins in seinem Zimmer. Wenn nicht, dann kaufe ich morgen früh eins.«

»Gut. Damit du nicht auf falsche Gedanken kommst und meinst, wir säßen irgendwie in der Klemme: Ich schaue mir bloß mal meine Versicherungspolicen an, das ist alles«, sagte Willy.

»Ja, gut.«

»Gehen wir wieder zu den anderen.«

Um Mitternacht lag Willy im Bett, aber er schlief erst um zwei Uhr morgens ein.

43. KAPITEL

Neun Zeitzonen westlich in Healdsburg, Kalifornien, war es fünf Uhr nachmittags, und Lenny Newsom saß allein an der Bar in Zekes Saloon. Er war allein, weil seine neue Freundin in der Schweiz beim Skifahren war – obwohl sie gewußt hatte, daß er gleich nach Weihnachten aus Toronto zurückkommen würde.

Sie hatten in den letzten paar Monaten die Verbindung nicht abreißen lassen und mindestens dreimal die Woche miteinander telefoniert. Weil er darauf bestand, hatte sie ihn immer über die neuesten Entwicklungen auf der River Ranch auf dem laufenden gehalten. Die meisten ihrer Berichte waren absolut unverständlich – es ging dabei um Geldanlagen mit komischen Namen wie inverse Floater und Turbos. Sie machte die ganzen Büroarbeiten für die Leute, die mit diesem Zeug handelten und dabei ihre Computer und Satellitenverbindungen benutzten. Das war ihm alles viel zu hoch. Die einzige Ausnahme war die zweite Emission von Zero Bonds gewesen. Pam hatte ihm davon auch einen Prospekt geschickt. Er war genauso aufgemacht wie der Prospekt der Emission für Ukiah, nur daß er dicker war. Und auf Seite 31 stand auch wieder derselbe Absatz, den Sid Ravitch ihn in seinem Büro hatte lesen lassen. Die Western Credit Rating Agency hatte dieser Emission ebenfalls ein A-Rating gegeben.

Bis jetzt hatte er absolut nichts gefunden, womit

man Willy Saxon an den Kragen konnte. Aber das sollte sich bald ändern.

Der Mann, der kurz nach fünf die Bar betrat und sich neben Lenny setzte, war kräftig gebaut und sehr redselig.

»Hallo, ich heiße Abner Root«, sagte er und streckte ihm seine große Hand hin. »Ich arbeite im Rathaus, drüben auf der anderen Seite der Plaza. Nach der Arbeit komme ich ab und zu gern auf ein Bier hier rein. Aber Sie habe ich meines Wissens hier drin noch nie gesehen. Stammen Sie aus der Gegend?«

»Nein, eigentlich nicht. Ich komme aus Kanada und bin im Lebensmittel- und Weingeschäft. Gelegentlich habe ich hier in der Gegend zu tun, kaufe was von dem guten Wein, den Sie hier anbauen.«

»Gut, gut. Leute wie Sie sind uns immer hoch willkommen. Darf ich Sie auf ein Bier einladen – mit den besten Empfehlungen der Stadt Healdsburg. Was trinken Sie denn?«

»Labatt's. Das kommt aus Kanada.«

»Dann probiere ich das auch mal.«

»Was machen Sie denn im Rathaus?«

»Ich bin Leiter der Finanzabteilung. Wenn die Stadt Geld braucht, dann schaue ich mich um und überlege, wie ich es auftreiben kann.«

»Gehören auch Anleihen zur Geldbeschaffung?«

»Ja, wenn es um ein großes Projekt geht.«

»Zum Beispiel?«

»Schulen, ein Krankenhaus, Sozialwohnungen und solche Sachen.«

»Haben Sie auch schon so eine Müllverwertungsanlage bauen müssen?«

»Sie meinen wohl eine Recyclinganlage für Festmüll. Wieso um alles in der Welt wissen Sie als Kanadier überhaupt, daß es sowas gibt? Solchen Schwachsinn per Gesetz zu verordnen, bringt doch nur ein Land wie Kalifornien fertig. Diese hirnverbrannten Umweltschützer hier bei uns sind völlig ausgerastet. Wissen Sie, was so ein Ding kostet?«

»Ja. Zwanzig Millionen Dollar.«

»Woher zum Teufel *wissen* Sie das?« fragte Root.

»Aus einer Projektstudie für eins dieser Dinger – für die Anlage, die Ukiah baut.«

»Ukiah baut keine Recyclinganlage. Wer hat Ihnen denn diesen Blödsinn erzählt? Und wer hat Ihnen die Studie gegeben? Ich kenne die Studie, von der Sie reden, und die war vertraulich.«

Lenny fand, es sei besser, einzulenken. »Na ja, *gesehen* habe ich sie nicht direkt. Ich habe nur durch eines der Mädchen davon gehört, die draußen auf der River Ranch arbeiten.«

»Ah ja, verstehe. Das erklärt die Sache. Vor ein paar Monaten habe ich dem Typen, der die River Ranch von diesem Architekten gekauft hat, von Jack Warneke, ein Exemplar der Studie gegeben. Er hat sie mir längst zurückgeschickt.«

»Sind Sie sicher, daß Ukiah keins von diesen Dingern baut?« fragte Lenny.

»So sicher, wie wir hier sitzen und es uns gutgehen lassen. Wenn Sie mir nicht glauben, rufen Sie doch meinen Amtskollegen in Ukiah an. Er heißt Al Friendly. Und genau das ist er – freundlich. Den Namen können Sie nicht vergessen, oder? Also brauche ich ihn Ihnen gar nicht aufzuschreiben. Aber jetzt verraten Sie mir mal, woher Sie diese schlimme Narbe da haben? Waren Sie im Krieg wie ich?«

»Sie meinen in Vietnam? Da hat sich Kanada gottseidank rausgehalten. Sie waren dort?«

Abner Root war zwei volle Jahre in Vietnam gewesen. Und mit dem Erzählen seiner Kriegsgeschichten und der Eishockeygeschichten von Lenny verbrachten sie einen sehr angenehmen Abend miteinander.

Am nächsten Morgen um acht rief Lenny vom Motel aus Al Friendly an. Er stellte sich als Bauingenieur vor, der Arbeit suchte. Er hätte gehört, daß Ukiah bald mit dem Bau einer Recyclinganlage beginnen würde, und wollte sich einfach mal erkundigen, ob sie noch jemanden suchten.

Abner Root hatte recht gehabt. Friendly war sehr freundlich. Aber er bedauerte, daß Lenny einer Fehlinformation aufgesessen war. Ja, sie hätten eine Pilotstudie durchgeführt. Aber in Ukiah werde keine Recyclinganlage gebaut. Und wieso? Weil sie für eine kleine Gemeinde wie Ukiah viel zu teuer sei. Irgendwann einmal vielleicht würden sie zusammen mit anderen kleinen Gemeinden wie Healdsburg und Cloverdale eine gemeinsame Anlage bauen.

Als Lenny auflegte, überschlugen sich seine Gedanken. Wenn die Sache mit Ukiah ein Schwindel war – und daran bestand jetzt kein Zweifel mehr –, dann hatte das Ganze starke Ähnlichkeit mit dem Schwindel, den er mit Sid Ravitch und dem anderen Typ durchgezogen hatte. Der einzige Unterschied war, daß es sich in seinem Fall statt um eine nicht vorhandene Recyclinganlage um nicht vorhandene Goldbarren gehandelt hatte. Die Papiere, die er und Willy aufgrund der jeweiligen »Vermögenswerte« ausgegeben hatten, besäßen allerdings dieselbe Eigenschaft. Sie waren wertlos.

Dann kam ihm wieder das Gespräch in der Bar am vergangenen Abend in den Sinn – und ein Name. Jack Warneke, der Mann, der laut Abner Root die River Ranch an Willy verkauft hatte. Wo hatte er diesen Namen schon mal gehört? Oder gesehen?

»Warte mal!« rief Lenny. »Abner hat doch gesagt, er ist Architekt.«

Hastig klappte er seinen Koffer auf und wühlte darin herum, bis er ganz unten am Boden fand, wonach er gesucht hatte. Es war der Prospekt, den Pam Pederson ihm geschickt hatte und in dem das Zero Bond beschrieben wurde, mit dem der Bau von Sun River City oben in Oregon finanziert werden sollte. Das Projekt ging von einer Planung aus, die ein renommiertes Architekturbüro in San Francisco entwickelt hatte. Und tatsächlich: Das Architekturbüro hieß Jack Warneke & Associates. Die Stadt, die sie bauen wollten, war ein idealer Ort zum Leben und Arbeiten. Pam hatte ihm am Telefon gesagt, wenn sie könnte, würde sie da sofort hinziehen. Wenn die Stadt einmal fertig sei, natürlich.

Lenny hätte jetzt schon seinen Kopf darauf gewettet, daß sie nie fertig werden würde. Und nicht nur das. Man würde auch nie mit dem Bau beginnen. Aber wie konnte er das herausfinden?

Er rief die Auskunft in San Francisco an und bekam ohne weiteres die Nummer von Jack Warneke & Associates.

Jack Warneke selbst war nicht zu sprechen, aber einer seiner Partner – nach seiner Stimme zu urteilen, ein noch sehr junger Partner. Lenny spielte wieder den Bauingenieur auf Arbeitssuche, der bereit war, jeden Job anzunehmen, auch einen Job in Bend, Oregon, wo er am Aufbau von Sun River City mitarbeiten wollte.

Dieselbe Reaktion wie in Ukiah.

Und es gab auch kein Sun River City.

Zehn Minuten später war Lenny auf dem Weg nach San Francisco. Um halb zehn saß er in Sid Ravitchs Büro und redete wie ein Wasserfall. In der nächsten halben Stunde unterbrach Ravitch ihn kein einziges Mal.

44. KAPITEL

In St. Moritz war es jetzt sieben Uhr abends, und alle waren noch unten im Ort und tranken einen Aperitif oder heiße Schokolade – alle bis auf Werner Guggi und Willy Saxon. Sie saßen hinter verschlossenen Türen im Arbeitszimmer der Villa Engadin.

Guggi hatte endlich das lang erwartete Fax von seinem Kollegen in Bern bekommen, und Willy hatte es vor sich auf dem Schreibtisch ausgebreitet.

AUSLIEFERUNGSVERTRAG ZWISCHEN
DER SCHWEIZ UND DEN VEREINIGTEN STAATEN
VON AMERIKA

Abgeschlossen am 14. Mai 1900
Von der Bundesversammlung genehmigt
am 21. Dezember 1900
Ratifikationsurkunden ausgetauscht
am 27. Februar 1901
In Kraft getreten am 29. März 1901

ARTIKEL I

Der Schweizerische Bundesrat und die Regierung der Vereinigten Staaten von Amerika verpflichten sich, sich gegenseitig diejenigen Personen auszuliefern, welche eines der in Artikel II aufgeführten, auf dem Gebiete des einen der beiden Vertragsstaaten begangenen Verbrechens beschuldigt oder überführt sind und auf dem Gebiet des andern Staates betroffen werden. Vorbehalten bleibt, dass dies von den Vereinigten Staaten nur geschehen soll, wenn solche Schuldbeweise vorliegen, dass es sich nach den Gesetzen des Ortes, wo die flüchtige oder verfolgte Person betroffen wird, rechtfertigen würde, dieselbe zu verhaften und vor Gericht zu stellen, wenn das Verbrechen oder Vergehen an diesem Orte begangen worden wäre.

ARTIKEL II

Die Auslieferung soll für folgende Verbrechen und Vergehen bewilligt werden, sofern dieselben sowohl nach dem Rechte des Zufluchtsortes als nach dem des ersuchenden Staates strafbar sind:

1. *Vorsätzliche Tötung, einschliesslich Mord, Elternmord, Kindsmord, Vergiftung und Totschlag.*
2. *Brandstiftung.*
3. *Raub, Erpressung, nächtlicher Einbruchdiebstahl, Einbrechen oder Einsteigen in ein Haus oder in ein Geschäftslokal.*
4. *Fälschung oder Verfälschung von öffentlichen oder Privaturkunden, betrügerischer Gebrauch gefälschter oder verfälschter Urkunden.*
5. *Fälschung, Nachmachung oder Veränderung von Münzen, Papiergeld, öffentlichen Schuldtiteln und deren Coupons, von Banknoten, Obligationen und andern Werttiteln oder Kreditpapieren; Ausgeben oder Inverkehrbringen solcher Werteffekten in betrügerischer Absicht.*
6. *Unterschlagung seitens öffentlicher Beamten.*
7. *Betrug oder Vertrauensmissbrauch, begangen durch einen Verwalter, Beauftragten, Bankier, Verwalter des Vermögens eines Dritten, oder durch den Vorstand, ein Mitglied oder einen Beamten einer Ge-*

sellschaft oder eines Vereins, wenn der verursachte Schaden 1000 Franken übersteigt.
8. *Meineid, Anstiftung zum Meineide.*
9. *Freiheitsberaubung, Notzucht, Entführung Minderjähriger, Bigamie.*
10. *Vorsätzliche und rechtswidrige Zerstörung oder Beschädigung von Eisenbahnen, wodurch das Leben von Menschen gefährdet wird.*
11 *Seeräuberei.*

An dieser Stelle hörte Willy zu lesen auf. Guggi saß auf dem Sofa und sagte kein Wort.

»Wenigstens können sie mich nicht wegen Mord, Brandstiftung, Seeräuberei, Vergewaltigung oder vorsätzlicher Zerstörung von Eisenbahnen drankriegen«, sagte Willy. »Aber der Rest?« Er seufzte. »Tja, vier von zehn Punkten ist ja auch schon ganz hübsch.«

Schließlich ergriff der Anwalt das Wort.

»Ich weiß nicht genau, wovon du sprichst, Willy. Wenn es nötig ist, können wir später noch einmal darauf zurückkommen. So, wie ich das verstehe, suchst du im Augenblick nach einer Versicherung, einer Absicherung.«

»Ja.«

Das Telefon läutete. Willy wollte nicht abnehmen. Nach dem dritten Klingeln hörte es auf. Fast gleichzeitig wurde an die Tür des Arbeitszimmers geklopft.

»Ja, bitte?« rief Willy.

Die Tür wurde nur einen kleinen Spalt geöffnet. Es war Vreni, die Haushälterin. »Ein Anruf aus San Francisco für Sie, Mr. Saxon«, sagte sie. »Es ist ein Mann.«

Er nahm den Hörer ab.

»Hallo, Willy. Hier Sid Ravitch. Erinnern Sie sich noch an mich?«

»Sehr witzig, Sid. Ich nehme an, Sie haben einen guten Grund für Ihren Anruf.«

»Darauf komme ich gleich. Ich weiß, Sie haben Urlaub, Willy, aber es hat sich was ergeben, das Sie vermutlich interessieren wird. Ich habe Ihre Nummer übrigens von Dan Prescott, was wieder einmal zeigt, wie gut es ist, in Verbindung zu bleiben.«

»Kommen Sie zur Sache, Sid.«

»Gleich. Aber bevor ich das tue, sollte ich Ihnen vielleicht sagen, daß ein gemeinsamer Freund von uns beiden hier bei mir im Büro sitzt. Lenny Newsom.«

»Ist er schon raus?«

»Ja. Er hat seine Schuld beglichen.«

»Richten Sie ihm schöne Grüße von mir aus«, sagte Willy.

»Aber gern. Darüber wird er sich bestimmt ungeheuer freuen.«

Der Verlauf dieses Gesprächs gefiel Willy ganz und gar nicht.

»Sid«, knurrte er ungeduldig. »Kommen Sie endlich zur Sache oder legen Sie auf.«

»Wenn Sie darauf bestehen.«

»Allerdings.«

»Na gut. Ich weiß alles über Ukiah. Wie Sie es geschafft haben, sich von mir das Rating zu erschleichen, begreife ich selbst nicht mehr. Aber egal. Auf jeden Fall weiß ich jetzt, daß in Ukiah keine Recyclinganlage gebaut wird. Das war ein Phantomprojekt, das Sie nur zu dem Zweck erfunden haben, durch die Emission von wertlosen Zero Bonds im Wert von zwanzig Millionen Dollar Geld zu stehlen. Ich weiß sogar, wo Sie das alles ausgeheckt haben – auf der River Ranch in der Nähe von Healdsburg und natürlich mit Unterstützung Ihres alten Freundes Frank Lipper.

Übrigens eine sehr clevere Idee von Ihnen, ihn hier bei mir zu installieren. Kein Wunder, daß man Sie den smarten Willy nennt.«

Willy schwieg.

»Das bringt uns zu Sun River City. Was für eine schöne Idee! Und was für ein wunderbarer Prospekt! Ein absolutes Prachtexemplar. Wem haben sie die Bonds denn angedreht? Und was ist mit den hundert Millionen Dollar passiert? Hoffentlich sind sie noch da, weil ich nämlich etwas davon abhaben will.«

Ravitch hielt kurz inne.

»Ich hatte gehofft, Sie fragen, wieviel ich haben will. Aber da Sie nicht gefragt haben, werde ich es Ihnen sagen. Ich will die Hälfte von den zwanzig Millionen, die Hälfte von den hundert Millionen und dazu noch die Hälfte meiner Firma zurück, die Ihre Scheinfirma in London gekauft hat.«

Willy fand, daß es jetzt reichte.

»Also, Sid«, sagte er. »Wie ist es, wollen Sie nicht auch noch eins meiner Eier?«

»Wieso nur eins? Ich hab Sie an beiden Eiern, mein Freund, und wenn Sie nicht für den Rest Ihres Lebens ins Kittchen wollen, sollten Sie sich Ihre klugscheißerischen Bemerkungen sparen.«

»Hören Sie, Sid.« Willy bemühte sich, ruhig zu bleiben. »Sie haben mich mit diesem Anruf völlig überrascht. Nur eine Frage. Wer außer Ihnen weiß noch davon?«

»Nur Lenny. Niemand sonst.«

»Dann lassen Sie es auch dabei.«

»Vorsicht, Willy! Jetzt gebe ich die Befehle, nicht Sie. Verstanden? Abgesehen davon, warum sollte ich es jemandem sagen? Außer Sie sind viel dümmer, als ich glaubte.«

■

Immer noch um Ruhe bemüht, meinte Willy: »Es ist sinnlos, jetzt noch weiterzureden, Sid. Ich muß erst ein bißchen nachdenken.«

»Ja, das versteh ich. Aber ich bin kein geduldiger Mensch. Ich geben Ihnen dreißig Tage, mein Freund. Dreißig Tage. Verlängerung gibt es nicht. Und damit Sie nicht auf den überschlauen Gedanken kommen, das sei ein Bluff, lassen Sie sich einfach mal folgendes durch den Kopf gehen: Im schlimmsten Fall, wenn ich Sie dem Staatsanwalt ausliefere, bekomme ich meine Firma wieder ganz in die Hand und behalte obendrein noch die zehn Millionen, die Sie mir bezahlt haben.«

»Ein kleines Detail scheinen Sie dabei allerdings zu übersehen, mein Freund«, sagte Willy. »Wir haben noch so ein Prachtstück.«

»Wovon zum Teufel reden Sie?«

»Über einen dritten Prospekt. Den Prospekt, den Sie für Lenny gemacht haben. Damit kriege sich *Sie* an den Ort, von dem Lenny und ich gerade gekommen sind. Ich will damit sagen, Sid – wenn ich untergehe, dann gehen Sie mit mir unter. Ein paar Jahre Ruhe tun Ihnen vielleicht ganz gut. Ich habe bei dem Telefonat hier gemerkt, daß Sie den Kontakt zur Wirklichkeit völlig verloren haben.«

»Ich habe nicht die leiseste Ahnung, wovon Sie sprechen«, erklärte Ravitch. »Wer hat Ihnen denn dieses Märchen erzählt?«

»Das wissen Sie verdammt gut«, gab Willy zurück. Und wußte im gleichen Moment, daß er einen Fehler gemacht hatte.

»Sie meinen doch sicher nicht Lenny?« fragte Ravitch.

Willy antwortete nicht.

»Die Wirklichkeit, mein Freund«, sagte Ravitch, »sieht so aus, daß Lenny für mich arbeitet. Mit anderen Worten – Sie sitzen auf dem berühmten falschen Dampfer, und das Steuer halte ich in der Hand. Also keine Drohungen mehr, ja?«

Willy schwieg.

»Sie wissen ja, wo Sie mich erreichen können, Willy. Ab jetzt rufe nicht mehr ich Sie an – *Sie* rufen *mich* an. Verstanden? Und vergessen Sie nicht – dreißig Tage.«

Mit diesen Worten legte er auf. Willy blieb keine Wahl, als ebenfalls aufzulegen. Danach saß er reglos da, kniff die Augen zusammen und dachte nach.

Schließlich brach Werner Guggi das qualvolle Schweigen. »Ich mußte ja alles mithören«, sagte er. »Ich hätte aus dem Zimmer gehen sollen. Entschuldige bitte.«

Es dauerte einige Zeit, bis Willy antwortete. »Du brauchst dich nicht zu entschuldigen, Werner. Ich glaube sogar, du bist jetzt genau der richtige Mann an der richtigen Stelle. Denn ab jetzt besteht akuter Bedarf an dieser Versicherungspolice.«

»Du meinst, du brauchst eine sichere Zuflucht?«

»Ja. So wie Marc Rich. Sag mal, wie hat der das eigentlich geschafft? In den Staaten heißt es, er hätte sich mit mindestens einer halben Milliarde Dollar aus dem Staub gemacht. Die Anklagepunkte waren Betrug, Steuerhinterziehung, Beteiligung am organisierten Verbrechen und sogar Handel mit Feindstaaten, besonders dem Iran. Mit anderen Worten: Nach allem, was ich hier eben gelesen habe, ist das doch ein klassischer Fall für eine Auslieferung. Aber soweit ich weiß, führt er mit seiner Familie ein höchst angenehmes Leben in der Schweiz, seit er sich vor zehn Jahren aus New York abgesetzt hat. Wie hat er das gemacht?«

■

»Ganz einfach. Er hat sein Geschäft in den Kanton Zug verlegt. Rich gehört eine der weltweit größten Maklerfirmen für Termingeschäfte. Sie hat einen monatlichen Umsatz von einigen Milliarden Dollar. Da fallen Hunderte von Millionen Gewinn an. Und darauf zahlt er nur an einem einzige Ort Steuern – im Kanton Zug. Marc Rich ist der mit Abstand größte Steuerzahler des Kantons. Glaubst du, die Behörden würden je einer Auslieferung in die Vereinigten Staaten zustimmen?«

»Und was ist dann mit dem Vertrag hier?«

»Die Behörden in Zug sagen, daß kein schweizerischer Auslieferungsvertrag Steuerhinterziehung als ein Vergehen aufführt, das eine Ausweisung legitimieren würde, was richtig ist, weil Steuerhinterziehung in der Schweiz nicht als Verbrechen betrachtet wird. Des weiteren führen sie ins Feld, daß Handel mit Feindstaaten eine politische Angelegenheit sei und damit nicht unter die Bestimmungen solcher Verträge falle, was ebenfalls richtig ist. Die anderen Anklagepunkte, so meinen sie weiter, leiten sich aus diesen beiden Hauptpunkten ab und sind deshalb auch keine Gründe für eine Ausweisung. Das ist natürlich alles reine Haarspalterei. Rich hat sie einfach gekauft.«

»Also könnten wir es ihm vielleicht nachtun«, meinte Willy.

»Ich will ganz offen sein, Willy. In unserem Land, besonders in Zug, kommst du mit den zwölf Millionen, die du hast, nicht besonders weit.«

In diesem Augenblick war aus dem Wohnzimmer plötzlich heftiges Getöse zu hören. Die anderen waren offensichtlich aus der Stadt zurückgekommen. Dann klopfte es wieder an der Tür. Und wieder war es Vreni.

»Entschuldigen Sie bitte, Mr. Saxon, aber man hat mich gebeten, Ihnen zu sagen, daß Urs Bauer wohlbehalten aus Deutschland zurück ist. Sie haben ihn auf dem kleinen Flugplatz in Samedan abgeholt. Deswegen sind sie erst so spät zurückgekommen. Aber machen Sie sich keine Sorgen, in einer halben Stunde habe ich das Essen fertig.«

»Danke, Vreni. Ich lasse vielleicht heute das Abendessen ausfallen. Sagen Sie ihnen, sie sollen ohne mich weitermachen.«

Die Haushälterin warf ihm einen ziemlich besorgten Blick zu und verschwand.

Willy wandte sich wieder Guggi zu. »Laß dir von mir nicht den Abend verderben, Werner. Mir ist nur der Appetit vergangen. Geh ruhig zu den anderen.«

»Noch nicht, wenn du nichts dagegen hast«, sagte Guggi. »Ich kann deinen Appetit vielleicht wieder wecken... wenn mich mein Gedächtnis nicht im Stich läßt.«

»Wie meinst du das?«

»Denken wir doch mal ein bißchen zurück. Wir haben uns im Februar 1985 kennengelernt, falls du dich noch daran erinnerst. Wir haben zusammen in Vaduz gegessen, im Gasthof zum Sternen. Gleich zu Anfang hast du mir erzählt, daß du die Schweiz ganz gut kennst, weil du ein paar Semester an der Universität in Zürich studier hast. Erinnerst du dich?«

»Ganz schwach.«

»Ich weiß es noch genau. Dann hast du gesagt, der Hauptgrund, warum du die Uni Zürich gewählt hättest, liege darin, daß deine Mutter Schweizerin sei. Das ist sie doch, oder?«

»Sie war es. Sie ist vor fünf Jahren gestorben.«

»Oh, das tut mir leid«, murmelte Guggi, redete aber

sofort weiter. »Ich möchte, daß du jetzt sehr sorgfältig nachdenkst, Willy. Hat deine Mutter dich je auf einem Schweizer Konsulat registrieren lassen?«

»Ja«, kam die prompte Antwort.

»Und wo?«

»Auf dem Konsulat in San Francisco.«

»Weißt du das hundertprozentig?«

»Ja. Ich mußte mit ihr gehen. Der Generalkonsul hat die Sache persönlich bearbeitet. Ich weiß noch, wie wir in seinem Büro gesessen haben. Er war sehr steif und formell. Hat Pfeife geraucht.«

»Gut. Dann bist du nach unserem Recht ein Schweizer Staatsbürger. Weißt du noch, aus welchem Kanton deine Mutter stammte?«

»Wieso?«

»Weil in der Schweiz die Staatsbürgerschaft in dem Kanton registriert wird, in dem man geboren ist, oder in deinem Fall in dem Kanton, in dem deine Mutter geboren ist.«

»Das war Aarau.«

»Das ist alles, was ich wissen muß, Willy. Du bist aus dem Schneider.«

»Das mußt du mir erklären.«

»Schau dir nochmal den Vertrag an. Ich habe ihn zweimal gelesen, bevor ich ihn dir gegeben habe, weiß aber nicht mehr, auf welcher Seite das steht, was du dir jetzt anschauen sollst. Ich glaube, es ist der letzte Satz des Artikels I. Schlag mal auf.«

Willy schlug Artikel I auf und las dann den Text des letzten Satzes laut vor: »Es soll jedoch keine der beiden Regierungen gehalten sein, ihre eigenen Staatsangehörigen auszuliefern.«

»Klarer kann man es nicht ausdrücken, oder?« fragte Guggi.

»Du meinst, ich kann nicht an die Vereinigten Staaten ausgeliefert werden? Basta?«

»Basta. Ende der Geschichte.«

»Aber ich bin doch auch Amerikaner«, sagte Willy.

»In den Augen der Schweiz bist du Schweizer, Willy. Das ist das einzige, was hier zählt. Morgen früh rufe ich gleich als erstes einen Kollegen in Aarau an und bitte ihn, mir einen beglaubigten Auszug aus dem Kantonsregister zu besorgen... nur falls etwas Unvorhergesehenes passiert. Wenn ich den in der Hand habe, kann ich dir – als dein Anwalt – garantieren, daß keine amerikanische Behörde an dich herankommt. Nie an dich herankommt.«

»Ja, verdammt«, rief Willy. »Verdammt. Wenn ich das gewußt hätte, dann hätte ich mir drei Jahre und einen Tag im Knast ersparen können.« Leise fügte er hinzu: »Vielleicht.«

»Hast du jetzt wieder Appetit?« fragte Guggi.

»Und was für einen. Komm, wir gehen rüber zu den anderen. Sonst fragen die sich noch, was los ist.«

Als sie das Wohnzimmer betraten, kam Urs Bauer sofort auf Willy zu. Sein Gesicht war ganz rot vor Erregung.

»Ich möchte Ihnen gleich erzählen, was passiert ist, Mr. Saxon«, sprudelte er los. »Falls Sie jetzt Zeit haben.«

»Meine Zeit gehört Ihnen, Urs«, versicherte ihm Willy.

»Ich glaube, Fred Fitch und seine Kollegen würden das auch gern mit anhören«, meinte Urs. »Und Frank auch.«

Die anderen Männer saßen alle vor dem Kamin.

»Gut. Setzen wir uns zu ihnen ans Feuer. Täusche ich mich, oder wird es hier drinnen kalt?«

■

360

»Sie haben recht. Draußen ist ein starker Wind aufgekommen. Die Landung war ziemlich happig.«

»Was hatten Sie denn für ein Flugzeug?«

»Einen alten Lear Jet«, sagte Urs.

»Gut, daß ich da nicht mit drin war.« Willy schüttelte sich.

Dann erzählte Urs, was vorgefallen war. Er hatte sich in seinem Hotelzimmer im Frankfurter Hof mit dem Leiter der Devisenabteilung der Bundesbank getroffen. Sie kannten sich beruflich schon seit zehn Jahren. Der Mann sagte, er habe in der Bank noch nie so einen Aufruhr erlebt. Er und die meisten seiner Kollegen glaubten, daß die Berichte im *Spiegel* zuträfen. Wenn dem so sei, meinte der Mann von der Bundesbank, dann stehe jetzt schon fest, daß der Bundesbankpräsident zurücktreten werde. Niemand könne sagen, wer dann sein Nachfolger werde. Inzwischen sei alles mehr oder weniger gestoppt worden. Alle offiziellen Interventionen auf den Kreditmärkten seien praktisch auf Null zurückgegangen, und die Bundesbank mache keinerlei Devisengeschäfte mehr.

»Bis jetzt ist die Lähmung der Bundesbank noch unbemerkt geblieben«, berichtete Urs, »weil ja, wie ich Ihnen gestern abend schon erklärt habe, Mr. Saxon, alle Börsen und die wichtigen Geldinstitute in Deutschland bis zum 2. Januar praktisch geschlossen sind.«

»Und was passiert dann?«

»Meiner Meinung nach ist dann der Teufel los. Der erzwungene Rücktritt des Kanzlers wird Deutschland in die tiefste wirtschaftliche und politische Krise seit dem Zweiten Weltkrieg stürzen. Das ist so wie damals in Amerika, als Nixon zurücktreten mußte. Aber zu alldem kommt noch, daß genau in dem Augenblick, in dem eine ruhige, sichere Hand in der Bundesbank Ruhe an die Börsen bringen müßte, die Spitze dieser Bank verwaist sein wird. Es kann also leicht passieren, daß die Dinge außer Kontrolle geraten.«

»Und das bedeutet?«

»Kapitalflucht aus Deutschland. Investoren, die zweistellige Milliardenbeträge von D-Mark kontrollieren, suchen sich anderswo einen sicheren Ort, an dem sie ihr Geld anlegen können.«

»Und wo?«

»Hauptsächlich die Vereinigten Staaten. Das heißt, es gibt ein Kapitalflucht aus der Mark in den Dollar. Auch Gold käme vielleicht in Frage.«

»Wieso Gold?« fragte Willy.

»Wenn die D-Mark ins Wanken gerät, wird das vermutlich auch die anderen harten europäischen Währungen in Mitleidenschaft ziehen – und dazu gehören Belgien und die Niederlande. Um ihre eigenen Währungen zu schützen, werden die Zentralbanken dieser Länder wahrscheinlich Gold für Dollar verkaufen, die sie dann wiederum an den Devisenbörsen einsetzen, um ihre Währungen vor dem Zusammenbruch zu bewahren. Beide Länder haben das schon einmal getan. Das würde den Anstieg des Goldpreises stoppen oder doch verlangsamen, und die Spekulanten würden ihre ganze Aufmerksamkeit dem Verhältnis Dollar/DM zuwenden.«

»Und was sollen wir Ihrer Meinung nach in dieser Situation tun?«

»An den Terminbörsen Dollar für DM kaufen. Ich habe schon damit angefangen. Doch das ist nicht ganz einfach. Ich habe versucht, soviel wie möglich von den großen amerikanischen Banken in New York zu bekommen. Aber der Markt ist einfach nicht da. Viele Devisenabteilungen dieser Banken haben die Bücher für das laufende Jahr praktisch schon abgeschlossen und wollen keine großen Geschäfte mehr abwickeln, die ihnen das Jahresergebnis vielleicht verderben. Und die Filialen der großen europäischen Banken in New York wickeln auch keine großen Sachen mehr ab, weil die Stammhäuser hier drüben geschlossen haben.«

»Sie waren also aufgeschmissen.«

»Ja, ich *war* aufgeschmissen. Bis Fred einen Ausweg für mich gefunden hat«, sagte Urs. »Ich will das erklären. Wenn ich Devisentermingeschäfte mache, dann normalerweise mit Banken. Und ich mache sie auf Kredit. Aufgrund unserer neuen Bilanzaufstellung konnte ich bei einem halben Dutzend Banken – darunter Chase und die Citibank in New York und die Deutsche Bank in Frankfurt – einen großzügigen Kreditrahmen herausholen, in den meisten Fällen fünfzig Millionen Dollar. Aber aus Gründen, die ich schon dargelegt habe, wollen sie bis Neujahr keine größeren Transaktionen in D-Mark machen. Als ich das Fred auf dem Weg vom Flughafen hierher erzählte, meinte er, der einzige Ort auf der Welt, an dem man heute und morgen etwas mit großen DM-Beträgen machen könnte, sei die Mercantile Exchange in Chicago. Deshalb wollte ich sofort mit Ihnen sprechen, Mr. Saxon.«

»Was haben Sie beide vor?« wollte Willy wissen.

»Die Banken umgehen, indem wir direkt an die Optionsbörse in Chicago gehen. Das Problem dabei ist nur, daß wir dazu eine Maklerfirma brauchen, wie zum Beispiel Merrill Lynch. Fred hat da einen Kredit, der aber wegen des bisherigen Geschäftsumfangs im Augenblick völlig ausgeschöpft ist. Sie wollen also jetzt Bargeld als Sicherheit. Es ist sogar so, daß sie nicht das Geringste unternehmen werden, bevor sie nicht buchstäblich das Geld in der Hand halten.«

»Um was für eine Summe geht es?«

»Das hängt davon ab, wie sehr Sie gegen die Mark spekulieren wollen.«

Willy sah einen Ausweg. Vielleicht.

»Kommt drauf an, wieviel wir theoretisch in dreißig Tagen verdienen können.«

»Was haben Sie sich denn in etwa vorgestellt?«

»Hundertzwanzig Millionen Dollar«, sagte Willy.

Das schlug ein wie der Blitz. Auf allen Gesichtern machte sich Bestürzung breit... nur nicht auf dem des Derivatefreaks Fred Fitch.

»Rechnen wir das doch mal aus«, meinte er. »Wir würden DM-Optionen mit einer Laufzeit bis März kaufen, weil in den Februar-Optionen keine Liquidität mehr vorhanden ist, denn wir reden hier ja von großen Summen. Aber wir können jederzeit zwischen heute und März wieder rausgehen. Ein Kontrakt kostet 1,250 Dollar. Zehntausend Kontrakte kosten 12,5 Millionen Dollar. Die Mark steht heute auf 1,725 zum Dollar, oder anders herum gesehen: Eine Mark ist etwas weniger wert als achtundfünfzig amerikanische Cent. Wir könnten wahrscheinlich mit einem Basispreis von achtundfünfzig Cent anfangen. Wenn der Dollar dann innerhalb von dreißig Tage auf 1,8250 steigt, dann würden wir verdienen... Augenblick mal.«

Er tippte ein paar Zahlen in einen Taschenrechner, den er irgendwo hervorgezaubert hatte.

»Wir könnten ungefähr dreißig Millionen Dollar machen. Bei hundertzwanzig Millionen Dollar müßten wir also vierzigtausend Kontrakte kaufen. Dafür bräuchte man fünfzig Millionen Dollar.«

»Bar?« fragte Willy.

»Bar«, bestätigte Fred.

»Und was ist, wenn sich all diese Gerüchte als falsch erweisen und die Mark steigt, statt zu fallen?« fragte Frank Lipper, der sich jetzt zum ersten Mal einmischte.

»Ja, wir könnten auch alles verlieren«, nickte Fred. »Das ist ja das Tolle am Handel mit Derivaten.«

Eine kurze Pause entstand.

Urs Bauer brach das Schweigen. »Es gibt noch ein Problem«, sagte er. »Wir haben nur sehr wenig Zeit zur Verfügung – den Rest des heutigen Tages, morgen und übermorgen noch den halben Tag, wegen Silvester, wo alle schon früh nach Hause gehen. Danach, nach der Neujahrspause, wird der Terminhandel wieder auf vollen Touren laufen. Die Flucht aus der DM kann gleich zu Börsenbeginn einsetzen und die Mark nach unten drücken. Dann hätten wir den Zug verpaßt.«

»Wie spät ist es jetzt in Chicago?« erkundigte sich Willy.

»Halb eins. Nachmittags«, kam die prompte Antwort von Fred.

Vreni kam aus der Küche und verkündete, das Essen sei fertig.

»Geht ihr nur«, meinte Willy. »Ich denke nach.«

»Brauchst du mich?« fragte Guggi.

»Diesmal nicht.« Willy drehte sich um und verschwand im Arbeitszimmer.

45. KAPITEL

Willy Saxon mußte jetzt zu einer Entscheidung kommen.

Die Lage hatte sich so zugespitzt, daß ihm nur noch wenige Möglichkeiten blieben. Und die sollte er sich vielleicht schriftlich vor Augen führen, dachte er, zog die Schreibtischschublade auf und nahm einen Bogen Papier heraus.

1. Mach es wie Marc Rich. Bleib in der Schweiz. Verlege die Aktion der River Ranch nach Zug.

Dabei gab es einige Probleme. Um eine Sache wie die River Ranch hier drüben ganz neu aufzuziehen, brauchte er Kapital – und zwar viel mehr als die zwölf Millionen, die er noch in Reserve hatte. Der Rest des Geldes steckte in Prescott & Quackenbush. Er konnte versuchen, das Geld wieder flottzumachen, aber das wäre nicht einfach und würde Zeit kosten. Inzwischen hatte dieser übergeschnappte Ravitch vielleicht ausgepackt, die Behörden würden die Bank sofort schließen und sein ganzes Vermögen in den Vereinigten Staaten durch Gerichtsbefehl blockieren.

Schlechte Idee.

2. Bleib in der Schweiz. Lebe von den zwölf Millionen Dollar. Gib alles in den Vereinigten Staaten auf.

Eine noch schlechtere Idee. Wie könnte er denn all diese jungen Leute aufgeben und sitzenlassen, die sich für ihn kaputtmachten? Oder – was es noch schlimmer machte – die zu ihm aufschauten. Und was sollte er denn für den Rest seines Lebens in der Schweiz anfangen?

3. Mache einen Deal mit Sid Ravitch.

Das würde bedeuten, daß er ihm die Hälfte von allem geben müßte, was ihm gehörte. Damit konnte er leben. Aber daß Sid Ravitch von nun an den Ton angeben sollte, damit konnte er auf keinen Fall leben. Und auch wenn er mit Sid Ravitch zu einer Einigung kam, war das keine Garantie, das alles vorbei wäre. Seit dem Anruf von Denise sah das anders aus.

4. Geh aufs Ganze. Setze auf die Ranch.

Wenn er innerhalb von dreißig Tagen diese hundertzwanzig Millionen Dollar auftreiben konnte, wußte er genau, was er tun würde. Er war dann zwar immer noch auf Denises Hilfe angewiesen, aber nicht mehr so sehr. Auch Saras Hilfe würde er brauchen – und das sofort. Er hatte sich geschworen, das nie zu tun. Aber...

46. KAPITEL

Die anderen saßen alle in der Küche, als Willy hereinkam.

»Wir gehen aufs Ganze«, verkündete er. Am Tisch erhob sich erregtes Gemurmel.

»Wann?« fragte Urs.

»Jetzt.«

»Wo kommt das Bargeld her?«

»Wieviel können Sie lockermachen, wenn Sie unseren ganzen Bestand an inversen Floater verkaufen?« fragte Willy und schaute Fred Fitch an.

Fred mußte nicht lange überlegen. »Etwas über fünfzehn Millionen.«

»Wie lange brauchen Sie dazu?«

»Ich muß vielleicht zehn Telefonate machen. Sagen wir mal, eine halbe Stunde.«

»Dann mal los.«

»Sind Sie sich sicher? Wir haben ein Riesengeld damit gemacht«, wandte Fred ein.

»Wenn Urs recht hat – und davon bin ich vollkommen überzeugt –, sinken die Floater ins Bodenlose«, gab Willy zurück. »Sie steigen, wenn die Zinsen sinken, nur daß es bei ihnen viel schneller geht als bei den Zinsen. Richtig?«

»Genau«, bestätigte Fred.

»Wenn die Mark ins Wanken gerät, welche Schritte unternimmt dann die Bundesbank als erste, um das abzufangen?« Diese Frage war an Urs Bauer gerichtet.

Urs antwortete: »Sie werden als erstes Dollar verkaufen und Mark kaufen – um dem entgegenzuwirken, was wir und alle anderen tun.«
»Und dann?«
»Dann erhöhen sie in Deutschland die Geldmarktzinsen ein ganzes Stück.«
»Wieso?« Die Frage kam von Sara, die wie die anderen Frauen bis jetzt schweigend zugehört hatte.
»Um Investoren dazu zu verlocken, in Deutschland und in der D-Mark zu bleiben. Falls die Bundesbank eine Rendite von zehn Prozent ermöglicht, vielleicht sogar fünfzehn Prozent auf Dreimonats-CDs in D-Mark gibt, wo man in New York nur drei Prozent auf Dollar-CDs bekommt, dann werden viele Leute sich das nicht zweimal überlegen.«
»Und die inversen Floater fallen in den Keller«, fügte Willy hinzu.
»Kapiert«, sagte Sara.
»Ich hänge mich gleich ans Telefon«, rief Fred.
»Moment noch. Wir haben eine ganze Menge Leute – darunter Marshall Lane – mit inversen Floatern in Mark eingedeckt. Wir sollten sie vor den Dingen warnen, die vielleicht passieren. Können Sie das von hier aus machen?«
»Kein Problem. Wir haben alle ein Mac Powerbook dabei. Da ist alles gespeicher, was wir brauchen – Namen, Adressen, Telefon- und Faxnummern, wieviel wir an wen verkauft haben, wann und zu welchem Preis. Aber zuerst sollten wir unseren Bestand verkaufen. *Dann* rufe ich die Leute an. In Ordnung?«
»Ja, klar. Aber da ist noch was. Einige dieser Klienten haben auch unsere ICONs. Sagen Sie denen, sie sollen die um Himmels willen behalten. *Die* schießen nämlich hoch wie Raketen.«

»Können wir Ihr Arbeitszimmer benutzen, Mr. Saxon?« fragte Fred.

»Nur zu.«

Fred und seine beiden Kollegen standen auf und verließen die Küche.

»Wie spät ist es jetzt in Chicago?« fragte Willy und schaute Urs an.

»Es geht auf ein Uhr zu.«

»Meinen Sie, wir können die ersten zehntausend Kontrakte an Land ziehen, bevor die Börse zumacht?«

»Es wird ein bißchen knapp, aber ich glaube, wir können es gerade noch schaffen«, antwortete Urs. »Fred kann den Verkauf der inversen Floater heute kaum ganz durchziehen, man muß also dem Makler, der den Kauf dieser DM-Optionen für uns übernimmt, sehr gut zureden und ihn überzeugen, daß er überhaupt nichts dabei riskiert. Ich hänge mich lieber auch gleich ans Telefon.«

Urs stand auf und ging zur Tür.

Dann drehte er sich nochmal um. »Wir reden immer noch von vierzigtausend Kontrakten?«

»Ja«, sagte Willy.

»Bis wann haben wir das Bargeld, um den Rest zu kaufen?«

»Ich habe da eine Idee, über die ich später noch sprechen werde. Aber zunächst wollen wir mal sehen, wie ihr die erste Runde übersteht. Inzwischen essen wir. Ich habe auf einmal einen Bärenhunger. Was gibt's denn Feines?«

»*Fondue Bourgignon*«, sagte Sara. »Wir haben alle darauf gewartet, daß das Öl heiß wird. Komm, Willy, setz dich neben mich. Ich zeig's dir.«

»Lassen Sie mich zuerst mal probieren, Miss Sara«, meinte Vreni.

■

Sie nahm eine lange Gabel, spießte eines der Rindfleischstückchen auf, die in einer großen Holzschüssel lagen, und tauchte es in eines der sechs Kupfertöpfchen, die auf nebeneinander angeordneten Spiritusbrennern auf dem Tisch standen. Nach fünf Sekunden zog sie die Gabel wieder heraus und betrachtete das Fleisch.

»Genau richtig«, verkündete sie. »Wir drehen jetzt die Brenner lieber runter und lassen die Temperatur so, wie sie ist.«

»Laßt es euch schmecken«, sagte Sara und reichte die Schüssel mit den Rindfleischstückchen weiter. Dann kamen die Saucen – drei verschiedene Arten von Senfsaucen, Remoulade und, da die meisten am Tisch Amerikaner waren, Heinz Ketchup.

Vreni schenkte den Wein ein, einen dunkelroten Dole aus dem Wallis, und ließ natürlich zunächst Willy probieren.

»Ausgezeichnet«, meinte der.

»Ich finde es wahnsinnig aufregend und phantastisch, was du da machst, Willy«, sagte Sara leise. »Und die anderen auch. Ich bin sicher, daß du das spürst.«

»Ja. Aber jetzt bin ich auf deine Hilfe angewiesen, Sara.«

»Sag mir, was du brauchst, und ich werde mein Bestes tun.«

»Es geht nicht nur um deine persönliche Hilfe, sondern auch um die des Unternehmens deines Mannes. Wieviel Einfluß hast du da?«

»Keine Ahnung. Ich habe nie versucht, auf die Geschäfte Einfluß zu nehmen.«

»Aber du hältst praktisch die Aktienmehrheit bei Homestake Mining?«

»Ja.«

»Ich glaube, du hast genug gehört, um unser Problem zu verstehen. Wir müssen innerhalb von vierundzwanzig Stunden nochmal vierzig Millionen Dollar in bar auftreiben. Keine Handelsbank der Welt kann so schnell reagieren, selbst wenn sie glaubt, daß wir für diese Summe gut sind – was höchst unwahrscheinlich ist, wenn sie erst einmal dahinterkommt, was wir damit machen wollen.«

»Ja, da hast du recht. Soviel weiß ich auch über Banken«, stimmte Sara zu.

»Homestake Mining ist eines der amerikanischen Unternehmen mit der größten Liquidität. Und wenn aufgrund der Dinge, die jetzt passieren werden, der Goldpreis nach oben schießt, verfügen sie außerdem auch noch über fast unbegrenzten Kredit.«

»Ich dachte, du meinst, der Goldpreis würde sinken.«

»Ich habe meine Ansicht geändert.«

»Warum investierst du dann nicht in Gold?«

»Weil DM-Optionen noch besser sind.«

»Gut. Entschuldige, ich habe dich vom Thema abgebracht – Homestake wird also einen fast unbegrenzten Kredit haben?«

»Ja. Und von diesem Kredit würde ich mir gern für dreißig Tage etwas ›borgen‹.«

»Geht das denn?«

»Ja. Das ist eine neue Technik. Man verleiht den Kredit an Dritte. Die dafür natürlich bezahlen müssen.«

»Glaubst du, das würden die bei Homestake verstehen?«

»Ja. Der Finanzvorstand schon. Und wenn nicht, kann Frank Lipper ihn sehr schnell auf den neuesten Stand bringen. Ich habe ihn vor ein paar Monaten gebeten, sich das genauer anzuschauen.«

»Gut«, sagte Sara. »Ich kann es auf jeden Fall versuchen. Aber wie um alles in der Welt kann man das denn innerhalb von vierundzwanzig Stunden über die Bühne bringen?«

»Wir müßten uns alle morgen in Chicago treffen. Bis Mittag.«

»Und wie sollen wir da so schnell hinkommen?«

»Willst du es bei Homestake versuchen?«

»Ja, verdammt, das will ich«, bestätigte die Bischofstochter.

»Susie«, rief Willy zum anderen Ende des Tisches rüber.

»Ja, Mr. Saxon?«

»Wissen Sie, wo Urs diesen Lear Jet aufgetrieben hat?«

»Ja. Bei der Alpine Aviation in Genf.«

»Denken Sie, das Flugzeug ist noch da?«

»Ich glaube schon. Soweit ich weiß, wird nachts in diesem Tal hier nicht geflogen. Es ist zu gefährlich. Aber ich kann anrufen, um ganz sicherzugehen.«

»Tun Sie das doch bitte. Und wenn die Maschine noch da ist, reservieren Sie sie gleich für mich. Wir fliegen morgen in aller Frühe damit nach Genf oder nach Zürich. Einen Augenblick noch«, unterbrach sich Willy.

Dann wandte er sich an Werner Guggi, der auch am anderen Ende des Tisches saß. »Werner, fliegt Swissair direkt nach Chicago?«

»Ja. Jeden Morgen um acht geht eine Maschine ab Zürich.«

»Und wann ist sie in Chicago?«

»Das weiß ich nicht mehr genau. Entweder um zehn oder um elf Uhr vormittags. Chicagoer Zeit.«

»Hervorragend. Glaubst du, wir können für morgen vier Plätze bekommen?«

»Du willst doch nicht etwa nach Chicago?« fragte der Anwalt.

»Doch. Und wo wir gerade dabei sind – du fliegst auch mit. Also fünf Plätze.«

Er wandte sich wieder an Susie. »Sagen Sie ihnen, daß wir zu fünft sind und um sechs Uhr von Samedan aus zum Flughafen Kloten fliegen.«

Susie verließ die Küche, gefolgt von Werner Guggi.

»Es wird immer leerer hier drinnen«, meinte Sara. »Ich glaube, jetzt bin ich an der Reihe.«

»Wenn es dir nichts ausmacht.«

»In San Francisco ist es jetzt halb elf Uhr vormittags. Die Chancen stehen also gut, daß unser Finanzvorstand in seinem Büro ist.«

»Frank und ich schalten uns mit in das Gespräch ein, damit du nicht die ganzen technischen Details erklären mußt.«

»Das könnte ich auch nicht, selbst wenn ich es wollte.«

»Mir kommt gerade noch eine Idee. Dein Finanzvorstand wird sich als erstes bestimmt danach erkundigen, welche Sicherheiten wir bieten können.«

»Soviel verstehe ich auch vom Geldgeschäft«, meinte Sara. »Und was hast du zu bieten?«

»In Zug gibt es eine Holdinggesellschaft, der fünfundneunzig Prozent der Papiere von Prescott & Quackenbush gehören. Die Bank hat im Augenblick einen Wert von gut über hundertfünfzig Millionen. Werner Guggi hat diese Papiere in seinem Tresorraum in Liechtenstein. Sobald ich ihm das alles erklärt habe, kann er da anrufen und dafür sorgen, daß jemand aus seinem Büro die Papiere zum Flughafen Kloten bringt, bevor die Maschine nach Chicago abfliegt.«

»Willy«, sagte Sara, »du hast wirklich Köpfchen.

Deswegen macht es soviel Spaß, mit dir zusammen zu sein. Aber jetzt wollen wir mal in San Francisco anrufen, bevor da drüben alle zum Mittagessen gehen.«

47. KAPITEL

Der Swissair-Flug 37 hatte keine Verspätung. Die Maschine landete am nächsten Morgen pünktlich auf dem O'Hare Flughafen in Chicago.

Der Finanzvorstand von Homestake Mining empfing Willy und seine Leute in Begleitung seines Anwalts. Bobby Armacost war auch da. Willy hatte Bobby um die Mittagszeit des Vortages erreicht und ihn gebeten, die zentralen Teile des Vertrags zu entwerfen, der die Kreditvereinbarung zwischen Prescott & Quackenbush und Homestake Mining regelte. Die drei Männer waren im Firmenjet von Homestake gekommen und hatten auf dem Flug die ganze Zeit gearbeitet. Sie waren alle drei der Meinung, daß Willys Idee, ihn vorübergehend am Kreditrahmen von Homestake zu beteiligen, zu kompliziert sei. Homestake würde sich per Vertrag einfach bereit erklären, Willy die vierzig Millionen Dollar mit einer Laufzeit von dreißig Tagen zu leihen, vorausgesetzt, sie waren voll gedeckt. Nachdem Werner Guggi die als Sicherheit dienenden Aktien von Prescott & Quackenbush übergeben hatte, setzten beide Vertragsparteien – Frank Lipper vertrat dabei die Investmentbank – und ihre Anwälte in der Swissair-Lounge des Flughafens ihre Unterschrift unter die Dokumente.

Dann setzten sie sich in zwei bereitstehende Limousinen und fuhren in die Innenstadt. In der Maklerfirma Merrill Lynch, die im selben Gebäude an der

South Wacker Street untergebracht war wie die Mercantile Exchange, wurden sie bereits erwartet. Außerdem war noch ein stellvertretender Direktor der Continental Bank anwesend. Er war telefonisch aus dem Jet von Homestake gebeten worden, sich um ein Uhr mit einem Barscheck über vierzig Millionen Dollar bei der Maklerfirma einzufinden. Die Summe beeinträchtigte den Kreditrahmen, den Homestake Mining bei der Chicagoer Bank besaß, nur geringfügig. Die Übergabe des Schecks an den Makler erfolgte um ein Uhr fünfzehn. Fünf Minuten später wurde er eingelöst. Um ein Uhr dreißig an diesem vorletzten Tag des Jahres war Fred Fitch wieder im Geschäft und konnte DM-Optionen für März kaufen. Urs Bauer blieb bei ihm. Die anderen fuhren zum Ritz Carlton Hotel, wo neun Zimmer für sie reserviert worden waren.

»Die ersten tausend März-Optionen für achtundfünfzig Mark wurden für einhundert gehandelt. Aber dann zog der Kurs allmählich an. Bei den zweiten Tausend lag er bei einhundertfünf. Beim dritten Tausend bei einhundertsieben.

»Geh noch härter ran«, sagte Fred zu Alex Trzesniewski, dem Leiter der Devisenabteilung von Merrill Lynch, der als einer der Besten seines Fachs galt.

»Bei der nächsten Transaktion kaufte Alex weitere fünftausend Kontrakte für einhundertfünfzehn.

»Die Aktion spricht sich rum«, meinte er.

»Oder vielleicht haben noch ein paar Leute spitzgekriegt, was da in Deutschland abläuft«, gab Fred zurück. »Geh noch härter ran, Alex.«

»Bis Börsenschluß kauften sie noch dreißigtausend DM-Optionen, so daß sie am Ende insgesamt vierzigtausend hatten.

Willy, Frank, Werner Guggi, Bobby Armacost und

Sara warteten in der Bar der Hotel-Lobby im zehnten Stock auf sie.

»Wie ist es gelaufen?« fragte Willy sofort.

»Wir sind mit fünf Milliarden D-Mark im Minus«, sagte Urs.

»Heilige Muttergottes«, rief Bobby Armacost. »Du weißt hoffentlich, was du tust, Willy.«

»Jetzt kommt alles auf die Deutschen an«, antwortete Willy.

»Urs«, fragte er dann, »wie spät ist es in Deutschland?«

»Ein Uhr morgens, und weil morgen ja Silvester ist, sind sicher alle schon früh ins Bett gegangen.«

»Hoffentlich sind noch ein paar wach und machen sich Sorgen«, sagte Guggi.

»Was passiert jetzt wohl als nächstes da drüben?« fragte Willy.

»Schwer zu sagen«, meinte Guggi. »Aber ich glaube, es wird wohl folgendes passieren: Am Neujahrstag hält der Bundespräsident – nicht zu verwechseln mit dem Bundeskanzler – in Radio und Fernsehen immer seine traditionelle Neujahrsansprache. In der Bundesrepublik muß der Kanzler seine Rücktrittserklärung beim Präsidenten einreichen. Der Präsident wird dann den Rücktritt bekanntgeben und wahrscheinlich gleichzeitig eine Dringlichkeitssitzung des Bundestags einberufen. Wenn der Bundestag zusammentritt, hat die Regierung keine andere Wahl, als geschlossen zurückzutreten, und das bedeutet Neuwahlen. So was ist in Deutschland noch nie passiert. Der Präsident wird also nicht zulassen, daß sich die Sache in die Länge zieht.«

»Und wenn der *Spiegel* Stuß geschrieben hat und niemand zurücktritt?« wollte Bobby Armacost wissen.

■

»Dann wird der Präsident dem Kanzler und seiner Regierung sein Vertrauen aussprechen und zu Neujahr der Nation verkünden, daß alles beim alten bleibt«, antwortete Guggi.

»Und wir hätten ein großes Problem«, stöhnte Bobby Armacost.

Ein größeres, als du denkst, dachte Willy.

48. KAPITEL

Am nächsten Morgen – dem 31. Dezember, der in diesem Jahr auf einen Samstag fiel – verließen sie alle zusammen um sieben das Hotel. Der Jet von Homestake wartete auf dem Flughafen O'Hare auf sie. Der einzige, der nicht in die Maschine stieg, war Werner Guggi. Er nahm die Mittagsmaschine nach Zürich.

Zum Abschied sagte Guggi zu Willy: »Noch ein letzter Rat. Wenn die Geschichte hier schiefgeht, dann kommt das, was dir solche Sorgen macht, so sicher wie das Amen in der Kirche. Ich spüre das genau. Du mußt dann sofort hier weg. Du darfst noch nicht mal auf den nächsten Linienflug warten. Miete einen Privatjet und flieg direkt in die Schweiz.«

Diese Warnung trübte Willys euphorische Stimmung ein wenig. Er stellte sich mutterseelenallein gegen die Deutsche Mark, und das bedeutete im Prinzip, daß er sich gegen die Bundesbank stellte, die zweitgrößte Finanzorganisation der Welt, die nur noch von der Federal Reserve übertroffen wurde. Nach den Regeln der Logik hatte er eigentlich keine Chance. Und auch sein treuer Freund Frank Lipper hatte keine Chance.

»Setz dich zu mir, Frank«, bat Willy, als sie ins Flugzeug stiegen. »Ich muß dir ein paar Dinge erzählen.«

Als sie auf zehntausend Meter waren und das Flugzeug sich auf dieser Reisehöhe eingependelt hatte, beugte Willy sich zu Frank hinüber.

»Sid Ravitch weiß alles«, sagte er leise.

»Woher weißt du das?«

»Er hat mich vorgestern abend in St. Moritz angerufen.«

»Wie ist er dahintergekommen?«

»Irgendwie ist er an den Prospekt für Sun River City geraten. Und hat daraus auf Ukiah geschlossen.«

»Wieviel verlangt er?«

»Von allem die Hälfte.«

»Ich dachte, du hättest was gegen ihn in der Hand?«

»Das hatte ich auch. Er war in einen Goldbetrug verwickelt. Aber die einzige Verbindung zwischen Ravitch und diesem Betrug ist ein Typ, den ich im Gefängnis kennengelernt habe. Er ist gerade rausgekommen, und Ravitch hat ihn anscheinend fest in der Hand. Als Ravitch mich angerufen hat, war er bei ihm im Büro.«

»Aber wie in aller Welt ist Ravitch an den Prospekt für Sun River City gekommen? Den haben doch nur vier Leute in New York. Es gibt nicht einmal ein Exemplar davon in unserem Büro in San Francisco.«

»Das einzige, was mir bis jetzt dazu einfällt, ist Insiderbeteiligung. Ravitch muß irgend jemanden auf der River Ranch haben. Er weiß, daß wir das alles ausgeheckt haben. Er weiß sogar, daß du dabei bist.«

»Wer könnte das sein? Sogar die Freaks haben doch nichts erfahren.«

»Das ist jetzt nicht mehr wichtig«, wehrte Willy ab.

»Vielleicht doch«, widersprach Frank. »Jetzt weiß ich's. Die Druckerei in Healdsburg. Erinnerst du dich an den Drucker, den sie vor Jahren in New York erwischt haben? Der die Informationen aus den Börsenprospekten für Insiderhandel verwendet hat?«

∎

»Das war New York. Wir sprechen von Healdsburg«, sagte Willy.

»Da hast du recht«, gab Frank zu. »Aber wer kann sonst noch davon gewußt haben?«

Er überlegte eine Zeitlang.

»Pam Pederson«, rief er dann. »Sie war die einzige, die mir dabei geholfen hat. Sie hat den Prospekt getippt. Sie hat ihn zur Druckerei gebracht.«

»Hör doch auf, Frank. Sie kann unmöglich mit Sid Ravitch unter einer Decke stecken. Außer sie ist die größte Schauspielerin der Welt.«

»Es gibt keine andere Antwort«, beharrte Frank.

»Vielleicht. Aber wie schon gesagt, das ist jetzt nicht mehr wichtig.«

»Was hast du jetzt vor?«

»Moment. Da ist noch was, was du wissen mußt. Erinnerst du dich an Ralph Goodman, den Scheißer, der die Aufsichtskommission für die Staatsbanken leitet?«

»Ja, klar. Der gegen dich ausgesagt hat.«

»Der schnüffelt offensichtlich auch überall herum.«

»Hat er schon viel rausgekriegt?«

»Offenbar nicht. Aber wenn wir uns einen Plan überlegen, müssen wir auch ihn mit einrechnen.«

»Und was hast du dir überlegt?«

Willy erklärte es ihm. Als er fertig war, fragte Frank als erstes: »Wie soll das mit Ravitch laufen?«

»Dazu brauchen wir Lenny.«

»Wie kommen wir an den ran?«

»Das weiß ich noch nicht«, sagte Willy.

»Mir will immer noch nicht in den Kopf, wie sie an unsere Sachen gekommen sind«, murmelte Frank. »Das muß Pam Pederson gewesen sein.«

»Gut, ich spreche mit Sara darüber. Sie kann sich

das Mädchen nächste Woche mal vorknöpfen«, gab Willy nach. »Wenn Pam es wirklich war, wird sie es Sara gegenüber vielleicht eher zugeben.«

In San Francisco verabschiedeten sie sich von den Leuten von Homestake. Sara sagte, sie wolle nach Hause, um sich umzuziehen und auszuruhen. Bobby Armacost wurde von seiner Frau erwartet. Die anderen sechs fuhren direkt zur River Ranch. Sie wollten gemeinsam abwarten, was in Deutschland als nächstes passieren würde.

Unterwegs erzählte Urs Bauer, daß die Neujahrsansprache des Bundespräsidenten von jedem Fernsehsender in Deutschland übertragen wurde und daß die Rede immer um zehn Uhr vormittags an seinem Amtssitz aufgenommen und ausgestrahlt wurde. Das bedeutete ein Uhr morgens kalifornischer Zeit. Die Deutsche Welle strahlte die Sendung weltweit via Satellit aus und konnte in den Vereinigten Staaten über Satcom F. 4 Transponder 5 empfangen werden.

Und Satellitenschüsseln hatte die River Ranch ja mehr als genug.

Als er auf der Ranch ankam, rief Willy als erstes Denise van Bercham an, wie versprochen. Sie erzählte ihm begeistert von den neuesten Entwicklungen in San Francisco.

»Stell dir vor, Willy, ich habe gerade gehört, daß ich am 1. Januar offiziell zur Protokollchefin von San Francisco ernannt werde. Ist das nicht phantastisch?«

»Wunderbar«, antwortete Willy und gab sich Mühe, ebenfalls begeistert zu klingen.

»Du mußt unbedingt zu meiner ersten großen Veranstaltung kommen. Ich bin schon mitten in der Planung«, fuhr sie fort.

»Wann findet die statt?«

»Am 6. Januar. Es ist ein Empfang im Rundbau des Rathauses für den brasilianischen Präsidenten und seine tolle Frau. Er ist sechsundsechzig und sie dreiundzwanzig.«

»Ach, Brasilianer müßte man sein!« seufzte Willy.

»Kommst du?«

»Wenn ich kann, ja«, sagte er.

»Wie geht es Sara?« fragte Denise.

»Gut. Sie ist zu Hause. Ruf sie doch an, Denise. Sie würde sich bestimmt freuen.«

»Ja, mach ich«, sagte sie und setzte hinzu: »Du klingst ein bißchen – na ja, zurückhaltend. Ist alles in Ordnung?«

»In bester Ordnung, Denise.«

»Vergiß nicht, was ich dir bei unserem letzten Telefonat gesagt habe. Wenn du mich brauchst, ruf mich an. Versprochen?«

»Ja. Und ein gutes neues Jahr.«

Als er aufgelegt hatte, kam Willy plötzlich eine Idee. Er rief sofort Urs Bauer drüben im Börsenraum an. Seine Frau Susie und die anderen Frauen wurden frühestens am 3. Januar zurückerwartet.

»Sind Sie mit irgendeinem der Devisenhändler in San Francisco näher bekannt?« fragte er.

»Ja, natürlich. Mit Enrico Riva von der Bank of America. Mit Gerry Göhler bei der Bank of California. Und mit dem Devisenmann bei Wells Fargo.«

»Haben Sie deren private Telefonnummern?«

»Ich glaube schon.«

»Würde es Ihnen etwas ausmachen, die drei anzurufen und ihnen zu sagen, was Ihrer Ansicht nach bei Börsenbeginn am Montag mit der Deutschen Mark passieren wird?«

■

»Nein, natürlich nicht. Das kann ich schon machen. Unsere Position ist ja gesichert.«

Der Rest des Tages zog sich unendlich lange hin. Schließlich wurde es Abend, und da Vreni auch noch nicht da war, lud Willy alle zum Essen ins Tre Scalini in Healdsburg ein. Er mußte dem Besitzer gut zureden, damit sie noch einen Platz bekamen. Als sie um elf wieder im Haupthaus der River Ranch waren, öffnete Willy den zuvor kaltgestellten Champagner, wie üblich von der Kellerei Jordan.

Sie saßen alle vor dem Fernseher im Wohnzimmer und schauten sich an, was drei Stunden zuvor um Mitternacht auf dem Times Square los gewesen war. Das neue Jahr wurde mit gedämpfter Freude begrüßt.

»Versuchen Sie doch mal, ob Sie Deutschland reinbekommen«, sagte Willy zu Urs.

»Kein Problem, Mr. Saxon.« Urs drückte zwei Tasten der Fernbedienung, und innerhalb von ein paar Sekunden sahen sie die Wiener Philharmoniker, die vor einem begeisterten Publikum in der Hauptstadt Österreichs Straußwalzer spielten.

»Sind Sie sicher, daß das der richtige Sender ist?« fragte Willy.

»Ja«, antwortete Urs. »Das ist auch eine Neujahrstradition im deutschen Fernsehen.«

»Wahrscheinlich besser als Guy Lombardo«, meinte Frank.

Um 0 Uhr 58, nachdem das Konzert mit einer schwungvollen Interpretation des Donauwalzers zu Ende gegangen war, erschien auf dem Bildschirm das ernste Gesicht eines deutschen Fernsehsprechers, der aus dem Studio der Deutschen Welle in Berlin sprach.

»Meine Damen und Herren, wir schalten nun um zur Villa Hammerschmidt in Bonn.«

Urs übersetzte für die anderen.

Als nächstes erschien ein älterer Mann im Anzug auf dem Bildschirm. Er saß hinter einem prächtigen Schreibtisch und wirkte abgespannt.

»Meine lieben Mitbürgerinnen und Mitbürger. Ich wünsche Ihnen allen ein gutes neues Jahr«, sagte er. Dann machte er anscheinend bewußt eine Pause.

Urs übersetzte, was der Präsident gesagt hatte, und meinte dann: »Aber jetzt kommt es.«

»Zu meinem Bedauern muß ich Ihnen mitteilen, daß unser Land sich in einer schweren Krise befindet. Der Bundeskanzler hat vor einer Stunde sein Amt niedergelegt.«

Urs sprang auf.

»Er ist zurückgetreten! Der Kanzler ist zurückgetreten. Vor einer Stunde.«

Die Freude, die nun im Haupthaus der River Ranch ausbrach, war alles andere als gedämpft. Und die Umarmungen waren auch nicht besonders zurückhaltend.

»Es läuft!« rief Willy Frank zu.

Obwohl es spät war, konnte in dieser Nacht niemand auf der River Ranch so einfach einschlafen. Aber das war nicht wichtig. In den nächsten zweiundzwanzig Stunden hatte alle Banken und Börsen sowohl in Europa als auch in den Vereinigten Staaten geschlossen. Am anderen Morgen schliefen alle aus und beschäftigten sich dann den Tag über, so gut es ging. Frank und Willy spielten achtzehn Löcher in Fountaingrove, aßen in Santa Rosa früh zu Abend und legten sich danach ein bißchen hin. Sie wußten, daß sie die ganze Nacht auf sein würden.

49. KAPITEL

Um elf Uhr abends kamen sie alle wieder zusammen – diesmal im Börsenraum. Die ersten Auswirkungen würden sich im Interbankgeschäft bemerkbar machen, besonders in London und Frankfurt. Sie konnten das auf den Computermonitoren auf Urs Bauers Schreibtisch verfolgen.

Die erste Reaktion in Europa an diesem Montag morgen war nicht besonders ermutigend. Der Anfangskurs der D-Mark lag bei 1,74, womit er nur eineinhalb Pfennige gesunken war. Die Devisenhändler an den europäischen Banken hatten sich anscheinend zum Abwarten entschieden.

»Worauf warten die?« wollte Willy wissen.

»Auf den nächsten Schritt, wenn der Bundestag in zwei Stunden zu einer Dringlichkeitssitzung zusammentritt. Das ist um ein Uhr nachts unserer Zeit.«

»Könnten Sie Ihren Freund anrufen, diesen Mann, den Sie in Frankfurt getroffen haben, und ihn schon mal vorab um eine Interpretation bitten?« fragte Willy.

»Das habe ich schon versucht. Bei der Bundesbank hat man mir gesagt, er sei in einer Sitzung und dürfte nicht gestört werden. Er muß sehr vorsichtig sein.«

»Also, was machen wir?«

»Wir warten ab und tun nichts. So wie alle anderen auch«, sagte Urs.

Schon bald stellte sich heraus, daß das richtig war. In den nächsten zwei Stunden fiel die D-Mark noch einmal um einen halben Pfennig, aber das war es dann auch. Der Devisenhandel in Europa war fast zum Stillstand gekommen.

»So, wie das läuft, kommen wir nicht annähernd auf unsere hundertzwanzig Millionen Dollar«, zischte Willy Frank zu, als sie ins Haupthaus zurückgingen, um ihre Nachtwache vor dem Fernseher wieder aufzunehmen. Die anderen Männer gingen dicht hinter ihnen, mit Ausnahme von Urs. Er war schon vorausgegangen und kümmerte sich darum, daß die Satellitenverbindung mit Deutschland klappte.

Als sie an der Stelle vorbeikamen, wo das Hochufer steil zum Fluß und den Felsen abfiel, blieb Willy stehen.

»Sie hatte recht«, meinte er.

»Wer?«

»Susie. Sie bekommt ein Baby und hat Angst vor dieser Stelle hier.«

»Dann sorge dafür, daß hier ein Zaun hinkommt«, sagte Frank.

Sobald sie alle wieder im Wohnzimmer des Haupthauses vor dem Fernseher saßen, kommentierte Urs Bauer die Dinge, die sie sahen und hörten.

»Die Dringlichkeitssitzung des Bundestags soll in genau einer Minute beginnen«, teilte er ihnen mit.

Um ein Uhr morgens – zehn Uhr vormittags mitteleuropäischer Zeit – begann das Deutsche Fernsehen mit der Direktübertragung aus dem Bundestagsgebäude in Bonn.

Um ein Uhr fünfzehn war die Regierung offiziell zurückgetreten. Um ein Uhr dreißig wurde bekanntgegeben, daß innerhalb von dreißig Tagen Neuwahlen stattfänden. Um ein Uhr fünfundvierzig erklärte der Parteivorsitzende der F.D.P., die seit über zehn Jahren der Regierungskoalition angehörte, daß seine Partei jetzt eine Koalition mit den Sozialdemokraten anstrebe. Um zwei Uhr morgens erschien der Bundesbankpräsident auf dem Bildschirm. Er erklärte, er fühle sich zum einen vom Bundeskanzler und seiner Partei betrogen, habe aber andererseits nicht die Absicht, sein Amt unter einer sozialdemokratisch geführten Regierung weiterauszuüben. Deshalb trete er jetzt sofort zurück.

Um zwei Uhr fünf kalifornischer Zeit – elf Uhr fünf deutscher Zeit – setzte der freie Fall der D-Mark ein.

Inzwischen waren alle wieder in den Börsenraum gerannt, um zu sehen, was sich auf den Computermonitoren abspielte.

Um zwei Uhr zehn war in Healdsburg, neun Zeitzonen von Frankfurt entfernt, die Mark um vier Pfennig gesunken. Jetzt stand sie bei 178. Vier Stunden später lag sie bei 180,50. Inzwischen war es an der Ostküste der Vereinigten Staaten neun Uhr morgens, und in New York hatte der Interbankhandel begonnen.

Innerhalb weniger Minuten war die D-Mark um noch einmal zwei Pfennige gefallen.

Der Kurs lag bei 182,50.

»Das ist es!« rief Frank, der wie alle anderen gebannt auf die sich ändernden Zahlen auf den Computermonitoren starrte. »Wir haben's geschafft, Willy! Unser Zielkurs war 182,50. Wir haben gerade hundertzwanzig Millionen Dollar verdient.«

»Noch nicht«, widersprach Fred Fitch. »Es dauert noch eine Stunde bis zum Börsenbeginn in Chicago.«

Zehn Minuten später erholte sich die Mark wieder.

181,50... 180,50... 179,75.

»Was ist denn los?« Willy wurde immer nervöser.

Urs Bauer sprach gleichzeitig in drei verschiedene Telefone.

»Sowohl die Bundesbank als auch die New York Fed intervenieren«, rief er. »Es heißt, daß die Bundesbank D-Mark in noch nie dagewesenen Mengen aufkauft.«

»Ich dachte, die Bundesbank ist lahmgelegt?«

»Offensichtlich nicht mehr. Sie haben jetzt einen Interimspräsidenten.«

»Aber warum interveniert unser Zentralbankrat?«

»Weil die Deutschen um Hilfe gebeten haben. Die Leute bei den Zentralbanken halten immer zusammen. Meiner Meinung nach aber nur eine leere Geste. Das ist ein deutsches Problem, kein amerikanisches.«

Als in Kalifornien der Morgen anbrach und zwei Zeitzonen östlich der Optionshandel an der Mercantile Exchange in Chicago einsetzte, hatte die Mark sich sogar auf 170 erholt.

»Wir liegen immer noch mindestens neunzig Millionen Dollar vorn«, sagte Fred zu Willy. »Soll ich anfangen zu verkaufen?«

»Nein.«

»Aber ...«

»Sie haben gehört, was ich gesagt habe, Fred«, bellte Willy, »nein!«

Die anderen im Börsenraum hatten Willy auch gehört. Keiner wagte, ihn auch nur anzuschauen.

In den nächsten zwanzig Minuten pendelte sich die Mark bei 168,50 ein. Plötzlich stieß Fred Fitch, der auch unablässig telefonierte, einen Schrei aus.

»Schaltet mal schnell CNBC ein. Sofort!«

Auf Urs Bauers Schreibtisch stand ein kleiner Fernseher. Urs schaltete ihn ein.

Dan Dorfmans Gesicht erschien auf dem Bildschirm. Neben ihm im Studio saß ein dunkelhaariger, untersetzter Mann mit Brille.

»Wer ist denn das?« fragte Willy.

»George Soros«, sagte jemand.

Im Börsenraum der River Ranch unterbrachen jetzt alle ihre Arbeit und wandten sich dem Fernseher zu. Mit Ausnahme von Fred Fitch. Sein Blick hing an dem Computermonitor, der die Ereignisse in Chicago wiedergab.

»Was passiert mit der Deutschen Mark?« fragte Dorfman seinen Gast.

»Eine Menge«, antwortete Soros. »Und nichts Gutes.«

»Wieso?«

»Weil Deutschland jetzt der kranke Mann Europas ist. Die Deutschen haben die Einigung total in den Sand gesetzt. Aufgrund dessen läuft der Haushalt völlig aus dem Ruder. Und das Geldvolumen auch. Durch die hohen Preise ist das Land auf dem Weltmarkt nicht mehr konkurrenzfähig. Die Löhne sind fast doppelt so hoch wie in den Vereinigten Staaten. Und jetzt zerfällt das Land auch noch politisch. Irgend etwas mußte dabei ja Schaden leiden. Und das ist die Deutsche Mark.«

»Dann ist die Mark also dabei, dasselbe Schicksal zu erleiden wie das Pfund im Herbst 1992?«

»Genau.«

»Und was unternehmen Sie in dieser Situation?«

Soros grinste nur. »Ich glaube, das können Sie sich denken.«

»Falls unsere Zuschauer sich das nicht denken können, sollte ich ihnen vielleicht ins Gedächtnis rufen, Mr. Soros, daß viele sagen, Sie seien der Mann mit dem Midas Touch, der Mann, dem alles, was er anfaßt, zu Gold wird. Sie haben im September 1992 gegen das Pfund spekuliert und dabei über eine Milliarde Dollar verdient. Stimmt das?«

»Ja, das wird behauptet.«

Dann sind Sie im Frühjahr 1993 in Gold eingestiegen, haben den Preis um fünfzig Dollar per Unze hochgetrieben und wieder einen satten Gewinn gemacht.«

»Ja, auch das wird behauptet.«

»Und jetzt wollen Sie die Deutsche Mark nach unten drücken?«

»Das muß ich gar nicht. Die Deutschen machen das selbst ganz prima.«

»Wie weit kann die Mark noch fallen?«

»Noch sehr weit. Ich höre, daß die Bundesbank bei dem Versuch, die Blutung zu stillen, schon fast dreißig Milliarden Dollar verloren hat. Aber sie hat damit nur eine vorübergehende Stabilisierung erreicht.«

»Sie sagen vorübergehend. Die Mark fällt also noch tiefer?«

»Sehr viel tiefer.«

»Vielen Dank, Mr. Soros.«

Zehn Sekunden später stieß Fred Fitch wieder einen Schrei aus.

»Soros hat den Kurs nach unten gedrückt, aber nur unwesentlich. Der Dollar hat sich jetzt auf seinem Höchststand stabilisiert.«

Während die Minuten verstrichen und der Kurs stabil blieb, schauten die anderen immer wieder Willy Saxon an. Aber er sagte kein Wort.

Eine Viertelstunde später wurde auf dem Bildschirm eine Eilmeldung eingeblendet.

Toyota beabsichtigt, Übernahmeangebot für Volkswagen zu machen. Weitere Einzelheiten folgen.

»Was hat das denn zu bedeuten?« fragte Willy und brach damit endlich sein Schweigen. »Und wieso jetzt?«

»Das ist doch vollkommen logisch«, sagte Urs. »Aus japanischer Sicht ist VW jetzt für ein Butterbrot zu haben. Der Yen ist jetzt noch begehrter als der Dollar, und dadurch steigt der Kurs weiter. Die Folge davon ist, daß die Mark schon jetzt gegenüber dem Yen um zehn Prozent billiger ist als noch letzte Woche. Und bevor das hier alles vorbei ist, können es schon gut zwanzig Prozent sein, vielleicht sogar fünfundzwanzig. VW-Aktien werden in Mark notiert, so daß Toyota für den Kauf des Unternehmens jetzt in Yen zwanzig oder fünfundzwanzig Prozent weniger investieren muß.«

»Aber wie reagieren die Deutschen darauf?« fragte Willy.

»Schauen Sie auf den Bildschirm.«

Innerhalb weniger Minuten gab die Mark um weitere zwei Pfennige nach. Dann gab es keine Kursbewegung mehr. Aber das hielt nicht lange an. Eine neue Sondermeldung erschien auf den Bildschirm.

Rosenthal & Bruder, eine der ältesten und angesehensten Privatbanken Deutschlands, hat alle Transaktionen mit der Bundesbank eingestellt. Wie aus informierten Quellen verlautet, war die Bank im Interbank-Terminmarkt stark engagiert und mußte bis jetzt schon Verluste von über drei Milliarden Mark hinnehmen. Gerüchten zufolge haben andere deutsche Banken ebenfalls ähnliche Verluste zu verzeichnen.

»Die waren auf der falschen Seite«, sagte Fred. »Und weil das Devisengeschäft ein Nullsummenspiel ist, sind unsere Gewinne ihre Verluste. Und was ihre Verluste betrifft, so sind wir damit noch lange nicht am Ende. Schauen wir doch mal, wie die Börsen reagieren.«

»In Chicago sind sie gerade völlig durchgedreht.«

Urs Bauer wirbelte zu seinen Computerterminals herum, auf denen er beobachten konnte, was sich an den internationalen Terminbörsen tat.

»In New York ist es genau dasselbe.«

Anscheinend nutzte jeder Spekulant der Welt die Entwicklung aus. Es war, als sei plötzlich ein riesiger Damm gebrochen und als sei dadurch eine Flutwelle von Geld freigeworden, Hunderte von Milliarden Dollar, die alle innerhalb von ein paar Stunden beim Zusammenbruch der Währung, die einmal die stärkste der Welt gewesen war, wieder Millionen, nein, Dutzende von Millionen machen wollten.

Es war ein Zusammenbruch, wie ihn noch niemand erlebt hatte.

Innerhalb von zwei Stunden war der Kurs der Mark auf 2,01 gesunken. Es hieß, daß während dieser zwei Stunden die Männer an der Spitze der Bundesbank wiederum massiv interveniert hätten, um mit weiteren dreißig Milliarden Mark in einem verzweifelten letzten Versuch, die Wogen der Spekulation zu glätten. Sie scheiterten. Sie verloren alles, und die Mark fiel weiter.

Wieder kam Fred Fitch zu Willy. Und wieder fragte er ihn leise: »Soll ich anfangen zu verkaufen?«

»Nein«, gab Willy zurück.

»Aber dann bald?«

»Vielleicht.«

In diesem Moment entstand Unruhe im Börsenraum. Die Frauen waren gerade aus der Schweiz eingetroffen. Sie wirkten sehr müde.

»Soll ich sie nach Hause schicken?« fragte Fred Fitch und schaute Willy an.

»Es kann sein, daß Sie bald ein bißchen Unterstützung brauchen«, meinte Willy.

»Dann bitte ich zwei von ihnen, noch dazubleiben«, entschied Fitch.

Frank Lipper mischte sich ein. »Achten Sie darauf, daß Pam Pederson nicht dabei ist«, sagte er.

Fitch hielt sich an diese Anweisung und setzte dann seine Wache vor der Sun Workstation fort.

Zehn Minuten später war es Urs Bauer, der aufschrie.

»Eine neue Eilmeldung aus Frankfurt. Es gibt Gerüchte, daß der Interimspräsident der Bundesbank sich gerade erschossen hat.«

»Warum sollte er sich denn erschießen?« fragte jemand.

»Zuerst ist die Mark in den Keller gefallen. Und die Folge davon ist, daß jetzt das deutsche Bankensystem am Rande des Abgrunds steht. Das hätte er verhindern müssen. Deshalb...«

Das war der Todesstoß gegen die Mark.

Eine halbe Stunde später war sie gegenüber dem Dollar auf 2,1250 gesunken.

»Verkaufen!« rief Willy.

»Wieviel?« fragte Fred.

»Alles.«

»Alle vierzigtausend Optionen?«

»Ja, alle.«

»Wird gemacht, Mr. Saxon.«

Innerhalb von fünf Sekunden hatte er Alex Trzesniewski bei Merrill Lynch in Chicago am Telefon.

»Können Sie noch heute alles verkaufen?« fragte er sofort.

»In diesem Tollhaus hier könnte ich auch das Doppelte verkaufen«, kam die Antwort.

Auf einmal herrschte im Börsenraum der River Ranch Grabesstille. Niemand wagte zu sprechen. Alle

Blicke waren auf den Monitor geheftet. Zwischendurch rannte Fred Fitch einmal auf die Toilette, um sich zu übergeben.

Schließlich kam um ein Uhr mittags der Anruf für Fred, auf den sie alle gewartet hatten.

Als er aufgelegt hatte, sagte er nur zwei Worte: »Alles verkauft.«

Niemand wagte, ihm die nächste Frage zu stellen, nicht einmal Willy.

»Und das hier haben wir verdient, Mr. Saxon«, verkündete Fred Fitch. Er riß einen Zettel aus einem Block und gab ihn Willy. Auf dem Zettel stand das Dollarzeichen, und danach kam eine neunstellige Zahl: $ 501. 695. 400.

Frank Lipper schaute Willy über die Schulter.

»Eine gottverdammte halbe Milliarde Dollar?« brüllte er.

»So ist es«, bestätigte Fred.

»Nicht schlecht für eine Woche Arbeit.« Willys Stimme klang heiser.

Dann umarmten sich die beiden Männer. Willy zitterte am ganzen Leib.

»Komm, Willy«, sagte Frank. »Ich bringe dich heim.«

50. KAPITEL

Am nächsten Morgen rief Willy als erstes Marshall Lane in New York an.

»Willy, schön, von Ihnen zu hören.« Marshall klang sehr aufgeräumt. »Sie haben uns bei der Geschichte mit den inversen Floatern den Hintern gerettet. Wir konnten sie alle mit vierundzwanzig Prozent Gewinn abstoßen, bevor sie in den Keller gefallen sind. Und bei Ihren ICONs haben wir sechsunddreißig Prozent gemacht. Vielen Dank, mein Lieber.«

»Nichts zu danken, Marshall. Dafür sind wir ja da.«

»Was haben Sie denn jetzt auf Lager? Hoffentlich noch ein gutes Geschäft?«

»Kein furchtbar schlechtes jedenfalls. Es geht um diese Zero Bonds, die Sie gekauft haben – Ukiah und Sun River City.«

»Ja, was ist damit?«

»Ich möchte sie zurückkaufen. Mit einem Aufgeld.«

»So früh schon? Warum?«

»Unsere Klienten haben das Gefühl, daß wir die Dinger mit einem falschen Kurs emittiert haben.«

»Die denken wahrscheinlich, daß jetzt, wo dieses ganze Geld aus Deutschland hereinströmt, hier bei uns die Zinsen ordentlich absacken. Stimmt's?«

»Marshall, Sie sind mir wie immer ein ganzes Stück voraus. Ich würde mal sagen, es besteht eine gewisse Verbindung zwischen dem, was auf den Devisenmärkten passiert und diesem Rückkaufangebot.«

∎

»Na gut. Über was für ein Aufgeld reden wir denn?«
»In solchen Fällen beträgt es meist zehn Prozent, wie ich höre. Wir bieten zwanzig.«
»Sagen wir fünfundzwanzig, und das Geschäft ist perfekt«, sagte Lane.
»Einverstanden«, meinte Willy.
»Wohin sollen die Bonds geschickt werden?« fragte Lane.
»Nirgendwohin. Frank Lipper kommt morgen nach New York. Er ist um neun in Ihrem Büro und bringt einen Barscheck mit. Sie bekommen den Scheck und händigen ihm die Bonds aus.«
»Gut. Sagen Sie Frank, daß ich ihn zum Essen einlade.«
»Ja, ich richte es ihm aus. Und nochwas, Marshall«, fügte Willy hinzu. »Es wäre schön, wenn Sie diese ganze Angelegenheit diskret behandeln würden. Sonst käme ich vielleicht in eine peinliche Situation. Wenn es sich herumspricht, daß wir einen falschen Ausgabekurs für die beiden Emissionen gewählt haben...«
»Machen Sie sich keine Sorgen. Ich kann das vollkommen verstehen. Es wird nie ein unvorsichtiges Wort über meine Lippen kommen«, versicherte ihm Lane. Willy wußte, daß er sich darauf verlassen konnte.
Er machte noch drei Anrufe in New York. Die Reaktion war überall gleich. Im New Yorker Geldgeschäft schaut niemand einem geschenkten Gaul ins Maul. Außerdem imponierte allen, wie Willy agierte.
Mittags saß Frank Lipper schon im Flugzeug nach New York.
Zur selben Zeit rief Willy Sara Jones an.
»Hier ist Willy«, sagte er, als sie sich meldete. »Hast du dich ausgeruht?«

■

»Ich bin wieder topfit. Ich hab mich noch gar nicht für diese Reise bedankt, Willy. Nicht bloß für das Skifahren, sondern auch für die aufregende Geschichte in Chicago.«

»Das ist einer der Gründe, warum ich anrufe, Sara. Es hat alles geklappt. Besser hätte es gar nicht laufen können. Homestake bekommt morgen schon seine fünfzig Millionen Dollar zurück. Vielleicht kannst du ja den Finanzvorstand anrufen und ihm die gute Nachricht mitteilen. Schließlich hast du ihn ja in die Sache reingebracht.«

»Ich rufe ihn sofort an, Willy. Aber er hat sich keine Minute lang Sorgen um das Geld gemacht. Er hat sogar auf dem Heimflug die ganze Zeit davon gesprochen, was du gemacht hast, und sich besonders dafür interessiert, wie du den Goldmarkt siehst. Das ist schließlich ihr Geschäft.«

»Und was hast du ihm gesagt?«

»Das gleiche, was du mir gesagt hast. Daß der Goldpreis steigen wird.«

»Was hat er dazu gemeint?«

»Daß er vielleicht deinem Beispiel folgt und in Chicago Gold Calls kauft. Und sogar ich habe gewußt, wovon er redet. Schließlich kapiere ich jetzt zum ersten Mal in meinem Leben den Unterschied zwischen Puts und Calls.«

»Hoffentlich hat er das gleich gemacht«, sagte Willy. »Gold ist fast um siebzig Dollar die Unze gestiegen.«

»Ich weiß. Ich hab in den letzten zwei Tagen die ganze Zeit CNN und CNBC geguckt – vom Bett aus. Aber was ist denn der andere Grund deines Anrufs?«

»Wir machen uns Gedanken wegen eines der Mädchen, die auf der River Ranch arbeiten. Pam Pederson.«

»Im Ernst? Ich habe Pam in der Schweiz ziemlich gut kennengelernt. Sie ist ausgesprochen nett. Und eine tolle Skifahrerin.«

»Na ja, wir sind uns nicht sicher, aber wir glauben, daß sie Informationen nach draußen weitergibt.«

»An wen?«

»Das wissen wir nicht. Aber vielleicht kannst du das rauskriegen.«

»Was schlägst du vor?«

»Geh morgen mittag mit ihr zum Essen. Versuche herauszubekommen, ob sie in letzter Zeit jemanden kennengelernt hat. Dann hätten wir wenigstens einen Ausgangspunkt. Würde dir das etwas ausmachen?«

»Natürlich nicht. Arbeitet sie heute?«

»Ja. Sie ist jetzt bestimmt im Börsenraum.«

»Gut. Ich rufe sie sofort an.«

»Du bist ein Goldstück, Sara.«

»Du auch, Willy.«

Eine Stunde später kamen Dan Prescott und Bobby Armacost auf die River Ranch. Willy hatte sie gleich morgens angerufen und auf die Ranch eingeladen. Er führte sie gleich in sein Arbeitszimmer und setzte sie über die Dinge in Kenntnis, die sich in den letzten vierundzwanzig Stunden ereignet hatten. Zum Abschluß berichtete er von den Telefonaten mit New York und sagte, daß Frank Lipper jetzt – in diesem Augenblick – schon auf dem Weg nach New York sei, um sämtliche Zero Bonds zurückzuholen, die von Ukiah und Sun River City emittiert und von Prescott & Quackenbush übernommen worden waren.

»Was machen wir mit den Dingern?« fragte Prescott.

»Wir verbrennen sie.«

»Und wenn alles über die Bühne ist, wo stehen wir dann finanziell?« wollte Dan Prescott weiter wissen.

»Wir haben mit einem Kapital von hundertfünfzig Millionen Dollar angefangen. Dazu haben wir einen einbehaltenen Gewinn von fünfhundert Millionen Dollar, das macht insgesamt sechshundertfünfzig Millionen. Auf diese Einkünfte müssen wir ungefähr ein Drittel Körperschaftsteuer bezahlen. Das wären also hundertsiebzig Millionen. Jetzt kaufen wir noch die Zero Bonds mit einem Aufgeld von fünfundzwanzig Prozent zurück. Das bedeutet, daß wir fünfundzwanzig Millionen Dollar bezahlen müssen, um die Ukiah-Bonds zurückzubekommen und ›stillzulegen‹, und noch einmal hundertfünfundzwanzig Millionen für dieselbe Prozedur bei Sun River City. Insgesamt also hundertfünfzig Millionen Dollar. Und wir müssen fünfzig Millionen an Homestake zurückzahlen.«

»Und wie stehen wir letztlich da?«

»Meine Herren, ich würde sagen, als eine Investmentbank mit einem Kapital von zweihundertneunzig Millionen Dollar können wir uns endgültig auf dem Markt behaupten.«

Die beiden Männer waren vor Erleichterung fast wie betäubt.

»Es gibt noch einen Punkt, um den wir uns kümmern müssen«, sagte Willy. »Und das ist mein Beratungshonorar. Ich stelle mir vor, daß zehn Prozent von den Gewinnen, die wir in der vergangenen Woche gemacht haben, in etwa angemessen sein dürften. Das sind fünfzig Millionen Dollar. Aber ich stelle mir vor, daß unsere Derivate-Freaks bis zum Ende des Jahres noch einmal soviel machen. Ich glaube also, daß Prescott & Quackenbush sich dieses Honorar wird leisten können. Irgendwelche Einwände?«

Es gab keine. Nicht die geringsten.

»Wie wollen wir das alles feiern?« fragte Bobby.

»Da wird uns schon was einfallen«, meinte Willy.

»Vielleicht können wir den 7. Januar dafür ins Auge fassen«, schlug Bobby vor.

»Wieso gerade den?«

»Denise van Bercham hat uns beiden eine Einladung für einen großen Empfang geschickt, den sie zu Ehren des brasilianischen Präsidenten ausrichtet. Du kommst ja sicher auch.«

»Ja, wahrscheinlich.«

»Dann können wir alle zusammen essen gehen. Ich lasse uns im Fleur de Lys etwas reservieren.«

Es hatte wohl keinen Sinn, dachte Willy, jetzt auf das Thema Sid Ravitch zu kommen. Das mußte er selbst in die Hand nehmen.

51. KAPITEL

Am nächsten Tag kam Sara Jones kurz nach zwei Uhr vom Mittagessen zurück. Willy erwartete sie schon im Haupthaus.

»Wie ist es gelaufen?« fragte er sofort.

»Ich bin mir nicht sicher«, antwortete Sara.

»Womit hast du denn deine Einladung zum Lunch begründet?«

»Zunächst mal damit, daß ich fände, wir sollten uns alle irgendwie bei dir für diese wunderbare Reise in die Schweiz bedanken, und ich darüber mit ihr reden wollte. Was sie denn zum Beispiel von einer kleinen Überraschungsparty hielte.«

»Und?«

»Sie war sehr angetan von der Idee. Sie sagte, sie würde mit den anderen Frauen reden – und mit den Männern –, und dann würden wir ein Datum festlegen.«

»Gut. Und weiter?«

»Du hast ja gesagt, ich sollte versuchen, herauszufinden, ob sie in letzter Zeit irgendwelche neuen Leute kennengelernt hat.«

»Und?«

»Ja. Sie hat einen Eishockeyspieler kennengelernt.«

»Na, hervorragend«, brummte Willy. »Was macht ein Eishockeyspieler in Healdsburg?«

»Anscheinend ist er kein Eishockeyspieler mehr. Ich habe sogar den Eindruck, daß er ein ganzes Stück älter als Pam ist. Aber um deine Frage zu beantworten – er kommt regelmäßig nach Healdsburg, um Wein einzukaufen. Er ist in Kanada im Lebensmittel- und Weingeschäft. In Toronto.«

»Moment mal«, unterbrach Willy. »Ich glaube, wir haben Glück. Es gibt ja sicher nicht so furchtbar viele Kanadier in Healdsburg. Wie hat sie ihn kennengelernt?«

»An der Bar des Restaurants, in dem wir heute gegessen haben. Jacob Horner.«

»Sieh an. Heißt er vielleicht Lenny?«

Sara warf ihm einen bewundernden Blick zu. »Wie um alles in der Welt kannst du denn das wissen?«

»Wir waren zusammen im Gefängnis.«

»Mein Gott«, entfuhr es der Bischofstochter. »Ich bin sicher, daß Pam das nicht weiß.«

»Wo ist er jetzt?«

»Das hat sie nicht gesagt.«

»Wir müssen das sofort herausbekommen.«

»Wie denn?«

»Sag ihr, daß du ihn auf die Überraschungsparty einladen möchtest.«

»Da mußt du dir schon was Besseres einfallen lassen, Willy«, meinte Sara.

»Na gut. Dann spiele die besorgte Ersatzmutter. Sag ihr, es gefiele dir nicht, was du über diesen Lenny gehört hast. Sag, daß du ihn überprüfen willst. Und daß sie sich in der Zwischenzeit von ihm fernhalten soll.«

»Das ist schon besser. Ich gehe gleich zu ihr rüber zum Börsenraum und rede mit ihr.«

Eine halbe Stunde später kam sie wieder zurück.

»Er wohnt im Holiday Inn in der Van Ness Avenue.«

Eine Stunde später rief Frank Lipper aus New York an.

»Ich habe die Dinger«, berichtete er.

»Prima«, sagte Willy. »Wo bist du jetzt?«

»Am Kennedy Airport. Meine Maschine geht in zwanzig Minuten nach San Francisco.«

»Fahre nach der Ankunft gleich auf die Ranch, Frank. Ich brauche dich morgen hier.«

»Wird gemacht.«

Willy wartete bis vier Uhr nachmittags, bevor er das Holiday Inn in der Van Ness Avenue anrief. Das Telefon in Lenny Newsoms Zimmer läutete dreimal, bis er den Hörer abnahm.

»Hallo?«

»Bist du das, Lenny?«

»Wer ist am Apparat?«

»Dein alter Freund Willy Saxon.«

»Was willst du?«

»Eigentlich nichts, Lenny. Ich will nur ein bißchen mit dir plaudern.«

»Das ist nicht drin, Willy. Sid hat mir gesagt, ich soll mich von dir fernhalten.«

»Und genau deshalb solltest du mit mir reden, Lenny. Ich glaube, Sid führt dich an der Nase herum.«

»Was soll das heißen?«

»Er hat dich schon einmal ausgenutzt – und du bist ins Gefängnis gewandert. Und das macht er jetzt wieder. Nur daß es diesmal vielleicht nicht bloß das Gefängnis ist.«

Willy konnte fast hören, wie Lennys Hirn arbeitete.

»Ich denke, es kann nichts schaden, wenn wir uns mal unterhalten. Wo können wir uns treffen?«

»Ich hab eine Ranch ungefähr eine Stunde nördlich. Da oben kann uns niemand sehen oder stören.«

∎

»Wie komm ich da hin?«

»Ich erklär's dir«, sagte Willy. Als ob das nötig gewesen wäre. Lenny war bestimmt schon oft um die Ranch geschlichen.

»Um wieviel Uhr?« fragte Lenny dann.

»Wir wär's mit morgen nachmittag um fünf? Wenn du um halb vier wegfährst, bist du kurz vor Anbruch der Dunkelheit hier.«

»Gut. Wo kann ich dich erreichen, wenn ich es mir noch anders überlege?«

»Meine Nummer ist 707 433 9057. Hast du das?«

»Ja.«

»Bis morgen, Lenny.«

»Vielleicht«, sagte Lenny und legte auf.

Willy wartete fünf Minuten, bevor er den nächsten Anruf machte. Er wählte Sid Ravitchs Durchwahl bei der Western Credit Rating Agency.

»Hier ist Willy«, begann er das Gespräch.

»Was für eine angenehme Überraschung. Ich sagte dreißig Tage, und Sie rühren sich schon nach – wieviel sind es? – acht. Können wir unser Geschäft machen?«

»Ja.«

Wann?«

»Sagen wir morgen.«

»Um wieviel Uhr?«

»Wann verlassen Sie normalerweise Ihr Büro?«

»Um fünf. Aber für sie würde ich unter Umständen auch eher gehen.«

»Wenn Sie um halb fünf wegfahren, dann können Sie etwa um sechs Uhr hier sein«, sagte Willy.

»Wo ist ›hier‹?« fragte Ravitch.

»Auf der Ranch. Ich glaube, Sie wissen sehr gut, wo das ist.«

■

»Vielleicht. Aber sagen Sie mir trotzdem, wie ich fahren muß.«

Willy erklärte jetzt zum zweitenmal innerhalb von zehn Minuten, wie man zur Ranch kam.

»Bis morgen, mein Freund«, sagte Ravitch, als Willy fertig war. »Und denken Sie sich keine komischen Spielchen mehr für mich aus. Verstanden?«

Er legte auf.

Willy blieb bis Mitternacht auf, weil er auf die Rückkehr Frank Lippers wartete.

»Morgen geht's rund, Frank«, verkündete er, als er es sich mit seinem Freund vor dem Kamin gemütlich gemacht hatte.

»Was meinst du damit?«

Als er fertig war, fragte Frank: »Hast du eine Waffe hier, falls irgendwas schiefläuft?«

»Jack hat oben in einem Schrank eine Schrotflinte und ein .22er Gewehr dagelassen.«

»Ist auch Munition da?«

»Keine Ahnung.«

»Dann sehen wir mal nach, bevor wir ins Bett gehen. Sonst besorge ich morgen welche in Healdsburg.«

»Aber warum sollte Sid auch nur daran denken, die goldene Gans zu schlachten, die ich für ihn bin?« fragte Willy.

»Weil er nach allem, was ich über ihn gehört habe, ein mieser, nachtragender Schweinehund ist. Und jetzt geht es um einen Einsatz, von dem er nicht mal zu träumen gewagt hätte. Wenn es so aussieht, als würde ihm die goldene Gans entwischen, wäre es möglich, daß er sie einfach abknallt. So macht man das in Amerika, Willy.«

»Da magst du allerdings recht haben«, meinte Willy nachdenklich.

■

52. KAPITEL

Lenny kam am nächsten Tag um Viertel nach fünf in einem ziemlich verdreckten Ford an. Willy konnte vom Wohnzimmer aus beobachten, wie der Wagen am Haupthaus vorfuhr.

Der erste große Wintersturm kam vom Pazifik herein, und der Wind wehte jetzt schon stärker. Willy beschloß daher, im Haus zu bleiben und Lenny Newsom an der Tür zu erwarten.

Es war ein äußerst argwöhnischer Lenny, der da ankam.

»Lange nicht gesehen«, begrüßte ihn Willy.

»Ja«, sagte Lenny, als er ins Haus ging und sich dabei im Flur umschaute.

»Wir sind doch hoffentlich allein?« fragte er.

»Nur wir beide, Lenny. Komm ins Wohnzimmer, da kannst du dich aufwärmen. Es wird ziemlich ekelhaft da draußen. Einen Scotch?«

»Nein. Ich steh auf Bier.«

»Wie wär's mit einem Labatt's?«

»Woher weißt du, daß ich das trinke?«

»Du bist Kanadier, es war also nicht allzu schwer, darauf zu kommen. Bleib da. Ich hole uns zwei Bier, damit wir auf bessere Zeiten anstoßen können.«

Als er zurückkam, schaute Lenny sich immer noch um – oder besser gesagt, er schnüffelte herum. Man sah ihm den Eishockeyspieler an. Er war ein großer, kräftiger Mann.

»Komm, setzen wir uns«, forderte Willy ihn auf und hielt Lenny die Bierflasche und ein Glas hin.

»Das Glas brauch ich nicht, Willy«, meinte Lenny. Er trank einen großen Schluck aus der Flasche. Dann setzte er sich. Anscheinend war er nervös. »Also, was willst du mir über Sid Ravitch erzählen? Was soll dieser Scheiß, daß er mich an der Nase herumführt?«

»Darauf komme ich noch, Lenny. Aber zuerst muß ich ein paar andere Dinge wissen. Wo hast du Ravitch kennengelernt?«

»In Toronto«, antwortete Lenny.

»Was hat er in Toronto gemacht?«

»Er hat da für eine andere Rating-Agentur gearbeitet. Für Moody's.«

»Ich dachte, er hat alles von San Francisco aus gemacht?«

»Hat er auch. Eines seiner Spezialgebiete war die Goldproduktion. Er hat immer das Rating für Homestake gemacht, wenn sie Aktien oder Schuldverschreibungen ausgegeben haben. Dasselbe galt für die Goldproduzenten in Colorado und Nevada. Und wenn Moody's was für eine Goldmine in Ontario oder Quebec machen mußte, haben sie ihn nach Osten geschickt.«

»Ja, das klingt logisch. Wie hast du ihn also kennengelernt?«

»Ich hab PR für eine der Goldminen im Norden Ontarios gemacht und war daneben noch Mädchen für alles und Leibwächter für den Direktor der Firma, der übrigens ein verdammt krummer Hund war.«

»Was für eine Art PR?«

»Ich bin hauptsächlich bei Leuten klappern gegangen, die Börsenbriefe rausgegeben haben. Die ganze Mischpoke steht ja auf Gold, so daß ihre Börsenbriefe das ideale Instrument waren, um die Aktien der Goldminen hochzutreiben.«

»Wie hast du die Leute dazu gebracht?«

»Wieso fragst du so naiv? Geschmiert hab ich sie. Einer der größten Börsenbriefe erscheint in der Schweiz. Wir haben den Verleger regelmäßig nach Toronto eingeflogen. An einem Abend waren wir in demselben Hotel, in dem auch Ravitch übernachtete, dem Queen Elizabeth. Moody's hatte ihn nach Toronto geschickt, um ein neues Rating für die Firma meines Chefs auszuarbeiten. Mein Boß war überglücklich, weil in der Branche allgemein bekannt war, daß man – wenn Ravitch das Rating ausarbeitete – für zehntausend Dollar extra ein sehr viel besseres Rating bekam, als man eigentlich verdiente. Das ist sicher auch ein Grund, warum Moody's ihn schließlich observiert hat. Jedenfalls haben wir alle zusammen zu Abend gegessen – mein gerissener Boß, dieser Typ von dem Börsenbrief, der auf unserer Gehaltsliste stand, und Sid Ravitch, der auch auf unserer Gehaltsliste stand. Der absolute Traum jedes PR-Mannes.«

»Und wie seid ihr zwei in diesen Goldbetrug eingestiegen?«

Das fing am nächsten Tag in der Bar des Queen Elizabeth an. Diesmal waren es nur Ravitch, der Kerl von dem Börsenbrief und ich. Verwandte Seelen, und das wußten wir auch alle drei. Die ursprüngliche Idee hatte der Börsenbrief-Verleger. Und zwar bestand die Idee darin, Optionsscheine für Gold zu verkaufen, das in einem Lagerhaus in Kanada lagerte. Nur daß es kein Gold und auch kein Lagerhaus gab. Der Schweizer brachte das Startkapital ein, und Sid schrieb den Prospekt – den Prospekt, den du mir geklaut hast, Willy. Und ich verkaufte die Dinger in den Vereinigten Staaten. Wieso hier? Weil dieses Land über die größte Konzentration an Trotteln verfügt. Für einen Finanzschwindel, bei dem man schnell reich werden will, gibt es kein besseres Land auf der Welt.«

»Und dabei bist du erwischt worden?«

»Ja. So haben wir uns dann kennengelernt, Willy«, antwortete Lenny.

»Aber warum hast du Sid und auch diesen Schweizer gedeckt?«

»Den Schweizer hab ich nicht gedeckt. Ich hab dem FBI alles über ihn erzählt, und sie sagten, es gäbe überhaupt keine Möglichkeit, ihn in die Staaten zu bringen. Das hängt irgendwie mit dem Auslieferungsvertrag zusammen.«

»Stimmt. Da haben sie dir die Wahrheit gesagt«, bestätigte Willy. »Aber warum hast du Sid gedeckt?«

»Willst du wirklich die Wahrheit hören? Weil ich Angst vor ihm hatte. Er hat einen ganz miesen Charakter. Wenn ich ihn verpfiffen hätte, wäre ich längst tot.«

»Hast du dir schon mal überlegt, was das jetzt für dich bedeutet? Genau jetzt?«

»Was meinst du damit?«

»Daß du buchstäblich der einzige Lebende bist, der genug über diesen miesen Kerl weiß, um ihn ins Gefängnis zu bringen.«

»Natürlich hab ich mir das überlegt. Und Ravitch bestimmt auch. Was glaubst du denn, warum er mir den Auftrag gegeben hat, dir nachzuspionieren, Willy?«

»Was zahlt er dir eigentlich?«

»Hundertfünfzigtausend im Jahr.«

»Und für wie lange?«

»Was soll das heißen?«

»Du bist das, was man als entbehrlich bezeichnet,

Lenny. Du weißt zuviel. Aber es gibt etwas, das du bestimmt noch nicht weißt.«

»Was sollte das sein?«

»Wieviel Ravitch von mir erwartet, weil er mich mit den Dingen erpressen kann, die du über mich herausgefunden hast.«

»Da hast du recht.«

»Er will die Hälfte von der Investmentbank in San Francisco, die eine Viertelmilliarde Dollar wert ist.«

»Meine Güte, Willy. Davon hab ich überhaupt nichts gewußt.«

»Und noch viel schlimmer ist«, fügte Willy hinzu, »daß niemand ihn aufhalten kann. Niemand, bis auf einen einzigen Menschen.«

»Und wer ist das?«

»Du, Lenny.«

Lenny dachte eine Zeitlang darüber nach.

»Da könntest du recht haben.«

»Du bist also bei Gott mehr wert als die lächerlichen hundertfünfzigtausend Dollar im Jahr.«

»Das ist mal sicher.«

»Vielleicht solltest du mit Sid darüber reden.«

»Ja. Was soll ich ihm sagen?«

»Sage ihm, wenn er die Hälfte von dem kriegt, was ich habe, dann willst du die Hälfte von dem, was er bekommt. Schließlich hast du ja die ganze Arbeit gemacht.«

»Und wieviel ist das jetzt gleich wieder?«

»Sechzig oder siebzig Millionen Dollar.«

»Und wenn er sich weigert?«

»Dann bekommst du bei mir eine Million Dollar im Jahr, und zwar ab morgen.«

»Und dann kommt er und bringt mich um.«

»Ausgeschlossen, Lenny. Im Unterschied zu Sid Ravitch will ich dich *lebend*, nicht *tot*. Du hast das Anwesen noch nicht gesehen. Ich bringe dich in einem Haus hier auf der Ranch unter und lasse dich bewachen wie Fort Knox.«

»Woher soll ich wissen, ob du die Wahrheit sagst?«

»Traust du *mir* – oder eher Sid Ravitch?«

»Ich rede mit ihm.«

»Jetzt muß ich dir was sagen, womit ich wahrscheinlich schon gleich zu Anfang hätte rausrücken sollen, aber ich glaube, du wirst mein Schweigen verstehen. Sid Ravitch kommt in einer halben Stunde hierher. Er weiß *nicht* – ich betone: *nicht* –, daß du hier bist, Lenny. Wenn du also nach San Francisco zurückfahren und das Ganze vergessen willst, dann tu das. Aber ich habe mir gedacht, daß du nach unserer Unterhaltung eine Entscheidung herbeiführen willst. Ich weiß, daß *ich* eine Entscheidung brauche.«

Lenny schwieg.

»Das war unfair, Willy.«

»Ich weiß. Und ich entschuldige mich dafür.«

»Du hast immer ehrlich gespielt. Jeder im Knast hat das gesagt. Hast du das mit der Million Dollar wirklich ernst gemeint?«

»Wenn das heute abend klappt, Lenny, gebe ich dir auf diese Million einen Vorschuß von zweihundertfünfzigtausend Dollar in bar.«

Lenny warf ihm einen mißtrauischen Blick zu.

»Und wie ist das mit dem Schutz?«

»Ich bitte einen meiner Partner, dir das Haus zu zeigen, an das ich gedacht hatte. Jetzt sofort. Und wenn er dich schon herumführt, kann er dir auch gleich unseren Börsenraum hier oben zeigen. Wenn du bleibst, Lenny, bekommst du wahrscheinlich Lust, mitzumachen.«

■

Das gab den endgültigen Ausschlag. Eine Viertelmillion in bar. Ein Haus. Ein richtiger Job. Und er blieb am Leben.

»Wo soll ich mit Sid reden?«

»Ich bringe ihn zum Börsenraum rüber. Ihr beide könnt euch dann in eine Ecke verziehen. In Ordnung?«

»Ja, okay.«

»Gut, ich hole jetzt meinen Kollegen, der dich herumführen wird. Er heißt Frank Lipper. Ich bin sicher, ihr werdet gut miteinander auskommen.«

Frank wartete in der Küche.

»Wie läuft es?« wisperte er.

»Ausgezeichnet. Ich weiß jetzt so viel von Sid Ravitch, daß ich ihn unter Kontrolle halten kann, ob mit oder ohne Lenny. Aber sicherer ist es mit ihm. Führe ihn zu dem freien Haus und dann in den Börsenraum. Aber geh auf dem Weg zum Haus noch dort vorbei und sag allen, ich hätte gesagt, sie sollten heute schon früh nach Hause gehen. Am besten sofort, weil ein starker Sturm aufkommt. Ich will, daß um sechs Uhr niemand mehr dort ist. Und laß Lenny dabei draußen warten.«

Fünf Minuten später war Willy allein im Haupthaus der River Ranch und wartete auf Sid Ravitch, der bald kommen mußte.

Punkt sechs Uhr hielt ein großer neuer Cadillac vor dem viktorianischen Haus. Wieder beobachtete Willy die Ankunft vom Wohnzimmer aus. Aber diesmal ging er auf die Veranda hinaus, um seinen Gast zu empfangen.

Er streckte die Hand aus, als Ravitch die Verandatreppe heraufkam. Ravitch ergriff die Hand, aber nur widerwillig.

■

»Schön, daß Sie da sind, Sid«, begrüßte ihn Willy. »Kommen Sie herein.«

»Ja.«

Im Haus wollte Sid seinen Trenchcoat ausziehen, aber Willy unterbrach ihn.

»Sie können den Mantel anlassen, Sid. Wir bleiben nicht hier. Wir gehen in unseren Börsenraum, der ungefähr zweihundert Meter von hier entfernt ist. Da habe ich die ganzen Zahlen. Und ich glaube, Sie wollen sich ja über Zahlen unterhalten.«

»So ist es«, sagte Sid. »Wie man hört, haben Sie auf dem Devisenmarkt kräftig abgesahnt. Ist das schon in diesen Zahlen enthalten?«

»Und ob. Ich glaube, jetzt ist mehr als genug vorhanden, Sid.«

Ravitch wirkte jetzt sichtlich entspannter.

»Einen Augenblick noch«, sagte Willy. »Ich hole mir auch noch einen Regenmantel. Ich hatte draußen auf der Veranda das Gefühl, daß es gleich zu schütten anfängt.«

Es war dunkel, und der Weg war nur schwach beleuchtet. Als die den hellerleuchteten Börsenraum betraten, waren sie daher einen Moment lang wie geblendet.

Dann sah Ravitch Lenny neben Frank Lipper stehen. Sie waren die beiden einzigen Menschen im Raum.

»Was zum Teufel führen Sie im Schilde?« fragte er Willy mit gepreßter Stimme. »Ich gehe, und Lenny nehme ich mit.«

Er schaute zu Lenny hinüber.

»Lenny!« brüllte er. »Beweg deinen Arsch hier rüber! Wir gehen. JETZT!«

Wie in Trance ging Lenny auf ihn zu. Sid trat ihm

entgegen, packte ihn am Arm und bugsierte ihn in Richtung Tür.

Er drehte sich nur ein einziges Mal um und knurrte: »Wenn Sie uns verfolgen, sind Sie ein toter Mann.«

Dann verschwanden sie in die Nacht.

»Er hat eine Pistole, genau wie ich vermutet hatte«, meinte Frank. »Ich fürchte, Willy, wir haben die Sache vermasselt.«

Zwei Minuten später hörten sie das dumpfe Geräusch eines Schusses und stürmten trotz Ravitchs Warnung aus dem Börsenraum und den Weg hinauf, der zum Haupthaus und zum Parkplatz führte. Nach fünfzig Metern sahen sie die Gestalt eines Mannes. Es war Lenny.

»Er ist abgestürzt«, stammelte Lenny. »Ich hab ihm erzählt, was du gesagt hast, Willy. Darauf hat er seine Pistole gezogen. Ich hab ihm einen Schubs gegeben. Und er ist das verdammte Steilufer hinuntergestürzt.

»Schaff Lenny hier weg«, zischte Willy Frank zu. »Jetzt sofort. LOS!«

»Aber wohin?«

»Nach San Francisco. Setz ihn in die nächste Maschine nach Kanada. Vancouver, Edmonton, Toronto, völlig egal. Schaff ihn aus dem Land. Und fahre auf dem Rückweg bei Ravitchs Büro vorbei, Frank. Du hast ja die Schlüssel. Es gibt zwei Dinge, die du suchen und herbringen mußt. Verstanden?«

»Alles klar«, rief Frank und griff Lennys Ellbogen.

»Was passiert jetzt mit mir, Willy?« fragte Lenny. Er war den Tränen nahe.

»Genau, was ich dir versprochen habe, Lenny. Ich kümmere mich um dich. In angemessener und großzügiger Weise. Aber zuerst mußt du für einige Zeit verschwinden.«

■

Frank führte ihn weg. Willy ging vorsichtig an den Rand des Steilufers und kniete sich hin. Mit beiden Händen tastete er sorgfältig den Boden ab. Es dauerte nicht lange, bis er die Pistole gefunden hatte. Er stand auf und steckte sie in den Gürtel.

»Susie hatte recht«, sagte er laut. »Das ist eine gefährliche Stelle.«

Er horchte. Kein Laut war zu hören. Nicht vom Russian River unter ihm und auch nicht aus den Häusern in der Nähe. Er hörte nur das Geräusch des Sturms.

»Der Mistkerl muß tot sein.« Willy redete immer noch laut. »Wenn nicht, dann bin ich es. Das wollen wir gleich mal rausfinden.«

Er rannte zum Haupthaus zurück und rief vom Küchentelefon aus den Sheriff von Sonoma County an.

»Auf der River Ranch ist gerade ein schrecklicher Unfall passiert«, meldete er.

Zehn Minuten später hielten zwei Polizeiautos vor Willys viktorianischem Haus. Er lief zu den Polizisten hinaus.

Wo ist es passiert?« fragte einer der Beamten.

»Ich zeige es Ihnen.«

In weniger als einer Minute waren sie alle drei an der Stelle.

»Wer ist der Verunglückte?«

»Ein Geschäftsfreund aus San Francisco«, antwortete Willy. »Er war mit mir in meinem Büro, das gleich da oben am Weg liegt. Wir gingen zusammen zum Haupthaus zurück, um noch etwas zu trinken, als er aus irgendeinem Grund stolperte, nach links wegrutschte und über den Rand des Steilufers fiel.« Willy bekam es fertig, regelrecht zu zittern. »Das werde ich mein ganzes Leben lang nicht vergessen.«

»Wie tief geht's da runter?«

■

»Mindestens dreißig Meter. Unten im Fluß sind riesige Felsen.«

»Das klingt nicht gut. Aber im Augenblick können wir gar nichts tun. Ich muß Hilfe anfordern. Normalerweise würde ich unseren Hubschrauber einsetzen. Aber dafür ist es zu windig. Sie beide bleiben hier. Vielleicht hören Sie ja was.«

Um Mitternacht wurde die Leiche gefunden. Sie war eineinhalb Meter unter der Wasseroberfläche an einem Felsen verklemmt.

Am nächsten Tag wurden alle, die auf der River Ranch wohnten oder arbeiteten, verhört. Niemand hatte etwas Verdächtiges wahrgenommen. Und niemand wußte, wer Sid Ravitch war.

Um die Mittagszeit betrat Willy den Börsenraum und verkündete, daß aus Achtung vor dem Toten für den Rest des Tages das Büro geschlossen bleibe.

Als sie sicher waren, daß die Angestellten und die Polizisten alle weg waren, schoben Frank Lipper und Willy abwechselnd Schubkarrenladungen voll Papier zum Verbrennungsofen neben dem Börsenraum. Nach und nach verbrannten sie so ein paar tausend Zero Bonds und zwei Prospekte.

»Was machen wir mit Lenny?« fragte Frank.

»Der wird irgendwann in den nächsten Tagen anrufen. Und ich sorge dafür, daß er die zweihundertfünfzigtausend Dollar kriegt, die ich ihm versprochen habe. Dann sage ich ihm, daß er sich von hier und von mir für den Rest seines Lebens fernhalten soll. Sonst sorge ich dafür, daß er unter Mordanklage gestellt wird. Und das heißt dann Todeszellen in San Quentin und nicht mehr dieser Country Club in Plesanton«, sagte Willy. »Und das wird das letzte Mal sein, daß wir von Lenny Newsom hören.«

■

53. KAPITEL

Am folgenden Abend um sechs Uhr holte Willy Sara Jones ab, und sie fuhren zusammen in seiner Limousine zum Rathaus.

Dort mußten sie sich in eine lange Schlange von Leuten einreihen. Zehn Minuten später wurden sie unter der großartigen Rathauskuppel dem brasilianischen Präsidenten und seiner entzückenden Frau vorgestellt. Die Vorstellung übernahm die neue Protokollchefin der Stadt San Francisco, Denise van Bercham.

Danach wurden Champagner und Kaviar gereicht.

»Sie ist ganz weg vor Freude«, bemerkte Willy.

»Natürlich, was hattest du denn gedacht?« gab Sara zurück.

Willy entdeckte unter den Gästen sofort Dan Prescott und Bobby Armacost, die sich ausgerechnet mit Ralph Goodman unterhielten, mit diesem Scheißer, der die Aufsichtsbehörde der kalifornischen Staatsbanken leitete.

Fast gleichzeitig entdeckten die drei auch ihn. Willy sah, wie Goodman sich entschuldigte und direkt auf ihn zusteuerte.

»Oh, oh«, murmelte Willy. »Und das genau in dem Moment, in dem ich dachte, ich hätte es geschafft.«

Goodman gab Sara die Hand und wandte sich dann an Willy. Zu Willys großer Überraschung hielt Goodman auch ihm die Hand hin.

»Ich will Sie nicht lange aufhalten, Willy. Ich wollte Ihnen nur sagen, daß ich Sie falsch eingeschätzt habe. Ich dachte, Sie würden versuchen, wieder ins Bond-Geschäft einzusteigen. Aber inzwischen habe ich erfahren, daß Sie im Devisenhandel tätig sind und daß die Leute, die Sie beraten, gerade eine ganze Stange Geld verdient haben. Aus anderer Quelle habe ich außerdem gehört, daß Sie dazu beigetragen haben, auch einigen unserer kalifornischen Banken zu einem hübschen Sümmchen zu verhelfen. Ich weiß das zu schätzen.«

Dann drehte er sich um und ging.

»Das muß ihn ganz schön mitgenommen haben«, sagte Sara.

»Ich war noch viel mehr mitgenommen, bevor der hier rübergespaziert ist und seinen Spruch aufgesagt hat«, seufzte Willy erleichtert. »Aber jetzt ist es vorbei. Jetzt ist alles vorbei.«

»Ich will nicht fragen, *was* jetzt vorbei ist, aber ich glaube, du warst ein böser Junge.«

»Da hast du recht.«

»Hat mein böser Junge denn wenigstens aus alldem etwas gelernt?« fragte die Bischofstochter.

»Ja. Kannst du sticken?«

»Ich weiß zumindest, wie es geht.«

»Weißt du noch, daß unsere Großmütter immer irgendwelche Sprüche gestickt haben, die dann eingerahmt und im Wohnzimmer aufgehängt wurden, um allen zur moralischen Erbauung zu dienen?«

»Du meinst Sachen wie ›Spare in der Zeit, so hast du in der Not‹?«

»Genau.«

»Und welchen Spruch möchtest du gestickt haben?«

»Auch ein Sprichwort. Etwas zur Erinnerung. Oder besser noch: zur Warnung.«

»Wie lautet der Spruch?«
»Ich sag's dir gleich.«
Und das tat er.

Epilog

Einen Monat später kam Sara Jones genau um zwölf Uhr mittags in das Haupthaus der River Ranch. Willy erwartete sie schon.

»Die Überraschungsparty beginnt in einer Viertelstunde im Börsenraum. Wenn wir hinkommen, mußt du also sehr überrascht sein«, ermahnte sie ihn.

»Nur keine Bange, ich werde mächtig überrascht sein.«

Dann gab sie ihm ein kleines, in Geschenkpapier eingewickeltes Päckchen.

»Als kleines Dankeschön für den Skiausflug, Willy«, sagte sie. »Ich dachte, du möchtest es vielleicht nicht so gern vor den anderen öffnen.«

Rasch wickelte er es aus.

WENN DU VERÄUSSERST, WAS NICHT DEIN, KAUF ES ZURÜCK, SONST SPERRT MAN DICH EIN.

»Toll ist es nicht geworden«, entschuldigte sich Sara. »Aber es kommt ja auf den Inhalt an.«

»Ich hänge es sofort auf«, verkündete Willy.

Was er auch tat. Und so prangt der Spruch bis zum heutigen Tag über dem Kamin von Willys Arbeitszimmer auf der River Ranch in der Nähe von Healdsburg in Kalifornien.

LESEPROBE

Mit einem Klingeln an der Haustür beginnt für John Felton der schlimmste Tag seines Lebens. Denn der Fremde, der ihn um einen kleinen Gefallen bittet, wird John einen ganzen Tag lang nicht mehr loslassen.

Gegen seinen Willen wird John immer tiefer in die Geschehnisse verstrickt, wird zum unfreiwilligen Komplizen eines mysteriösen Mannes.

Erst durch eine Tat, die dem respektablen Bürger John noch in den Morgenstunden dieses unvergeßlichen Montags undenkbar erschienen wäre, kann er sich von dem Bösen befreien, das ihn gefangenhielt.

Aus:
Thomas Berger
montag 9:10
288 Seiten, 34,– DM
ISBN 3-8218-0246-4

[---]

Außerdem blieb die Ampel endlos lange rot und stellte seine Geduld auf eine harte Probe. Schließlich mußte er doch anhalten.

»Die ist kaputt«, sagte Richie. »Fahren Sie einfach weiter.«

John hatte tatsächlich große Lust dazu, er, der so selten an übermäßiger Ungeduld litt. Vielleicht färbten ein paar von Richies anarchistischen Neigungen auf ihn ab. Gerade als der Wagen völlig zum Stehen kam, schaltete die Ampel auf grün. Hätte er Richies Rat befolgt, wäre er wahrscheinlich glatt durchgekommen. So aber bekam er den Wagen nicht schnell genug wieder in Bewegung, um hinter sich ein Hupkonzert verhindern zu können, das von dem streitlustigen Horn einer kolossalen Zugmaschine angeführt wurde, deren riesiger, verchromter Kühlergrill zu groß und zu dicht hinter ihm war, um noch in den Rückspiegel zu passen.

Richie reagierte auf diese Episode mit grenzenloser Wut auf den Lastwagenfahrer, der aber in seinem Führerhaus zu hoch über ihm saß und auf so kurze Entfernung unsichtbar blieb. »Wenn wir aus diesem Stau raus sind«, sagte er zu John, »dann wink ihn rüber. So einen Scheiß laß ich mir nicht bieten.«

John hielt das für einen leeren Spruch. »Klar doch«, spottete er. »Ich schiebe ihn einfach mit diesem Panzer von der Straße runter. Damit er's lernt.«

Doch dann wurde er erneut abgelenkt. Die Straße hatte sich zu einem dreispurigen Highway verbreitert, so daß er jetzt etwas schneller fahren konnte; der Verkehr hatte plötzlich nachgelassen. Doch obwohl er die vorgeschriebene Höchstgeschwindigkeit einhielt, fünfundsiebzig, dann sogar achtzig fuhr, klebte die

Zugmaschine praktisch an seiner Stoßstange; eine bedenkliche Situation, da eine Reihe entgegenkommender Autos gerade die mittlere Spur besetzt hielt und er so weit rechts fuhr, wie nur möglich, beinahe schon auf dem Standstreifen, neben dem ein Straßengraben zu sehen war.

Wieder merkte Richie sofort, was los war. »Nicht schneller werden. Langsam Geschwindigkeit wegnehmen, das macht ihn verrückt. Er fährt uns erst dann hinten rein, wenn Sie plötzlich bremsen.«

Das kostete Nerven, denn sobald John die Geschwindigkeit behutsam drosselte, drückte der Lastwagenfahrer auf seine gellende Hupe. Wollte John seine Taktik beibehalten, hatte er nur eine einzige Chance: Er mußte den Blick in den Spiegel vermeiden, die Zähne zusammenbeißen und sein Innerstes auf Autopilot schalten. Die gleiche Technik hatte er einmal erfolgreich bei stürmischem Wetter als Passagier in einem Leichtflugzeug angewandt. Er konnte aber nicht feststellen, ob er damit noch einmal Glück haben würde, denn nach einer weiteren Meile fuhr er zwar noch immer etwas mehr als siebzig, aber die Straße war inzwischen breiter geworden, zwei volle Spuren, die ein grasbewachsener Mittelstreifen von den beiden Gegenspuren trennte.

Sein Seufzer der Erleichterung kam allerdings zu früh: Der Laster blieb auch jetzt noch direkt hinter ihm. Außerdem erklang der markerschütternde Lärm der Hupe jetzt ohne Unterbrechung.

Auch als er rasch die Spur wechselte, blieb der Lastwagen hinter ihm.

»Okay«, rief Richie begeistert. »Jetzt haben wir ihn!«

Am meisten Angst machte John die Irrationalität

dieser Art von Duell. Er trat das Gaspedal durch. Der Wagen reagierte heftiger, als John erwartet hatte, schoß davon und lag bald beträchtlich in Führung. Doch der Fahrer des größeren Fahrzeugs reagierte schnell auf diese vermeintliche Herausforderung. Erst jetzt, zu Beginn einer Steigung, merkte John, wie bedauerlich es war, daß die starke Zugmaschine keinen Anhänger hatte, denn selbst bergauf würde Sharons kleines Auto mit dieser geballten Kraftmaschine nicht mithalten können.

»Verdammt, warum kommt *jetzt* kein Cop vorbei?« Er bedauerte es, in Richies Anwesenheit Angst zeigen zu müssen. Obwohl er Vollgas gab, überholte ihn der Laster, die Sonne tauchte die Windschutzscheibe in ein undurchdringliches Gleißen. Er konnte den Fahrer immer noch nicht erkennen.

»Was ein Glück«, rief Richie, den Lärm des voll aufgedrehten Motors übertönend. »Ein Cop würde doch nur für diesen Bastard Partei ergreifen. Jetzt haben wir ihn!«

Nichts als leere Prahlerei! John hatte die Hügelkuppe erreicht und blickte auf das lange Gefälle der Straße, wo der Laster allein durch sein Eigengewicht im Vorteil sein würde. Außerdem fuhren auf jeder Spur mehrere Autos, hinter denen es ziemlich eng werden konnte. Sicher, säße in jedem Wagen ein ehrenwerter Bürger, würden sie mit vereinten Kräften den Lastwagenfahrer vielleicht umzingeln oder zwingen können, sich zu stellen. Außerdem waren Autotelefone und CB-Funk weit verbreitet. Jederzeit könnte ein aufmerksamer und gesetzestreuer Fahrer die Staatspolizei von solch offensichtlichem und verbotenem Spurwechsel informieren.

Doch während er sich solchen Phantasien hingab,

wußte John, daß er keine Hilfe erwarten konnte. Obwohl er in Begleitung zweier Mitmenschen war (zwei Fremde, die beide zwar nicht gerade gesellig waren, aber sein Privatleben störten), für deren Leben er die Verantwortung trug, war er allein.

Aber plötzlich wußte Richie Rat: »Lassen Sie ihn auf der rechten Spur ganz dicht rankommen, dann wechseln Sie plötzlich nach links. Sie können viel schneller manövrieren. Wenn er bei der Geschwindigkeit genauso rasch lenkt, riskiert er, langsamer zu werden. Und sobald Sie auf der linken Spur sind, bremsen Sie ab. Dann muß er an uns vorbei. Sind wir erstmal hinter ihm, haben wir ihn am Arsch.«

Aber wer wollte das schon? John wünschte sich nur, daß dieser Irrsinn bald aufhörte. Für ihn war der Lastwagenfahrer ein potentieller Mörder ohne Motiv: Er wollte sich an einem solch entarteten Menschen nicht rächen. Sollte er einen Polizisten sehen, würde er den Zwischenfall natürlich anzeigen, aber das war schließlich was völlig anderes. Und einfach ›zulassen‹, daß der Laster sich an seine Stoßstange hängte? Na ja, der hing auch ohne seine Erlaubnis schon wieder dort und würde auch dort bleiben. Was Richie vorgeschlagen hatte, war allemal besser als diese Situation.

Er warnte seine Mitfahrer, und Richie hörte auf ihn, packte den Griff über seiner Tür, doch Sharon tat das offenbar nicht, und als er abrupt die Spur wechselte, hörte er, wie sie von dem Schwung quer über den Rücksitz geschleudert wurde.

Richies Taktik funktionierte! Der Laster schoß auf der rechten Spur an ihnen vorbei, sein Ausmaß und die riesigen, brutalen Räder wirkten noch bedrohlicher als das scheinbar statische und eindimensionale Bild zuvor im Spiegel. So ein einfacher Trick, und dieses Ding, das sie hätte plattwalzen können, war plötzlich harmlos. Vielleicht würde der Verrückte hinter dem Steuer jetzt weiterdonnern und andere schutzlose Fahrer bedrohen. Und wenn schon? Ein ganz verständliches Gefühl in diesem Moment. Doch gleich darauf würde er wieder nach einem Polizisten Ausschau halten.

Jetzt erst konnte er Sharon fragen: »Sind Sie okay da hinten?«

Sie murmelte zustimmend. Tranquilizer waren in solchen Augenblicken sicherlich von Vorteil.

»Okay«, sagte Richie eifrig. »Den schnappen wir uns jetzt.«

Der Laster war schon fünfzig Meter vor ihnen, denn John hatte den Fuß vom Gas genommen, um weiter zurückzufallen und so aus der unmittelbaren Aufmerksamkeit des Fahrers zu verschwinden, der womöglich verrückt genug war, auch weiterhin sauer auf sie zu sein. Heutzutage hörte man immer wieder von Leuten, die wegen Streitigkeiten auf der Straße zum Gewehr griffen – das zu diesem Zweck in ihren Autos lag –, und die gegnerischen Fahrer oder sogar andere, unschuldige Menschen erschossen.

»Vergessen Sie den Bastard«, sagte John. »Gut, daß wir ihn los sind.« Er war erleichtert, als er sah, daß Richie dies mit gleichmütigem Schulterzucken hinnahm und sich in seinen Sitz zurückfallen ließ; er sank so tief in sich zusammen, daß er kaum noch über das Armaturenbrett schauen konnte. John hatte schon befürchtet, daß Rachsucht ein alles beherrschende Gefühl dieses Mannes sei. Und er selbst? Er kannte sein lebenslanges Bedürfnis, alles richtig machen zu wollen. Dadurch war er oft im Nachteil, wie im Fall dieses zu dicht auffahrenden Lastwagens. Er war zwar dieser mißlichen Lage entronnen, aber es war unfair, daß er überhaupt hineingeraten war. Er hatte niemand beleidigt. Wie denn auch, wo er doch vernünftig fuhr und die Höchstgeschwindigkeit einhielt? Sich anders zu verhalten hätte das Leben anderer Menschen gefährdet: und genau darum war es gegangen, nicht um die kleinlichen Vorschriften im Straßenverkehr.

Richie hockte zusammengekauert in seinem Sitz, trat gegen die Spritzwand und brummte: »Solche Kerle machen mich wahnsinnig, die haben einfach keinen Respekt.«

Und dann sah John etwas, das ihn in die Gegenwart zurückholte. Etwa dreihundert Meter vor ihm hielt der Laster, der so dicht aufgefahren war, auf der Standspur, die, seit die Straße zweispurig verlief, ebenfalls breiter geworden war. Angst überfiel ihn, und er wäre umgedreht und geflohen, wenn er gekonnt hätte. Aber er befand sich auf einer Schnellstraße, und das Gras auf dem Mittelstreifen war dichtem Gebüsch gewichen, so daß es ganz unmöglich war, unerlaubt zu wenden und dorthin zurückzufahren, wo sie herkamen – denn das hätte er in einem plötzlichen und ungekanntem Anfall von Todesangst sicherlich getan.

Einen Moment später hatte er sich jedoch wieder in der Gewalt. Der Lastwagenfahrer wartete bestimmt nicht auf *ihn*, wahrscheinlich hatte er technische Probleme. Tatsächlich schämte sich John sofort und war froh, nichts gesagt oder getan zu haben, das Richie, zu dem er jetzt hinüberblickte, seine Angst offenbart hätte.

Richie hatte den Laster ebenfalls gesehen. »Hey, sehen Sie mal!«

»Wahrscheinlich eine Panne«, sagte John hoffnungsvoll.

Richie sah ihn scharf an. »Vielleicht sollten wir anhalten und fragen. Vielleicht hat er wirklich Probleme.«

John flüchtete sich in Sarkasmus. »Glaub' kaum, daß es um Leben und Tod geht.« Sie waren jetzt nicht mehr weit von dem Truck entfernt, doch John hatte den Fahrer immer noch nicht entdeckt.

»Halten Sie an«, sagte Richie jäh. »Sie können im Wagen bleiben, wenn Sie wollen. Ich sehe nach, was los ist.«

John fühlte sich durch die unausgesprochenen Zweifel an seinem Mut beleidigt, gab Gas, fuhr auf die Standspur und mußte dann hart bremsen, rutschte über lockeren Sand und Kies und brachte den Wagen erst kurz vor dem Heck des Lasters zum Halten.

Ein wenig verwirrt sprang er aus dem Auto. Er mochte das Geräusch seiner alten, normalerweise lautlosen Turnschuhe auf dem steinigen Boden nicht. Noch ehe er den Laster erreichte, wurde die Tür der Fahrerkabine aufgestoßen. Eine stämmige Gestalt erschien und ließ sich mit jener Bedächtigkeit zu Boden gleiten, die Übergewichtigen eigen ist. [---]

■